AUTOPSIE D'UN DRAME

Paru aux éditions Préludes :

ANATOMIE D'UN SCANDALE
LA FERME DU BOUT DU MONDE
LA MEILLEURE D'ENTRE NOUS

SARAH VAUGHAN

AUTOPSIE D'UN DRAME

TRADUIT DE L'ANGLAIS (GRANDE-BRETAGNE)
PAR ALICE DELARBRE

PRÉLUDES

Titre original :
LITTLE DISASTERS

L'extrait de *Chant du matin* de Sylvia Plath
a été reproduit avec l'autorisation de Faber & Faber Ltd.

Couverture : © Paul Knight / Trevillion Images.

Préludes est un département de la Librairie Générale Française.

ISBN : 978-2-253-08079-4 – 1re publication LGF

À mon mari, qui a fait naître l'idée.
Avec mon amour.

Amour, l'amour a réglé le rythme de ton cœur comme une grosse montre d'or.
La sage-femme a giflé les plantes de tes pieds, et le pur cri de toi
Pris sa place aussitôt parmi les éléments.

Nos voix résonnent à la gloire de ta venue. Statue nouvelle
Dans un musée rempli de courants d'air. Ta nudité
Menace notre sécurité. Nous t'entourons comme des murs ébahis.

Je ne suis pas plus ta mère
Que le nuage qui distille un miroir où longuement se refléter
Avant de disparaître au gré du vent.

Toute la nuit ton souffle de papillon
Vibre au milieu des roses toutes roses. Je m'éveille et j'écoute :
Un océan lointain roule dans mon oreille.

Un seul cri et je saute hors du lit, trébuche, bovine et florale
Dans ma chemise de nuit victorienne.
Tu ouvres une bouche aussi nette qu'une gueule de chat. La vitre

Pâlit et ravale ses étoiles. Alors tu essaies
Ta poignée de notes ;
Les voyelles lumineuses s'élèvent comme des ballons.

« Chant du matin », in *Ariel*,
Sylvia PLATH[1].

1. Trad. Valérie Rouzeau, Gallimard, 2009.

J'ai nourri et je sais comme il est doux d'aimer le petit qui me tète : eh bien, au moment où il souriait à ma face, j'aurais arraché le bout de mon sein de ses gencives sans os, et lui aurait fait jaillir la cervelle.

William SHAKESPEARE[1],
Macbeth, acte I, scène 7.

1. Trad. Maurice Maeterlinck, Gallimard, 1959.

PROLOGUE

Le cri enfle. Au début, il est faible. Un gémissement, un glapissement. Timide, tremblant, attendant de voir comment il sera reçu.

Le doute se dissipe rapidement. La plainte devient un bêlement, le piège se referme, alors que le cri se condense en note de pure angoisse.

— Chut... implore la mère en se penchant au-dessus du berceau et en prenant son bébé à bout de bras.

Le son solidifie l'espace entre eux.

— Tout va bien, ma chérie, maman est là maintenant. Maman va tout arranger.

Le bébé la fixe. Onze semaines ; prise dans l'étau féroce de coliques inconsolables ; ses yeux sont deux perles noires, intenses et incrédules. *Ne sois pas ridicule*, disent ces yeux. *Je suis furieuse, furieuse contre toi.* Son visage se chiffonne de l'intérieur et sa grenouillère devient humide ; la rage virulente qui transforme son corps en fournaise incandescente doit être évacuée.

— Chut, chut, tout va bien, répète la mère.

Elle est lasse, soudain. De la sueur perle sur le front de la petite et les pulsations sous sa fontanelle font penser à une forme de vie extraterrestre sous sa peau. Preuve de son cœur battant, du sang qui coule dans ses veines et pourrait jaillir à travers cette zone translucide, aussi délicate qu'une coquille d'œuf, si fragile que la mère n'ose la toucher, par crainte que celle-ci ne se rompe. Le pouls continue, insistant et implacable. À l'image de sa fureur irrépressible.

Le cri monte d'un cran et la mère prend le bébé contre elle. Mais la petite se débat, poings serrés, se cambre sous l'effet de la colère ou de la douleur.

— Tout va bien.

Qui cherche-t-elle à convaincre ? Pas cette enfant, qui pleure depuis huit semaines. Et pas elle-même, parce que chaque fois qu'elle pense avoir trouvé une nouvelle solution – mettre en marche l'aspirateur, allumer une radio et la régler entre deux stations pour qu'elle émette des grésillements –, les règles de ce jeu particulièrement cruel changent et elle doit reprendre sa réflexion de zéro.

— Chut, chut…

Ses yeux s'embuent à force de s'apitoyer sur elle-même et de s'exaspérer, son épuisement est si tenace qu'elle perd parfois brusquement l'équilibre. *S'il te plaît, tais-toi, rien qu'une minute. Tais-toi. TAIS-TOI ENFIN !* voudrait-elle crier.

Les pleurs semblent se moquer d'elle. *Mauvaise mère. Et ce n'est même pas ton premier. Tu devrais savoir consoler ton enfant. Que vont penser les voisins ?*

— D'accord, D'ACCORD !

Elle hurle à présent. Le bébé gesticule. Elle le serre trop fort : de peur, elle relâche son étreinte. Ce faisant, elle permet aux poumons du bébé de se gonfler et l'éruption de furie qui s'en échappe rigidifie le minuscule corps, parcouru d'une énergie farouche qui palpite de la pointe de ses orteils pour remonter le long de sa colonne vertébrale.

— D'accord, d'accord.

Comme une droguée en manque, elle ferait n'importe quoi pour obtenir le silence. Elle chancelle jusqu'à la salle de bains, se met en sous-vêtements. Puis elle fourre ses habits dans la machine, lance un programme et, blottie dans le noir, serre sa fille contre elle.

Le lave-linge se met en route : un bourdonnement cadencé retentit lorsque le tambour se remplit d'eau avant de tourner, bruyamment, animé d'un mouvement répétitif. Ce bruit de fond est le plus puissant des baumes. Les cris achoppent, vacillent, s'arrêtent, alors que le chuchotis et le clapotis, ponctués du bruit sourd des vêtements en plein brassage, emplissent la pièce sombre et humide.

Elle risque un regard vers la petite. Rencontre deux yeux. *S'il te plaît ne pleure pas, s'il te plaît ne pleure pas…* La prière est automatique. La lèvre inférieure du bébé se met à trembler et le silence précaire vole en éclats sur un chevrotement. De grosses bouffées de rage ne tardent pas à noyer la berceuse monotone. *S'il te plaît tais-toi, tais-toi. Tu ne veux pas te taire ? Tais-toi pour l'amour de Dieu !*

Ça ne va pas. Les murs se referment, la chaleur l'accable et le bruit – ces terribles pleurs qui durent depuis trois heures – la submerge. Ses yeux la brûlent et elle est tentée de s'y mettre elle aussi. Elle n'est pas de taille, pas de taille. Elle ne sait pas combien de temps elle pourra encore supporter ça.

On dit qu'il faut laisser son bébé dans ce genre de situation. Le poser, fermer la porte et s'éloigner. Se tenir à distance le temps de retrouver son calme. Mais alors les pleurs vont continuer, suscités par la colère et non par un problème auquel la mère pourrait apporter une solution – couche pleine ou douleur ponctuelle. Ne serait-il pas plus logique de la serrer contre elle, de la cajoler, de négocier, peut-être même de crier ? D'essayer de la secouer un peu pour qu'elle entende raison ? Non, pas ça : elle sait qu'elle ne doit surtout pas faire de mal à son bébé – d'un autre côté, si elle pouvait la réduire physiquement au silence, si elle pouvait étouffer à nouveau ce bruit…

Dans de tels moments, son esprit regorge de pensées toxiques. *Tu es une mauvaise mère. Elle serait mieux sans toi.* Auxquelles s'ajoutent, insidieusement, de plus honteuses qu'elle cherche à repousser.

Des pensées qu'elle a du mal à accepter, et encore moins à exprimer, sur son désir – fugace bien sûr – de voir cet enfant se taire à tout jamais.

1

LIZ

Vendredi 19 janvier 2018, 23 h 30

C'est sans le moindre doute le parent pauvre de la médecine hospitalière : le service des urgences un vendredi soir de la fin janvier. Presque minuit et la salle d'attente est pleine à craquer. Des patients aux regards rendus vitreux par l'ennui sont avachis sur leur siège – pas une seule place de libre. D'autres font la queue en attendant le triage, et cela confine à la pagaille avec le débarquement d'ivrognes et de victimes de bagarres ayant dégénéré, hargneux et turbulents, à qui il est impossible de faire entendre raison. Si leur agressivité devient physique – s'ils donnent des coups de poing dans les murs, bousculent des infirmières, crachent sur un médecin sri-lankais –, il faudra appeler la sécurité.

Qui dit janvier glacial dit hôpital débordé : rempli à quatre-vingt-dix-neuf pour cent de ses capacités. Les urgences sont sur le point de renvoyer des ambulances et de passer en alerte rouge. De nombreux patients n'ont rien à faire ici : tous ceux, par exemple, qui n'ont pas réussi – ou cherché – à avoir un rendez-vous chez leur généraliste et se rendent compte à présent qu'un long week-end pénible les attend à moins d'une visite expresse aux urgences, puisqu'ils semblent penser que cela suffira à faire disparaître un virus sur-le-champ. Ce sont eux que l'on entend le plus râler à propos de l'attente interminable, qui s'agglutinent devant le bureau des infirmières, prêts à les alpaguer. Les vrais malades n'ont pas l'énergie de se plaindre.

En ce qui me concerne, pour que je mette les pieds aux urgences d'un hôpital aussi fréquenté un vendredi soir, il faudrait que ma vie soit en jeu. Seuls un arrêt cardiaque, un AVC, une fracture ou une hémorragie gravissime me forceraient à franchir ces portes automatiques. Alors, pourquoi est-ce que j'y suis, à respirer les miasmes des malades, à piétiner dans les couloirs, à scruter les visages des patients simplement agacés ou dont les jours sont en danger et qui patientent deux, trois, quatre heures – quand ce n'est pas davantage ?

Pour une bonne raison : je n'ai pas le choix. C'est mon boulot. Je suis médecin praticien hospitalier au service de pédiatrie de St Joseph, dans l'ouest de Londres : l'un des principaux hôpitaux de la ville, doté d'un important service d'urgences à la pointe en matière de soins cliniques. Je n'ai pas fait une carrière fulgurante ; avec deux enfants et deux congés maternité de six mois, sans compter le temps perdu dans l'impasse de la recherche, je n'ai pas encore obtenu de titre honorifique, contrairement à mes collègues masculins de mon âge. Mais il ne me reste plus qu'un an avant d'atteindre les cimes vertigineuses de la hiérarchie hospitalière. Vingt années d'études, et je décrocherai enfin le graal.

Je ne travaille pas à temps plein aux urgences. On m'a appelée pour que je descende voir une patiente. J'appartiens à cette catégorie de médecins sur lesquels les hôpitaux se reposent. Suffisamment aguerrie pour prendre des décisions cruciales, tout en étant encore suffisamment jeune pour assurer des gardes de nuit et des astreintes le week-end. Dans ma blouse pervenche, je ne trompe personne sur la marchandise : je suis quelqu'un de pragmatique, de posé et d'accessible avec un penchant pour la compassion. Il m'arrive d'être un peu trop directe, si j'en crois mon mari, enseignant de son état, mais j'ai un bon fond (après tout, je soigne des enfants malades et suis confrontée à des parents inquiets). Je n'ai physiquement rien de remarquable : un mètre soixante-cinq, des cheveux châtain foncé raides relevés en queue-de-cheval, une ride permanente entre deux yeux noisette. Le minimum en matière de maquillage, pas de bijoux à l'exception de mon alliance – un mince anneau en or –, usée et éraflée. Des sabots médicaux blancs aux pieds : pratiques pour courir. Et faciles à nettoyer s'ils sont éclaboussés de sang.

Je suis anonyme dans cette tenue. Androgyne, aussi. Personne ne va jauger la taille de mes hanches, un peu plus larges que je ne le voudrais à cause des gardes de nuit qui ne me laissent pas souffler avant 22 heures et qui me poussent à me nourrir des barres chocolatées du distributeur ou des frites de la cantine. Aucun adolescent ne risque de reluquer mon décolleté au moment où je me penche vers lui pour l'ausculter sur son lit d'hôpital. Je suis un médecin, c'est ce que clame mon accoutrement qui ressemble beaucoup à un pyjama, ainsi que le badge autour de mon cou. *Bonjour, je suis le Dr Trenchard. Je suis ici pour faire mon métier, et pour le faire bien.*

De plus, la blouse, comme n'importe quel uniforme, crée un lien entre collègues. Nous sommes tous dans le même bateau, armée œuvrant dans l'intérêt de cette grande institution à laquelle nous croyons toujours

– notre *National Health Service*[1] –, malgré ses dysfonctionnements et ses failles, malgré le fait qu'il ne tienne, avec peine, que grâce à la bonne volonté et au professionnalisme de ses employés, garants d'un accès gratuit aux soins. Et si ça peut paraître sentimental ou moralisateur, je n'ai pourtant aucun de ces deux défauts. Songez simplement à ce que l'on ressent lorsqu'on est dans l'incapacité de se libérer pour mettre au lit sa fille le soir de ses dix ans parce qu'on n'a pas pu échanger son tour de garde du vendredi soir, et qu'elle lance, redoublant la culpabilité maternelle comme seule une aînée en a le secret : « C'est rien, maman. Je comprends que tu doives travailler. » Et imaginez que cela vienne s'ajouter à une quatrième garde de nuit d'affilée, alors qu'on est épuisée et qu'on aimerait plus que tout être au lit, pour se lover contre le mari sur lequel on ne réussit qu'à grogner pendant la semaine… Oui, imaginez, alors que c'est de cela qu'on rêve, qu'on est confrontée à une réalité très différente – collègues appelés en urgence pour un arrêt cardiaque, leurs propres cœurs battant la chamade alors qu'ils courent, leurs chaussures couinant sur le lino brillant, puis s'isolent en fermant dans un bruissement le rideau qui sépare le lit des autres, avant de se concentrer de leur mieux pour briser des côtes ou poser les patchs du défibrillateur qui ramènera un patient à la vie… Ou alors imaginez, plus prosaïquement, qu'on n'a pas eu le temps de faire pipi depuis des heures… Bref, il faut bien, dans ces cas-là, se raccrocher à quelque chose, se convaincre qu'il y a un sens à s'engager dans ce type de carrière. Parce que sinon… Autant renoncer à la médecine ou bien émigrer en Australie, en Nouvelle-Zélande

1. Système de santé publique en Grande-Bretagne (abrégé par la suite NHS). *(Toutes les notes sont de la traductrice.)*

ou au Canada, où la météo, les horaires et le salaire sont tous incomparablement meilleurs.

Oh, ne vous méprenez pas. J'adore mon métier. Je crois que ce que je fais est important. Qu'est-ce qui pourrait l'être davantage que soigner des enfants malades ? C'est un travail stimulant ; et vu mes origines – j'ai été élevée par une mère célibataire tenant un café en bord de mer –, je suis extrêmement fière d'être arrivée là où j'en suis. Mais la garde de ce soir vient s'ajouter à plusieurs autres d'affilée, qui avaient été précédées, le week-end dernier, par un séminaire à l'université. Je suis sur les rotules, j'ai le cerveau si embrouillé que j'ai l'impression d'être en décalage horaire. L'adrénaline m'aidera à supporter les prochaines heures. Je peux toujours compter sur elle. Car je dois rester concentrée. Plus que dix heures à tenir.

Je pense à tout ça en suivant d'un bon pas le couloir étincelant qui relie le service pédiatrique aux urgences. Et mon humeur n'est en rien allégée par les œuvres d'art aux murs : un assemblage de marines et de toiles abstraites aux couleurs primaires vives, censées apaiser les patients et les distraire de la réalité déplaisante qui les contraint à être là. Je longe les services d'oncologie et de radiologie en songeant aux fractures de l'existence, aux espoirs et aux rêves réduits en fumée ; aux vies condamnées pour certains… Je repousse ces idées.

Je suis en route pour aller voir une patiente. Dix mois, nerveuse, irritable. D'après les urgences, elle a vomi mais n'a pas de fièvre. Elle n'est peut-être pas plus malade que Sam, mon fils de huit ans, qui se remet d'une infection des voies respiratoires, même si ça paraîtrait étrange d'amener, à cette heure de la nuit, un enfant qui n'est pas franchement mal en point. L'interne n'a pas osé la renvoyer chez elle et m'a donc demandé de descendre.

Mon cœur se serre à l'idée qu'il puisse s'agir d'un dossier compliqué.

Je me passerais volontiers d'un autre cas dramatique dans l'immédiat. Au début de ma garde, j'ai été appelée précipitamment au bloc obstétrical pour ressusciter un nouveau-né qui avait dépassé son terme de treize jours. Il était bleu avec un pouls trop lent, et son cordon ombilical serré autour du cou. Je l'ai ramené à la vie en pratiquant une réanimation cardio-respiratoire… Ce qui ne m'a pas privée de cet interminable moment où l'on craint que tout aille de travers et que la mère qui a réussi à porter son bébé au-delà du terme se retrouve, au final, à pleurer l'enfant dont elle rêvait. Tous les obstétriciens le savent : la naissance est le jour le plus dangereux de l'existence.

Puis une ambulance a amené un enfant en état d'immunosuppression ayant contracté un virus, et peu après son admission j'ai dû voir un petit de trois ans avec une toux sévère. L'anxiété de sa mère n'avait servi qu'à empirer les choses. Elle paniquait tant en entendant sa respiration de phoque que son état s'était dégradé au point de le mettre en danger : le pauvre garçonnet se débattait pour trouver son souffle pendant qu'elle cherchait à accaparer notre attention. Les parents sont souvent l'aspect le plus compliqué de ce métier.

Voilà donc ce que je me dis – j'ai eu assez de drames pour la soirée –, alors que mes chaussures couinent dans le couloir. Je découvre brusquement le chaos qui règne aux urgences pédiatriques, bondées de parents mécontents et échauffés, d'enfants exténués. Un petit en tenue de foot, affalé contre son père, semble nauséeux et souffre sans doute d'une commotion cérébrale. Une fille au teint cireux fixe un pansement imbibé de sang, pendant que sa mère explique qu'elle coupait des fruits quand le couteau a dérapé. Des urgences générales, où les couloirs sont encombrés de brancards, parviennent les braillements dissonants des ivrognes (« Et pourquoi on doit attendre ? ») de plus en plus forts et hargneux.

Je vérifie avec l'infirmière de garde et jette un coup d'œil au dossier : Betsey Curtis. Mon cœur s'emballe. Betsey ? La Betsey que je connais ? La fille de mon amie Jess ? Elle se trouvait dans mon groupe de préparation à l'accouchement à l'époque où j'attendais Rosa, et elle Kit. Nous nous sommes initiées ensemble, en tâtonnant, à la maternité, et nous sommes restées proches à l'arrivée de nos deuxièmes, même si nous nous sommes éloignées depuis que Jess a eu son troisième enfant. C'est peut-être inévitable : il y a longtemps que j'ai quitté les tranchées de la petite enfance, mon travail, ma vie de famille et la dégradation récente de la santé de ma mère me prennent tout mon temps. Je n'ai vu Jess qu'une poignée de fois depuis qu'elle a accouché de Betsey, je n'ai pas cherché à remédier à notre éloignement. Elle n'a pas envoyé de carte d'anniversaire à Rosa, et ça ne m'a marquée que parce que Jess a toujours eu une excellente mémoire des dates. Bien meilleure que moi, qui oublie parfois Kit, né une semaine plus tard. Bien sûr, c'est très anecdotique, mais je me souviens de m'être demandé, vaguement, en relevant le courrier ce matin-là, si Jess était en colère contre moi.

Et aujourd'hui, elle débarque ici avec Betsey. Je me concentre sur les informations du dossier : manque de mobilité, irritabilité, somnolence, pleurs, vomissements... Je vérifie d'abord avec l'interne.

— Ronan, c'est bien le dossier de la patiente qui t'inquiétait ?

Il confirme d'un hochement de tête, soulagé de pouvoir se défausser sur moi de cette responsabilité.

— Je n'arrive pas à identifier le problème. La patiente n'a pas de température, pourtant sa mère est suffisamment inquiète pour nous l'amener. Je me demandais si tu ne la garderais pas en observation pendant vingt-quatre heures…

Je me montre indulgente. Il est médecin depuis dix-huit mois à peine. J'ai connu moi aussi le doute, et l'embarras de devoir m'adresser à un collègue plus chevronné.

— Bien sûr… mais allons d'abord l'examiner.

J'écarte le rideau.

— Bonjour, Jess.

— Oh, Dieu merci, c'est toi !

Les traits de mon amie se radoucissent dès qu'elle me découvre, la tension se relâche sur son front.

— Je ne voyais pas la nécessité de venir, c'est Ed qui a été catégorique. Ça ne lui ressemble tellement pas de s'inquiéter que j'ai paniqué et…

Je redresse brusquement la tête. « Paniquer » est un mot fort pour une mère aguerrie de trois enfants.

— Oh, mes pauvres ! dis-je simplement en m'approchant du lit.

Ausculter une patiente que je connais est loin d'être idéal, mais il n'y a pas d'autre médecin de garde en pédiatrie, je n'ai donc pas le choix.

— Voyons voir ce qui arrive à Betsey.

La fille de Jess est allongée, ses minuscules jambes étalées sur la feuille de papier recouvrant le matelas plastique bleu ; de grands yeux attentifs, un visage rouge, chiffonné et mouillé de larmes. J'avais oublié combien elle est jolie. Presque une poupée, avec ses épais cheveux bruns encadrant sa tête bien ronde, sa bouche en cœur et ses grands yeux bleus qui me fixent. Un pouce est coincé dans un coin de sa bouche et elle serre dans son autre main un lapin en peluche sale. C'est moi qui le lui ai offert à sa naissance : le même que Sam, un jouet en velours de coton d'origine française, d'un bon goût revendiqué. Sa lèvre inférieure tremble, mais elle se remet à sucer son pouce et réussit à s'apaiser. Ses paupières sont lourdes. Elle semble absolument exténuée.

— Bonjour, Betsey, dis-je en me penchant vers elle.

Puis je me redresse et me tourne vers Jess, qui a une main posée sur la fillette. Je ne cesserai jamais d'être surprise qu'une femme aussi belle soit mon amie. Elle appartient à la catégorie rare de celles qui n'ont pas besoin de faire d'efforts pour être époustouflantes, avec ses boucles cuivrées de muse préraphaélite et ses yeux ardoise à présent bordés de rouge et empreints d'appréhension – rien de plus naturel, aucune mère ne tient à voir son bébé dans cet état. Jess a une ossature fine, des doigts effilés ornés de bagues avec lesquelles elle joue dès qu'elle est nerveuse. Une minuscule étoile dorée se niche dans le creux à la base de son cou. Son raffinement est incongru dans ce monde de bassines en plastique, de bandes de gaze et de chariots en inox. Je pense aux ombres sous mes yeux, à cette canaille de cheveu gris que j'ai trouvé, ce matin, frisottant sur mon front. Je donne l'impression d'avoir bien cinq ou six ans de plus qu'elle, alors que nous avons le même âge.

— Tu peux m'énumérer les signes qui t'ont alertée ?

— Elle n'est pas elle-même. Elle pleure sans arrêt et me colle, elle est apathique et a vomi. Ed a perdu pied quand c'est arrivé.

— Il est venu avec toi ?

— Non, il est resté à la maison avec Frankie et Kit.

J'imagine ses deux fils perdus dans les limbes du sommeil, son mari incapable de tenir en place et sa solitude, à elle, dans la salle d'attente des urgences, avec un bébé malade qui ne peut pas lui expliquer ce qui ne va pas.

Elle me décoche un bref sourire crispé et resserre les pans de son gilet anthracite autour de sa taille. Il glisse sur son épaule, dévoilant la bretelle d'un soutien-gorge noir, qui contraste avec sa peau d'une blancheur laiteuse, incroyablement lisse. Sa clavicule est visible et je remarque que Jess est nettement plus mince que la dernière fois que nous nous sommes croisées, il y a à peine plus d'un mois, au spectacle de Noël de l'école. Sous l'éclat cruel des néons, elle paraît plus vulnérable, moins sûre d'elle. Et très différente de la femme que j'ai rencontrée il y a dix ans, impatiente d'avoir son premier enfant.

2

LIZ

Jeudi 22 novembre 2007

— On lui laisse encore cinq minutes ? Après, ce sera difficile d'attendre davantage…

Cathy, qui anime le groupe de préparation à l'accouchement, incline la tête en direction de Jess, la seule femme enceinte assise à côté d'une chaise vide.

— Non, commençons. Il arrive, il est dans le taxi, mais il risque de ne pas être là tout de suite.

Jess sourit à chacun des couples. *Je suis navrée*, semble-t-elle nous dire. Son expression dissipe mon irritation passagère et j'éprouve un élan de sympathie pour cette future mère, comme moi, dont le compagnon n'a pas réussi à se libérer pour 19 h 30. À côté de moi, Nick s'agite sur son siège, et je mesure ma chance qu'avec son poste d'enseignant dans le secondaire – qui ne le rendra jamais aussi riche que le mari de Jess, gestionnaire d'un fonds spéculatif – il n'ait pour ainsi dire aucun risque d'arriver en retard à ce genre de réunion.

Nous attendons Ed Curtis depuis près d'un quart d'heure maintenant, et une femme enceinte jusqu'au cou – Charlotte, s'est-elle présentée – respire bruyamment : sans doute parce qu'elle a le plus gros ventre de l'assemblée, même s'il est difficile de ne pas voir dans chacun de ses soupirs la manifestation d'un agacement.

Charlotte m'a tout l'air d'être le genre de personne qui a toujours cinq minutes d'avance. Avocate spécialisée en droit des sociétés, elle nous a déjà informés qu'elle ne pouvait vivre sans établir de routine. Elle ne jure que par les livres de Gina Ford, compte tirer son lait pour stimuler sa production et en fournir à son mari, Andrew, qui assurera les nuits.

— C'est le moins qu'il puisse faire, assène-t-elle avec un rire narquois étonnamment sexy.

Impossible de savoir si Andrew sera chargé de cette mission pour se faire pardonner de l'avoir mise enceinte ou parce que, avec l'allaitement, la mère se retrouve à assumer l'essentiel du travail lors des premières semaines du bébé.

— Il s'occupera aussi de changer les couches, ajoute-t-elle.

Elle n'a pas l'air de plaisanter.

Ce jeudi soir là, neuf futurs parents, assis sur des chaises en plastique noir, échangent des sourires nerveux. Cinq femmes, toutes à plus de sept mois de grossesse, qui accoucheront l'année suivante. Trois des pères sont arrivés directement du travail et détonnent dans le cadre de ce préau de maternelle décoré avec des collages de pâtes et des peintures aux doigts. Le pantalon de costume d'Andrew remonte sur ses jambes, dévoilant des chaussettes en soie rouge et quelques centimètres de peau poilue, et j'ai bien du mal à imaginer cet homme, qui semble avoir dix bonnes années de plus que moi, se mettre à quatre pattes pour jouer avec un bébé.

Et pourtant, c'est ce qui nous arrivera à tous. Les minuscules patères dans le couloir, avec leurs étiquettes plastifiées et leurs noms en Comic Sans MS, évoquent un monde avec lequel nous devrons bientôt nous familiariser. Un monde peuplé d'êtres humains si étrangers que même leurs noms diffèrent de ceux de notre enfance : Olivia, Ethan, Jade, Ayaan, Callum, Chloe, Mia ou Zac. Il y a de petites images sur leurs étiquettes – un parapluie, un ballon de foot, un papillon – et des paires de bottes en caoutchouc aux couleurs vives, soigneusement rangées sous les bancs. Et c'est justement le soin appliqué à disposer ces objets, ce sentiment que chaque enfant est considéré comme un individu – Millie et son poisson, Ollie et sa batte de cricket – qui disent l'ampleur de ce qui nous attend. Nous n'allons pas avoir des bébés, mais de petites personnes dont nous nous sentirons responsables pour le reste de notre vie.

— Vous êtes sûre ?

Cathy, femme pimpante et grisonnante, mère de trois filles dans la vingtaine, semble soulagée de pouvoir débuter.

— Vous allez commencer par vous présenter plus en détail puis par expliquer pourquoi vous vous êtes inscrits à ce cours.

Elle se tourne vers la future mère sur sa droite, une blonde menue avec des joues roses, un sourire communicatif et un compagnon dont le langage corporel – bras et jambes croisés, yeux fixés sur un point au loin – suggère qu'il préférerait être n'importe où plutôt qu'ici.

— Je m'appelle Mel, et voici mon mari, Rob. Je suis enseignante en primaire et je rêve d'un accouchement naturel, avec des interventions médicales réduites au strict minimum.

Elle sourit comme si elle était sûre d'avoir donné la bonne réponse.

— Idéalement, j'aimerais qu'il ait lieu à la maison.

Elle se tourne vers son mari qui confirme d'un grognement.

— Rob ?

— Je travaille à la City, et je suis ici parce que ma femme m'a dit de venir.

Un éclat de rire se propage de Charlotte à Andrew et à un homme plus jeune, de forte carrure, au teint rubicond.

Les joues de Mel s'empourprent, pourtant elle sourit avec indulgence.

— Vous l'aurez compris, Rob n'est pas du genre à faire dans les convenances.

— C'est très important de soutenir sa compagne, observe Cathy, qui joue avec les perles en feutre autour de son cou. La naissance, et toute la période qui l'encadre, qu'on appelle « périnatalité », peuvent être profondément déstabilisantes. Il est crucial pour les mères de se sentir épaulées. Bien, poursuit-elle d'un ton plus léger. À qui le tour ?

— À moi. Je m'appelle Susi, annonce la fille assise à côté du jeune homme rougeaud, un sourire jusqu'aux oreilles.

Ils ont tous deux un accent australien.

— Je travaille dans les ressources humaines, et Andy dans l'informatique. Nous avons laissé nos familles respectives dans notre ville d'origine, Oz, à l'autre bout du monde. Ce cours nous paraissait être un bon moyen de nous préparer à la naissance et de rencontrer d'autres futurs parents.

— Vous avez des amies qui sont enceintes ? lui demande Cathy en fronçant légèrement les sourcils.

Susi doit être plus jeune que moi, elle a peut-être vingt-cinq ou vingt-six ans. Elle est grande, forte, avec des hanches larges. Elle secoue la tête.

— Non ! Elles ne veulent surtout pas de contraintes, elles préfèrent s'amuser !

— La grossesse de Susi nous a un peu pris de court, ajoute Andy. Mais bon, on s'est dit que les gens avaient des bébés depuis toujours sans que ça pose de problèmes, je suis certain qu'on s'en sortira très bien.

Il adresse un sourire sincère à sa femme et je regrette de ne pas pouvoir aborder la naissance et la maternité aussi sereinement. J'en sais trop sur les complications possibles d'un accouchement et sur le fait que toutes les enfances sont loin d'être heureuses pour me détendre.

Je m'agite, mal à l'aise, pendant que Charlotte se présente avant de parler pour son mari. Il ne cache pas son embarras lorsqu'elle le qualifie d'éminent avocat en propriété intellectuelle.

— Pas « éminent », Charlotte.

— C'est pourtant l'adjectif employé par le *Times*.

— Et qu'est-ce qui vous a poussés à vous inscrire à ce cours ? leur demande Cathy.

Charlotte a tout l'air d'avoir répété sa réponse.

— Eh bien, comme tout le monde j'imagine, j'aime me préparer aux choses importantes de la vie : bac, examens, mariage, enfants. C'est un sacré pas, de devenir parents, non ? Et pourtant, on ne se forme pas assez. Je veux juste bien faire.

Je lui souris. Nous ne sommes peut-être pas si différentes, après tout. J'ai beau avoir choisi de me spécialiser en pédiatrie et avoir dû réaliser un accouchement pour obtenir mon titre de docteur, la perspective de devenir mère me rend nerveuse. Dans les faits, j'ai élevé mon petit frère, et je manque d'un modèle maternel : j'ai une relation difficile avec ma mère et je ne peux me tourner ni vers une sœur ni vers aucun parent plus âgé.

J'ai toujours cherché des réponses dans les livres, mais les manuels médicaux ou les ouvrages sur l'éducation des enfants ne me semblent pas adaptés. Oui, je comprends la différence entre les théories de la routine et celles de l'attachement, je connais les jalons importants du développement et, bien sûr, toutes les maladies qui touchent les enfants, en revanche, rien ne m'a préparée à ce que je pourrais ressentir lorsque je tiendrai mon enfant dans les bras pour la première fois. J'ignore si j'éprouverai pour lui un amour inconditionnel, si je serai capable d'interpréter, ou de comprendre, ses émotions. Je devrai apprendre à m'occuper de ce bébé si, au moment de le tenir contre moi, mon instinct maternel ne se réveille pas – concept nébuleux qui n'a rien d'évident… Et si j'en étais aussi clairement dépourvue que ma mère ?

— Et vous, Liz ?

— Eh bien…

J'essaie de gagner du temps, je ne peux tout de même pas avouer mes peurs à voix haute.

— Je suis interne en médecine, alors l'accouchement en soi ne m'impressionne pas trop. Je suis décidée à accepter tout ce qui peut soulager la douleur, y compris la péridurale. Je suis plutôt venue dans l'idée de faire connaissance avec d'autres futures mères d'enfants du même âge.

— Vous êtes au bon endroit pour rencontrer des amies potentielles. Tous vos bébés devraient naître à quelques jours ou semaines d'intervalle, et vous pourrez vous apporter mutuellement un soutien indispensable pendant les premiers temps.

Cathy se tourne alors vers la seule femme qui n'a pas encore parlé.

— Et vous, Jess ?

Elle sourit. Je suis loin d'avoir une grossesse « rayonnante » – malgré de sérieuses nausées matinales, j'ai réussi à grossir plus que de raison –, en revanche, je ne vois pas de meilleur terme pour décrire Jess. Ses cheveux brillent sous l'éclairage pourtant terne du préau et elle arbore la silhouette idéale de la femme enceinte : poitrine généreuse et ventre joliment arrondi, tout en conservant des pommettes bien dessinées et une silhouette élancée. Dans tous les groupes de femmes, il y en a toujours une qui sort naturellement du lot. Dans celui-ci, c'est Jess, et étonnamment ça ne la rend pas antipathique. Son enthousiasme est si contagieux que j'ai envie de le partager avec elle. C'est ce que je devrais ressentir, non ? Que la maternité est la plus fantastique des aventures, et non une perspective qui m'inspire au mieux de l'appréhension, au pire de la peur.

— J'aspire simplement à être la meilleure mère possible, dit Jess.

Elle parle d'une voix basse et légèrement cassée, comme si elle nous confiait un secret délicieux. Elle caresse son ventre et baisse les yeux dessus, semble s'adresser à son futur enfant.

— Nous savons que nous attendons un garçon, et je tiens à ce qu'il sache qu'il sera aimé, qu'il occupera une place très importante dans notre vie.

Elle hésite, choisit ses mots avec soin.

— Je ne crois pas que nous devons reproduire l'éducation que nous avons reçue de nos parents…

Sa voix se fait soudain plus guillerette, elle semble vouloir dissiper toute inquiétude, chasser le petit nuage qui vient d'apparaître devant le soleil.

— Je souhaite que mon fils sache qu'il est déjà le centre de ma vie.

Ce sont peut-être les hormones, mais ce qui devrait me sembler d'une banalité pénible, d'une platitude consternante, me ravit et m'émeut. Quelques secondes de silence passent, dans cette pièce avec ses caisses remplies de petites voitures en plastique et de jeux de construction, où règne une odeur de désinfectant et de transpiration.

— C'est très touchant, observe Nick.

— Oui, réussis-je à ajouter. Devenir ce genre de mère, ou acquérir la conviction que j'en serai capable, voilà ce que j'aimerais retirer de ces séances.

Jess me sourit, avec l'assurance d'une femme qui n'a aucune raison d'attendre autre chose que le meilleur pour son enfant. Et, alors que la pluie fouette les vitres, l'optimisme de Jess métamorphose le préau. Je sens poindre un espoir timide, celui de pouvoir être une mère convenable. Pas parfaite, mais correcte.

La porte s'ouvre à la volée, et une violente bourrasque pousse plusieurs feuilles dans la pièce.

— Ed !

Le sourire de Jess s'élargit encore.

— Bonsoir, chérie, bonsoir, tout le monde. Je vous demande pardon.

Ed Curtis évolue avec grâce, son attaché-case à la main, se baisse pour embrasser sa femme, puis s'assied sur la chaise vide.

— Je suis sincèrement désolé. Je n'ai pas réussi à me libérer assez tôt et en prime il y avait du retard sur la District Line. Qu'est-ce que j'ai raté ?

Il se penche en avant, paumes sur les cuisses, jambes écartées, le visage fendu d'un large sourire. Impossible de ne pas tomber sous le charme de la moitié de cette femme si séduisante. De ne pas lui pardonner son retard, parce que, bien sûr, il a un métier très stressant. Il parcourt l'assemblée du regard et, lorsque celui-ci s'arrête sur Charlotte, il fronce aussitôt les sourcils, semble la reconnaître. Son sourire lui remonte jusqu'aux oreilles.

— Charlotte ?

— Ed.

Elle devient écarlate au-dessus de son col lavallière très BCBG.

— Charlotte Fitzgerald ?

— Mason, maintenant.

— Comment vas-tu ?

Il semble ravi, Charlotte nettement moins.

— Pardonnez-moi, tous. Jess, ajoute-t-il en se tournant vers sa femme, Charlotte et moi, on était à la fac ensemble. Le monde est si petit !

Il secoue la tête, ne parvient pas à se remettre de ce hasard.

— Il faut qu'on prenne le temps de tout se raconter.

— Oui, oui, bien sûr.

Toujours aussi rouge, Charlotte semble surprise, flattée même. Son mari lui jette un regard intrigué et elle lui serre la main.

— Bien, tout ça est charmant, mais... vous pourriez en discuter plus tard, peut-être ? intervient Cathy, d'un ton où point l'irritation. Le temps file et nous avons encore beaucoup de choses à voir aujourd'hui.

— Oui, bien sûr. Je suis désolé de vous avoir interrompus. Où en étions-nous ?

Il lui sourit et Cathy se radoucit aussitôt, comme si un agréable rayon de soleil venait de se poser sur elle.

— Jess était en train de nous parler avec enthousiasme de ses espoirs pour sa future maternité.

3

LIZ

Vendredi 19 janvier 2018, 23 h 35

Jess a l'air apeurée. Les hôpitaux la paniquent, et ce n'est pas très surprenant quand on sait combien son accouchement, pour Betsey, a été une expérience traumatisante. Mais elle semble bien plus que méfiante : terrifiée au plus haut point.

Je lui demande d'une voix douce, sur le ton de la conversation, comme si examiner l'enfant d'une de mes amies était mon lot quotidien :

— Depuis combien de temps est-elle dans cet état ?

— Toute la soirée, par phases. En temps normal, elle est très calme.

— Est-ce qu'elle a dormi ?

— À peine. Elle s'est réveillée à 21 heures en pleurant... et elle était toujours agitée lorsque Ed est retourné la voir, un peu plus tard...

— C'est à ce moment-là qu'elle a vomi ?

— Oui.

— Une seule fois ?

Je perçois une légère hésitation. Ça ne dure pas plus d'une demi-seconde, assez pour que je la remarque néanmoins.

— Oui, une seule fois.

Je scrute ses traits. Son sourire est forcé, ce qui ne lui ressemble pas… Enfin, la situation est inédite après tout.

— C'est déjà arrivé auparavant ? Est-ce que c'est un bébé qui vomit régulièrement ?

Elle secoue la tête.

— Non. Je sais que tu ne l'as pas beaucoup vue, mais non, elle n'est pas souvent malade. Elle pleurniche parfois, et elle pique des colères, surtout quand elle fait ses dents, mais je ne comprends pas ce qui lui arrive aujourd'hui.

J'ignore le reproche voilé – je ne connais pas sa dernière fille comme je connais ses autres enfants, ce qui est, encore une fois, dû à une année très chargée –, et je glisse un thermomètre sous l'aisselle de Betsey en expliquant :

— Je vais l'ausculter pendant que nous continuons à parler. Est-ce que tu peux lever ton bras, Betsey ?

La petite gémit et se tourne vers Jess, la lèvre inférieure tremblante, pour trouver du réconfort.

— Tout va bien, ma chérie, cette dame est une amie de maman, Liz.

Jess retire sa main pour me faciliter la tâche, pourtant, je perçois une réticence. Elle n'a jamais aimé qu'un autre adulte qu'elle approche ses enfants, même quand Kit et Rosa apprenaient à marcher et que je relevais, par réflexe, son fils s'il tombait près de moi.

Je regarde le thermomètre.

— Sa température est normale. Elle a pris un analgésique ?

— Ed lui a donné du paracétamol après qu'elle a vomi.

— C'était à quelle heure ?

— Un peu après 22 heures. Juste avant qu'on vienne aux urgences.

— Et vous ne lui en aviez pas donné plus tôt dans la soirée ?

— Non… J'aurais peut-être dû, mais… Tu connais mes réticences sur le sujet…

Jess se méfie de tous les médicaments. C'est l'un de nos différends. Betsey n'a pas été vaccinée contre la rougeole, les oreillons ou la rubéole, Jess étant, à tort, persuadée que l'autisme est lié au ROR. Quand elle me l'a dit, j'ai eu une réaction d'incrédulité et de colère. Ça explique en partie notre distance récente : je ne supporte pas l'idée qu'elle puisse se reposer sur l'immunité de groupe (sa propre fille étant protégée par le fait que les autres enfants sont vaccinés). Ce n'est pas le moment de laisser l'irritation prendre le dessus, j'ai des sujets de préoccupation plus urgents.

— Comme je vous connais, Betsey et toi, je vais appeler mon collègue, Ronan, pour qu'il soit présent pendant l'examen, d'accord ? Tu n'as pas de raisons de t'inquiéter, c'est le règlement de l'hôpital qui l'exige. Puis je regarderai ton petit bidon, Betsey, ajouté-je d'une voix douce et rassurante.

La petite pousse des gémissements, un peu de salive coule sur son menton.

— Ronan ?

J'écarte le rideau et passe la tête dehors. L'interne a l'air terrorisé, je ne sais si c'est parce qu'il craint d'avoir commis une erreur ou si c'est moi qui le terrifie.

— Tu pourrais venir ?

Il se faufile, avec ses longues jambes et ses longs bras dégingandés, dans l'espace exigu.

— Je vais examiner la poitrine de Betsey, dis-je en expliquant à Jess et à Ronan mes gestes, tout en déboutonnant la grenouillère.

Elle n'a pas de rougeurs sur le torse, qui pourraient signaler une méningite. Mon soulagement est pourtant temporaire. Betsey pleurniche franchement, maintenant, et ses pleurs s'intensifient lorsque mes doigts effleurent le sommet de son crâne. Elle se crispe. Un traumatisme crânien ? Sa réaction provoque aussitôt mon inquiétude. J'écarte sa masse de cheveux bruns.

— Tu avais remarqué que son crâne était légèrement enflé, à l'arrière ?

Il n'y a pas de vraie bosse, mais je sens une petite masse souple cachée sous les boucles brunes et humides de Betsey. J'étudie Jess.

— Hmmm… non.

C'est surprenant. On a vraiment l'impression de passer les doigts sur une petite poche d'eau. Serait-elle à ce point distraite qu'elle n'aurait rien remarqué en mettant Betsey sur son siège auto ou dans sa poussette ? Elle l'aurait forcément sentie, ou Betsey aurait crié, comme elle l'a fait à l'instant, pendant l'examen ?

Jess me regarde sans comprendre. Son visage est fermé, elle semble retenir toutes ses émotions. Un frisson de malaise remonte le long de ma colonne.

— Est-ce qu'elle marche à quatre pattes déjà ?

— Elle commence… et elle se redresse.

— J'ai l'impression qu'elle s'est cognée…

Mon amie a un air fuyant – je ne vois pas d'autre terme.

— Ah, dit-elle d'un ton à la légèreté forcée.

Puis elle se racle la gorge, semble se rappeler brusquement un détail qu'elle aurait dû mentionner dès le début.

— Mais oui, c'est vrai, elle s'est cognée plus tôt dans la journée.

— Vraiment ? Oh, Jess, pourquoi tu ne l'as pas dit ? Ça pourrait expliquer les vomissements. Quand est-ce arrivé exactement ?

Je suis soudain balayée par le soulagement, une vague puissante. Jess, qui se veut si irréprochable dès qu'il est question de ses enfants, a eu peur du jugement extérieur. Alors qu'elle n'avait aucune raison de s'en faire, c'est une explication parfaitement innocente après tout.

— Vers 16 heures, commence-t-elle. On venait d'aller chercher Frankie. Elle crapahutait dans la cuisine, elle a glissé et elle s'est cogné la tête.

— Tu peux me montrer exactement comment elle est tombée ?

Je me juche sur un coin du lit et la protection en papier se froisse sous mes fesses. *Je t'écoute, j'ai tout le temps du monde*, clame ma posture. Ce n'est pas le cas, bien sûr : je crains que nous n'ayons besoin de faire passer un scanner à Betsey, mais je dois d'abord terminer mon examen préliminaire.

— Je préparais le goûter de Frankie.

La voix de Jess s'étrangle comme si elle était au bord des larmes.

— Betsey était par terre. Le sol était propre et glissant, je ne sais pas pourquoi. Je n'ai pas fait très attention, je me dépêchais, je réfléchissais au dîner des garçons. J'ai entendu un petit bruit sourd, très léger. J'ai immédiatement tourné la tête et je l'ai trouvée étendue sur le carrelage. Elle avait sa tête… celle qu'elle fait quand elle hésite à pleurer.

Elle s'interrompt. C'est une explication parfaitement plausible et pourtant, elle semble guetter ma réaction, pour voir si elle a donné la bonne réponse.

— Je ne l'ai pas quittée des yeux plus de quelques instants. Je ne peux pas la surveiller en permanence !

Sa voix monte soudain dans les aigus, elle est sur la défensive.

— Arrête, Jess, je sais que tu es une bonne mère. C'est juste… c'est un sacré truc qu'elle a à l'arrière du crâne. Tu penses qu'elle a pu se cogner sur un objet en tombant ? Ou un meuble ?

— Je ne sais pas. J'ai imaginé qu'elle avait heurté le sol, mais elle était juste à côté du frigo… Elle aurait pu se hisser le long de sa paroi et se cogner contre lui en tombant…

— C'est possible, en effet.

J'observe à nouveau le crâne de Betsey. Je n'aime pas ça. Je n'aime pas ça du tout. Jess est fuyante, sur la défensive, ça ne me plaît pas. Pourquoi réagit-elle ainsi ? Comme si elle ne pensait à cet accident qu'après coup ? Comme si elle cherchait à cacher quelque chose ?

— Je vais finir de l'ausculter. Tu n'as pas à t'en faire, Jess, c'est le protocole.

Je retire les manches et les jambes de la grenouillère de Betsey pour l'examiner partout. Aucune marque, aucune trace bleuâtre, verdâtre ou jaunâtre. Pas de rougeurs non plus. Pas le moindre signe de maltraitance. Lentement, méthodiquement, je lui retire sa couche, très lourde, et lui soulève les jambes. Elle a un bel érythème fessier, une trace de crème, mais – Dieu merci ! – rien d'alarmant autour du vagin ou de l'anus.

— Qu'est-ce qui te prend, enfin ? Pourquoi tu lui retires sa couche ?

Je tente de la rassurer.

— Nous regardons toujours les bébés sous toutes les coutures, c'est l'usage, Jess.

— Oh, mon Dieu ! Tu penses qu'elle a été agressée !

— Non, Jess. Non, pas du tout. Elle a un érythème fessier, mais il n'est pas bien méchant. Je n'ai rien à signaler de ce côté-là.

Elle est brièvement soulagée.

— Elle va bien, alors ?

Je marque une hésitation.

— Il faut toujours être prudent avec les chocs à la tête, je préférerais lui faire passer quelques examens.

— Quels examens ?

— Une prise de sang et sans doute un scanner pour vérifier qu'elle n'a pas de fracture crânienne.

— C'est indispensable ?

— Je le pense, oui. Et j'aimerais la garder un peu en observation, au cas où elle vomirait à nouveau.

Jess ne s'y attendait pas du tout. Après avoir jeté un coup d'œil à sa fille, elle baisse la tête et se met à jouer avec ses bagues. A-t-elle honte ? Peut-être qu'en prenant des pincettes je réussirai à la convaincre de me confier ce qui la soucie autant…

— Je te connais, Jess. Tu es très protectrice, parfois même un peu trop… je me trompe ?

Elle confirme d'un hochement de tête.

— Or tu as pas mal tardé à amener Betsey, ce qui ne te ressemble pas… Je m'interroge… Pourquoi tu as attendu aussi longtemps ?

Ses bagues tournent, encore et encore.

— Sans doute parce que je ne pensais pas que c'était aussi grave, finit-elle par admettre. Tu sais comment ils sont à cet âge. Kit et Frankie ont fait des chutes bien plus impressionnantes ; j'imagine que Sam et Rosa aussi, non ? Ils tombent sans arrêt à cet âge. Ça m'a paru si inoffensif comparé aux gamelles des garçons, à l'époque où ils apprenaient à ramper. Il n'y avait pas de bosse, je ne me suis pas inquiétée. C'est quand elle a vomi que nous avons pensé à venir.

— C'est logique, je réponds.

Et c'est le cas. Sauf que je conserve une sensation de malaise tout le temps où je fais le nécessaire pour que Betsey soit admise en pédiatrie. De son côté, Ronan se prépare à réaliser une prise de sang.

J'ai appris, lorsqu'un parent se présente avec un enfant blessé, à envisager la possibilité qu'il ne s'agisse pas d'un accident. Que le parent puisse être maltraitant. Bien évidemment, je n'ai aucune envie de soupçonner mon amie. Je lui ai confié mes propres enfants, et je sais quelle mère elle est. Il n'empêche que j'ai été conditionnée, et cette interrogation continue à me tarauder dans un coin de mon esprit.

Voilà pourquoi je me surprends à passer en revue, mentalement, le questionnaire habituel : qu'ai-je appris de l'interaction entre les parents et l'enfant ? Les parents ont-il tardé à venir à l'hôpital ? Se montrent-ils sur la défensive ? Ou au contraire étrangement détachés ? Est-ce que je les soupçonne de mentir ? Et, plus important encore, le récit de l'accident est-il cohérent avec la blessure observée ? En un mot, l'histoire est-elle plausible ?

J'attends, au poste d'accueil, que l'équipe pédiatrique décroche le téléphone. Je suis perturbée. Pourquoi Jess a-t-elle été aussi fuyante quand je l'ai interrogée sur le traumatisme crânien de sa fille ? Pourquoi a-t-elle hésité quand je lui ai demandé si Betsey avait vomi plus d'une fois ? Et pourquoi, elle si consciencieuse avec ses enfants, a-t-elle attendu six heures avant de nous amener sa fille – et encore, sur l'insistance d'Ed ?

À force d'entortiller le cordon du téléphone autour de mes doigts, je laisse des traces sur ma peau. S'il s'agissait de n'importe qui d'autre, j'y verrais des signaux d'alarme, mais je connais bien Jess. C'est une vieille amie. Qui s'est occupée de Rosa lorsqu'elle a eu la varicelle, en même temps que Kit, parce que la crèche de l'hôpital l'estimait trop contagieuse. Qui a déniché des Lego disparus du catalogue pour l'anniversaire de Sam et a insisté pour que je les lui offre, moi. C'est une mère qui aime ses enfants plus que quiconque au monde ; toujours prête à défendre Frankie bec et ongles, allant jusqu'à accuser Mel de faire un drame pour rien le jour où celle-ci a osé dire qu'il avait malmené son fils Connor, laissant libre cours à une colère surprenante ; elle qui est si fière de son aîné, sportif et facile à vivre.

Je sais tout ça au fond de moi, aussi instinctivement que je sais que Nick ne me sera jamais infidèle. Autrement dit, j'en ai la certitude à quatre-vingt-dix-neuf pour cent.

Et pourtant me voilà sur le point d'admettre la fille de Jess pour une suspicion de fracture crânienne, troublée par son comportement.

Suis-je réellement en train d'imaginer Jess capable du pire ?

4

LIZ

Samedi 20 janvier 2018, 0 h 15

Betsey a été admise en pédiatrie ; elle occupe maintenant un lit près de la fenêtre, dont on a relevé les barreaux pour éviter qu'elle ne tombe. Un bébé en cage, pour le protéger.

Jess est sortie téléphoner à Ed et sa fille l'appelle en pleurant : « ma… ma » sont les seules syllabes qu'elle a prononcées. Kath, l'infirmière de garde, lui administre de l'ibuprofène en perfusion qui, allié à sa présence réconfortante, finit par soulager les souffrances de Betsey.

Il faut que j'appelle mon supérieur. Je dois l'informer que nous avons une suspicion de traumatisme crânien, même s'il me détestera de le réveiller. À soixante-deux ans, Neil Cockerill en a jusque-là du NHS et il n'aura sans doute aucune envie de venir à l'hôpital de bonne heure demain matin – sans parler qu'il me reprochera de l'avoir tiré du sommeil alors que je devrais être capable de me débrouiller seule. Sa position se tient bien sûr : il a consacré quarante années de son existence à son métier, il a eu son content de politiques départementales, sans parler des requêtes administratives d'un gouvernement qui veut à tout prix atteindre un niveau d'exigence qu'il n'est pas en mesure de financer. Il est las, aussi, du caractère répétitif et pénible de ce métier, qui implique de veiller sur des enfants malades et parfois mourants. Je comprends qu'il ait décidé de se mettre en retrait, et je l'accepterais si je le considérais comme un collègue. Mais ce n'est pas le cas, et la réciproque est malheureusement vraie : il n'a aucune considération pour moi.

J'ai fait la connaissance de Neil à vingt-cinq ans, au bout d'un an d'internat, alors que je faisais un stage obligatoire de six mois au service pédiatrique de cet hôpital. Je l'ai entendu avant de lui être officiellement présentée : un grand homme avec beaucoup d'allure, d'épais cheveux plaqués en arrière (il approchait alors de la cinquantaine et c'était sa grande fierté), invectivant des médecins à tout bout de champ.

« À mon époque, les praticiens tenaient la boutique comme des grands, ils ne couraient pas trouver leur chef de service à la première occasion ! » s'est-il emporté en sortant des urgences pédiatriques. Tous les parents qui patientaient dans la salle d'attente se sont dévissé le cou pour voir qui était dans une rage aussi noire. « Démerdez-vous ! » a-t-il ajouté. Justin, le médecin qui s'était attiré ses fureurs, était rouge de honte.

Il n'est pas remonté dans mon estime quand je suis revenue dans son service, trois ans plus tard. J'avais eu l'audace de tomber enceinte et les deux premiers mois de mon congé maternité coïncidaient avec la fin de notre collaboration. Comme je n'ai pas été remplacée, sa charge de travail a doublé et, à mon retour, il s'était forgé une opinion à mon sujet : en plus de ne pas être fiable, je n'avais aucun esprit d'équipe. L'épisode de l'otite séreuse de Rosa n'a évidemment rien arrangé :

j'étais constamment appelée à la crèche de l'hôpital, où elle passait ses journées de 8 à 18 heures.

Peut-être que s'il m'avait appréciée, Neil se serait montré plus tolérant, mais il ne me comprenait pas. Je ne ressemblais pas à ces infirmières qui flirtaient avec lui et lui passaient tout. Et je ne lui ressemblais pas à lui, descendant d'une longue dynastie de médecins, avec son assurance et son bagage culturel qui lui permettait de tenir des conversations aussi bien sur le cricket que sur le bon vin. J'étais une jeune femme fébrile, issue d'un milieu populaire, qui lui avait compliqué la vie en devenant mère, redoublant sa charge de travail.

Et il m'en voulait. Il n'avait aucune raison de compatir puisqu'il n'avait pas connu, lui, ce tiraillement entre travail et famille. Sa femme, qui avait quitté son poste d'infirmière à la naissance de leur premier fils, n'avait jamais dû s'essayer à ce numéro d'équilibriste, ni lui demander de faire des compromis professionnels. *Moi aussi, il me faut une femme...* Voilà ce que je pense quand je le vois avec une chemise bien repassée, quand il évoque des vacances en Italie organisées par Rosie – il ne sait pas exactement où, c'est son domaine à elle, il se contente de payer (ce qu'il dit avec le ricanement satisfait d'un homme qui a fini de payer l'emprunt de sa maison dans l'ouest de Londres, achetée trente ans auparavant). *Moi aussi, il me faut une femme...* Voilà ce que je pense quand je sais que, à la fin d'une longue garde, il va rentrer et trouver un bon repas chaud. *Moi aussi, il me faut une femme...* Chaque fois que, à cause de mes enfants, je dois demander une modification ponctuelle du tableau de service pour assister à une réunion à l'école et qu'il fronce le nez comme s'il sentait une odeur désagréable. *C'est ça, la réalité, elle est faite d'exigences qui nous compliquent l'existence*, voudrais-je lui dire. Sauf que, bien sûr, je ne le fais pas, parce que je ne tiens pas à créer de remous : j'ai besoin d'être bien notée. Et j'ai besoin de décrocher un poste de chef de service, idéalement le sien lorsqu'il prendra sa retraite dans deux ans.

Et surtout, je cherche en permanence à l'impressionner. Il n'a jamais oublié une erreur commise au tout début de ma carrière : le genre de mauvaise décision qui vous suit pendant toute votre vie. J'aimerais tant qu'il me trouve compétente.

Or ce coup de fil – nécessaire, car personne ne veut infliger des radiations inutiles à un bébé de dix mois – ne m'aidera pas à me le mettre dans la poche.

— Cockerill, gronde-t-il quand je trouve enfin le courage de composer son numéro.

— Docteur Cockerill…

Je baisse la voix, mon ton est infiniment respectueux.

— Je suis navrée de vous déranger aussi tard.

— Aussi tôt devriez-vous dire.

Sa mauvaise humeur est perceptible.

— Il est presque minuit et demi, ajoute-t-il. Je dormais, bon Dieu !

— Je suis vraiment navrée, insisté-je en conservant une voix douce et calme, mais j'avais besoin de votre avis. J'ai admis une patiente de dix mois avec une contusion et une suspicion de fracture à l'arrière du crâne et je voudrais lui faire passer un scan pour voir ce qu'il en est.

— Hmm…

Son irascibilité fait vibrer la ligne. Il me demande s'il y a le moindre signe d'une fracture inhabituelle à la base de son crâne – ecchymoses autour des yeux, saignements du nez et des oreilles – ou d'une fuite du liquide cérébro-spinal, puis nous discutons de son score de Glascow, qui permet de mesurer son état de conscience.

— Est-ce qu'elle présente d'autres signes inquiétants ?

Le silence qui suit bruisse d'agacement, et j'imagine ses genoux en train de tressauter, comme ils le font toujours lorsqu'il a l'impression de perdre son temps en réunion de service : son énergie contrainte s'échappe par ses jambes.

— Elle a vomi, dis-je. Une seule fois d'après la mère.

— Elle vous a raconté les circonstances du traumatisme ?

— Elle n'a pas vu la chute, elle avait le dos tourné, mais la patiente était à quatre pattes. Elle a glissé ou est tombée après s'être relevée en prenant appui sur le frigo.

— Il faudrait une sacrée chute d'une hauteur aussi faible pour provoquer une fracture crânienne avec, je suppose, une tuméfaction molle ?

— Oui.

Je me dois d'être honnête.

— Il y a autre chose. La mère n'avait pas remarqué la tuméfaction ni mentionné la chute jusqu'à ce que je l'interroge.

Les mots sortent à toute allure, comme si j'espérais que la précipitation les rendrait moins compromettants.

— Et vous avez prévenu les services sociaux ?

— Non. Pas encore.

— Vous ne pensez pas qu'un signalement s'impose ?

— Non. Je connais la mère. Ne vous inquiétez pas : je ne m'occuperai plus de la patiente dès votre retour, et Ronan a été présent tout le temps de la consultation… mais c'est une bonne mère. Je ne la vois pas maltraiter son enfant.

Son silence prolongé trahit son scepticisme.

— Elle est venue aussitôt ?

— Non. La chute a eu lieu vers 16 heures… Elle est arrivée aux urgences un peu après 22 heures.

Nouveau silence, imprégné de méfiance.

— Je n'aime pas ce que j'entends, Elizabeth.

Personne ne m'appelle par mon prénom, à l'exception de Neil, quand il est en colère.

— Je n'aime pas ça du tout. Six heures se sont écoulées entre la chute et l'arrivée aux urgences, la mère n'a pas remarqué le traumatisme crânien, l'explication, selon laquelle la petite serait tombée alors qu'elle était à quatre pattes, est peu satisfaisante au regard de la gravité de la blessure et il y a un soupçon de fracture à l'arrière du crâne… Vous savez ce que ces signes pourraient indiquer ?

Je conserve le silence. Bien sûr que je le sais, enfin !

Une fracture à l'arrière du crâne pourrait très bien résulter d'un choc violent, sur une table à langer par exemple.

— Faites-lui passer le scanner. Je prendrai le relais à 8 heures.

Les images du service de radiologie sont disponibles presque aussitôt après le scan de Betsey. Elles sont sans équivoque. Fracture à l'arrière de la boîte crânienne avec enfoncement, quelques contusions et un hématome sous-dural : une poche de sang qui s'est formée à l'intérieur du crâne et exerce une pression sur le cerveau.

J'aimerais tant que le résultat soit différent. Qu'il n'y ait pas de fracture et que les contusions ne soient que superficielles. Que Betsey puisse être renvoyée chez elle au plus tôt, que ni Jess ni elle n'aient à vivre ce qui les attend.

Et pourtant, les images du scanner et les différentes fenêtres de visualisation confirment qu'il s'agit bien d'un traumatisme crânien. Et que la situation est donc très sérieuse. Je me concentre sur la fenêtre osseuse. Le résultat est incontestable, un vrai cas d'école. À l'endroit où le crâne devrait dessiner une jolie courbe blanche, on trouve deux fissures noires et un petit croissant blanc – le fragment osseux qui s'est séparé du crâne comme une pièce de puzzle délogée.

Je passe à la fenêtre qui me permet d'estimer les dégâts sur les tissus mous et de repérer un éventuel saignement à l'intérieur ou à l'extérieur du cerveau. Les images en noir et blanc sont remplacées par des taches grises. Une fois encore, le résultat est incontestable : une masse ovale grise, d'un centimètre de long, qui exerce une pression sur la surface du cerveau. J'appelle le radiologue de service pour m'assurer que je n'ai rien négligé et il me détaille son rapport de vive voix. Impossible de chercher une autre explication : les images parlent d'elles-mêmes.

Alors qu'un froid me traverse, j'ai conscience de devoir conserver mon calme : je ne dois pas laisser mes émotions entacher mon professionnalisme. D'un côté, nous avons le scan qui établit clairement le traumatisme crânien ; de l'autre, le comportement étrange et fuyant de Jess. Pour autant, faut-il en déduire le pire ?

La plupart des traumatismes crâniens sont d'origine accidentelle et, même si je soupçonne Jess de mentir, elle doit l'avoir fait pour une bonne raison. Je suis sûre qu'il y a une explication innocente à cette situation. Mais je n'ai qu'une minuscule fenêtre de tir pour l'aider, avant que Neil ne débarque et ne récupère le dossier.

Si Jess a quelque chose à me dire, elle doit le faire maintenant.

Elle patiente à côté du lit de Betsey et se redresse d'un coup en me voyant approcher. Elle a pleuré. Un petit pâté de mascara est accroché à ses cils du bas.

— Alors ?

— Le scanner a confirmé ce que nous pensions : Betsey a une fracture crânienne. Pas de dégâts irrémédiables, cependant, ça reste préoccupant.

— Oh, mon Dieu, murmure-t-elle. Oh, mon Dieu ! Oh, mon Dieu…

Elle se plie en deux comme pour vomir. Les vertèbres tout en haut de son dos forment une ribambelle de petites bosses. Je voudrais la serrer dans mes bras, ainsi qu'elle l'a fait durant ces premiers mois de maternité, terribles, quand je n'arrivais pas à supporter que Rosa ne dorme pas. Au lieu de quoi, je m'accroupis devant elle – ce qu'elle pourrait faire avec ses enfants – et la regarde droit dans les yeux.

— Écoute-moi, Jess. Ce que j'ai à dire n'est pas facile. Ce genre de traumatisme crânien, chez un enfant, soulève des questions. Nous sommes obligés de nous demander s'il est dû à une cause accidentelle ou s'il est arrivé pour une autre raison.

— Je ne comprends pas.

Elle me dévisage avec perplexité. Je reprends, l'embarras me poussant à recourir au jargon médical.

— Il est assez inhabituel que ce genre de mécanisme provoque ce type de blessure.

— Mécanisme ?

— Pardon… Je veux dire que ce genre de blessure se produit rarement lors d'une chute aussi simple. Tu es sûre qu'il ne s'est pas passé autre chose ? Que tu n'as pas omis un détail ? Je sais que c'est très dur à envisager, mais quelqu'un aurait-il pu faire du mal à Betsey ?

Je m'interromps, elle semble abasourdie que je puisse formuler une telle hypothèse. Je lui touche l'avant-bras et me lance dans une dernière tentative :

— À moins que tu n'aies autre chose à me dire ?

La voilà, sa chance de se confier. De m'avouer : *Écoute… Je n'osais pas te le raconter… Betsey était à quatre pattes dans l'escalier et elle a fait une chute alors que j'avais le dos tourné, j'étais occupée ailleurs, distraite par les chamailleries des garçons.* Ou, plus simplement : *Oh, Liz, j'ai tellement honte… elle est tombée du lit.*

Je pourrais la rassurer, je lui dirais : *Ne t'inquiète pas, Jess. Tu sais qu'il ne faut pas la laisser sans surveillance un seul instant à cet âge, mais nous savons aussi tous que les accidents se produisent. Car il ne s'agit que de cela, un accident. Il faut le prendre comme un avertissement, se souvenir que cela peut arriver à n'importe qui, même à la mère de trois enfants.*

Sauf qu'elle ne desserre pas les dents. Elle se contente de m'observer, sa grande bouche sensuelle pincée formant une ligne droite, son attitude défensive ayant été remplacée par une étrange absence d'expression, ses émotions habituelles semblant avoir disparu.

Elle joue avec ses bagues, les fait tourner sur le majeur de sa main droite, et je prends conscience que son impassibilité est en réalité un déni, alimenté par la peur. Elle a eu la même réaction à l'époque où j'ai tenté de soulever la question de l'hyperactivité de Frankie, de lui suggérer de le faire tester pour un possible TDAH[1]. Une attitude qui dit qu'elle n'a pas la moindre intention de saisir la perche que je lui tends.

Sa bouche se tord.

— Non, pas du tout, affirme-t-elle.

1. Trouble du déficit de l'attention avec ou sans hyperactivité.

5

LIZ

Samedi 20 janvier 2018, 8 h 30

Neil est prêt à en découdre.

Je le devine à sa façon d'entrer dans la pièce où se tient la réunion de service, le matin : il est tout en énergie électrique et en mouvements brusques.

— Alors... Betsey Curtis, dit-il en se jetant sur sa chaise.

Fousia, le médecin qui prend ma suite aujourd'hui, et Rupert, le plus jeune médecin du service, m'interrogent du regard et je les mets au parfum, leur détaillant le cas, les résultats du scanner, ma discussion avec le radiologue, sans oublier mes échanges avec Jess.

— Et vous avez prévenu les services sociaux ? lance Neil d'un ton léger, comme s'il le mentionnait en passant parce qu'il va de soi que je l'ai fait.

— Mmh... non. Je ne les ai pas contactés.

— Vraiment ?

Il hausse un sourcil. Les siens sont particulièrement fournis, ce qui lui donne un air de grand-duc – et, loin de le transformer en grand-père sympathique, ils renforcent son côté terrifiant.

— Je voulais d'abord en discuter. Je ne suis toujours pas convaincue que l'enfant puisse être en danger.

Il se carre dans son fauteuil et fait tourner son stylo plume entre ses doigts. La plupart d'entre nous utilisent des stylos-billes tout simples : Neil, lui, possède ce stylo plume noir laqué qu'il manipule chaque fois qu'il réfléchit ou qu'il ressent de l'irritation, ses deux principales dispositions. Le stylo va et vient entre ses doigts, c'est à la fois agaçant et étrangement hypnotisant.

— Bien, voyons cela ensemble alors…

Sa voix dégouline de sarcasme.

— La mère a tardé à amener son enfant, elle affirme ne pas avoir remarqué la tuméfaction à l'arrière du crâne et son récit des faits ne semble pas coller avec la gravité de la blessure… et malgré tout, vous ne pensez pas que l'enfant puisse être en danger ?

Avec cette présentation des faits, mon jugement paraît faussé. Toutefois, Neil met tant d'énergie à penser le pire de Jess que j'ai envie de la défendre. La médecine ne relève pas seulement de la science, mais aussi de l'art : un art dans lequel le discernement et l'intuition jouent un rôle déterminant dans le processus de décision. Or je connais Jess depuis dix ans. J'ai forcément une petite idée sur la question de la sécurité de son enfant, non ?

— J'espère que vous ne laissez pas votre amitié pour cette femme interférer avec vos responsabilités professionnelles ?

— Non, bien sûr que non.

C'est pourtant précisément ce que je fais.

— Je dois vous dire que je m'interroge sur votre clairvoyance dans la situation présente.

Après un silence, mon chef de service ajoute :

— Et ce ne serait pas une première, si ?

À cet instant, je pourrais dire, je crois, que je le hais. Il est en train de m'humilier devant mes collègues. Rupert ricane – ce rire nerveux du nouveau désireux de se faire bien voir du patron –, et Fousia semble gênée. Elle me lance un regard de commisération auquel je ne parviens pas à répondre, tant je crains de passer pour faible devant Neil.

— Je n'ai jamais commis d'erreur de jugement en matière de protection des patients, réussis-je à protester.

— Pas dans ce domaine, non, concède-t-il. Mais nul n'est infaillible. On se trompe tous, et vous avez déjà commis des erreurs de jugement.

Et voilà qu'elle ressort. Cette erreur commise à l'époque où j'étais une toute jeune interne, stagiaire en pédiatrie, un an tout pile après avoir terminé mes études. Une erreur qui aurait pu être fatale, et qui lui sert aujourd'hui à étayer sa démonstration. Malgré le temps écoulé, j'ai bien du mal à oublier cet incident.

La méningite à méningocoque est plus compliquée à détecter sur les peaux foncées, et je ne l'ai pas identifiée sur un patient de dix-huit mois, Kyle Jenkins, voyant dans les petites vésicules sur les plantes de ses pieds et sur les paumes de ses mains la manifestation d'une infection virale courante : un syndrome pieds-mains-bouche. Le souvenir du tonitruant « Démerdez-vous » de Neil était encore frais dans ma mémoire, je n'ai donc pas osé le déranger. Je m'apprêtais à laisser sortir Kyle quand Kate, l'une des infirmières pédiatriques les plus chevronnées, a reconnu la cause de ces éruptions cutanées et appelé Neil d'elle-même. Personne n'oublie jamais qu'une infirmière a posé un meilleur diagnostic qu'un médecin. C'est une marque indélébile. J'étais pourtant soulagée que Kate ait compris mon erreur à temps. Et j'ai appris à ne plus jamais faire passer ma crainte de l'humiliation avant un patient.

— Je reconnais parfaitement que j'ai commis une erreur terrible à cette époque, mais il me semble que mon jugement a toujours été fiable depuis.

Il hausse un de ses sourcils intimidants et balaie du regard mes collègues comme pour consolider sa démonstration. Rupert lui répond d'un sourire idiot et Fousia garde les yeux résolument rivés sur ses cuisses.

— Si vous n'êtes pas guidée par un sentiment de loyauté, je ne vois réellement pas ce qui vous fait douter de la nécessité d'ouvrir une enquête. J'irais jusqu'à dire que nous manquerions à notre devoir en ne prévenant pas les services sociaux. N'oublions pas envers qui nous avons une obligation de prudence. Signaler cette fracture crânienne ne veut pas dire que nous pensons que quelqu'un l'a causée volontairement. Simplement qu'il nous semble nécessaire d'ouvrir une enquête.

Et il a raison. Ça a beau me coûter de l'admettre, il a raison, bien sûr. Passer ce coup de fil ne signifie pas que nous accusons Jess… Mais que plusieurs alarmes se sont mises à pousser leur cri strident. Et, au fond de moi, je ne peux pas être à cent pour cent certaine que personne ne s'en est pris à cette petite. Je ne peux imaginer un seul instant qu'il s'agirait de Jess ou Ed, même si les parents sont capables du pire dans un moment d'irritation – ma mère en était l'illustration parfaite. Est-il totalement exclu qu'une chose pareille se soit produite chez les Curtis ?

Je me frotte les yeux. Mon cerveau est sous l'influence de la fatigue, ces quatre nuits de garde consécutives pèsent tant sur moi que mes pensées sont embrouillées.

— Très bien.

Je ravale la boule dans ma gorge, manifestation physique de ma trahison. Je sais que si je ne m'en charge pas, c'est Neil qui passera ce coup de fil aux services sociaux. Et pourtant, malgré son petit jeu de pouvoir pas si subtil, il vise au consensus. Cette décision aura de terribles conséquences pour cette famille. Et si nous endossons collectivement cette responsabilité, elle sera un peu moins lourde à porter.

— Très bien, répété-je en regardant Neil et en me détestant. Je vais les contacter.

6

JESS

Samedi 20 janvier 2018, 9 heures

— Un thé, ma belle ?

Une aide-soignante s'est arrêtée près de Jess, avec un gigantesque thermos argenté sur un chariot.

— Une tartine ?

Elle désigne des tranches de pain sec qui évoquent du carton blanc, de petites plaquettes de margarine et de la Marmite.

— Juste un thé, merci.

Jess prend un gobelet rempli d'un liquide brun foncé et le pose sur la table près du lit de Betsey.

La distribution de ce petit déjeuner est une réalité ordinaire et rassurante dans ce monde où rien ne lui semble normal. Ni les tuyaux, ni les boutons, ni le reste de l'attirail – bouteilles d'oxygène et perfusions. Ni les enfants non plus. Les hôpitaux devraient être réservés aux personnes âgées ou aux femmes enceintes – ou, ponctuellement, ainsi qu'elle en a fait l'expérience, aux jeunes mères après l'accouchement. Pas aux enfants. C'est une perversion de l'ordre naturel des choses.

Elle hait les hôpitaux. Ce qui explique en partie pourquoi elle a tardé à y conduire Betsey. L'odeur déplaisante, le côté froid de cet espace collectif, l'incertitude, la conscience qu'il vibre de maladie – elle a l'impression de sentir les bactéries et les virus, qui se démultiplient de seconde en seconde, éclosent dans l'air ambiant. Quand elle est sortie pour appeler Ed, elle s'est arrêtée chaque fois qu'elle a aperçu un flacon de gel hydro-alcoolique pour s'en badigeonner les mains. Au moment de croiser un vieil homme avachi sur une chaise en plastique près du respirateur, elle a perçu l'odeur douceâtre d'urine qui émanait de lui, et elle a aussitôt imaginé que ses germes se propageaient jusqu'à elle. Et ce n'était qu'une partie du problème. Derrière les portes battantes se cachait l'univers inconnu des salles d'opération, où règne, elle le sait, l'anarchie : hémorragies, arrêts cardiaques, entrailles et ventres se vidant dans un chaos de fluides corporels. Atmosphère si peu conforme au calme et à l'ordre requis en milieu hospitalier. Si peu conforme à tout ce à quoi elle aspire.

Elle plonge la main dans son sac à la recherche de son flacon de gel, en apprécie la brûlure. Cette peur panique des hôpitaux a débuté dix ans plus tôt, à la naissance de Kit. « Prends des lingettes désinfectantes », lui avait conseillé Liz. Ignorant qu'un accouchement était un champ de bataille sanguinolent, Jess n'en avait pas vu la nécessité. Elle avait choisi une maternité de compétition, étincelante, à la pointe de la technologie, avec une cour intérieure lumineuse agrémentée de deux cafés, sans oublier que le fils d'un Premier ministre figurait au nombre des naissances récentes. Elle ne s'était pas préparée aux petites traces de sang d'une autre femme sur le sol de la douche. Pas plus qu'aux cris des autres femmes dans les affres ultimes de la délivrance : des bruits gutturaux de bêtes, dont on ne lui avait pas parlé pendant les cours de préparation à l'accouchement. Elle s'était imaginée donner naissance entourée de bougies à la lavande, avec le mouvement lent du concerto pour deux violons de Bach en fond sonore, les cordes la guidant vers l'apogée des contractions. Quelle naïveté…

Au bout du compte, l'accouchement de Kit avait été on ne peut plus classique, à l'image de son aîné si simple, si facile à vivre. Elle avait donc insisté pour accoucher à domicile quand elle attendait Frankie. Les conditions étaient idéales : éclairage tamisé, musique… Et Ed, qui s'y était vivement opposé au départ, s'était montré si encourageant, si fier lorsque ce petit bébé gracile – très différent de son frère, force tranquille de quatre kilos – était sorti de son ventre. Elle avait eu l'impression… eh bien, oui, elle avait eu l'impression d'avoir bien fait les choses pour une fois.

Elle avait voulu réitérer cette expérience avec Betsey. Mais il y avait eu des complications : le bébé était plus gros que prévu, Jess avait paniqué et avait été conduite en urgence à St Joseph, la tête de la petite s'était coincée, alors ils avaient dû utiliser le bistouri et les forceps… Un enchaînement d'événements brutaux, en tout cas, c'est ce qu'il lui avait semblé sur le coup. Puis la situation avait encore dégénéré. La salle d'accouchement s'était remplie de monde, il y avait urgence, car les épaules de Betsey étaient bloquées. L'expression de l'obstétricien pendant qu'il fourrageait à l'intérieur d'elle avec une agressivité telle qu'elle s'était sentie violée. La douleur. La douleur pure et dévorante.

Ils ne disposaient que de trois à cinq minutes pour sortir Betsey, avait-elle appris par la suite. Un détail qu'elle est incapable d'oublier. D'autres se sont effacés de sa mémoire et lui ont été rapportés plus tard : on a en effet tendance à être distrait lorsqu'on fait une importante hémorragie, à avoir les idées un peu confuses. Elle se souvient seulement que, dès que cela a été possible, après une importante transfusion sanguine, elle a été impatiente de quitter cet endroit.

Et aujourd'hui, elle est de retour. Dans ce service où l'air manque, où les enfants sont apathiques. Assise à côté de son bébé, qu'elle n'ose pas laisser de peur que son état ne s'aggrave. Déboussolée et exténuée, un goût métallique dans la bouche, un picotement dans les mollets. D'un mouvement prudent, elle fait bouger ses chevilles, puis s'appuie de tout son poids dessus afin de chasser la crampe.

Un grand homme grisonnant s'approche d'un pas lourd.

— Docteur Neil Cockerill, chef du service de pédiatrie, se présente-t-il en lui tendant la main.

Elle se lève pour le saluer, mal à l'aise.

— Je vais reprendre le dossier de Betsey puisque j'ai cru comprendre que vous étiez amies, le Dr Trenchard et vous ?

Elle hoche la tête. Liz a déjà pris ses distances ces dernières heures. Ce sont les infirmières qui sont venues stimuler Betsey, une fois par heure, et Jess n'est pas idiote. Son amie a peut-être des motifs d'inquiétude – professionnels –, on ne peut pas dire qu'elle se soit montrée particulièrement chaleureuse.

— J'imagine que vous le savez, les recommandations de bonne pratique nous déconseillent de traiter les patients de notre connaissance, poursuit le médecin. Nous allons programmer un scanner pour vérifier que Betsey n'a aucune hémorragie rétinienne, et sans doute une radiographie complète du squelette. Ce sont les examens indiqués dans ce genre de situation.

Il sourit, ses deux sourcils se rapprochent l'un de l'autre.

— Est-ce que c'est bon pour vous ?

Elle hoche la tête. Lui demande-t-il son accord ? Ou veut-il simplement vérifier qu'elle comprend ? Tout se mélange et se brouille, termes médicaux et expressions plus courantes, censées mettre du liant. La présence de Betsey ici, ce torrent d'informations, tout lui semble irréel.

Et la question qu'il lui pose ensuite n'a absolument pas le moindre sens.

— Je suis désolée, répond-elle, un picotement d'appréhension parcourant son cuir chevelu. Je ne suis pas certaine d'avoir bien compris. Pourriez-vous répéter ?

— Je dois vous demander si votre famille a déjà eu affaire, pour une raison ou une autre, aux services sociaux.

Elle est prise de court, sa poitrine se serre. Elle a l'esprit aussi confus que si elle venait d'être renversée par une vague colossale et qu'elle n'entendait plus que le déferlement de l'eau.

— Non... Non, bien sûr que non, réussit-elle enfin à articuler.

Il lui décoche un bref sourire professionnel qui semble suggérer qu'il ne la croit pas.

— Betsey a une fracture crânienne et nous nous inquiétons des circonstances dans lesquelles celle-ci a pu se produire.

Elle ne réagit pas.

Lorsqu'il reprend, son ton est doucereux, son débit lent :

— Je suis désolé, madame Curtis, mais il est de notre devoir d'envisager la possibilité que quelqu'un aurait causé cette blessure à votre petite fille.

Elle réussit, elle ne sait comment, à comprendre qu'elle va être contrainte de répondre aux questions d'un policier.

— C'est la procédure habituelle dans ce type de situation. Ils doivent établir le déroulement des faits, explique le Dr Cockerill.

Ils ont dû, Liz ou lui, contacter la police, parce qu'à 10 heures deux agents ont fait leur apparition.

Des inspecteurs, un homme, une femme. Aucun des deux ne semble menaçant. Ils sont presque banals. Et pourtant, il suffit que Jess se retrouve face à eux, avec leur autorité naturelle et leur intention de la percer à jour afin d'élucider l'affaire, pour qu'elle s'écroule comme une marionnette dont on aurait brusquement relâché les fils. Elle cherche à tâtons une chaise.

— Jess ? Je peux vous appeler par votre prénom ? Tout va bien, Jess ?

L'inspectrice l'aide à s'asseoir tout en la jaugeant. Jess réussit, alors qu'elle est plongée dans la brume de l'angoisse, à hocher la tête.

— Je suis l'inspectrice Cat Rustin, et je vous présente mon collègue, l'inspecteur Steve Farron.

Elle marque une pause avant d'ajouter :

— Nous souhaitons vous poser quelques questions sur ce qui est arrivé à Betsey hier après-midi. Vous n'y voyez pas d'inconvénient ?

Jess hoche à nouveau la tête, puis elle est prise de tremblements lorsqu'ils la conduisent dans une pièce voisine. Une voix chantonne dans sa tête, une voix d'enfant qui cherche désespérément à attirer son attention : « Tu es une mauvaise, une très mauvaise mère. » Elle tente de la faire taire.

— Je porte une caméra-piéton sur ma poitrine, précise Cat Rustin.

Une raie sévère, pile au milieu du crâne, partage ses cheveux qui lui tombent aux épaules. Elle ne porte pas de maquillage. Elle a un air compétent – presque zélé.

— Elle enregistrera cet entretien, pour qu'il ne puisse y avoir aucun litige dans le cas où nous devrions nous y référer.

Si vous souhaitez l'utiliser comme preuve, oui… Voilà ce que Jess voudrait répondre.

Son collègue, l'inspecteur Farron, se racle la gorge. Grand et mince, avec des cheveux couleur d'Earl Grey insuffisamment infusé et quelques taches de rousseur pâles sur l'arête du nez, il lui propose un verre d'eau. Il a une voix douce, avec un léger accent du Sud-Ouest. Il dépose le gobelet en plastique devant elle avec une politesse discrète. *Peut-être la ménagera-t-il davantage*, songe Jess.

— Revenons, si vous le voulez bien, aux origines de la blessure de Betsey, reprend l'inspectrice.

Jess tente d'ordonner ses pensées, de réfléchir à la présentation des faits.

— Je préparais un smoothie. Elle rampait sur le carrelage. Elle a dû glisser, à moins qu'elle n'ait essayé de se relever en s'appuyant sur le frigo et qu'elle ne soit tombée…

Est-ce ce qu'elle a dit à Liz ? Avec la fatigue, son esprit tourne au ralenti, pourtant, le regard franc de l'inspectrice la force à se concentrer.

— Je suis désolée, j'avais le dos tourné, je ne peux pas vous fournir un récit plus détaillé.

— Où était-elle quand vous l'avez trouvée ? Dans quelle position ?

— Eh bien…

— Prenez votre temps, intervient l'inspecteur Farron.

— Je crois qu'elle se relevait sur les mains… C'est ce qui m'a conduite à penser qu'elle était à quatre pattes et avait glissé.

L'inspectrice garde les yeux rivés sur elle.

— Pourtant, la fracture se situe bien à l'arrière de son crâne ?

L'air est chargé de suspicion. Au point que Jess sent son goût : terreux, ferrugineux. Il lui donne la chair de poule, les poils fins de ses bras se dressent.

— Je… oui… Vous avez raison. Je confonds avec une chute de la veille, où elle était tombée vers l'avant. Là, elle était sur le dos.

La tuméfaction se trouvait à l'arrière de la tête de Betsey. Elle le sait. Elle ne doit pas l'oublier.

— Elle était étendue sur le dos, répète-t-elle, d'un ton plus assuré cette fois.

— Et qu'est-ce qui vous a poussée à vous retourner vers elle ?

— Le bruit de la chute, d'abord. Puis elle s'est mise à pleurer. J'étais dans la même pièce qu'elle, j'avais juste tourné le dos une minute pour préparer ce smoothie. Je l'ai immédiatement prise dans mes bras…

Ne te justifie jamais, lui a dit Ed le jour où elle avait été arrêtée pour excès de vitesse – ce qui lui a valu plusieurs points de pénalité sur son permis. Et néanmoins, c'est plus fort qu'elle. L'excès d'explications ne sert qu'à semer le doute sur ce qu'elle a dit précédemment.

L'inspectrice s'appuie contre son dossier, et Jess perçoit le scepticisme qui émane d'elle, par petites vaguelettes au début, mais qui gagnent en amplitude.

— Bien, donc nous avons établi qu'elle s'était cognée à l'arrière de la tête…

— Oui.

— Et pourtant, vous ne l'avez pas signalé à votre arrivée à l'hôpital, ni au Dr O'Neill, que vous avez vu en premier, ni au Dr Trenchard, qui a pris sa suite ?

— Non.

— Et pour quelle raison ?

— Je… je crois que je ne jugeais pas ça important. Que je ne pensais pas qu'il y avait un lien quelconque.

Elle soupèse chaque mot comme s'il s'agissait d'ingrédients pour une recette qu'elle ne veut surtout pas rater.

Un silence. Cat Rustin baisse brièvement les yeux avant de les relever et de les planter dans ceux de Jess. Ils sont d'un gris terne, qui rappelle l'eau de vaisselle.

— Et vous n'avez pas non plus remarqué que l'arrière de sa tête était mou, qu'il y avait… je crois que le Dr Trenchard parle de tuméfaction molle ?

— Non, avoue-t-elle.

Quelques secondes supplémentaires de silence s'écoulent, durant lesquelles l'inspectrice la jauge. Un picotement de chaleur remonte le long du cou de Jess.

— J'imagine pourtant que vous avez tenu la tête de Betsey au moment de l'installer sur son siège auto ou quand vous l'aviez sur vous dans la salle d'attente de l'hôpital ?

— Oui.

— Et même à ce moment-là vous n'avez rien remarqué ?

— Non, en effet. Non.

Elle baisse la voix et s'étrangle. Elle a conscience de ne pas être convaincante.

— J'étais tellement pressée d'arriver ici…

— Vous étiez pressée ? Si je ne m'abuse, vous avez attendu six heures pour l'amener ici, non ?

— Oui.

Une nouvelle interruption, pendant laquelle le regard de l'inspectrice ne vacille pas.

— Tout à l'heure, vous avez, me semble-t-il, évoqué la possibilité que Betsey ait pu prendre appui sur le frigo pour se redresser avant de chuter.

— Oui.

— Mais vous ne l'avez pas vue faire cela non plus ?

— Non.

Silence.

— Alors, pourquoi l'avoir mentionné ?

— J'ai juste…

De perplexe, le ton de Cat Rustin est devenu tranchant. Jess entend parfaitement l'hésitation dans sa propre voix.

— Je… je l'ai juste envisagé. Elle a pris l'habitude de se relever récemment, et je me suis dit que ça pouvait expliquer le choc. Si elle est tombée alors qu'elle était debout, la chute a forcément été plus importante. C'est ce qui arrive en général, parce que la distance jusqu'au sol est plus grande.

— Vous voulez dire que ça s'est déjà produit ?

Le rire de Jess, sec, sonne faux. Un rire de folle, songe-t-elle.

— Eh bien, oui. Enfin, je veux dire, oui, ça s'est déjà produit, bien sûr. Tous les bébés tombent quand ils se redressent ou qu'ils marchent à quatre pattes.

Elle se force à sourire.

— J'ai trois enfants, je sais qu'ils tombent, qu'ils glissent et qu'ils se font mal. Ils sont plus robustes qu'on ne le croit.

L'inspectrice l'encourage d'un sourire. Ils ont peut-être récolté suffisamment d'informations ? Mais non, les questions continuent à pleuvoir, et à chacune le mépris des policiers est plus perceptible. *Une mère qui ne surveille pas son bébé. Qui n'est même pas capable de décrire précisément dans quelle position elle l'a retrouvée. Réfléchis, Jess, pour l'amour de Dieu, réfléchis.*

— S'il vous plaît, dit-elle en se tournant vers l'inspecteur Farron, avant d'être soudain assaillie par une nouvelle peur.

Elle n'a aucune idée de l'état dans lequel se trouve Betsey à cet instant, et s'il s'était dégradé ?

— S'il vous plaît, puis-je aller voir comment va mon bébé ? Je veux juste m'assurer qu'elle…

Le visage juvénile du policier s'adoucit. Jess a peut-être trouvé la bonne ruse, même si c'est son instinct qui lui a soufflé cette requête.

L'inspectrice, elle, n'est pas pressée. Elle n'apprécie pas Jess – aucun doute sur ce point –, et elle semble même se délecter du pouvoir qu'elle exerce sur elle.

— Dans une minute. Il nous reste encore quelques points à clarifier.

7

ED

Samedi 20 janvier 2018, 15 heures

Avec leurs gestes rapides et efficaces, les policiers transforment la cuisine en zone à quadriller ; elle n'est plus le centre névralgique du foyer d'Ed. Il tente de ravaler la boule dans sa gorge, repense à une fiction télévisée récente. Ils procèdent comme s'il s'agissait d'une scène de crime.

Jess est montée se coucher. Il a insisté. Lui a assené avec fermeté qu'elle ne serait d'aucune aide, ni pour lui ni pour les enfants, si elle continuait à observer les inspecteurs avec une peur aussi patente, tant son impatience d'être débarrassée d'eux se lit sur son visage.

Il n'a pas ajouté qu'elle courait le risque d'attirer les soupçons. Alors qu'il en est profondément convaincu. Elle devient imprévisible ces derniers temps. Se laisse déborder par ses émotions. Se montre de plus en plus encline à être affectée par la moindre broutille. Il n'avait pas pris conscience, jusqu'à récemment, qu'elle perdait pied.

Il tourne le dos à l'enquêteur de la police scientifique. Il ne se sent pas capable de le regarder, a l'impression que, à l'instar des inspecteurs, il le considère avec méfiance. Tout cela aurait pu être évité s'il s'était chargé lui-même de conduire Betsey à l'hôpital. La curiosité de la police a dû être piquée par une imprécision, une incohérence dans les explications de Jess. Il aurait su arrondir les angles, avec lui les choses ne seraient pas allées aussi loin. Jess n'a jamais aimé s'expliquer. Elle n'a sans doute pas été assez claire, n'a pas saisi la gravité de ce qui se passait…

Il risque un coup d'œil en direction de l'enquêteur, conscient que chacune de ses réactions pourrait être enregistrée, puis il se sert un verre d'eau, la fraîcheur du liquide sur ses lèvres sèches lui fait du bien. Il aurait dû aller à l'hôpital. C'est lui qui a remarqué que Betsey n'était pas dans son état normal. À la façon dont elle tournait la tête pour s'écarter de lui ; à ses larmes dès qu'elle l'avait aperçu – elle si solaire, du moins avec lui, ce qui a toujours eu le don d'exaspérer Jess. Et puis il y a eu le vomi, dont l'odeur, il s'en rend compte à présent, l'a en partie attiré dans la chambre de leur fille.

Il a la nausée à ce souvenir. Il n'avait jamais retrouvé aucun de ces enfants dans un tel état. La traînée de vomi le long de sa joue, menant à la flaque sur le matelas du petit lit, ses yeux luisants de larmes. Dieu merci, il était passé la voir. Ce n'était pourtant pas dans ses habitudes après une soirée à l'extérieur et, même s'il était rentré dès 22 heures, il avait l'impression d'avoir un peu trop levé le coude – quelques bières englouties à toute allure à la fin d'une semaine harassante dans la volonté de repousser le moment de se retrouver face à Jess… et peut-être dans une tentative de se convaincre qu'il n'était pas seulement un père de famille qui faisait bouillir la marmite et qu'il était encore du bon côté de la quarantaine.

C'était le boulot de Jess, de s'occuper des enfants, mais, pour une raison mystérieuse, elle était au lit, et il a entendu Betsey pleurer. Un gémissement sporadique, qui ressemblait à un bêlement d'agneau. Il n'a jamais été très à l'aise avec les bébés. Il préfère de loin les enfants une fois qu'ils savent marcher et qu'on peut jouer au ballon avec eux – Kit a l'âge parfait et même avec Frankie, qui peut être difficile, il partage des moments de complicité. Et malgré tout, les appels insistants de Betsey, qui réclamaient de l'attention, lui ont serré le cœur. *Les humains sont intelligents*, a-t-il pensé en poussant la porte de sa chambre, étrangement fermée. Le cri de Betsey avait l'intensité et le timbre adéquats pour garantir sa survie.

« Qu'est-ce qu'il y a, Bets ? » Il s'est faufilé dans sa chambre, sur des jambes moins assurées que de coutume, s'est penché au-dessus du petit lit, s'attendant à ce que la plainte cesse, remplacée par un sourire édenté. Elle n'a pourtant pas eu la réaction habituelle en découvrant son père, et ses grands yeux bleus se sont embués de larmes. Sa lèvre inférieure tremblait et elle a poussé un cri – moins résolu maintenant qu'elle avait attiré son attention, et néanmoins qui exprimait toujours de l'anxiété. Au moment où il l'a soulevée dans ses bras, il a été frappé de plein fouet par l'odeur de vomi et compris, enfin, la raison de la détresse de Betsey.

S'il ne l'a pas conduite à l'hôpital, c'est parce qu'il avait bu, bien sûr, et qu'il avait conscience d'empester l'alcool. Et aussi parce que, d'une certaine façon, il était convaincu que Betsey voudrait sa maman. Les enfants étaient à peu de chose près le domaine réservé de Jess. C'était l'inconvénient d'avoir un bébé à quarante-deux ans : il connaissait à peine sa fille, ne l'avait pour ainsi dire jamais baignée, bon Dieu ! Plus sa carrière devenait exigeante, plus son foyer obéissait à une répartition traditionnelle des tâches en fonction du sexe. Il s'occupait de gagner de l'argent, Jess se chargeait des enfants et de la maison.

Et maintenant, ça. Un enquêteur de la police scientifique photographie l'arête du frigo pour chercher un indice, la preuve que leur fille se serait cogné la tête à cet endroit, il observe le sol qui brille de façon inhabituelle, comme s'il avait été nettoyé avec une sorte de spray glissant. Ed devra répondre à des questions ; il en a été informé par Cat Rustin, une femme plutôt sèche et sévère. Elle assurera l'entretien avec son collègue, l'inspecteur Farron. Lequel entretien sera filmé, découvre-t-il plus tard. Il lui faudra aussi rédiger un témoignage par écrit. Puis l'inspectrice verra Frankie et Kit avec une assistante sociale.

Il se frotte le visage, cherchant à effacer la tension des douze dernières heures. Une migraine lancinante lui laboure les tempes et il a une conscience accrue de son manque de sommeil : trois heures tout au plus, ce qu'il est capable de supporter si le travail l'exige, mais en l'occurrence il n'a pas été informé des délais à respecter, il ignore quand cette histoire se terminera et quand il pourra enfin souffler. Il doit se ressaisir. Il n'a jamais éprouvé une angoisse aussi tenace, lui si calme et ordonné, toujours maître de la situation. D'un autre côté, c'est la première fois qu'il se trouve en présence de policiers sous son propre toit.

Il n'a qu'une envie : aller voir Betsey à l'hôpital. Le dernier souvenir qu'il conserve d'elle est celui de son visage chiffonné et mouillé de larmes, de son haleine aigre, de son petit corps qui se contorsionnait pour s'échapper, s'opposant à toute tentative de son père pour la consoler et la serrer contre lui. Il n'a pas remarqué de bosse à l'arrière de sa tête. Il était trop occupé à la sortir de sa gigoteuse et à lui retirer sa grenouillère pour essayer, avec beaucoup de maladresse, de la nettoyer. Il a besoin de se rassurer, de constater que Betsey est redevenue conforme à l'image qu'il a toujours eue d'elle, celle d'une petite fille joyeuse et radieuse, qui sourit dès qu'elle le voit. *Bon Dieu !* Il est temps de redescendre sur terre : Betsey est à l'hôpital avec une fracture crânienne enfin !

Il commence à trembler. Il est surpris par ce besoin viscéral de voir sa fille, de vérifier en personne si son état est en voie d'amélioration ou, en tout cas, qu'il ne se dégrade pas. Il n'a jamais été inquiet quand ses enfants étaient malades, jamais nerveux même lorsqu'ils avaient de fortes températures. Sans doute parce que Jess s'est toujours occupée d'eux. Aujourd'hui, c'est différent. Sa fille est seule à l'hôpital avec un traumatisme crânien que personne ne semble pouvoir expliquer.

Il doit s'assurer que Jess a décrit correctement l'état de Betsey, et il doit parler à Liz. Il l'a toujours appréciée et elle lui donnera une réponse franche, n'est-ce pas ? Il lui suffira peut-être de lui glisser un mot pour qu'elle parvienne à interrompre ce cauchemar qui s'est mis en branle ; elle saura rassurer la police et les services sociaux : il s'agit d'un accident banal et les réactions de tous sont disproportionnées. Pourquoi Liz n'a-t-elle pas mis un frein à cette histoire dès le début ? Elle connaît Jess, elle sait combien elle adore les enfants. D'après Jess, le chef de service semblait suspicieux, mais Liz n'est pas du genre à se laisser marcher sur les pieds : Ed a toujours apprécié sa façon d'assumer son opinion, de défendre son point de vue dans les discussions. Elle a dû plaider avec férocité leur cas devant son patron, il en a la certitude : alors pourquoi celui-ci n'a-t-il pas été convaincu ?

Il tente à nouveau de joindre Liz sur son portable, presse la touche d'un index presque rageur. Rien. Il lui a déjà laissé un message, et il ne veut pas la harceler, la pauvre. Il a aussi tenté de l'appeler sur son téléphone fixe. Il essaie une dernière fois, aux deux numéros, et raccroche, les deux fois.

L'enquêteur continue à mitrailler la cuisine avec son appareil. Il semble porter un intérêt tout particulier à la disposition des meubles, prend en photo le plan de travail sur lequel Jess a dû leur dire qu'elle avait préparé un smoothie, ainsi que la table de la cuisine où Frankie l'a bu. Il mesure aussi la distance qui sépare ces deux endroits du frigo. Ed le surveille, il doit se retenir de lui demander de partir. De ne pas contaminer leur maison avec ses soupçons.

Au lieu de quoi, il décide de s'occuper en allant vérifier ce que font les garçons : Kit joue à *Fortnite* sur la Xbox pendant que Frankie est plongé dans son jeu préféré, *Minecraft*, chacun sur un canapé du salon. Deux têtes baissées, une blonde ébouriffée, une brune soyeuse. Deux paires de jambes très différentes aussi : celles de Frank, deux cannes moulées dans un jean skinny foncé ; celles de Kit, musclées, qui dépassent d'un short de foot. On ne devinerait jamais qu'ils sont frères. Kit est, de toute évidence, son digne héritier, et Frankie, le fils qu'il a du mal à comprendre, qu'il ne sait pas par quel bout prendre. Deux garçons qui se distinguent autant par le physique que par le caractère.

Il les a déjà informés que leur sœur était à l'hôpital et y passerait la journée, que leur mère était couchée. Il leur expliquerait la situation en détail plus tard. « Quand la police sera partie ? » lui a demandé Kit, lui qui ne fait jamais d'histoires, qui accepte ce qu'on lui dit sans discuter. Il a levé vers son père un visage où se lisait une confiance absolue. « Oui, mais vous n'avez aucune inquiétude à avoir, d'accord ? »

Il a accompagné sa réponse d'un regard qui disait : *La conversation est terminée, c'est moi l'adulte et tu dois l'accepter.* Kit a hoché la tête et s'est replongé dans sa partie de jeu vidéo. Frankie, évidemment, a commencé à s'énerver.

« Pourquoi je ne peux pas voir maman ? Je veux la voir… »

Sa voix est montée dans les aigus et Ed lui a adressé un tout autre genre de regard. Il n'est pas en état de supporter cette propension de son fils à tout prendre au drame – même si pour une fois c'est justifié.

« Maman a passé toute la nuit à l'hôpital avec Betsey, elle a besoin de se reposer », leur a-t-il répété pour la énième fois.

— Pourrions-nous vous poser quelques questions ? lui lance l'inspectrice en approchant avec un sourire crispé.

— Bien sûr.

Il lui indique d'un geste la cuisine et la table. *Reste calme, reste concentré. Surtout, sois courtois.* Il pense aux conseils qu'il donnerait à Jess, qu'il aurait aimé lui donner hier si seulement elle lui avait dit ce qui se passait. *Montre-toi ouvert. Serviable. N'alimente pas leurs soupçons. Nous n'avons rien fait de mal.*

— Il s'agit simplement d'établir les faits pour le moment. Une petite discussion pour essayer de comprendre ce qui s'est passé, annonce Cat Rustin.

Il n'est pas dupe néanmoins. Il grimace lorsqu'elle précise « pour le moment », percevant la menace implicite d'une mise en examen officielle, ultérieurement. Il frémit aussi quand elle lui parle de sa caméra-piéton, qui servira à enregistrer l'intégralité de ses propos.

— Nous aimerions simplement savoir qui se trouvait ici au moment où Betsey a été blessée, poursuit-elle. Étiez-vous là hier après-midi aux environs de 16 heures ?

— Non, j'étais au travail. J'en suis parti vers 18 heures, puis j'ai rejoint des collègues pour boire un verre. Je peux vous donner leurs noms si vous le souhaitez, et l'adresse du bar ?

Il le fait tout en ayant conscience qu'il donne l'impression de fournir un alibi.

— Je ne suis rentré que vers 22 heures.

— Et que s'est-il passé à votre retour ?

— Jess était couchée. Les deux garçons étaient dans leurs chambres, j'ai supposé qu'ils dormaient. Betsey pleurait… enfin, elle gémissait plutôt. Je suis allé voir ce qui se passait.

— Dans quel état l'avez-vous trouvée ?

— Elle avait pleuré, elle était irritable, et il y avait du vomi dans son lit. Je l'ai prise dans mes bras pour tenter de la calmer, mais j'ai vite compris que quelque chose clochait. Elle me repoussait et tournait la tête. Je me suis dit que j'étais plus maladroit que Jess, moins habitué à la consoler.

Il marque une pause.

— Je n'ai pas réussi à la calmer.

— Et c'était inhabituel ?

— Oui, ça l'était.

— L'avez-vous déjà retrouvée dans un état comparable ?

— Non, jamais.

— Je préfère lever toute ambiguïté : vous ne l'aviez jamais trouvée avec du vomi dans son lit ?

— Non.

— Et les pleurs ? Ça lui arrivait souvent ?

Il réfléchit, bien conscient qu'il est absent l'essentiel de la journée, bien conscient aussi qu'il ne veut rien dire qui risquerait d'éveiller leurs soupçons. Il finit par opter pour l'honnêteté.

— Elle pleure… comme n'importe quel bébé… mais c'était différent hier soir. J'étais impuissant, je n'arrivais pas à l'apaiser.

L'étau autour de sa tête se resserre au souvenir de sa honte, de son sentiment de maladresse. Pourquoi n'a-t-il pas allumé la lumière ? Sans doute pour ne pas l'éblouir. D'autant que Jess est obsédée par la nécessité de faire le noir complet dans les chambres des enfants, de ne surtout pas les exciter. Il a donc préféré ouvrir en grand la porte pour que la lumière du palier pénètre dans la chambre. Betsey s'est aussitôt détournée, ce qui l'a troublé. La photophobie n'était-elle pas l'un des symptômes de la méningite ? Jess ne l'avait pas fait vacciner – ce qui l'avait mis hors de lui –, même si, comme pour l'ensemble des questions domestiques, il n'avait pas pris la peine d'intervenir. Il l'a remise dans son lit pour lui retirer sa gigoteuse trempée et regarder si elle avait une éruption cutanée sur le ventre. Betsey a hurlé et s'est débattue, parce qu'elle était furieuse d'être manipulée – ou plutôt parce qu'elle souffrait le martyre, comprend-il à présent. Se sentant dépassé, il s'est précipité à l'étage, pour aller chercher Jess.

— Et votre épouse ? Où se trouvait-elle pendant ce temps-là ? lui demande l'inspectrice.

— Au lit.

— Elle dormait ?

— Non, mais je pense qu'elle s'était assoupie. Elle venait de se réveiller, elle était groggy. Elle avait eu une longue journée.

— Pouvait-elle entendre les cris de la petite depuis votre chambre ?

— Je ne sais pas.

— Les avez-vous entendus, vous, de votre chambre ? insiste l'inspectrice.

Il hésite.

— Oui.

— Ils étaient forts ?

— C'étaient des pleurs de bébé. Je dirais qu'ils étaient… insistants, au moment où je suis monté, mais j'ignore quelle était leur intensité avant. Je suppose qu'ils étaient moins forts, et plus espacés, comme lorsque je suis rentré.

— Avez-vous demandé à votre épouse pourquoi elle n'était pas allée voir ?

— Non.

L'inspectrice incline la tête sur le côté.

— Vous vous êtes étonné qu'elle ne l'ait pas fait ?

— Pas vraiment.

Elle tapote son bloc-notes avec son stylo à bille, trois fois, sur un rythme monotone. Qui traduit son incrédulité palpable.

— Ma priorité, c'était de conduire Betsey à l'hôpital.

— Vous étiez donc inquiet à ce stade ?

— Je m'inquiétais de la voir fuir la lumière, et du fait qu'elle ait vomi. Je craignais une méningite.

— Et votre épouse partageait-elle votre sentiment sur la nécessité de la conduire à l'hôpital ?

— Oui… dès que je lui ai parlé de la sensibilité de Betsey à la lumière. Bien sûr qu'elle a convenu qu'il fallait l'emmener aux urgences.

— A-t-elle mentionné la chute de votre fille, sur la tête ?

— Je ne m'en souviens pas, non. Nous étions focalisés sur son état.

— Cela aurait-il accru votre inquiétude si elle l'avait fait ?

— J'imagine que oui.

Il ne comprend pas très bien où elle cherche à en venir et il ne sait donc pas comment lui répondre.

— Mais la question ne s'est pas posée, ajoute-t-il, parce qu'elle ne m'a rien dit.

— Est-elle partie à l'hôpital aussitôt ?

— Oui, dès qu'elle a été prête.
— Combien de temps lui a-t-il fallu ?
— Cinq minutes tout au plus.

Un frisson d'irritation le parcourt. Hors de question qu'il leur parle de l'agacement qu'il a ressenti en voyant Jess prendre le temps de se brosser les cheveux. Il a quitté la chambre pour aller mettre une grenouillère propre à Betsey, remplir le sac à langer de vêtements et couches, sans être certain d'avoir pensé à tout – honteux de connaître aussi mal les détails du quotidien de sa fille.

Jess était agitée quand elle l'a rejoint, le regard brillant, évasif. Il en a déduit que son malaise à lui était contagieux. Elle s'est montrée sèche, presque dédaigneuse.

« Tu peux me passer son sac ? » lui a-t-elle demandé en lui prenant Betsey des bras. Les cris de la petite devenaient perçants, la pauvre était épuisée. En plus de se sentir incompétent, il était troublé.

Et alors que Cat Rustin poursuit son interrogatoire, avec une intervention ponctuelle de son collègue, l'inspecteur Farron, l'impression se renforce et s'intensifie, au point que ses doutes, dont il avait à peine conscience lorsque Jess lui a annoncé la venue de la police, s'amplifient petit à petit. Pourquoi donc s'est-elle cachée sous la couette et a-t-elle ignoré les pleurs de leur fille ? Pourquoi a-t-elle mis autant de temps à se préparer pour partir à l'hôpital, ne partageant pas sa panique, au point qu'il a fini par lui hurler dessus et la menacer d'appeler un taxi afin d'emmener Betsey lui-même ? Pourquoi s'est-elle, dans un premier temps, opposée à l'idée de la conduire à l'hôpital ? Parce qu'il n'a pas été parfaitement honnête avec l'inspectrice : il a fallu qu'il persuade Jess, qui a d'abord soutenu que leur fille devait avoir un petit virus et qui l'a accusé de réagir de façon excessive. Et il en a été déstabilisé, car, exception faite de son aversion pour les vaccins, Jess est plus que prudente dès que la santé de ses enfants est en jeu. Il en veut pour preuves ses dépenses en nourriture bio et compléments alimentaires à base de plantes, son obsession pour l'hygiène de la maison, ses réticences à confier leurs enfants à d'autres adultes… Jess prend son rôle de mère très au sérieux. Et ce, d'autant plus qu'elle cherche à compenser le fait de ne pas en avoir eu, pour sa part, une très maternelle.

Jess adore leurs enfants, Ed n'a pas le moindre doute sur la question, même si elle semble moins épanouie dans la maternité – moins investie – depuis la naissance de Betsey. Ça le démange d'ailleurs, dernièrement, de lui dire que c'est suffisant de les aimer. Que le perfectionnisme qui détermine l'alimentation de leurs enfants est inutile, que l'affection qu'elle leur porte, son attention, sa prévenance sont bien assez. Mais ce n'est pas dans la nature de Jess de faire les choses à moitié et, jusqu'à l'avant-veille du moins, il n'avait pas osé aborder le sujet. Il n'y avait même pas accordé un véritable temps de réflexion, il s'agissait plutôt d'une prise de conscience, pas à pas. Malheureusement, quand il a voulu en parler, il n'a réussi qu'à tout empirer.

Il se débat pour trouver les mots justes maintenant. Pour contrebalancer la réalité avec son besoin de protéger Jess de cette inspectrice froide, parce qu'il sent bien que quelque chose ne colle pas.

Sa version des faits écorche la vérité, non parce qu'il aurait la volonté de tromper – il n'est pas idiot, il sait que ça ne sert à rien de mentir à la police –, mais parce que son premier instinct est de défendre sa femme, qu'il continue à aimer même s'il ne parvient visiblement plus à la comprendre.

En conséquence, il n'est pas honnête à cent pour cent, et la vérité se terre dans les détails qu'il passe sous silence.

8

LIZ

Samedi 20 janvier 2018, 10 heures

Je referme la porte de la maison sans un bruit et m'arrête dans l'entrée pour savourer ce moment.

Je n'ai jamais été aussi heureuse de rentrer chez moi.

Le radiateur émet des hoquets de chaleur. Nick trouve insensée mon obsession d'un intérieur bien chauffé. Élevé dans une maison de l'époque édouardienne, les courants d'air lui semblent inévitables. Mais quand la chaleur n'a jamais été un acquis, on la désire à toute force. C'est l'un de nos besoins élémentaires, avec la protection et la sécurité. Puis vient l'amour. Pour ça, j'avais mon frère Mattie au moins.

Je retire mon manteau et suis le couloir en direction de la cuisine et de Nick, que j'ai rencontré pendant ma première année d'université. Issu d'un milieu si ordinaire qu'il en était rassurant – deux parents enseignants, gentils l'un envers l'autre, et une sœur cadette qui semblait m'apprécier –, il m'a permis de comprendre que je pouvais, après tout, être aimée.

Nous avons fait connaissance à la piscine de la faculté, et nous nous sommes rapprochés parce que nous assurions la permanence téléphonique d'un service d'assistance pour les étudiants. Ça peut paraître affreusement sérieux pour une rencontre amoureuse, mais nous avions déjà, à l'époque, cette envie commune de venir en aide aux autres. J'ai mis du temps à lui accorder ma confiance : pour quelle raison voulait-il être avec moi ? Pourquoi ne préférait-il pas quelqu'un aux origines plus semblables aux siennes ? Un jour, nous sommes partis marcher dans le parc des Yorkshire Dales pour une collecte de fonds. À cette occasion, il m'a découverte sous mon pire jour : épuisée, irritable, malade – j'avais une gastro même si je me refusais à l'admettre –, et pourtant son désir semblait intact. Je me souviens qu'il m'a tenue dans ses bras après une nuit de vomissements, il a écarté les cheveux qui me tombaient sur le visage avec une telle tendresse que j'ai fini par écouter ce qu'il me disait. *Je t'aime*, m'a-t-il chuchoté dans cette tente froide et humide, en me protégeant de la toile gorgée d'eau, et ça a été une véritable révélation pour moi, que quelqu'un puisse non seulement avoir du désir pour moi – j'avais eu deux copains avant lui –, mais aussi l'envie d'être à mes côtés dans n'importe quelle circonstance. Depuis, nous ne nous sommes jamais quittés.

En me voyant entrer dans la cuisine, il me sourit et je ressens ce petit coup au ventre si familier et si agréable.

— Ça a été ?

Il est occupé à débarrasser la table du petit déjeuner. Je hausse les épaules, incapable d'exprimer la diversité d'émotions que j'ai éprouvées depuis que j'ai contacté les services sociaux : une inquiétude profonde pour Betsey et la culpabilité d'avoir commis ce qui me semble une trahison.

— Pas top ?

Il pose les assiettes sales pour me serrer dans ses bras. Je m'abandonne contre lui, enveloppée par son corps massif. Non qu'il soit lourd, mais il a de larges épaules et son quasi-mètre quatre-vingt-dix me rassure. Entourée, enserrée, je me sens en sécurité. Je respire l'odeur de café sur son pull en laine, le discret parfum salé, viril, de sa peau.

Je dépose un baiser dans le creux au-dessus de sa clavicule et suis surprise par une légère pointe de désir. En première année, j'ai révisé un devoir d'anatomie en explorant son corps de la tête aux pieds. *Creux sus claviculaire* : c'est l'un des termes gravés dans mon cerveau. Il m'embrasse dans le cou.

— Oh, c'est bon, dis-je, appréciant la chaleur de ses lèvres.

Je laisse mes mains courir le long de son dos, lis les vertèbres de sa colonne vertébrale qui sont pour moi autant de lettres en braille. La vie ordinaire se suspend un instant. Il me murmure quelque chose de suggestif et j'éclate de rire.

— Pas vraiment le moment idéal, déploré-je en m'écartant.

Je réponds à son regard par un sourire triste. Pour être honnête, je ne m'inquiète pas seulement d'une possible arrivée des enfants, je reste aussi angoissée par l'état de Betsey.

— Jess est venue avec sa fille, expliqué-je en remplissant la bouilloire.

Je parle d'une voix neutre, comme si j'espérais effacer ce qui s'est passé.

— Betsey s'était méchamment cogné l'arrière de la tête.

En tant qu'enseignant, Nick comprend aussitôt les possibles implications d'une telle blessure.

— J'ai dû prévenir les services sociaux.

— Tu penses que Jess ou Ed auraient pu lui faire du mal ? Vraiment ?

Nick est encore moins cynique que moi : il n'a jamais réellement eu l'occasion d'imaginer le pire d'un parent d'élèves, alors que son métier l'expose à la dure réalité. Et à mon instar, il refuse d'envisager qu'un ami ait pu faire une chose pareille.

Je hausse les épaules.

— Neil a été intraitable. Et c'est vrai qu'il y a des raisons de s'interroger : Jess était évasive, son récit, bancal, et ils ont tardé à amener Betsey.

— Tu penses que ça pourrait être Jess ? Ou Ed ? Bon sang…

— Je ne sais pas. Je n'en sais vraiment rien.

Les mots m'échappent dans un soupir.

— C'est juste que si on devait qualifier Jess, on dirait plutôt qu'elle pèche par son côté trop protecteur, non ? Qu'elle est trop prudente…

— Oui. Oui, je sais.

— Elle est douce. Dans le contrôle.

— C'est ce que j'ai pensé, Nick. Je la décrirais comme une mère aimante. Une bonne mère. Et je continue à vouloir penser qu'elle l'est…

— Tu te souviens qu'elle réussissait à rester calme quand Rosa piquait ses colères ? Qu'elle s'asseyait à côté d'elle, le temps que ses hurlements s'épuisent, pour te permettre de souffler ?

— Bien sûr.

Je me revois, un après-midi pluvieux, lisant des livres à Kit, alors que Jess patientait, à côté d'une Rosa à plat ventre par terre ; je me rappelle mon sentiment d'impuissance, alors que ma fille hurlait, écarlate de rage, et Jess qui attendait, impassible, que celle-ci se calme.

— Et ça vaut pour Ed, insiste mon mari. Je sais que ce n'est pas évident pour lui avec Frankie, pourtant, je ne l'ai jamais vu se mettre en pétard, je ne l'ai jamais vu parler mal à ses enfants, pas vraiment.

Une vague de lassitude m'envahit avant de refluer. Il suffit d'un instant pour blesser un bébé. L'un de nos amis aurait-il pu se laisser, brièvement, submerger par son irritation ? Je suis incapable d'aller au bout de cette pensée.

— Je suis désolée… j'ai besoin de dormir.

— Naturellement. Monte, je vais sortir avec les enfants.

Il sourit et je remarque qu'il a l'air fatigué, lui aussi : ses tempes sont mouchetées de gris et ses pattes-d'oie se sont creusées, même si sa silhouette de nageur n'a presque pas bougé depuis ses dix-huit ans.

— Ne sois pas trop dure avec toi-même, Liz.

— Mmmh…

— Si tu penses qu'il y avait de réels motifs d'inquiétude… eh bien, ton obligation, en tant que médecin, est de protéger Betsey.

— Je sais, je sais… Ça n'apaise pas pour autant mon sentiment de culpabilité.

Je mets un sachet de tisane dans une tasse, mais Sam déboule avant que je n'aie eu le temps de la remplir d'eau bouillante.

— Mamaaaaan !

— Attention !

Je repose la bouilloire, alors qu'il fonce sur moi pour m'enlacer par la taille.

— Eh bien ! Tu m'as l'air en meilleure forme.

— J'ai mangé comme un ogre !

Il pince son ventre plat, qu'on aperçoit quand son haut de pyjama se soulève. Il a constamment faim, mon garçon. Il est si souvent en mouvement que son centre de gravité est très proche du sol. Il me fait penser à un danseur de hip-hop, toujours en train de tournoyer. Il me rappelle tellement mon frère à son âge : cette énergie inépuisable, cette faim insatiable, ce besoin intrépide de faire les choses à la seconde où elles lui viennent à l'esprit – profiter de l'instant présent, qu'il s'agisse d'escalader un mur ou de sauter dans le grand bain même en sachant à peine nager. Cet enthousiasme de la petite enfance qui pousse à prendre des risques, à repousser les frontières. Un frisson de malaise me parcourt et j'attire mon garçon contre moi.

— Papa dit que je suis en état d'aller au foot.

Il lève des yeux pleins d'espoir vers moi, et je souris. Il a un teint de pêche parfait.

— Ça m'a l'air d'être une bonne idée.

Il file aussitôt à l'étage. Il traverse le palier, fait grincer le vieux parquet de notre maison qui appartient à un ensemble de l'époque victorienne.

— Il faut que je lui rappelle de ne pas courir, marmonné-je sans grande conviction.

J'adore qu'il soit aussi bruyant et vivant, c'est l'antidote parfait quand on travaille en pédiatrie. Il m'arrive de regarder mon fils et ma fille, de penser : *l'enfance devrait toujours ressembler à ça.* Je me nourris de leur énergie, de leur témérité, me rappelle souvent que ce sont ces éléments – bien plus que les maladies chroniques, les blessures graves ou les maltraitances – qui font le quotidien de la plupart des enfants.

— Sam ! Tu fais trembler les murs !

Nick a crié dans l'escalier, alors qu'il demande aux enfants de ne pas le faire. Le bruit des pas de notre fils s'allège aussitôt.

— Je les ferai déjeuner dehors, me dit Nick.

— Ne t'embête pas.

Mon métier implique tant de contraintes – dépassement de mes heures au tableau de service, dates de vacances imposées, présence hypothétique aux anniversaires ou à Noël – que je n'ai aucune envie de perturber davantage le cours de leur existence.

— Je doute de beaucoup dormir, tu sais.

Et pourtant, au moment de me glisser sous les couvertures, j'ai l'impression que mon corps est en plomb, je mesure combien c'est de sommeil, même en pointillé, même agité, que j'ai besoin.

Il est près de 15 heures quand je me réveille et la lumière terne de janvier est déjà en train de décliner derrière mes rideaux. En bas, Rosa a commencé à travailler son piano. Une porte claque, et j'entends Sam dévaler l'escalier.

Un instant, je me berce d'illusions et j'imagine que tout va bien. En vain. Je me suis endormie tourmentée par Betsey, je me suis réveillée en pensant à elle et à Jess.

Je tends le bras pour attraper mon portable, mais il n'est pas sur ma table de chevet : je l'ai laissé dans la cuisine. Je me redresse contre les oreillers et j'envisage de me lever pour rejoindre ma famille quand on frappe doucement à la porte.

— J'ai pensé que tu aurais envie d'une tasse de thé…

Après avoir déposé un mug sur la table de chevet, Nick s'assied au bord de mon lit.

— Oh, si tu savais comme je t'aime, toi !

— J'y compte bien… Tu as dormi ?

— Un peu.

— Tu veux voir quelque chose pour te remonter le moral ?

Je hoche la tête. Je me sens nauséeuse et je doute que quoi que ce soit puisse m'aider à me sentir mieux, mais je dois faire un effort pour lui, et les enfants.

— Regarde cette vidéo. C'est Matt qui l'a envoyée. Il s'est trompé, il a cru que l'anniversaire de Rosa était aujourd'hui.

Il sort l'iPad familial et ouvre une pièce jointe. Le visage de mon frère emplit l'écran, avec, en arrière-plan, le Ben Nevis couronné de neige et un lac noir. Mattie travaille dans un centre d'activités pour enfants défavorisés près de Loch Eil – qui est à peu près l'endroit le plus éloigné de Londres, tout en restant en Grande-Bretagne. Ma gorge se serre quand je le vois entonner « Joyeux anniversaire » avec deux rennes sauvages. Ils sont majestueux, impérieux et impassibles lorsqu'il fait mine de leur demander ce qu'ils souhaitent à Rosa pour son anniversaire. Il feint la surprise, face caméra, alors que l'un des rennes remue la tête.

« Ne fais pas attention à eux, Rosa : je te souhaite le plus joyeux des anniversaires. » Il louche brièvement avant de lui adresser un large sourire franc, si différent de l'habituelle expression circonspecte qu'il arbore à Londres. Il s'épanouit dans cet environnement. Je ne peux m'empêcher de sourire, même si je remarque, par réflexe, la cicatrice luisante qui court de son oreille droite à son torse, ondulant dans son cou.

— Très chouette, dis-je en ressentant cruellement l'absence de mon frère. Tu as montré la vidéo à Rosa ?

— Oui. Elle l'a adorée. Elle m'a demandé quand elle pourrait le revoir…

— Bonne question. J'avais justement l'intention de voir avec lui s'il avait des dates en tête.

— J'ai dit qu'on pourrait réfléchir à aller en Écosse cet été ?

— Ce serait formidable… et il n'aurait pas à descendre à Londres.

— Tu as une tonne d'appels en absence, au fait.

Il sort mon portable de sa poche pour me le tendre.

— L'hôpital ?

— Je t'aurais réveillée si c'était le cas.

Je jette un coup d'œil à l'écran. Ed, Mel et ma mère ont cherché à me joindre. J'ai quatre messages vocaux. J'incline l'écran pour le montrer à Nick.

— Prends ton temps. Les enfants font leurs devoirs, ajoute-t-il en quittant la chambre.

Je grimace ; je préférerais m'associer à une activité aussi familière et constructive plutôt que d'avoir à affronter la situation.

Non sans une certaine appréhension, j'écoute le message de ma mère en premier. Elle m'appelle rarement – et uniquement en cas de problème.

« Lizzie ? Lizzie ? » Elle n'a que soixante-six ans, pourtant la voix à l'autre bout de la ligne est désarmante de fragilité. « Lizzie ? Tu es là ? Pourquoi est-ce que tu ne réponds pas ? J'ai besoin de te parler. » Puis plus rien. Ce qui est terriblement frustrant. Je me repasse le message. Elle doit avoir quelque chose d'important à me dire pour avoir pris son téléphone. Je la rappellerai après avoir écouté les autres messages. Je devine d'avance la teneur de celui de Mel. Ses mots se déversent dans mon oreille avec la violence d'un torrent.

« Oh, mon Dieu ! Je viens d'apprendre la nouvelle ! Tu as vu Betsey à l'hôpital et tu aurais appelé la police ? Ed essaie de te contacter, tu peux le rappeler ? Il dit que Jess s'est renfermée, comme d'habitude, et qu'il ne comprend pas ce qui se passe, que ce qu'elle lui a raconté ne rime à rien. Je lui ai répondu que tu n'as pas pu appeler la police et que si c'était quand même le cas, tu vas pouvoir arrêter tout de suite la machine, hein ? Tu sais bien qu'elle n'a pas pu faire de mal à sa fille, c'est complètement dingue ! Bien sûr, ça arrive à tout le monde de sortir de ses gonds, mais la vie de Jess tourne autour de ses enfants, et elle a un calme de yogi, c'est vraiment la dernière personne qui pourrait leur faire du mal… »

Elle continue sur cette lancée pendant une minute environ. J'éloigne le téléphone de mon oreille, n'écoute que vaguement ses divagations perplexes, ne loupe aucune des piques blessantes… Elle s'étonne, si j'ai vraiment contacté la police, que je n'aie pas su faire preuve de mon habituelle intelligence émotionnelle, de ma compassion. Le problème n'est pas mon indifférence, mais plutôt mon incapacité à gérer ce genre de situation. En tant qu'enseignante, elle comprend qu'il faille suivre un protocole de sécurité, elle sait que, bien que ça me mette dans une situation personnelle inconfortable, je ne peux pas chercher à protéger une amie ou donner l'impression que c'est le cas.

Mel traverse une passe difficile – Rob l'a quittée pour sa jeune assistante de direction il y a huit mois – et il est naturel qu'elle soit émotive en ce moment. Ça me démange de la rappeler pour lui exposer la situation de façon plus objective, mais mon téléphone choisit ce moment pour vibrer dans ma main. Je laisse passer quatre « sonneries » avant de me sentir en état de décrocher.

— Liz ?

Ed paraît essoufflé.

— Oh, Dieu merci ! Pardon pour le déluge d'appels. Tu as eu mes messages ?

— Je suis désolée, je n'ai pas encore eu le temps de les écouter.

— Ah…

Sa déception est audible.

— Je viens d'enchaîner quatre nuits de garde et j'ai laissé mon téléphone en bas pendant que je montais récupérer un peu.

— Pardon, Liz, pardon.

Il a la voix d'un homme impatient d'obtenir des réponses. Il est habitué à ce qu'on l'écoute et à ce qu'on lui parle avec franchise et conviction. Pour la première fois depuis que je le connais, je perçois une forme d'hésitation et d'incertitude.

— C'est juste que je n'arrive pas à piger ce qui se passe. Une fracture du crâne ? Ça a l'air grave…

Après un silence, il pose la question qui contient toute la tension de ces dernières heures.

— Elle va s'en tirer, hein ? lâche-t-il avec un trémolo.

— Elle devrait, oui.

Je ne peux rien promettre. Qui de nous s'y risquerait ? Et j'aimerais tellement le faire pourtant. Je repense au scan, au fragment osseux en forme de croissant de lune, aux deux traits distincts. Il n'a pas besoin que je lui transmette ces détails.

— Purée…

L'émotion enfle dans sa voix.

— Je n'arrive pas à comprendre ce qui s'est passé.

— Jess ne t'a pas dit que Betsey s'était cogné la tête ?

— Si, mais elle… Tu la connais quand elle est secouée, elle se renferme. Se contente d'un minimum d'infos. Ça n'avait pas l'air si grave sur le moment.

— Écoute, dis-je, un peu perdue. Je ne suis pas censée en discuter avec toi, mais je croyais que c'était justement toi qui lui avais conseillé de conduire Betsey à l'hôpital ?

— Oui, oui, c'est bien ça. Je ne me rendais pas compte que ça serait aussi grave. Qu'avec une chute aussi banale elle s'ouvrirait la tête !

— Attends, Ed, rassure-toi, il ne s'agit pas d'une fracture ouverte. Il n'y a pas de sang.

Le pauvre, il n'a pas revu sa fille depuis que Jess est partie pour l'hôpital, peut-être qu'il noircit le tableau.

— Il y a bien une fracture crânienne, non ? Jess a dit qu'elle était visible au scanner ? Et qu'elle avait un hématome au cerveau.

— Oui, mais en apparence pas de séquelles à long terme.

— Dieu merci !

Il pousse un soupir qui évoque l'air s'échappant brusquement d'un ballon. Son soulagement est de courte durée cependant.

— Je continue à m'interroger, reprend-il. Comment se fait-il qu'elle soit aussi gravement blessée ? Et qu'on ait la police sur le dos ? Ça dépasse l'entendement !

Je me recale contre mon oreiller. Nous nous sommes aventurés sur le terrain de sujets que je ne devrais pas aborder avec lui. Sauf qu'Ed est un terrier qui ne veut pas lâcher son bâton.

— C'est habituel ? D'impliquer la police pour un accident de ce genre ? Ça me paraît disproportionné. Tellement excessif…

— Écoute, je ne suis vraiment pas censée avoir cette discussion avec toi. Je suis obligée de rester à l'écart, parce que je vous connais. Mais les médecins sont toujours très nerveux quand un enfant de moins d'un an se présente avec une blessure à la tête. Et s'il y a des incohérences dans le récit des parents, alors le signal d'alarme se déclenche. Je suis sûre qu'il y a une explication très simple, qu'il s'agit bien d'un accident, que la police et les services sociaux s'en rendront rapidement compte. En attendant, malheureusement, vous allez devoir répondre à leurs questions. Je suis sincèrement navrée que vous ayez à traverser une épreuve pareille, je peux juste te dire que ça n'a rien d'exceptionnel, vraiment pas, même si ça paraît terrible.

— Mmm…

Je n'ai pas réussi à le convaincre, néanmoins il s'est un peu calmé.

— Je suis désolé, Liz. Je ne voudrais pas que tu penses que je doute de toi. Je sais que tu as fait de ton mieux pour dissuader ton supérieur de contacter les services sociaux et la police.

Un silence gêné. J'aimerais pouvoir lui donner raison, sauf que pour ça je devrais lui mentir.

— Liz ?

Après une hésitation, il ajoute :

— Tu t'es opposée à cette décision, non ?

— Je suis désolée, Ed. Dans un premier temps, oui, bien sûr. Mais, au bout du compte, j'ai dû me ranger à l'avis de mes collègues. Nous avons un protocole à suivre, professionnellement, et en cas de doute, même minuscule, c'est envers notre patiente, Betsey, que nous avons un devoir.

— Tu veux dire que tu étais d'avis de contacter la police et les services sociaux ? Bordel, Liz ! Ils sont ici au moment où je te parle, ils veulent interroger Kit et Frankie, et ils le feront dès que l'assistante sociale sera arrivée. Frankie est terrorisé, comme tu peux l'imaginer. Comment as-tu pu penser que ce serait une bonne idée de les impliquer ?

— Je suis désolée… Ne m'en veux pas, s'il te plaît…

— Comment as-tu pu penser ça, Liz ?

— Crois-moi, la dernière chose que je voulais, c'était de mêler la police et les services sociaux à ça, mais j'aurais commis une faute professionnelle, j'aurais manqué à mon devoir de médecin en ne le faisant pas.

Comme chaque fois que mon intégrité professionnelle est en jeu, je suis sur la défensive, mon rythme cardiaque devient une cavalcade rapide et syncopée. Je tente de le calmer en ayant recours à un vocabulaire légal qu'il comprendra et respectera, je le sais. Sauf qu'il m'a acculée dans un coin du ring et que, pour rentrer dans le jeu, j'emploie un ton nettement moins compréhensif que je ne le souhaiterais.

— Je suis désolée, Ed, mais Jess nous cachait quelque chose. Elle n'a pas dit toute la vérité.

9

ED

Dimanche 21 janvier 2018, 2 heures

Il n'a pas l'intention de l'espionner. C'est ce qu'Ed se répète en s'asseyant devant l'ordinateur portable de Jess. Penché sur le clavier, dans le noir, il hésite à taper son mot de passe.

Il n'est pas de ces maris qui surveillent leur femme, et il n'a pas le temps – ni l'envie – de s'inquiéter de la façon dont elle occupe ses journées. Il ne craint pas qu'elle puisse être infidèle, et rien, ni sur leur relevé de carte de crédit ni sur leurs comptes bancaires, n'a éveillé le moindre soupçon.

Et pourtant, il se retrouve là.

Il est 2 heures du matin et, alors que Jess est assommée par un somnifère, il s'apprête à saisir le mot de passe très peu confidentiel de Jess. Pour fureter, examiner son historique de recherche, dans le but de découvrir quelque chose, n'importe quoi, qui pourrait l'aider à cerner sa femme. La photo de leurs enfants, aux contours qui se brouillent, luit dans le noir et il envisage, un instant, de refermer l'ordinateur portable pour aller retrouver la chaleur de leur lit et le réconfort du corps de Jess. Et c'est ce qu'il devrait faire, au lieu de commettre cette trahison de taille. Cependant, il s'en sait incapable.

Il en est incapable parce que la Jess qu'il a épousée, celle qui était la mère de Frankie et Kit, sûre d'elle, en apparence exemplaire, n'est pas la femme qui dort à l'étage. Cette nouvelle Jess lui glisse entre les doigts. Secrète. Sur la réserve. Le ton sec, l'expression impénétrable. Une personne qu'il ne saisit plus du tout.

Bien sûr, elle a toujours été un peu comme ça. Se coupant de lui par un mécanisme de protection hérité de sa petite enfance, de l'époque où elle et ses trois frères et sœurs ont été envoyés dans une pension, ayant appris à ne déranger leurs parents sous aucun prétexte. Il pense à son frère, Charlie, qui avait eu la délicatesse de se casser le bras pendant l'année scolaire. À son retour chez lui, il n'avait plus de plâtre, et son avant-bras droit était deux tons plus pâle que le gauche. La mère de Jess, Frannie, n'en parlait jamais – tout comme elle avait effacé de son esprit l'avortement subi par son aînée, Martha, à l'adolescence. En ce qui la concernait, les souffrances ou traumatismes de ses enfants étaient dénués de pertinence, pures tentatives de distraction. Dieu sait comment elle aurait réagi face à des événements plus graves.

Cela explique pourquoi Jess a toujours été encline à se couper de lui lorsqu'elle est bouleversée, et ça ne l'a jamais beaucoup dérangé – jusqu'à maintenant, l'enjeu étant affreusement important. Leur petite fille est hospitalisée pour une fracture crânienne que la police juge si suspecte que des inspecteurs ont interrogé les garçons et ont pris des dispositions pour qu'ils passent la nuit chez Mel. Quant à Jess, son attitude n'est pas seulement glaciale, mais profondément perturbante. Pour la première fois en quinze années de vie commune, elle lui semble évasive. Comme si elle avait quelque chose à cacher.

Il suffit de penser à sa réaction quand elle est descendue, cet après-midi, et qu'elle a su que la police allait interroger les garçons. Elle n'a pas seulement été désemparée à l'idée qu'ils subissent cette épreuve. Elle a manifesté une peur panique en apprenant qu'elle ne pourrait pas être présente, semblant presque redouter qu'ils ne la trahissent, d'une façon ou d'une autre.

« N'oublie pas que je t'aime. Ne l'oublie surtout pas, hein ? » a-t-elle dit à Frankie en déposant un baiser passionné sur le sommet de son crâne. Puis elle a murmuré quelque chose. Ed est peut-être le seul à l'avoir remarqué – tant il est habitué au langage corporel de sa femme. Mais il a noté que Frankie hochait la tête de façon presque imperceptible.

Il n'a pas réussi à écarter ce doute, et voilà pourquoi il se retrouve là, en pleine nuit, prêt à fouiller dans le portable de son épouse – décision qu'il justifie ainsi à ses propres yeux : après ce qui s'est produit, la réaction de Jess lui paraît pour le moins étrange.

Bien sûr, il a conscience d'être en partie coupable. Il n'est presque jamais là en semaine, et ses week-ends sont rythmés par les activités sportives des garçons, par le travail à rattraper et, de temps en temps, par un jogging ou un match de rugby. Il n'a pas le temps ou, pour être honnête, l'énergie émotionnelle de s'intéresser à l'évolution de Jess, à la façon dont il pourrait tenter d'arranger la situation. Le dimanche soir arrive bien trop vite, puis une nouvelle semaine défile : une succession de jours où il quitte la maison à 5 h 30 et ne rentre pas avant 21 heures. Où il suit le cours de son existence plutôt que de le maîtriser. Où il n'apprécie plus Jess à sa juste valeur, parce que c'est ce qui se passe à ce stade de la vie commune, quand on est aussi occupé, non ? Est-ce que ça ne fait pas partie du contrat ?

Pourtant, le détachement de sa femme est bien plus que du ressentiment, qu'une réticence mesquine à partager des informations avec lui. Elle lui cache des choses parce qu'elle a peur, il la connaît assez pour le savoir.

Pour preuve, son attitude lorsqu'elle l'a appelé depuis l'hôpital la veille au soir.

« Ils la gardent en observation », lui a-t-elle annoncé sans mentionner les examens supplémentaires. Mais surtout, elle ne lui a pas répété ce qu'ils avaient découvert : Betsey s'était cogné la tête et le scanner avait révélé une fracture crânienne. D'accord, elle était inquiète, et pourtant, à sa place, c'est la première chose qu'il lui aurait dite. D'autant qu'il lui a même demandé s'ils soupçonnaient une commotion cérébrale – puisque leur fille avait vomi. « Ils t'ont laissé entendre ce qu'ils cherchent ? Ils ont bien dû te donner quelques informations ! — Non, a-t-elle répondu d'un ton ferme et définitif. Ils ne m'ont fourni aucun détail. »

Elle avait déjà eu une attitude étrange, plus tôt ce vendredi-là, avant l'accident. Il lui avait fait la surprise de rentrer à l'heure du déjeuner. Il aurait peut-être dû l'appeler, mais le côté spontané de la chose lui plaisait. Il espérait réussir à arrondir les angles après leur dispute du jeudi soir. Peut-être même – et avec le recul il mesure à quel point il se berçait d'illusions, tant ça n'est plus arrivé depuis longtemps – pourraient-ils monter passer un moment dans leur chambre…

Jess était si absorbée par l'écran de son ordinateur qu'elle ne semblait pas entendre Betsey, qui gémissait à l'étage, où elle faisait sa sieste. Quand il est entré dans la cuisine, elle a refermé brusquement son portable et levé vers lui un visage – il ne voit pas d'autre façon de qualifier son expression – coupable. « Tu m'espionnes ? » Elle s'est redressée, aussi droite qu'un I, comme un enfant cachant quelque chose dans son dos. « Non, Jess, bien sûr que non. »

Il avait des roses, emballées dans du papier kraft avec un lien en raphia, qui lui ont brusquement paru terriblement malvenues, et il s'est fait l'impression d'être un intrus sous son propre toit, un convive qui se serait trompé de date pour un dîner. Leur dispute – cette horrible dispute de la veille – a été alors ravivée.

Depuis, il a oublié l'expression du visage de Jess, l'ordinateur refermé précipitamment, jusqu'à ce qu'il se couche, ce soir, et commence à tourner et retourner dans son esprit toutes les fois où Jess s'est montrée agressive ou évasive au cours des dernières trente-six heures.

Il a pensé à Betsey bien sûr. Il n'a pu se rendre à l'hôpital qu'après le départ des garçons chez Mel. Il a découvert sa fille avec son pansement compressif autour de la tête, qui formait un contraste frappant avec ses paupières aussi fines que du papier. Il a été terrifié d'imaginer ce qui pouvait se trouver dessous.

« Vous pouvez la toucher, vous savez », lui a dit le médecin de garde – pas Liz, mais une jeune femme, le Dr Hussain. Il a alors appliqué, délicatement, sa paume droite contre le dos de sa fille. Sa main est si grande qu'il peut la tenir presque entièrement entre ses doigts. Il a été frappé par sa vulnérabilité, par la facilité avec laquelle son minuscule corps pouvait être abîmé. Elle avait la peau chaude, néanmoins, et cette sensation lui a fourni un ancrage, lui a rappelé que ce n'était pas un enfant inconnu, mais sa fille. Son souffle frémissant était presque un sanglot.

Il a envie de pleurer là, tout de suite. Les parents sont censés protéger leurs enfants, non ? Et en prime les pères sont autorisés à surprotéger leurs filles. Or il n'a pas été là pour elle : il était au pub avec des collègues, pour retarder son retour à la maison, alors qu'elle avait besoin de lui. Culpabilité, confusion, colère tourbillonnent en lui, cependant il refuse de s'abandonner à ces sentiments – ou plutôt il a bien l'intention de puiser dans sa culpabilité et sa rage, de les exploiter froidement, méthodiquement, pour comprendre ce qui se passe.

Parce que, alors qu'il a passé en revue le déroulement des événements de cette douloureuse journée troublée – son entretien avec la police, l'envoi des garçons chez Mel à la suite de la requête des services sociaux, sa visite à l'hôpital, l'attitude de Jess –, il n'a cessé de revenir, chaque fois, à l'expression fuyante de sa femme lorsqu'elle a refermé d'un geste brusque son ordinateur, à ce mélange impressionnant de culpabilité et de peur. Voilà pourquoi, allongé dans le noir, obsédé par ce détail précis, il s'est soudain rendu compte qu'il ne savait presque rien de la femme étendue à côté de lui, de la façon dont elle occupait ses journées, pendant quinze heures.

Et il s'est demandé ce qu'elle voulait lui cacher.

À présent, il est devant l'ordinateur. Il a saisi le mot de passe : *kitfrankbets3*. Les empreintes digitales de Jess sont virtuellement exposées, prêtes à être examinées. Il se sent comme un pirate informatique déterrant de vilains petits secrets. Que va-t-il découvrir : une addiction pour le jeu ? un chat clandestin ? sans doute pas – ce serait trop banal –, du porno ?

Son ventre se serre. Pourvu qu'il y ait une explication simple. Un ex-copain qu'elle aurait cherché en ligne, un cadeau d'anniversaire surprise pour lui, une paire de chaussures hors de prix qu'elle convoiterait et se serait achetée ? Après les trente-six heures qu'il vient de traverser, face à une découverte aussi inoffensive, il rira de soulagement.

Le mot de passe a fonctionné, et une cascade de fenêtres apparaissent à l'écran : Jess n'a pas pris la peine de fermer les pages avant de se déconnecter. La première est celle d'un site sur l'éducation des enfants. Netmamans : conseils de sevrage pour enfants difficiles. Peut-être qu'elle s'est sentie prise en défaut, elle, la mère de trois enfants, qui sait s'occuper d'eux les yeux fermés ?

Si ça se trouve, elle traverse simplement une phase de doute. Et c'est lui qui a entamé sa confiance lors de leur altercation de jeudi. Bon Dieu, ça n'était pas son intention… Il a mis beaucoup de temps à comprendre que l'arrivée d'un troisième enfant avait pu bouleverser l'équilibre de leur famille – et il l'a d'ailleurs formulé avec une grande maladresse. Disant que Jess n'aimait peut-être pas autant son rôle de mère que lorsqu'il n'y avait que les deux garçons. Mais, à supposer qu'il l'ait réellement fait douter d'elle, aurait-elle eu une réaction aussi vive parce qu'il l'avait surprise en train de regarder ce genre de sites ?

L'historique de recherches : voilà ce qu'il doit vérifier. Il clique sur l'icone correspondante. Jess a consulté la dernière page à 16 h 03 le vendredi. Ed est rentré plus tôt, juste avant 13 h 30, il se souvient que le présentateur radio a annoncé l'heure au moment où il entrait dans la pièce.

Il affiche l'historique complet. Il y a des recettes à base de courge butternut, une boutique en ligne, puis la ribambelle de pages de Netmamans : « Comment s'occuper d'un bébé qui pleure ? », « Comment s'occuper d'un bébé agité ? », « Un bébé peut-il encore souffrir de coliques à dix mois ? ».

Ce serait possible ? Il s'arrête pour ouvrir cette page. Il ne se doutait pas que Jess se posait ce genre de questions… C'est là qu'elle va chercher des conseils et du soutien ? Avant, ne se tournait-elle pas vers Liz, Mel ou même Charlotte – à l'époque où celle-ci n'avait pas encore revêtu, en permanence, son armure de mère parfaite ? (Il n'a pas souvenir que Jess se soit jamais confiée à sa vieille amie, Charlotte, qu'elle a toujours semblé trouver plutôt antipathique, mais elle aurait pu le faire.) Elle n'a pas parlé de nouvelles amitiés, nouées avec des mères, à moins qu'il ne lui ait pas prêté une oreille attentive (ce qui est possible). Et si elle se sentait seule ? Oui, ça doit être l'explication. Et lui, en vrai crétin, n'a réussi qu'à empirer les choses.

Il continue à faire défiler l'historique, le cœur un peu plus léger à l'idée d'avoir enfin percé son secret, car, maintenant qu'il comprend son sentiment d'isolement, il pourra arranger la situation. Soudain, son cœur s'alourdit à nouveau. Jess a consulté d'autres sites, en début d'après-midi, après qu'il a pris congé, de façon un peu brutale, pour retourner au bureau, d'autres fils de discussion sur le site Netmamans. « Je crois que mon mari veut me quitter… » « Mon mari me trouve nulle. » Bon sang ! C'était juste après leur dispute.

Et soudain, il trouve ce qu'il cherche. Une phrase tapée dans le moteur de recherche à 13 h 27, quelques instants avant qu'il ne franchisse le seuil de la maison, une phrase qui transforme son cœur en poing serré qui cogne sur un rythme rapide, à deux temps, contre ses côtes.

La voilà, la chose honteuse. Celle qu'il ne devait pas lire…

« Pourquoi ai-je envie de faire du mal à mon bébé ? »

10

JESS

Lundi 13 mars 2017

La première fois que Jess imagine qu'elle pourrait faire du mal à Betsey, elle n'est rentrée de l'hôpital que depuis trois jours. Ed a repris le travail. Le congé paternité n'existe pas vraiment dans la City, et il doit travailler sur une fusion importante. Elle n'y voit pas d'inconvénient, si ? Les garçons sont à l'école, et elle va pouvoir profiter de son temps avec Betsey, seule à seule.

Bien sûr que non, murmure-t-elle. Déjà levée, elle a enfilé un jean ; sa chemise en lin large et le bouton ouvert de son pantalon sont les seuls signes que son ventre reste sensible. Elle manque de sommeil et se sent fragilisée ; l'horreur de la naissance se rappelle à elle, à la frontière de sa mémoire. Mais elle ne va pas embêter Ed avec ça. « Ça ne sert à rien qu'on soit deux à s'occuper d'un tout petit bébé, le rassure-t-elle. Et puis, ajoute-t-elle en lui ressortant, à moitié hilare, leur formule préférée, on compte sur toi pour gagner de l'argent. Allez, file, retourne travailler. »

Sauf que s'occuper de lever et préparer trois enfants, dont deux pour l'école, est plus difficile qu'elle ne l'imaginait. Kit et Frankie sont deux boules d'énergie, surtout son cadet, qui ne tient pas en place à l'idée de présenter leur petite sœur, à moins qu'il ne prenne conscience qu'il va avoir deux fois plus de concurrence pour obtenir l'attention de sa mère et que, pour cette raison, il beugle le dernier Taylor Swift et fait des grimaces en collant son visage contre celui de Betsey.

Jess avait oublié cette fatigue vrillée dans les os : ce minuscule être humain, qui a réclamé à manger à 1 heure du matin, puis encore à 3 et à 5 heures, l'a vidée de toute énergie. Peut-être ne lui a-t-on pas transfusé assez de sang ? Elle déteste se rappeler cet épisode, même si elle doit sa vie à ce donneur anonyme du groupe B –.

Ça aiderait si elle posait la petite, mais elle ne veut pas la quitter des yeux, ne veut pas que les garçons s'amusent avec elle comme si elle était une poupée ; elle a déjà dû expliquer à Frankie qu'il devait maîtriser ses gestes. Elle craint que ça ne l'éloigne d'elle, or elle a besoin qu'il se lie avec cette sœur qui a usurpé sa place de petit dernier, pas qu'il lui en veuille, et pourtant, elle n'arrive pas à lui faire confiance. Alors, elle emmène le bébé partout, n'oublie pas de ramasser une tasse qui traîne ou du linge sale, d'ouvrir les rideaux ou de fermer une porte ; elle réussit à organiser son intérieur, à maintenir l'ordre qui menace de lui glisser entre les doigts.

— Mamaaaaaan ? crie Kit, au pied de l'escalier. Où est le beurre ?

Elle lui a demandé de préparer le petit déjeuner, espérant qu'à neuf ans il serait capable de s'acquitter d'une telle tâche, mais il l'a déjà sollicitée pour les bagels, le lait et les couteaux.

— Une minute, je descends, dit-elle en atteignant le sommet de l'escalier, la main droite sur la rampe – *tiens-toi bien !* –, le bébé dans l'autre bras.

Brusquement, elle n'arrive plus à bouger : elle est tétanisée par l'appréhension.

Les marches sont constituées de lames de chêne doré sans contremarches, suspendues dans le vide entre le mur et le garde-corps en verre dépoli. Un escalier d'architecte qui ne lui a pas paru risqué pour de jeunes enfants lors de leur emménagement, il y a deux ans, parce que les garçons savaient très bien monter et descendre sans danger. Et parce qu'elle n'imaginait pas avoir un autre enfant. À présent, cette volée de marches semble basculer dans le vide, la lumière de mars les inclinant vers le haut, et elle se voit lâcher Betsey, la regarde rebondir sur chacune des lames. *Boum. Boum. Boum.* Le crâne délicat de son bébé heurte chaque morceau de bois, jusqu'à ce qu'elle s'immobilise enfin, le corps tordu, la tête comme un ballon de foot dégonflé. L'escalier, lui, est envahi d'un silence sinistre : après le cri initial, pas un son.

Son imagination continue sur sa lancée, lui offre une autre vision : cette fois, elle lâche Betsey parce qu'elle a perdu l'équilibre, son pied a glissé sur la première marche brillante, et ses bras cherchent à atteindre la rampe alors que Betsey lui échappe. Et puis à présent, c'est elle qui lance brutalement le bébé dans l'escalier. Ces hallucinations la dévorent et elle reste clouée sur place, ébranlée. Tout à fait incapable de poser un pied devant l'autre, de descendre sur la première marche.

— Mamaaaaaan ?

Kit se penche pour la regarder.

— Tout va bien, maman ? Tu viens ?

La voix de son fils la ramène dans le monde réel.

— Oui, juste un instant.

Elle réussit à s'éloigner du sommet de l'escalier et s'assied par terre, tout en serrant Bets contre elle. Après avoir retiré ses chaussettes, pour que ses pieds aient une meilleure adhérence sur le bois, elle se rapproche, centimètre par centimètre, de la descente, jusqu'à ce que ses orteils soient dans le vide. Tremblant, elle pivote sur elle-même pour progresser à reculons, comme un enfant qui ne marche pas depuis très longtemps, agrippant la rampe de la main gauche, et de la droite le bébé en train de pleurer. Plus tard, elle laissera Betsey sur un tapis de jeux au rez-de-chaussée et comptera les marches, puis s'entraînera à les monter et descendre sans elle : treize, quatorze, quinze marches avant de retrouver la sécurité du rez-de-chaussée. Pendant quelques mois, elle restreint ses trajets dans l'escalier avec Betsey, pour limiter les risques.

Elle commence à voir du danger partout. Ed a insisté pour acquérir un bloc de couteaux qui sert de fourreau à des lames extrêmement affûtées. Jess a toujours eu peur que les garçons ne grimpent pour les attraper et se battre avec, mais, à présent, elle craint de s'en servir contre sa fille. Dérangée par un coup de sonnette, alors qu'elle est occupée à débiter un morceau de bœuf, elle laisse le couteau sur la planche à découper le temps d'aller ouvrir la porte. À son retour dans la cuisine, elle se voit l'empoigner et le planter dans Bets, tranquillement installée dans son transat. Un seul coup, bien net et bien placé, et sur la grenouillère blanche du nourrisson fleurit une tache carmin, tandis que le sang forme une flaque par terre.

Jess se rejoue la scène en imaginant, cette fois, un accident : se voit trébucher sur le transat et plonger le couteau dans le crâne encore mou de Betsey, dans ses yeux ou son cœur. Un accident insolite – mais n'est-ce pas le cas dans la plupart des cas ? Elle prend des précautions : cache les couteaux dans un tiroir de la cuisine, les emmaillote, chacun, dans un torchon. Pourtant, elle ne peut pas garantir la sécurité de sa fille, parce que la plus grande menace, c'est elle qui la constitue.

Une bouilloire remplie d'eau brûlante représente un danger. Si Jess en verse dans une tasse, elle court le risque de la faire déborder, d'en mettre par terre et d'ébouillanter sa fille. Elle ne peut pas placer Bets sur un rehausseur, parce qu'elle pourrait gigoter pour tenter d'atteindre la bouilloire, ou attraper ce satané couteau. Les ustensiles en cuivre et casseroles en acier suspendus à un support fixé au plafond constituent une source d'angoisse permanente. Jess les imagine soudain s'animant, ils tombent ou plutôt traversent la pièce comme des missiles prenant sa fille pour cible. Alors, elle s'habitue à les contourner, de peur qu'elles ne s'abattent sur la tête de son bébé.

Elle n'en parle à personne, bien sûr. Ne laisse aucune trace. S'assure que, pour le retour d'Ed, les couteaux aient retrouvé leur bloc sur le plan de travail et les casseroles les plus lourdes, décrochées le matin, leur support. Les garçons ne posent aucune question sur son comportement : elle a toujours été particulière. La visite d'une amie – Liz, Mel ou, à une seule occasion, Charlotte – implique de placer Bets dans une pièce différente le temps de remettre couteaux et casseroles à leur place, avant de répéter le processus en sens inverse, après leur départ. Si Liz débarque à l'improviste, Jess est incapable de se détendre, ayant une conscience suraiguë de la proximité d'objets potentiellement fatals pour sa petite fille.

Elle finit par tenter d'aborder le sujet avec Mel, au cours d'une promenade.

Elles sont sorties avec leurs fils cadets et doivent traverser une rue plutôt passante. Mel, qui tient Connor et Frankie par la main, leur explique les bases du code de la route (« on vérifie à gauche, à droite, et encore à gauche, puis on y va mais sans courir »), permet à Jess de pousser la poussette en toute liberté. Au moment où la circulation le permet, ils traversent. Sauf Jess, qui reste clouée sur place. Elle retient son souffle, la tête lui tourne de plus en plus. Une vision l'obsède, elle se voit pousser Bets sous les roues d'une voiture roulant à tombeau ouvert.

— Tu ne viens pas ? lui lance Mel, déconcertée, sur le trottoir d'en face.

— C'est trop dangereux.

— Mais pas du tout.

Mel se renfrogne, un brin irritée. Elles patientent trois minutes jusqu'à ce que le feu tricolore change de couleur, un peu plus haut sur l'artère, alors Mel s'élance pour aller récupérer la poussette.

— J'ai cru qu'une voiture allait foncer sur elle.

Jess ne parvient pas à lui communiquer la terreur paralysante qu'elle a éprouvée, la conviction absolue qu'en descendant sur la chaussée elle allait tuer son propre enfant. Elle se sent bête.

— Tu as déjà ressenti ça ?

— Non. Je fais attention quand je traverse, en respectant les règles que j'ai apprises avec « Charlie », précise-t-elle en imitant la voix nasale du chat qui apparaissait dans la campagne publicitaire des années 1980 dédiée à la sécurité routière destinée aux enfants. Pas toi ?

Jess n'a pas la moindre idée de ce que Mel raconte. Comment pourrait-elle lui avouer qu'elle s'imagine laissant tomber Bets, la poignardant ou l'ébouillantant ? Qu'elle invente un danger à chaque coin de rue, qu'elle transforme chaque conducteur derrière un volant en potentiel meurtrier ?

— C'est sans doute le manque de sommeil, suggère Mel, lorsqu'elles se remettent en route vers le parc, en désignant Betsey. Elle te laisse dormir par plages de combien maintenant ?

— Quatre heures les bonnes nuits, entre 22 heures et 2 heures du matin.

— Et tu dois te lever à cinq heures ?

Jess hoche la tête d'un air sombre.

— Ne cherche pas plus loin. Le manque de sommeil est une technique de torture, ils l'apprennent dans les services secrets. Tu sais, j'ai cru que je devenais complètement cinglée à la naissance de Connor.

— C'est vrai ?

Elle ne garde aucun souvenir de Mel comme ayant, un jour, rompu avec son habituel pragmatisme. Elle n'a en tout cas jamais évoqué des pensées envahissantes ou des visions perturbantes. Jess hésite un instant, puis se risque à demander :

— Comment ça, cinglée ?

— Oh, tu vois. Grognon, étourdie... Tu ne te rappelles pas le jour où j'ai perdu ma voiture sur le parking du supermarché ?

Ce souvenir la fait rire.

— J'ai erré au milieu des rangées, incapable de retrouver où j'étais garée, ça a duré une demi-heure.

Jess ne peut pas lui répondre : *Oui, mais tu n'as jamais cru que tu allais tuer ton bébé ? Est-ce que tu as déjà vérifié, une première puis une seconde fois, que tu ne lui avais pas donné trop de paracétamol ? Que tu n'avais pas versé de la Javel dans son biberon ? Que ton bébé n'était pas en train de s'étouffer avec une peluche dans son berceau ? Que tu ne l'avais pas, sans le vouloir, asphyxié ?* Elle a l'impression qu'il y a un tel gouffre entre leurs expériences de la maternité.

Par chance, son amie ne semble rien remarquer, distraite par leur arrivée au parc.

— Bien, faisons un peu courir ces chiots !

Mel a toujours soutenu que les petits garçons étaient pareils à des chiens et qu'ils avaient besoin de se dépenser pour être obéissants. Frankie ne paraît jamais l'être – son éducation ressemble à un numéro d'équilibriste sur une ligne à haute tension –, mais c'est peut-être un manquement de la part de Jess plus qu'autre chose.

— Oui, répond-elle d'une voix lasse.

Elle se concentre pour rester sur ses gardes, il ne faut pas, par exemple, laisser s'approcher d'eux ce vieil homme assis sur un banc. (Les pédophiles constituent une nouvelle source d'inquiétude pour Jess, elle soupçonne tous ceux qui sourient à sa petite fille.)

— Faisons-les un peu courir.

11

LIZ

Lundi 22 janvier 2018, 7 h 10

— Mauvaise nuit ? demande Nick, alors que nous virevoltons dans la cuisine, beurrant des tranches de pain grillé, avalant bruyamment une gorgée de thé, réchauffant du lait, le tout en gardant un œil sur l'horloge, car il nous reste moins de dix minutes avant de devoir franchir le seuil de la maison.

— Je me suis réveillée vers 3 h 30, je n'arrêtais pas de penser à Jess.

Je vide d'un trait ma tasse de thé, puis ramasse les miettes sur la table et le plan de travail ; mes gestes sont rapides et efficaces. *Allez, je n'ai pas toute la journée.* Voilà ce que mon langage corporel crie à ma famille.

Les enfants prennent leur temps pour manger, Rosa lèche le beurre sur sa tartine, yeux fermés pour savourer cette expérience sensorielle.

— Hé ! J'ai besoin du couteau, proteste Sam, qui lui gâche son plaisir en se penchant vers elle.

— Il y en a un autre devant toi, lui rétorque-t-elle, horripilée par tant de balourdise.

— Ah… oui.

Il s'est facilement laissé amadouer… Il beurre son toast. Ils pourraient passer toute la journée assis dans cette cuisine.

— Je n'arrive pas à me sortir Jess de la tête, expliqué-je à Nick en gardant un œil sur Rosa, qui a un don pour intervenir dans les conversations des adultes. On a notre réunion de service ce matin…

— Vous allez décider de pousser ou non les investigations ?

— Oui.

Je commence à remplir le lave-vaisselle, cogne une tasse et manque de peu d'ébrécher une assiette.

— Je ne suis pas autorisée à y assister, bien sûr. L'inspectrice est plutôt sévère, je l'ai déjà croisée sur un autre dossier, et tu connais Neil, il est inflexible.

J'abaisse ma voix à un murmure et coule un regard aux enfants – heureusement, ils sont occupés à se disputer pour le pot de Marmite.

— Je me sens tellement impuissante… Je voudrais leur parler des parents que sont Ed et Jess, que je connais si bien, mais je ne peux pas, parce que je n'ai pas le droit d'être présente à la réunion.

Nick dépose un baiser sur le sommet de mon crâne et je m'abandonne contre lui une seconde, puisant du réconfort dans sa chaleur, sa familiarité. Il sent le pain aux céréales et je m'imprègne de son odeur saine et plaisante.

— Tu n'es pas responsable de la décision qu'ils prendront, Liz. Tu étais obligée de valider ce signalement aux services sociaux. Tu n'avais pas le choix… C'est bien ce que tu m'as dit ?

Je m'écarte pour ranger le reste de vaisselle sale. J'ai tenté de m'en convaincre tout le week-end, après m'être justifiée devant lui le samedi soir, une fois les enfants couchés, mais ça paraît si simpliste résumé en ces termes.

— Tout n'est pas blanc ou noir, dis-je en remplissant les gourdes des enfants et en sortant deux pommes qu'ils oublieront, je le sais, au fond de leurs cartables.

Mon mari me sourit.

— Quoi ? Je dois filer.

Je n'aurais jamais dû aborder à nouveau ce sujet avec lui.

— Arrête d'être aussi dure avec toi-même, Liz.

Il a raison, bien sûr. En temps normal, je réussis très bien à cloisonner ces deux univers : la maison et l'hôpital. C'est nécessaire. Je ne survivrais pas si chaque patient devenait une obsession. Il n'en reste pas moins que la blessure de Betsey me touche plus personnellement, qu'elle a ranimé des souvenirs à demi enfouis. J'ai à peine fermé l'œil de la nuit : entortillée dans la couette, les bras et les jambes poisseux de sueur, j'ai rêvé que Jess me hurlait qu'elle me haïssait. Quand je me suis réveillée, j'étais en train de tomber dans sa bouche, qui s'était transformée en tunnel, le cœur tambourinant. Impossible de prétendre que j'aborde la situation avec impartialité.

— Je vais essayer, dis-je d'une voix apaisante, parce que je suis en retard et que je sais qu'il cherche seulement à me protéger.

Je l'embrasse.

— Tout ira bien, me souffle-t-il.

— Oui… je sais.

Et pourtant, tandis que j'enfile mon manteau, je ne parviens pas à me débarrasser du sentiment que je suis en grande partie responsable de l'épreuve que Jess et Ed traversent.

J'arrive à l'hôpital très en retard, à 8 h 30 passées. Mon téléphone sonne et affiche le numéro de ma mère. Je décroche juste avant que le répondeur ne se déclenche, tout en me débattant avec mon sac qui menace de se renverser, plaque mon portable contre mon oreille. Je me trouve dans la partie victorienne du bâtiment, tout en canalisations et bouches crachant de la vapeur, en portes battantes et couloirs labyrinthiques. Un patient en pyjama a traîné sa potence jusqu'à une cour et tire sur une cigarette. Je m'écarte de lui, ne voulant pas qu'il m'entende.

— Lizzie ? Lizzie ?

— Maman ! Tu vas bien ?

Je lui ai laissé un message samedi et comptais réessayer de la joindre hier. C'est surprenant pour elle de m'appeler aussi tôt. Elle a l'air paniquée, mange en partie ses mots.

— Je viens de me cogner le visage.

— Quoi ?

— J'ai dû ouvrir la porte d'un placard de la cuisine sans faire attention.

— Oh, maman ! Je suis vraiment désolée pour toi. Tu as un gros bleu ?

Autour de l'œil, oui. Et je me suis ouvert la pommette.

— Tu as dû avoir peur. Il y avait beaucoup de sang ? C'est souvent le cas quand on se blesse au visage.

— Je…

Elle semble réfléchir à ma question.

— Non, pas trop.

— Et maintenant, les saignements ont cessé ?

— Oui. J'ai mis un mouchoir dessus.

— Bien. Tu crois que tu as besoin de venir aux urgences pour quelques points ? Je suis au travail, mais je peux t'appeler un taxi.

— Oh, non. Je ne veux pas faire d'histoires.

À l'entendre, c'est moi qui dramatise.

— J'ai simplement préféré te prévenir.

— Bien sûr, maman, bien sûr. Tu veux que je passe ce soir ?

Elle ne vit qu'à quelques kilomètres, seulement Nick a une réunion avec ses collègues et je devrai attendre son retour. Je n'emmène jamais les enfants dans l'appartement de ma mère.

— Oh, non, vraiment pas, non.

Cette idée la fait sans le moindre doute regimber. J'inspire profondément, cherche l'équilibre entre inquiétude instinctive et nécessité de garder mes distances.

— Je t'appellerai après mon service, mais promets-moi que, si ça se dégrade, tu prendras un taxi pour venir ici, ou pour aller chez ton généraliste ?

— Tout ira bien, Liz. Je n'aurais pas dû t'appeler.

Son agacement est perceptible. Elle a toujours été comme ça, encline à passer d'un extrême à un autre. Petite, je ne savais jamais à quoi m'en tenir.

— Je suis contente que tu l'aies fait, maman. Je préfère être informée. Tu ne t'étais pas blessée lorsque tu m'as appelée, samedi, si ?

— Je ne t'ai pas appelée samedi ! proteste-t-elle, offusquée. Pourquoi vas-tu imaginer une chose pareille ?

— Eh bien, tu…

— Je ne t'ai pas appelée.

Elle est catégorique.

— Je le saurais quand même si je t'avais téléphoné, non ? À moins que tu ne penses que je perds la boule ?

Je conserve le silence. Inutile de me battre avec elle, surtout si elle est dans ce genre de disposition.

— Grotesque, ronchonne-t-elle, n'ayant pas réussi à me faire réagir. Écoute, je dois y aller maintenant, reprend-elle comme si c'était moi qui la retenais.

Puis elle raccroche brusquement.

Je suis contrariée – c'est souvent le cas après une conversation avec elle. Sans m'en rendre compte, je m'arrache une envie, le long d'un ongle, et la douleur irradie aussitôt dans mon doigt. Il faut que je me protège mieux, je ne dois pas la laisser m'entraîner sur ce terrain-là. J'ai l'impression de jouer à un « Un, deux, trois, soleil » émotionnel : j'essaie de me rapprocher, pas à pas, et elle en profite pour mieux me repousser sans ménagement.

Une chance que je sois à l'hôpital, où je peux me plonger dans le travail et où je suis, je le sais, appréciée. Épaules bien carrées, tête haute, je pousse la porte du service. Elle va heurter le mur bruyamment et la poignée laisse une entaille dans le plâtre. Sous les effets conjugués de ma colère et de mon sentiment d'impuissance, je n'ai pas contrôlé ma force.

Betsey dort dans son lit près de la fenêtre, elle a retrouvé son calme. Je m'attarde pour l'observer, après le passage de l'infirmière, une fois que je sais Neil occupé par la réunion de service, et je me demande s'il pourrait y avoir une explication simple à ce qui lui est arrivé.

Elle semble si paisible dans son sommeil : une joue pressée contre le matelas, les fesses en l'air comme un chien de berger au repos. Elle va guérir, me rassuré-je : l'hématome devrait disparaître, même s'il reste un risque de convulsions le temps que la poche de sang coagule, se dessèche et se résorbe. Betsey en aura-t-elle ? Et s'agira-t-il d'un problème temporaire ou qui la poursuivra sur le long terme ? Impossible de le savoir dans l'immédiat.

Tout en me massant les tempes, je reprends l'ensemble des éléments pour tenter d'identifier un détail important qui aurait pu nous échapper. Un détail qui laverait Jess et Ed de tout soupçon. Peut-être Betsey souffre-t-elle d'hémophilie, ce qui aurait facilité la formation de cet hématome ? Ou de rachitisme, d'un défaut de calcification des os ? De retour derrière l'ordinateur, je consulte ses résultats sanguins : ses plaquettes et son facteur de coagulation sont normaux, tout comme sa calcémie et son taux de vitamine D.

Neil et Fousia sont encore en réunion avec Cat Rustin, Lucy Stone, l'assistante sociale, et la responsable des questions de protection de l'enfance, Kate Walsh. J'en profite pour retourner auprès de Betsey, regrettant de ne pas avoir partagé plus de moments heureux avec elle. C'est un bébé adorable – avec des fossettes et des traits fins –, et je l'imagine en train de gazouiller, de montrer ses petites cuisses potelées. Puis je l'imagine en train de hurler. Rosa était très soupe au lait à cet âge, elle pouvait perdre sa bonne humeur solaire en un claquement de doigts. Manque de sommeil, repas en retard ou insuffisant : autant d'éléments qui pouvaient, à eux seuls, déclencher larmes ou colère. Avant son admission à l'hôpital, Betsey était-elle pareille ?

La mère du patient voisin croise mon regard en me voyant me lever.

— Il va tellement mieux, dit-elle en inclinant la tête vers le berceau où son fils de sept mois, Daniel, est allongé sur le dos.

Il fait des bulles et joue avec ses jambes. Tania Bryce et son mari l'ont amené dans la nuit de jeudi, tard, parce qu'il ne semblait plus respirer. Il avait une bronchiolite. Mais sa saturation en oxygène est revenue à la normale et il devrait pouvoir sortir dans les deux jours qui viennent.

— Tu as causé une peur bleue à ta maman, soufflé-je au bébé qui sourit avec bonheur.

Il me répond d'un gazouillis, comme pour dire qu'il n'en revient pas lui-même que la vie soit aussi belle.

— Oh ! que oui, ajouté-je en lui souriant.

Il écarte les doigts, tourne ses mains dans la lumière.

— Vous pouvez le dire ! me lance sa mère.

Elle gonfle les joues avant de pousser un soupir de soulagement théâtral. Sa voix s'étrangle pourtant quand elle reprend :

— J'ai vraiment cru qu'on allait le perdre.

— Vous avez très bien fait de nous l'amener. Il s'est remis en une nuit, non ?

Tania, qui a à peine quitté le chevet de son fils depuis son admission, hoche la tête. C'est son premier enfant et elle a tardé à venir de peur qu'on ne lui reproche de s'inquiéter pour rien. À présent, elle ne se pardonne pas de ne pas avoir écouté son instinct.

— Je regrette tellement de ne pas l'avoir amené plus tôt…

— Hé, tout va bien, la rassuré-je en m'accroupissant à côté d'elle.

Elle me répond d'un sourire déchirant, alors que des larmes lui viennent à l'idée que leur calvaire est terminé.

— Daniel a reçu le traitement adéquat, lui dis-je. Il n'a plus besoin d'oxygène. Nous continuons à le surveiller mais il est tiré d'affaire.

Mon attention est soudain attirée par un mouvement, plus loin dans le couloir, et je redresse la tête : Lucy et Cat quittent la salle de réunion. Je prends congé de Tania et me rends au bureau des infirmières, tandis qu'elles remontent dans cette direction. Cat avance d'un pas décidé et Lucy se hâte pour tenir la cadence. Maigre avec de longs cheveux brillants, Lucy porte le même genre de tenue que l'institutrice de Sam : pantalon noir, pull à col rond vert bouteille avec un foulard à pois noué de façon lâche, et des joncs qui s'entrechoquent sur son poignet quand elle fait de grands gestes. Elle paraît trop douce pour affronter des parents potentiellement maltraitants, et pourtant elle possède une volonté d'acier : c'est ce qui l'a poussée à choisir ce métier, ce qui lui permet de tenir tête aux parents, même lorsqu'il s'agit de membres de la classe moyenne bien éduqués comme Ed et Jess, qui pourraient la menacer de poursuites judiciaires. Elle a beau être moins dure que Cat – qui m'a un jour lancé « on aura ces salauds » au sujet de parents violents –, Lucy jouit d'une certaine autorité. Elle est celle qui pourrait retirer Betsey, ainsi que Kit et Frankie, à Jess.

— Vous pouvez me donner quelques nouvelles ?

Je décoche un sourire charmeur à Neil, qui consulte le dossier d'un patient sur l'ordinateur.

— Pardon ?

Il fronce les sourcils d'un air désapprobateur.

— Au sujet de Betsey Curtis ? Vous pouvez me dire ce qui a été décidé ?

— Nous allons la garder vingt-quatre ou quarante-huit heures en observation pour lui éviter une nouvelle hémorragie. Et pour nous assurer qu'elle ne convulsionne pas.

— Et ensuite ?

Il me jauge de ses yeux bleus et froids. Prolonge mon attente. Il est tellement procédurier qu'il refuse de me faire part des soupçons des inspecteurs.

— Et ensuite, le dossier sera transmis à nos chers collègues de la police et des services sociaux. Je me contenterai de préciser que la mère ne doit pas être autorisée à voir ses enfants sans surveillance, que ce soit ici ou chez elle. Ses visites à l'hôpital devront être planifiées de façon qu'elle puisse se faire accompagner de Mlle Stone ou d'une autre assistante sociale.

Il s'éloigne à grandes enjambées, et j'ai l'impression qu'il vient d'engloutir tout l'oxygène de la pièce tant j'ai la tête qui tourne. Jess ne pourra pas voir Betsey comme elle le voudra. Elle a dû s'y engager par écrit auprès de la police pour la durée du week-end, mais l'interdiction a été prolongée – confirmation qu'il existe un soupçon de maltraitance.

Je m'approche de Fousia.

— Il est de mauvais poil aujourd'hui, lui glissé-je d'un ton complice.

— Tu l'as déjà vu autrement ?

— Il a l'air convaincu qu'il s'agit d'une blessure volontaire.

— Oui.

Elle incline la tête en direction du bureau des médecins, où nous avons moins de risques d'être surprises. Je la suis, infiniment reconnaissante qu'elle soit prête à me transmettre des informations.

— Je ne t'ai rien dit, d'accord ? me lance-t-elle, l'air grave.

De cinq ans ma cadette, elle n'a pas d'enfants et a réussi depuis son arrivée dans le département de pédiatrie, il y a six mois, à ne pas se mettre Neil à dos, et il est bien naturel qu'elle tienne à maintenir cet état de fait.

— Bien sûr. Est-ce que tu peux juste m'expliquer d'où viennent leurs soupçons ? L'examen médical des autres enfants a révélé quelque chose ?

— Non, ils étaient en pleine forme, et il n'y a rien d'inquiétant dans le dossier, ni intervention antérieure des services sociaux, ni signes de confusion, ni traces de fractures anciennes au scanner.

— Dieu merci !

Je commençais à me demander si j'avais fermé les yeux sur un problème de longue date, et je me sens infiniment soulagée.

— Alors, pourquoi continuent-ils l'enquête ?

— C'est Cat Rustin. Elle a lourdement insisté. Pour elle, les explications de Mme Curtis ne tiennent pas la route.

— Mais pourquoi ça ?

Fousia vérifie que personne ne risque d'entrer dans la pièce.

— Écoute… Je ne t'ai vraiment rien dit, d'accord ?

— Bien sûr.

— Ils ont interrogé le frère qui était présent dans la cuisine lorsque Betsey est tombée.

— Frankie ? Le plus jeune des deux ?

Elle hoche la tête.

— Apparemment, il était très secoué, très préoccupé, et pas très causant, mais il a contredit un des éléments du récit de sa mère. D'après Cat Rustin, Mme Curtis a raconté qu'il était assis face à la fenêtre et regardait le jardin quand Betsey a glissé, si bien qu'il n'a pas pu voir ce qui s'était passé. Or il a affirmé qu'il occupait sa place habituelle à la table, ce qui veut dire qu'il était tourné vers le frigo et sa sœur. Pourtant, il n'a rien vu. Ni chute ni glissade.

Mon ventre se serre. Frankie est un enfant très premier degré, impressionné par les figures d'autorité. Il a dû avoir peur des inspecteurs, même s'ils ont veillé à ne pas le brusquer, et il n'a pas pu envisager de mentir. Il a beau adorer sa mère, son instinct lui a sans doute soufflé de dire la vérité.

Fousia m'observe attentivement, son front lisse se ride.

— Liz, tu comprends leur inquiétude, non ?

— Oui, évidemment.

— L'un d'eux ment. Le fils ou la mère. Et la police penche plutôt pour elle.

12

JESS

Lundi 22 janvier 2018, 11 heures

— Vous voulez que ma sœur s'occupe de mes enfants ?

Lucy Stone vient d'annoncer à Jess que sa sœur, Martha, est prête à s'installer sous leur toit pour se charger des enfants en qualité d'adulte « agréé », et elle n'en revient pas. Elle veut passer pour quelqu'un de raisonnable, mais son ton trahit son incrédulité.

Lucy cherche un mouchoir dans son sac. Elle a un rhume. Jess entend les glaires qui s'évacuent quand l'assistante sociale se mouche dans un bouillonnement strident. Elle recule sa chaise et le raclement des pieds sur le carrelage de la cuisine la fait tressaillir. Lucy glisse le mouchoir sale à l'intérieur de sa manche et redresse la tête, le visage empreint de compassion.

— Dans les dossiers qui exigent des mesures de protection, nous devons trouver quelqu'un pour veiller sur les enfants du foyer.

— Des mesures de protection ? Vous craignez que je puisse faire du mal à Frankie ou à Kit ?

La même expression a été utilisée le samedi, lorsque les garçons ont été confiés à Mel, et lorsque Jess s'est engagée, par écrit, à ne pas voir Bets seule à l'hôpital. Pourtant, ce n'est que maintenant que le sens de ces mots lui apparaît. Jess entend sa propre voix monter dans les aigus sous l'effet du choc. Incapable de lui répondre, Lucy se mouche à nouveau.

Les garçons ont passé les deux dernières nuits chez Mel. Lucy avait proposé cette solution le samedi, quand il est devenu évident qu'il y aurait d'autres entretiens, mais Jess s'était persuadée que leur absence était largement motivée par des raisons pratiques. *Ils pensent que tu es une mauvaise mère. Enfin… pas avec Frankie et Kit, si ?* Ils enquêtent sur sa façon de s'occuper de Betsey, pas de ses fils.

Le regard de Jess passe de Lucy à Ed, elle a l'impression qu'il faudrait qu'elle expulse les émotions logées dans sa poitrine. Elle attend qu'il la défende, qu'il souligne l'absurdité de la situation.

Il essaie de sourire. Il sait qu'il devrait aplanir les tensions, user de son charme pour convaincre l'assistante sociale de redevenir raisonnable et de considérer la situation de leur point de vue – lui si enclin à le faire d'habitude, dès qu'il y a une erreur lors d'une réservation pour les vacances, par exemple, ou qu'un serveur leur apporte le mauvais plat. Mais il n'a pas le manuel pour un scénario de ce genre. Ils sont sur un terrain inconnu et ils vacillent, tous deux, sur leurs jambes : lui ignorant comment s'y prendre avec cette assistante sociale qu'il n'a pas réussi à charmer ni à impressionner avec la menace voilée d'une discussion avec un ami avocat, elle ne sachant tout simplement pas comment réagir. Ils se sont aventurés dans une lande marécageuse et à chaque pas hésitant, maladroit, ils risquent de s'y enfoncer un peu plus.

— Écoutez, nous savons que vous vous préoccupez des enfants, dit-il, mais est-il vraiment nécessaire de faire venir Martha ? Je suis là si vous avez des inquiétudes au sujet de ma femme.

— Il nous faut un autre adulte, agréé, le temps que la police mène à bien son enquête.

Lucy emploie le même ton caressant que si elle était face à un enfant. Ce qu'elle ajoute, après un silence, modifie l'équilibre des forces de façon si drastique que tous les espoirs qu'Ed avait de la convaincre s'envolent.

— Si cette solution ne vous convient pas, il nous reste une autre option, nous pouvons déposer une demande de placement des enfants dans une famille d'accueil.

La pièce devient soudain aussi étouffante que si l'un des garçons avait tourné le bouton du thermostat à l'insu de Jess. Elle sent son visage s'échauffer, ses joues rougir. Sa gorge est desséchée. Elle voudrait implorer cette femme, mais les mots restent coincés dans sa gorge : elle est confrontée à l'une de ses plus grandes angoisses, celle d'être une mère désespérément incompétente, incapable de s'occuper de ses bébés. *Ils pourraient nous prendre les enfants*.

— Vous êtes en train de dire que c'est ce que vous ferez si nous nous opposons à la venue de Martha ?

La mâchoire inférieure d'Ed avance légèrement. Il ne s'en est peut-être pas rendu compte, mais il a aussi transféré son poids sur son pied avant, comme s'il se préparait à attaquer.

— Oui.

Lucy déglutit. Un frisson de peur remonte le long de la colonne de Jess, telle la pointe d'un couteau. Elle la sent s'enfoncer légèrement entre chacune de ses vertèbres, une douce pression inexorable qui pourrait lever sa chair en filets, qui la pousse vers l'effondrement complet, l'expose au risque de perdre pied et de succomber à ses angoisses les plus noires.

Elle se racle la gorge. Elle doit dire quelque chose. Admettre à voix haute qu'elle comprend ce que Lucy vient de leur annoncer pour éviter que la situation ne s'envenime davantage. Parce que, de même que ses pensées peuvent s'emballer pour un rien, le fait d'avoir conduit Betsey à l'hôpital a précipité son existence dans un vortex incontrôlable.

— Et Martha est d'accord ? demande-t-elle.

— Oui. Vous vous rappelez que nous avons évoqué cette possibilité ensemble, samedi ?

Jess n'en a aucun souvenir. La journée de samedi a été dominée par ses craintes au sujet de Frankie, qui a été interrogé par un agent de la brigade des mineurs, et de l'état de Betsey. C'est Ed qui a fourni les coordonnées de Martha et discuté de son éventuelle implication pendant que Jess, elle, s'occupait de préparer les enfants avant leur départ chez Mel.

— Elle s'est montrée très solidaire, ajoute Lucy. Soucieuse d'apporter toute l'aide possible.

— Et nous lui sommes très reconnaissants, dit Ed. Naturellement.

Jess confirme d'un hochement de tête. Ils devraient lui être reconnaissants, non ? Soulagés de voir qu'elle est prête à témoigner un tel altruisme. Et pourtant, Jess a beau adorer sa sœur, elle ne tient pas à être remplacée par quiconque – ni même à la voir s'installer sous son toit.

Un instant, elle se figure Martha envahissant son intérieur sans souci de son goût pour l'ordre. Avec cette façon qu'elle a de mettre de la couleur et du fouillis partout – sacs qui débordent, écharpes abandonnées n'importe où, tasses à café qui laissent des traces.

Puis son imagination lui montre ses enfants, plus particulièrement Frankie, qui lui sont arrachés pour s'installer chez Martha, Mel ou des inconnus. Déracinés, alors que Jess, en dépit de ses échecs, a toujours voulu qu'ils se sentent en sécurité chez eux.

Ils n'ont pas le choix. Jess le sait, même si la moindre cellule de son être voudrait s'y opposer.

— Si Martha est prête à faire ça pour nous, bien sûr que nous serons heureux de l'accueillir chez nous.

— Bordel !

Ed fait les cent pas dans la cuisine après le départ de Lucy. L'énergie nerveuse émane de lui par vagues d'électricité statique. Il finit par s'immobiliser et s'asseoir, en se prenant la tête à deux mains, les doigts pressés contre ses paupières comme s'il espérait, en exerçant une contrainte sur ses yeux, trouver une réponse.

Jess ne sait quoi lui dire.

Son mari a du mal à la regarder. Depuis qu'elle s'est levée, la veille, il la jauge quand il pense qu'elle ne le voit pas. Et, à présent, il refuse de croiser son regard. Elle voudrait le toucher, lui rappeler qu'elle reste sa Jess. Mais elle est devenue une étrangère, c'est ce qu'il lui a dit jeudi dernier. Et la situation n'a fait que se dégrader depuis leur dispute. Rien ne sera plus jamais pareil.

Ça n'aide pas qu'il passe le plus clair de son temps à l'hôpital : toute la journée du dimanche et la nuit qui a suivi pour veiller Betsey. C'est parfaitement compréhensible, puisqu'il doit travailler cette semaine. Et Betsey a besoin d'un de ses parents. Pourtant, Jess a du mal à ne pas avoir aussi l'impression qu'il l'évite. Qu'il la soupçonne d'une façon ou d'une autre.

S'il redresse la tête et lui sourit, même du bout des lèvres, alors peut-être qu'elle pourra y voir le signe qu'il ne se méfie pas d'elle ? Elle attend. Rien. De toute façon, la partie était perdue d'avance. Elle doit penser à la suivante. Ou peut-être envisager de jouer en plusieurs manches – pour gagner, il faut en remporter deux sur trois. Elle ne prend néanmoins pas le risque de s'approcher. Quelle conclusion faudrait-il tirer s'il ne réagissait pas ? Ou, pire, s'il la repoussait ?

Elle se détourne et se met à songer à Betsey, qu'elle verra plus tard, à l'horaire convenu, en présence de Lucy. Sa poitrine se serre dès que Jess se représente son bébé seule dans ce lit d'hôpital du service pédiatrique, déboussolée, en souffrance, sans personne pour la réconforter. Elle chasse ces pensées. Mieux vaut trouver une occupation concrète, comme se préparer à recevoir Martha. Avec des mouvements aussi ralentis que si elle marchait en eau profonde, elle se traîne au premier.

La peur, la peur brute, qui fait trembler tout son corps, survient dans la chambre d'ami, où elle est occupée à épousseter, à disposer des fleurs, à vérifier que les draps propres n'ont pas besoin d'un petit coup de fer à repasser. C'est une belle pièce, les murs sont d'un joli gris pâle de chez Farrow & Ball. Elle allume une bougie dans l'espoir que le jasmin d'hiver créera une atmosphère de sérénité, elle fait gonfler les serviettes blanches pour qu'elles ressemblent à de gros oreillers. Vérifie que les draps blancs sentent bien le frais, que la vasque dans la salle de bains attenante est vraiment immaculée et qu'il n'y a pas de cheveux égarés derrière la cuvette des toilettes, pas de poussière accumulée sur les plinthes derrière le lit.

Elle a retiré ses bagues le temps de nettoyer, mais elle les remet et joue avec, les fait tourner autour de ses doigts. *Un, deux, trois. Un, deux, trois*… Elle aligne les minuscules pierres. Et puis, soudain, *vlan* ! Ses mains tremblent tellement qu'elle n'y arrive plus. *Un, deux, trois… Un, deux, trois… Un, deux, trois…* Ce n'est pas parfait. Elle tente de résister au rituel, sans succès. Elle doit recommencer, jusqu'à ce que les pierres soient impeccablement alignées, et ses doigts deviennent de plus en plus frénétiques. *Un, deux, trois. Un, deux, trois…*

Elle est une enfant sur une plage, qui gratte la pierre pour mettre au jour des fossiles. Les galets blancs sont brûlants sous ses orteils irrités par le sel séché alors qu'elle s'accroupit dessus, basculant d'un pied sur l'autre pour équilibrer son poids. Elle manie le burin avec précaution, elle ne doit pas retirer les couches trop rapidement, ne doit pas se précipiter dans son désir de découvrir, au cœur de la roche, un fossile en spirale. *Ammonoidea. Un, deux, trois* : un petit coup. *Un, deux, trois* : un autre. Ça ne marche pas, et la cadence devient plus rapide, plus impétueuse. *Un, deux, trois*, un coup, *un, deux, trois*, un coup, *un, deux, trois.*

Et pendant qu'elle sonde la roche, avec des gestes de plus en plus vifs et de moins en moins précis, l'angoisse plonge ses pensées dans la cacophonie. Si elle réussit à trouver cette ammonite, alors elle pourra contenir la spirale infinie de ces pensées envahissantes. Si elle réussit à l'extraire de la pierre sans l'abîmer, tout ira bien. Sa mère lui accordera enfin un peu d'attention, et son père ne se mettra plus en colère. (Elle se rappelle alors l'affreuse expression de celui-ci quand il s'en est pris à sa femme la veille, les mots crachés d'une voix si déformée par la haine qu'ils ressemblaient à des grognements.)

Le burin dérape et glisse. Et l'ammonite, abritée depuis deux cents millions d'années dans la roche, est endommagée.

Jess y repense, alors qu'elle est assise contre le mur, les bras autour des genoux, mains croisées, roulée en boule comme si elle voulait prendre le moins de place possible. Le sentiment d'impuissance qui l'a dévorée sur la plage ce jour-là l'emprisonne tel un étau. Elle n'a plus aucun contrôle sur la situation. Elle n'est même plus autorisée à élever ses propres enfants.

D'un autre côté, c'est peut-être ce qu'elle mérite.

Ils doutent tous d'elle.

Sa sœur, qui doit nourrir des soupçons, convaincue que les autorités ne lanceraient pas une enquête sans raison.

Ed, qui ne peut plus la regarder.

Liz, qui s'est méfiée dès le début, qui a joué un rôle dans l'implication des services sociaux et de la police.

Et peut-être qu'ils ont raison, tous.

Parce qu'il est vrai qu'elle a fait quelque chose de très grave, non ?

13

LIZ

Lundi 22 janvier 2018, 17 h 45

Je vais être à l'heure pour récupérer mes enfants à la sortie du centre de loisirs. Je devrais même arriver en avance. Ma jubilation peut paraître excessive, mais aujourd'hui j'y vois le signe d'une grande victoire.

J'ai réussi à quitter l'hôpital à temps. Nick a sa réunion pédagogique, et je me suis attiré les foudres des employés du centre de loisirs à de trop nombreuses occasions pour risquer un retard. Et puis les enfants détestent que je ne vienne pas les chercher avant 18 heures – « C'est trop la honte », m'a lancé Rosa un jour où ils étaient les derniers à partir, alors que les grands yeux de Sam s'emplissaient d'une déception attristée. Je n'ai pas laissé le choix à Neil, je lui ai annoncé que je devais partir à 17 heures, et je l'ai fait. C'est libérateur, étrangement, j'ai la vague impression de sécher les cours.

Je presse le pas. Avec un peu de chance, j'y serai à 17 h 50, ce qui me permettra d'assister à la fin du match de basketball de Rosa – elle y joue tous les lundis. J'imagine déjà sa réaction : sa surprise et son sourire de joie. Elle me compare trop souvent aux mamans qui les accompagnent lors des sorties scolaires, qui préparent des gâteaux ou organisent des lectures. Les mamans de l'acabit de Jess, ou plus précisément de Jess avant sa troisième grossesse. *Pourquoi tu ne viens pas plus souvent à l'école, maman ?* est un refrain que je ne connais que trop bien. *Parce que je dois travailler et aider d'autres enfants,* je réponds avec un sourire que j'ai du mal à garder. Eh bien, aujourd'hui, je serai ce genre de maman, moi aussi.

17 h 45. Mon souffle forme de la vapeur dans l'air froid, mon sac glisse de mon épaule et rebondit contre ma hanche alors que je me mets à courir, imaginant la mine réjouie de ma fille et le câlin passionné de Sam. Aujourd'hui, j'ai l'impression de réussir à tout mener de front : je suis là pour mes enfants tout en faisant un métier exigeant. Ça a été de la folie à l'hôpital : un défilé de patients réclamant calme, détermination et rapidité d'action – le cas le plus préoccupant étant celui d'une petite de six ans souffrant d'une forme sévère d'asthme. Nous l'avons placée sous respirateur artificiel et nous lui avons administré des stéroïdes en intraveineuse, nous avons rectifié son taux de potassium – tombé à un niveau inquiétant à la suite des nombreuses perfusions –, puis recouru à une oxygénothérapie à haut débit avant de lui trouver une place en soins intensifs. Nous recevons des asthmatiques tous les jours, mais nous ne nous reposons jamais sur nos lauriers. Ce soir, j'éprouve la satisfaction intime de savoir que nous avons agi à temps et offert le meilleur des traitements à cette fillette.

Mon téléphone vibre : un texto de Mel. « Suis à 5 min. Tu px récupérer les miens si le match est fini ? » En général, c'est moi qui lui demande des services, et je suis ravie qu'elle me sollicite, surtout que je n'ai pas pris le temps de la rappeler samedi. Elle n'a pas ajouté de « bisous » à la fin de son texto, contrairement à son habitude. Ni de « s'il te plaît », ce qui ne lui ressemble pas non plus.

« Sans problème. Bisous », je réponds en repensant à son torrent de colère sans retenue. Qu'a-t-elle dit exactement ? *Tu vas pouvoir arrêter tout de suite la machine, hein ?... C'est complètement dingue !* J'appréhende un peu de remettre les pieds à l'école après l'admission de Betsey en pédiatrie. Trois des enfants de notre groupe de préparation à l'accouchement – Rosa, Mollie, la fille de Mel, et George, le fils de Charlotte – jouent au basket, et je vais devoir affronter leurs mères, sans doute informées de la situation.

Charlotte me repère en premier.

— Je peux te dire un mot ? me lance-t-elle en me voyant approcher du terrain avec Sam et Connor, le fils de Mel, que j'ai récupérés avant.

L'établissement des enfants, St Matthew, vient de battre l'équipe adverse, et les vainqueurs savourent leur victoire. George essaie de se faire une place entre Rosa et Mollie, qui se permettent de le snober avec superbe, le connaissant depuis toujours.

Charlotte observe la scène en se mordillant la lèvre inférieure. Elle tient à ce que George côtoie un maximum de membres de la gent féminine avant de rejoindre, pour ses études secondaires, une école privée pour garçons. Mais bien qu'il soit très sportif – c'est un bon footballeur, adroit au basket –, les filles l'ignorent de plus en plus ouvertement. Charlotte souligne d'ailleurs avec un soupçon de tristesse :

— Elles le laissent tomber.

— Oh, je suis sûre que ce n'est qu'une phase, tenté-je de la rassurer, même si je me demande si nous resterons en contact, toutes, une fois qu'il se sera fait de nouveaux amis.

— Je n'en suis pas si sûre.

Elle semble oublier son malaise au moment où elle se tourne vers moi et plonge son regard dans le mien. C'est mon tour d'être désarçonnée. Elle ne passe pas inaperçue avec ses épais sourcils, son grand nez et ses yeux noirs pénétrants. J'apprécie Charlotte, qui s'est montrée particulièrement encourageante quand j'ai passé mes examens, c'est une femme généreuse, dotée d'un humour noir, cynique, même si je regrette qu'elle ne soit pas un tantinet plus chaleureuse. Ça a beau être irrationnel, je me sens comme un élève à problèmes face à son proviseur.

— On peut parler de Jess ?

— Je n'y suis pas autorisée, dis-je sans desserrer les dents et en m'engageant sur le terrain.

Sam et Connor sont partis à la rencontre de leurs sœurs en courant. Nous sommes momentanément sans enfants, ce qui ne signifie pas que je suis plus libre de m'exprimer sur ce sujet, dans ce cadre.

— Je ne te demande pas de me donner des détails sur le dossier, rétorque-t-elle en s'arrêtant.

— C'est impossible, Charlotte. Je ne suis plus impliquée de toute façon. Betsey n'est plus ma patiente. Ce ne serait pas professionnel de ma part d'en discuter avec toi, sans parler de la question de l'éthique.

Je me remets en marche, espérant qu'étant elle aussi concernée par le secret professionnel elle saisira le message. Sauf qu'elle est plus grande que moi, et sa foulée plus longue que la mienne. Elle parvient à me rattraper et vient se placer en travers de mon chemin.

— Je m'inquiète, Liz.

Elle pose une main sur mon avant-bras et son ton se radoucit, ce qui lui permet de réussir ce tour de force d'assener les choses d'une voix mélodieuse.

— Un détail me tracasse et je me demandais…

Elle baisse tant la voix que je dois m'approcher.

— Évidemment, tu comprendras que je ne tiens pas à ce qu'Ed puisse penser que nous les laissons tomber, Andrew et moi, mais… je me demandais si je devrais parler à l'enquêteur en charge du dossier ou si tu pourrais, toi, écouter ce que j'ai à dire ?

Elle incline la tête d'un côté et je sens des nœuds se former au creux de mes épaules. Je crois bien qu'à cet instant précis je pourrais la haïr. Elle me met dans une position intenable, et elle n'en a visiblement rien à faire. Bien sûr que je ne devrais pas prêter l'oreille à ses confidences, que je devrais l'orienter vers Cat Rustin si elle a de véritables sujets d'inquiétude, et pourtant il y a une forme de concurrence entre Jess et elle – qui vient du fait que Charlotte a rencontré Ed en premier, ou alors pour une raison plus puérile, parce que Jess sera toujours cool et Charlotte, jamais, malgré son succès professionnel et son salaire impressionnant. Si elle est prête à parler à la police, mieux vaut que je filtre ses propos.

— Je t'écoute.

— Eh bien, pour commencer, je m'inquiète parce que Jess paraît détachée de Betsey. Je ne les ai pas souvent vues ensemble, je te l'accorde, mais tu te souviens combien elle était fascinée par Kit ? Sa vie tournait entièrement autour de lui, c'en était presque écœurant…

— Charlotte… la sermonné-je.

— Oh, arrête, Liz. Tu sais très bien de quoi je veux parler. On élève tous différemment nos enfants. Nous étions sans doute, elle et moi, aux deux extrémités du spectre en matière d'attachement, néanmoins j'ai toujours pensé qu'elle avait davantage la fibre maternelle que moi, que ça lui venait plus naturellement. Tu ne te souviens pas, elle s'asseyait par terre pour jouer aux petites voitures avec Kit, alors que moi j'en étais incapable… Je me sentais trop mal à l'aise. Je n'ai pas l'impression qu'elle s'investit autant.

— Je ne sais pas comment tu peux affirmer une chose pareille. Nous nous sommes à peine vues depuis qu'elle a eu Betsey, elle et moi, et ça doit être encore plus vrai pour vous deux.

— Je n'en suis pas si sûre.

— Très bien, quand vous êtes-vous vues pour la dernière fois ?

— Au spectacle de Noël, le mois dernier. Et c'est à cet épisode précis que je pense. Elle n'avait pas l'air de s'intéresser à Betsey. Tu ne te rappelles pas ? Tu l'avais remarqué, toi aussi.

J'étais arrivée ric-rac pour la représentation dans laquelle nos cadets incarnaient des anges. Ma réunion s'était éternisée et il y avait du retard sur les lignes de métro, si bien que j'avais déboulé dans le réfectoire bondé à 14 h 15 pétantes – soit in extremis. Après avoir repéré Sam, je m'étais faufilée jusqu'au dernier siège libre, sentant les regards de plusieurs parents, pour certains compatissants, pour d'autres réprobateurs.

« Tu as réussi ! m'a murmuré Charlotte, lorsque je me suis glissée à côté d'elle, en bout de rangée. Je n'ai pas vu Mel, mais Jess est là », a-t-elle ajouté en inclinant la tête vers la crinière bouclée trois rangées devant moi. L'énorme poussette rouge de Betsey se trouvait dans l'allée, à angle droit, et elle tremblait – la petite s'agitait, de colère ou d'ennui.

Entre les deux apparitions de mes enfants sur scène, j'ai été hypnotisée par cette poussette. Je voyais les jambes de Betsey qui dépassaient, et je l'ai regardée couvrir le sol de miettes de galette de riz. Jess avait l'air de ne rien remarquer, toute concentrée qu'elle était sur Frankie.

Betsey a fini par se mettre à pleurnicher. Je me suis crispée par solidarité, ne me souvenant que trop bien de ma honte dévorante lorsque Sam, du haut de ses deux ans, hurlait dans de telles circonstances. Les jambes de Betsey étaient raides, la capote de la poussette frémissait, mais Jess était absorbée par son iPhone. Ça se comprend, me suis-je dit. Ne sois pas dans le jugement. J'étais prête à tout pour maintenir la paix.

Nos anges étaient en train de chanter et la pureté de leurs voix métamorphosait le réfectoire aux relents de viande bouillie et de pieds transpirants. Ma gorge s'est serrée d'émotion. Tout autour de moi, j'ai vu l'attendrissement sur les visages des parents, leurs corps qui se détendaient devant ce spectacle et cet enchantement sonore.

Frankie, qui agitait la guirlande lui servant d'auréole, était particulièrement expressif, et j'ai jeté un coup d'œil à Jess, espérant qu'elle l'admirait. Mais elle regardait son écran, ne prêtant attention ni à sa fillette qui protestait, ni à son fils qui mettait tout son cœur à chanter. Elle était accaparée par quelque chose de visiblement bien plus important.

Charlotte s'est penchée vers moi pour mieux la voir, puis a haussé les sourcils, et le sentiment de déloyauté que j'ai éprouvé à l'époque se réveille à l'évocation de cette scène.

— Écoute, on a toutes la tête ailleurs au moment des fêtes de fin d'année, c'est tellement la course… Peut-être qu'elle regardait quelque chose d'important, un jouet qu'elle avait du mal à trouver…

— On nous avait expressément demandé de couper nos portables, et elle n'a pas quitté le sien des yeux.

Combien de fois Frankie montera sur scène déguisé en ange ? Et Kit en berger ? L'ancienne Jess aurait pris des photos ou les aurait admirés, son univers se serait résumé à eux. Elle n'aurait jamais agi de la sorte.

— D'accord, Charlotte. Je comprends tes inquiétudes, mais je ne pense pas qu'il soit nécessaire de déranger la police pour ça.

J'émets un petit éclat de rire pour lui montrer qu'il faut chasser ce souvenir et me remets en route d'un pas vif. Je ne peux pas lui avouer que j'ai été, moi aussi, surprise par ce changement d'attitude de Jess.

— Il y a autre chose.

Est-ce qu'elle tient la liste des manquements de Jess ?

— Si c'est du même acabit, alors je pense que tu es vraiment injuste, Charlotte.

— Non, c'est plus grave. C'est en lien avec vendredi soir, et c'est ça que j'envisage de relater à la police.

— Je t'écoute, dis-je à contrecœur.

— Je n'ai pas récupéré les garçons après le foot. Jill, la maman de Ben, m'a proposé un échange de bons procédés pour pouvoir aller à une soirée entre collègues la semaine suivante ou je ne sais quoi. Bref, après les avoir déposés, j'avais du temps libre. Ça faisait un moment que je me répétais que je n'avais presque pas vu Jess depuis la naissance de Betsey, alors j'ai eu envie de jouer la carte de la spontanéité et de lui rendre une petite visite à l'improviste.

— D'accord…

Elle me rend nerveuse.

— J'ai sonné à la porte et personne ne m'a ouvert. J'ai tenté d'appeler sur le fixe, mais ça sonnait dans le vide. J'ai pensé qu'elle était peut-être sortie puisqu'elle n'attendait pas le retour de Kit avant 19 heures, sauf que j'ai entendu Betsey pleurer. J'avais besoin de faire le plein, alors j'ai laissé tomber et j'ai filé à la station-service prendre de l'essence.

— Elle était sans doute en train de changer Betsey, ou de mettre Frankie dans un bain. Elle n'attendait pas de visite à cette heure. Je ne réponds jamais à la porte quand je suis dans la salle de bains avec les enfants.

Je suis soulagée d'avoir pensé à cette explication.

— Qu'est-ce que tu essaies de suggérer, Charlotte ?

— Qu'elle s'était peut-être absentée.

— Ne sois pas ridicule. Pour aller où ?

— Je ne sais pas. Elle était peut-être sortie prendre l'air quelques minutes. Les gens le font sans arrêt.

— Ah bon ? Ça t'est arrivé ?

— Une ou deux fois, rétorque-t-elle d'un ton raide. Un bref instant. George a presque dix ans après tout, ce n'est plus un bébé, contrairement à Betsey. Mais ne le répète pas à Andrew.

Après une hésitation, elle ajoute :

— Pourquoi, pas toi ?

— Non, jamais… et Jess ne laisserait pas un bébé seul, Charlotte !

— Ce n'est pas non plus le pire crime de la terre, marmonne-t-elle. Je suis sûre que plein de mères l'ont déjà fait.

Je suis interloquée. Faut-il en déduire que Charlotte laissait George sans surveillance quand il était petit ? Je la connaîtrais encore plus mal que je ne le croyais ?

Je balaie cette idée. J'ai du mal à penser qu'elle n'est pas, d'une façon ou d'une autre, motivée par de la malveillance. Elle s'est toujours montrée critique des choix de Jess, ne comprenant pas pourquoi elle préférait rester chez elle pour élever ses enfants plutôt que de retourner au travail. Je ne suis pas étonnée que Charlotte lui en veuille. Les mères au foyer appartiennent à une autre espèce de femmes. Elles se trouvent à la grille de l'école à 8 h 45 et à 15 h 30 ; détendues et joyeuses dans leurs caleçons de course, tels des oiseaux exotiques qui piaillent. Elles sont différentes de nous, les travailleuses, avec nos tenues sinistres, bleu marine ou noir, qui déposons nos enfants en courant et mettons un point d'honneur à faire taire notre culpabilité, nos choix de vie étant justifiés par un désir d'accomplissement – et bien souvent par les échéances d'un prêt immobilier.

Mais Charlotte n'en adore pas moins Jess. Pourquoi continuerait-elle à la fréquenter sinon, à participer aux mêmes clubs de lecture, à la retrouver lors de soirées entre mères, de dîners et de barbecues, depuis qu'elles ont tissé un lien à l'époque des premiers mois de nos aînés, des mois de doute et de nuits sans sommeil ? Leur complicité s'est développée pendant plus de dix ans. L'affection de Charlotte pour Jess serait-elle si volatile qu'elle serait prête à douter d'elle maintenant qu'une enquête est ouverte ?

— Liz… Liz ! Merci de m'avoir attendue avec les enfants.

Mel se hâte de nous rejoindre.

— Je t'en prie.

Mon sourire s'évanouit presque aussitôt.

— Tu as eu mon message ? On peut parler de Jess ?

— Je l'ai eu, oui, mais tu sais que je ne peux pas en discuter. J'ai eu Ed, j'ai essayé de le rassurer. Je ne dois plus m'en mêler maintenant.

L'incrédulité chiffonne ses traits.

— Alors, ça, c'est formidable, non ? Tu crées cet énorme bazar et ensuite tu t'en laves entièrement les mains.

Elle est en colère contre moi, pas uniquement ébranlée comme je le croyais.

— Ce n'est pas toi qui as accueilli deux petits garçons désemparés tout le week-end. Ce n'est pas toi qui as dû répondre à leurs questions et à leurs angoisses, avant de réfléchir à ce que tu raconterais à tes propres enfants. J'ai eu quatre gamins à gérer seule pendant deux jours, dont deux traumatisés. Sans parler du fait que Frankie était complètement surexcité, ce que Jess refuse encore et toujours d'admettre. Je n'oublie pas Ed, qui est en miettes, bouleversé.

— Oh, Mel, ça a dû être difficile.

Ma réaction est ridicule.

— À ton avis ? riposte-t-elle. Je n'en reviens pas que tu aies fait ça, Liz. Qu'est-ce qui t'a pris ?

— Fait quoi ? intervient Charlotte, qui frémit de curiosité.

— Tu veux lui expliquer toi-même, Liz, ou je m'en charge ?

Je suis abasourdie par l'agressivité et la fébrilité inhabituelles de Mel. Je ne l'ai vue se mettre dans un tel état de rage qu'une seule fois – le jour où Rob l'a quittée pour son assistante de vingt-quatre ans, une femme qui n'avait pas l'intention de l'encombrer avec des enfants.

— C'est Liz qui a décidé d'impliquer la police et les services sociaux, assène-t-elle à Charlotte. C'est elle qui les a mis dans cette situation.

— Arrête, Mel.

Je ne compte pas encaisser ces accusations sans rien dire.

— L'équipe de pédiatrie a conclu à l'unanimité qu'il était légitime de s'inquiéter pour la sécurité de Betsey. Tu ne resterais pas les bras croisés si l'un de mes enfants t'avait confié des choses de nature à éveiller tes soupçons.

— Peut-être, concède-t-elle, mal à l'aise. Sauf que ça n'arriverait jamais, parce que je ferais peser dans la balance ce que je sais de toi.

— Mais si un de mes enfants te disait des choses inquiétantes, ou si tu remarquais un comportement alarmant chez l'enfant d'une amie… tu serais obligée de réagir, non ?

Elle hoche presque imperceptiblement la tête.

— C'est ce qui est arrivé, Mel. Je ne pouvais pas affirmer à cent pour cent que personne n'avait maltraité la petite fille de Jess.

— Tu ne penses pas à Ed, quand même ? s'insurge Charlotte en me toisant de toute sa hauteur.

— Ni à Jess, ajoute Mel avec un regard assassin pour celle-ci.

— Ni à l'un ni à l'autre… mais le fait est que leur fille se trouve à l'hôpital avec une fracture crânienne.

Ma voix s'étrangle.

— Je suis désolée, j'en ai déjà beaucoup trop dit, ce n'est vraiment pas professionnel de ma part. Est-ce qu'on peut arrêter cette conversation maintenant ?

Nous rejoignons dans un silence glacial les grilles de l'école, et j'essaie de réfléchir au moyen d'amener la conversation sur un autre terrain. Mel n'en a pas fini avec moi, ça saute aux yeux. Comme si la blessure qu'elle cherche à panser depuis huit mois venait de se rouvrir. Il ne s'agit pas seulement de Jess et de l'explosion de sa famille, mais aussi de Rob et de la désinvolture apparente avec laquelle il a détruit la leur. J'en ai bien conscience, ce qui ne rend pas ses critiques moins cinglantes.

— Franchement, Liz, on devrait se serrer les coudes entre nous, dit-elle au moment de rejoindre nos progénitures, qui nous attendent à la sortie.

Elle s'immobilise et me murmure d'une voix stridente, même s'ils ne peuvent pas nous entendre :

— Je sais qu'on peut être surpris par les gens, mon Dieu, je l'ai appris à mes dépens l'an dernier, mais nous devons nous fier à notre instinct. Tu le sais mieux que quiconque, Jess ne lèverait jamais la main sur ses enfants… Elle a toujours été tellement intransigeante sur ce sujet… Elle ne les a pas touchés une seule fois. Tu ne te souviens pas de ce dîner, il y a plusieurs années, au cours duquel Rob s'était illustré par sa connerie ? Quelle surprise, d'ailleurs… Et de sa réaction à elle ? Elle est devenue glaciale quand il vous a raconté à tous qu'il avait frappé Mollie… Tu as oublié ? Elle a dit qu'aucune circonstance, jamais, ne pouvait justifier qu'on lève la main sur ses enfants…

14

LIZ

Samedi 26 janvier 2013

— Bon, eh bien, on a réussi ! On survit depuis cinq ans au débarquement de nos enfants !

Ed tient sa coupe de champagne à bout de bras.

— Ça, tu l'as dit ! tonne Andrew.

— On sent que ça vient du cœur.

— Non, mais c'est dur, tu ne trouves pas ?

Andrew jette un coup d'œil par-dessus son épaule pour vérifier que Charlotte n'a pas une oreille qui traîne.

— On ne se doutait de rien quand on s'est rencontrés dans cet horrible cours de préparation à l'accouchement, si ? Pas la moindre idée de ce qui nous attendait.

— Arrête, George n'est pas si difficile, dis-je.

— C'est un enfant du diable, oui.

— Andrew !

— Oh, tu sais bien que je ne le pense pas vraiment. Il ne faut surtout pas que Charlotte m'entende. C'est juste qu'il réclame tellement d'attention, il faut le surveiller sans arrêt, j'en veux pour preuve l'incident de cette semaine. J'ai parfois l'impression d'être trop vieux pour ça… et d'être le plus incapable des pères.

— Tu es un père merveilleux au contraire.

Je le prends par les épaules pour l'étreindre brièvement.

— Un père dont le fils de cinq ans réussit à s'échapper de son école ?

Il fait une grimace désabusée.

— Charlotte était furieuse.

Nick sourit.

— Je crois que notre fille a joué un rôle dans cette histoire.

— C'est même elle qui a été le moteur, avoué-je. Elle a proposé à George une tentative d'évasion à la première récréation.

— Oui, bon… Ils ont visiblement une mauvaise influence l'un sur l'autre.

Andrew se livre à un numéro d'équilibriste périlleux : ne pas critiquer l'enfant de ses amis tout en condamnant le sien pour le même crime.

Les huit membres restants de notre cours de préparation à l'accouchement se sont réunis chez Ed et Jess, sous le prétexte de célébrer un jalon important : notre progéniture a atteint le cap fatidique des cinq ans. Mais jusqu'à présent la conversation a principalement tourné autour du scandale causé par Rosa et George, qui se sont sauvés de l'école.

Je ne peux pas m'empêcher d'admirer ma fille, même si je ne le reconnaîtrais jamais devant Andrew ou même Nick, particulièrement frileux quand la sécurité des enfants est en jeu. Quatre mois après son entrée à la maternelle, Rosa s'est rendu compte qu'elle s'ennuyait à l'école et a persuadé George d'appuyer sur le bouton commandant les grilles – comme il doit être accessible aux personnes en fauteuil roulant, il se trouve à une hauteur tout à fait adaptée aux enfants.

Le directeur, M. Fox, bien embêté par la facilité avec laquelle deux jeunes élèves avaient réussi à échapper à la sécurité de St Matthew, les a renvoyés pour une semaine. Punition totalement excessive et fort peu commode, pour laquelle nous réclamons un assouplissement, Charlotte et moi... Enfin, j'espère sincèrement que cet incident ne va pas occuper toute la soirée. Après tout, Rosa et George ont été repérés par un parent d'élève avant d'atteindre la route, il n'y a eu ni accident ni enlèvement. Ils ne sont pas restés dehors plus de cinq minutes. La situation a évidemment soulevé des questions, et il est inquiétant que personne n'ait remarqué instantanément leur absence, mais je m'interdis de dramatiser en laissant mon imagination s'emballer. Bien sûr, ça aurait pu être bien, bien pire.

— Je ne voudrais pas que tu croies que nous prenons ça à la légère, tenté-je de rassurer Andrew, qui a mentionné, un peu plus tôt, l'avocat auquel ils ont fait appel pour obtenir une annulation du renvoi. Nous avons parlé à Rosa. Et on y voit un double signal d'alarme : pour nous, il s'agit d'être plus attentifs, pour l'école, de renforcer la sécurité. On a conscience de l'avoir échappé belle.

— Ça semble sensé, approuve Ed avant de me resservir, allégeant aussitôt l'atmosphère, lui si à l'aise en société. Ils ne sont pas encore au niveau de Bonnie & Clyde !

— Exactement.

Je lui souris avec reconnaissance.

— Est-ce qu'on rejoindrait les autres ? Jess m'a dit que le dîner était prêt.

Autour de l'agneau de cinq heures, nous discutons de nos enfants, de façon tantôt animée, tantôt apaisée. Ce sont eux qui nous lient, même si Rob réussit brièvement à mettre sur le tapis la politique fiscale de la Banque d'Angleterre, et que Charlotte – qui a participé à l'effort général pour éviter le sujet de la « petite évasion » ainsi qu'Ed a surnommé l'incident – s'anime en évoquant la hausse de l'immobilier dans notre quartier, toujours une grande source de satisfaction.

Rob ne cache pas son irritation lorsque Mel se lance dans le récit interminable d'une anecdote au sujet de Mollie, leur aînée.

— Ça suffit avec les enfants ! s'exclame-t-il, sa bouche sensuelle crispée par un rictus.

Je mesure soudain combien il m'est antipathique, ce qui n'est pas sans rapport avec ce que Jess m'a confié, plus tôt, dans la cuisine, à savoir qu'il avait tenté de lui faire du pied sous la table.

« Vraiment ? Tu es sûre ?

— Oui, je ne suis pas idiote, Liz.

— Pauvre Mel… Tu comptes lui dire ?

— Bien sûr que non ! »

Je me charge de répondre à Rob en plantant mes yeux dans les siens, à travers la table.

— Disons qu'ils occupent une part plutôt centrale dans nos vies.

Je me sens d'humeur combative. Rob a une vision très traditionaliste de l'éducation : il est là pour incarner le père autoritaire, et en conséquence Mel assume l'essentiel de la charge au quotidien.

— C'est bien naturel qu'on veuille parler d'eux, insisté-je. Ils sont notre fierté.

— Pas quand ils sont vilains j'espère ? rétorque-t-il en portant son verre de vin à ses lèvres, sans me quitter des yeux.

— Je crois qu'on a déjà abordé ce sujet en long, en large et en travers.

Un léger froid s'abat sur la table. J'ai commis un impair en me montrant aussi acerbe, j'ai entaché l'atmosphère du dîner.

— Un peu de vin, Liz ? me propose Ed.

Charlotte et Andrew tendent eux aussi leurs verres, et la tension se dissipe pendant que notre hôte les remplit d'une abondante quantité de bordeaux. Nous ne sommes pas souvent invités à des dîners, Nick et moi, et rarement dans des endroits où le vin coule aussi généreusement. J'ai trois verres – pour le champagne, le blanc et le rouge –, et j'ai bu bien plus que de coutume. À cela s'ajoutent la fatigue et l'excitation de cette soirée exceptionnelle, ce qui explique peut-être pourquoi je décide de provoquer le mari de Mel.

— Mais dis-nous donc, Rob, ce que nous devrions faire, tous les quatre, selon toi ? Quelle serait la punition de Mollie si elle s'était comportée comme Rosa et George ?

— Une bonne tape sur les fesses.

La désapprobation est générale.

— Rob !

Mel rougit, et je me demande à quelle fréquence il lève la main sur ses enfants.

— Quoi ? lance-t-il d'un ton cinglant à son épouse avant de se tourner vers nous. Ne montez pas sur vos grands chevaux ! J'ai tapé Mollie deux fois dans sa vie. Ce n'est peut-être pas « politiquement correct », crache-t-il comme si ces mots avaient un goût amer, mais c'est rapide et efficace. Je sais qu'elle ne recommencera pas.

— Intéressant… Mes parents pratiquaient les châtiments corporels, et je ne parle pas de la pension, où les verges étaient toujours en usage, intervient Andrew, détournant ainsi l'attention de Mel, qui semble au bord des larmes. Je les avais en horreur... Et malgré tout, je ne suis pas certain d'avoir été traumatisé par les taloches que mon père a pu m'administrer de temps en temps.

— De toute façon, les parents avaient la main leste dans les années 1980, non ? surenchérit Charlotte, dans un bref étalage d'harmonie maritale. Ce qui ne signifie pas que nous ayons déjà frappé George.

— Dieu, non ! s'esclaffe Andrew. Je suis beaucoup trop faible. C'est d'ailleurs peut-être de là que vient notre erreur.

Nick s'exprime à son tour sur le sujet, soulignant que les châtiments corporels ne sont jamais une solution, évoquant ses difficultés pour contenir la violence chez les garçons du secondaire qui grandissent dans une famille où ces pratiques ont cours.

— Le cycle de maltraitance se perpétue. Ils assimilent violence et autorité, parce que c'est ainsi que cela leur a été inculqué. On voit ça sans arrêt.

Une veine de son front se met à palpiter à mesure qu'il s'échauffe.

— Il n'est pas question de maltraitance ici, simplement d'une petite tape pour marquer le coup lorsqu'ils ont fait quelque chose de très grave.

Rob se penche en avant avec un regard intense, inébranlable dans ses certitudes.

— Tu ne vas quand même pas me soutenir que les violences psychologiques ou émotionnelles ne font pas autant de dégâts. Bon sang, il suffit que je me rappelle ce que mon vieux me disait...

Il s'interrompt, absent un instant, et je m'interroge sur les propos que lui tenait son père, me demande s'il repense aux plus cruels.

— Au moins, ça permet de passer rapidement à autre chose.

Un bref silence. Le genre qui survient lorsqu'une personne que l'on croyait connaître relativement bien laisse échapper une remarque qui la fait soudain apparaître sous un autre jour.

— Et toi, Liz, tu en penses quoi ? me lance Ed, qui ajoute sans me laisser le temps de répondre : Nous ne sommes pas adeptes des châtiments corporels, même si, comme Andrew, j'ai été souvent flagellé.

— Oh, je n'ai pas dit « souvent »...

— Peut-être que j'étais dans un établissement plus sévère. Ou que j'étais plus difficile.

— J'ai du mal à le croire, intervient Charlotte, d'un ton presque séducteur.

Sa voix légèrement éraillée détonne tout à coup.

— Je suis sûre que tu débordais simplement de vie, c'était le cas à la fac. Tu étais peut-être un peu rebelle, mais ni difficile ni pénible. Tu es trop dur avec toi-même.

— Je pense que mes parents ne partageraient pas ton avis, objecte Ed, un peu gêné. De leur point de vue, et de celui de mes enseignants, j'étais un vrai cauchemar. Bon, alors, Liz, qu'est-ce que tu en penses, toi ?

— Nous n'avons jamais frappé nos enfants, dis-je en m'efforçant de retenir la rage qui menace de me déborder. Et oui, j'ai été témoin de situations effroyables à l'hôpital. Pas vraiment le genre qu'on a envie d'évoquer dans un dîner entre amis... Je sais juste que même s'il y a une énorme différence entre une tape ponctuelle et de la maltraitance, les deux se trouvent aux extrémités d'un même spectre sur lequel je n'ai aucune envie de me situer. Je ne lèverai jamais, jamais la main sur mes enfants.

J'observe les expressions de mes amis, qui dégustent du vin et des mets raffinés, et l'espace d'un instant je voudrais les sortir de leur aveuglement. Leur parler de Jake Summers, ce petit de deux ans avec des stries rouges sur le cou que j'ai d'abord prises pour une éruption virale jusqu'à ce que mon chef de service m'explique que quelqu'un avait tenté de l'étrangler. Ou de Louis Smythe, un bébé de quatorze mois souffrant de multiples fractures occasionnées par le petit ami de sa mère. Ou de cette patiente qui continue à me hanter la nuit : la petite Caitlin Clarke, de huit mois, qu'une consœur tout juste arrivée en pédiatrie avait renvoyée chez elle, pensant qu'elle avait un simple virus, et qui était revenue quelques heures plus tard, en crise. Entre-temps, l'un de ses parents – le tribunal n'a jamais réussi à établir lequel – l'avait secouée si violemment qu'elle en a gardé des lésions cérébrales irréversibles.

Je ravale la boule amère que j'ai au fond de la gorge. Ah, cette bonne vieille Liz. J'ai déjà réussi à introduire une note discordante dans cette soirée parfaite en livrant ce que j'avais sur le cœur, en laissant libre cours à ma colère. Personne n'a envie ni d'être sermonné ni de voir un convive fondre en larmes, ce qui est, à ma grande honte, sur le point de m'arriver. Nick est le seul à connaître les raisons plus intimes qui font que jamais je ne frapperai nos enfants. L'irritabilité de ma mère et le traumatisme causé par l'accident de mon frère – qui m'a convaincue d'avoir déjà fait bien assez de mal comme ça. Je sens Nick presser sa jambe contre la mienne, en signe de solidarité muette, pendant que je me concentre sur ma respiration pour retrouver mon calme. Je sais bien qu'il espère aussi que je n'insisterai pas.

— Ça semble sensé, dit Ed, oui.

Il me dévisage, l'air grave. Ses yeux se plissent. *Ça va ?* me demandent-ils. *Est-ce que j'ai été trop loin ?*

— Désolée d'être aussi sérieuse, réussis-je à lâcher alors que je n'éprouve pas une once de remords.

— Inutile de t'excuser, me rétorque-t-il.

Je promène mon regard autour de la table. Rob m'adresse un bref hochement de tête – façon d'admettre que j'ai marqué un point ? Mel me lance un sourire plaintif – elle n'est pas tout à fait débarrassée de son envie de pleurer. Nick me prend la main sous la table et la serre.

C'est Jess, pourtant, qui semble la plus empathique. Elle me regarde d'un air de dire qu'elle comprend mes motivations, comme si elle avait elle aussi l'expérience d'un parent versatile, même si elle n'évoque jamais son passé – j'ai toujours supposé qu'elle avait eu des parents absents mais bienveillants, jouissant d'une éducation typique de la classe moyenne supérieure, déléguée en grande partie au personnel d'un pensionnat.

— En effet, ajoute-t-elle en levant son verre.

Son regard est si brillant que je me demande si elle n'est pas un peu éméchée, elle aussi. Je perçois une tension singulière qui me donne l'impression qu'elle hésite à ajouter quelque chose, à faire une révélation. Jess est capable de créer un scandale. Les deux fois où je l'ai vue boire avec excès, elle a dit ou fait quelque chose d'extravagant, son attitude démentant son image de contrôle absolu. Un soir où nous étions sorties, entre jeunes mamans, elle a commandé des Tequila Slammer et dansé de façon suggestive avec un groupe d'étudiants ravis ; plus récemment, elle a mis Andrew au défi de danser le limbo avec elle lors d'une soirée de bienfaisance pour l'école.

Elle repose son verre et je me demande si elle s'est ravisée.

— Personne ne veut se retrouver sur ce spectre, finit-elle par lâcher. Et ce qui était acceptable dans les années 1980 ne l'est vraiment plus aujourd'hui.

Elle avale une gorgée de vin rouge, une goutte se forme à la commissure de ses lèvres. Elle la fait disparaître d'un coup de langue. Elle finit par redresser la tête et je ne perçois aucune hésitation. Sa voix est d'un calme glacial.

— Il existe différents types d'éducations destructrices. On aurait pu dire des miens qu'ils étaient gentiment négligents. Ils ne s'occupaient pas beaucoup de nous, ils nous considéraient comme un dérangement. Mon père nous frappait rarement, néanmoins ça restait une possibilité si nous franchissions une limite. C'était la pratique, vous l'avez dit. Et peut-être qu'un enfant solide d'un point de vue émotif s'en remet si ce n'est que ponctuel ; ça a été le cas de mes frères. Mais pour une enfant moins résiliente, plus craintive… ce genre de menace peut générer toutes sortes d'angoisses.

Elle nous regarde, sans se dérober, et j'ai l'impression qu'elle vient de se mettre à nu.

— Alors, pour moi, aucune circonstance, jamais, ne justifie de lever la main sur un enfant.

15

LIZ

Lundi 22 janvier 2018, 20 heures

— Vous êtes Liz Trenchard ?

La voix à l'autre bout de la ligne est inconnue, nerveuse et légèrement excitée. Tout en analysant ces nuances, je comprends que mon interlocutrice est porteuse de mauvaises nouvelles.

— Oui, c'est bien moi.

— Je m'appelle Sandra Rhys. Je suis une voisine de votre maman. Elle va bien, mais elle nous a fait une petite frayeur.

Elle s'interrompt et je perçois une note de plaisir dans son inquiétude générale : elle était impatiente de transmettre cette information.

— Quel genre de frayeur ?

— Eh bien, c'est un peu délicat…

Je l'imagine pinçant ses lèvres fines. Si j'ai bonne mémoire, Sandra a la soixantaine, c'est une petite femme élégante, propriétaire d'un petit Jack Russell élégant que ma mère juge dangereux.

— Disons qu'elle n'est pas en pleine possession de ses moyens.

— Ses moyens ? répété-je sans comprendre.

— On a eu de la chance, vraiment, que je me sois trouvée au Tesco, parce qu'elle était, eh bien, « en état d'ébriété » et « troublait l'ordre public », pour citer les propos du jeune agent de police.

— Elle troublait l'ordre public ? Au Tesco ?

Mon cœur s'emballe, réaction physique à une chose que je redoute depuis longtemps.

— Et les employés ont appelé la police ?

— Oui, enfin un agent de sécurité de la municipalité plus exactement. Tim. Un jeune homme charmant. Heureusement pour nous, il réglait un problème avec une bande de jeunes dans la rue principale. Les employés l'ont appelé parce qu'elle se montrait... euh... agressive. Elle n'a pas voulu partir quand ils ont refusé de lui vendre une bouteille de vodka. Elle s'est assise sur l'un de ces marchepieds qu'ils utilisent pour remplir les rayons en hauteur, vous voyez le genre ? Impossible de l'en déloger. Par chance, je suis arrivée à ce moment-là avec mon Dave.

— Mon Dieu...

Je presse mon front contre un des placards de la cuisine, me représentant sans aucun mal la scène. Des souvenirs des colères maternelles me reviennent en kaléidoscope ; sa main qui s'abattait sur nos cuisses jusqu'à ce qu'elles soient rouge vif.

— Je suis sincèrement navrée. Elle n'a pas été arrêtée, alors ? Vous ne m'appelez pas du commissariat, si ?

— Non, non. Les agents de la municipalité n'ont pas ce pouvoir. Il aurait fallu que Tim joigne un policier.

Elle jubile de m'apprendre quelque chose.

— Mon Dave est costaud, et l'agent nous a été profondément reconnaissant lorsque nous avons proposé de la raccompagner chez elle. C'est juste que je n'aime pas l'idée de la laisser seule… J'ai peur qu'elle vomisse dans son sommeil.

— Bien sûr.

La pauvre femme en a assez fait.

— Écoutez… Mon mari vient de rentrer, je vais donc pouvoir lui laisser les enfants et partir immédiatement. S'il n'y a pas trop de circulation, je devrais être là d'ici vingt minutes. Vous pouvez rester avec elle jusqu'à mon arrivée ?

— Naturellement.

Sa voix vibre de soulagement.

— Même si notre présence sous son toit ne la réjouit pas.

D'un ton complice, elle ajoute :

— Elle semble convaincue que nous avons comploté avec la police dans son dos…

— Oui, ça ne m'étonne pas. Je suis vraiment désolée. Merci de l'avoir ramenée chez elle et de m'avoir prévenue.

Sandra m'accueille sèchement quand j'arrive à l'appartement en rez-de-chaussée, au sein d'un ensemble d'immeubles victoriens. De toute évidence, elle a assez vu ma mère.

— Nous allons vous laisser, si vous n'y voyez pas d'inconvénient.

— Je ne vous retiens pas, rétorque ma mère.

— Maman ! Sandra et Dave ont eu la gentillesse de te raccompagner.

J'ai employé ce ton à l'enjouement forcé que je prenais à l'époque où je m'occupais de patients âgés durs d'oreille. Il faut que j'arrête. Ma mère n'est pas si vieille que ça, et surtout elle n'est pas ma patiente. Elle est soûle. Et c'est ma mère.

— Fais-la partir. Et fais-le partir ! s'emporte-t-elle en désignant Dave, un homme gigantesque, aussi imposant que son épouse est petite. Je ne veux pas de lui ici.

— Eh bien, c'est charmant, grommelle-t-il.

Bien qu'on soit en janvier, il porte un polo qui remonte et dévoile une bande de ventre poilu. Il en profite, en tirant dessus, pour gratter sa bedaine.

— Ils étaient de mèche avec ce policier.

Ma mère fulmine, ce qui me rappelle sa détestation des figures d'autorité. Ça a toujours été le cas : elle se défilait pour les soirées entre parents d'élèves et les rendez-vous chez le médecin, faisant ainsi en sorte de priver Mattie des soins dont il avait besoin.

Un instant, je me retrouve propulsée dans le passé, dans le service des grands brûlés, et je revois ma mère s'en prendre au chirurgien plasticien qui lui expliquait que mon frère aurait besoin d'une opération deux fois par an. « Je n'ai aucune envie de le contraindre à revenir à l'hôpital, avait-elle décrété alors que son regard papillonnait vers la porte, comme à la recherche d'une issue. Nous devons reprendre le cours de nos vies. — Mattie a besoin que l'on intervienne dans la cicatrisation de son derme pour permettre à son bras de retrouver son entière mobilité. C'est crucial pour sa rééducation. »

Le médecin, jeune et patient, avait insisté, troublé par la vision à court terme de ma mère. Elle s'était contentée d'un ricanement, qui passait pour du mépris, alors qu'il était, je le comprends avec le recul, motivé par la peur. Prisonnière de son entêtement et de son nombrilisme, elle n'a jamais emmené Mattie à l'hôpital pour qu'il subisse ces interventions nécessaires, si bien qu'à dix-huit ans il a eu besoin d'une opération plus agressive. Le dédain apparent de ma mère pour la main que le corps médical lui tendait m'a conduite à prendre conscience de sa faillibilité. En voyant le rictus sur son visage – le même que celui d'aujourd'hui –, j'ai décidé que je serais un autre genre de mère.

— Merci pour tout, dis-je à Sandra et Dave. Je vais rester jusqu'à ce qu'elle retrouve ses esprits et que je puisse la coucher. Je m'occupe d'elle.

Les lèvres de Sandra se pressent en une ligne bien nette.

— Je crois que nous avons fait notre part, en effet.

— Je vous suis infiniment reconnaissante, insisté-je, bien consciente qu'ils ont évité à ma mère une possible arrestation.

— Éloigne ce type !

Ma mère fait des moulinets des bras en direction de Dave. Ma nuque se met à picoter et je la revois adopter la même attitude avec une personne en uniforme ; pas une infirmière, mais, je crois, un policier. Cet étrange sentiment de revivre une situation du passé me trouble profondément tandis que je raccompagne les Rhys à la porte.

Dès qu'ils sont partis, ma mère se calme et quitte le coin où elle s'était tassée, ce qui me permet de l'observer attentivement. Je scrute ses traits, atterrée par ce que je découvre : ses yeux sont injectés de sang et sa peau aussi rêche que du papier de verre. Je voudrais lui rendre sa souplesse. La nourrir de crème hydratante et effacer les rides qui sillonnent son front, courent du nez au menton.

Elle a une vilaine entaille sur la pommette, mouchetée de petits bouts du mouchoir en papier qu'elle a utilisé pour arrêter le saignement.

— C'est là que tu t'es cognée ?

— De quoi parles-tu ?

— Ton œil, je peux l'examiner ?

Je la fais pivoter pour qu'elle se retrouve face à la lumière et je lui relève le menton afin d'évaluer l'étendue de la contusion, présente autour de son œil et jusqu'à la racine de ses cheveux. Elle est plus petite que moi – un mètre cinquante-huit contre un mètre soixante-huit –, ce qui renforce ma prise de conscience de l'inversion des rôles : c'est moi qui prends soin d'elle, même s'il y a longtemps que je m'occupe des autres, que j'adopte une attitude maternelle, en particulier avec Mattie. Elle sent le tabac, le vin blanc de mauvaise qualité et la nourriture (elle n'a pas dû se laver depuis un moment).

— Je ne sais pas comment je me suis fait ça... finit-elle par lâcher.

Sa perplexité est sincère.

— Tu as bu, maman.

J'en ai assez de faire semblant, de tourner autour du pot avec elle.

— Tu te souviens de ce qui s'est passé ?

Elle secoue la tête, telle une adolescente butée.

— Ça t'est déjà arrivé ?

— Quoi ?

— De boire autant ?

Pas de réponse. Puis un grommellement renfrogné :

— Sale petite garce.

L'insulte glisse sur moi comme de l'eau sur les plumes d'un canard. Petite, j'étais une bonne nageuse, et je me figurais toujours que je pouvais laisser dans mon sillage les attaques, qu'elles n'avaient aucune prise sur moi, comme lorsque je filais dans une ligne à la piscine. Le plus ironique, c'est que si on était à l'hôpital et qu'elle me parlait sur ce ton, je pourrais la chasser de mon service. Dans la situation présente, je peux difficilement tourner les talons.

— On va te réhydrater un peu, avec de l'eau et une tasse de thé, qu'en dis-tu ?

Je me raccroche aux objets du quotidien. Ma mère vivait de thé à une époque, un thé parfumé à l'orange et tellement infusé qu'on sentait les tanins. Je me rends dans la cuisine, m'accroupis et ouvre en grand la porte de son petit frigo. Le joint est sale, et le balconnet à bouteilles est cassé, si bien qu'on ne peut plus y ranger de lait. La lumière marche encore, elle, et éclaire toute la pièce. Le frigo ne contient que deux bouteilles de vin couchées, un oignon, un talon de cheddar craquelé, un demi-citron rabougri saupoudré de moisissure. Le lait a tourné et l'odeur aigre me prend à la gorge. Je lui sers un grand verre d'eau, qu'elle ignore.

— Tu dois boire.

Toujours rien.

— Du café alors. Je vais nous préparer un café bien noir.

Il y a du café soluble dans le placard, je remplis deux tasses d'eau bouillante, prenant mon temps pour remuer leur contenu et humer la vapeur. Il faut que je découvre s'il s'agit d'un incident exceptionnel ou d'une habitude régulière – et si elle a été provoquée par un événement particulier. Pour trouver un moyen de l'aider.

Mais le temps que je la rejoigne avec le café, elle s'est assoupie.

Je patiente deux, trois heures, au son de ses ronflements retentissants, après avoir placé une couverture sur elle. Elle paraît encore plus vulnérable, ainsi endormie sur le canapé. Elle se nourrissait de sucre à une époque. À présent, sa peau pend mollement sous ses bras. Son visage est tacheté, couvert d'un duvet brun. Beaucoup de femmes optent pour une teinte de cheveux plus claire en vieillissant, mais ma mère ne veut pas en entendre parler. Elle tient à garder la couleur de ses seize ans – dans une version plus sévère, parce qu'artificielle, sans les mèches plus claires qui auraient pu apparaître naturellement. C'est bien elle, ça. « Pourquoi est-ce que j'accepterais de grisonner ? » semble clamer son insistance à faire une retouche de coloration toutes les quatre ou cinq semaines. Et aujourd'hui, je constate qu'elle a renoncé à cette seule concession consentie à la vanité : une bande argentée de deux centimètres court le long de sa raie, comme une veine de quartz au milieu d'une ardoise.

Je m'agite sur ma chaise inconfortable. Ma mère a emménagé ici il y a trois ans. Je n'ai jamais vécu dans cet appartement, et je ne le trouve pas accueillant. Son vieux chauffage électrique ne m'apporte que peu de chaleur ou de réconfort. Le tissu de son fauteuil est élimé et je suis frappée de voir à quel point la pièce est clairsemée et impersonnelle avec la lumière crue de son plafonnier, son petit canapé moutarde sans coussins, son papier peint dont le bas est grignoté par l'humidité. Rien n'indique qu'elle a des petits-enfants, et elle n'a qu'une seule photo de Mattie et moi enfants.

Je m'attarde à nouveau sur le manteau de la cheminée. Il y a une carte postale cornée de Hastings Pier et, l'espace d'un instant, je suis de retour là-bas, plus spécifiquement dans le Sea View, le café qu'elle tenait quand nous étions petits, mon frère et moi, et qu'elle a continué à tenir jusqu'à sa fermeture, il y a cinq ans. Il suffit de cela, une photo, pour que je remonte le temps. Pour que je retrouve les travailleurs affamés qui se glissaient sur des bancs devant des tables en Formica, l'air qui résonnait de rires masculins et du raclement des couteaux sur les assiettes.

On ne voit plus beaucoup de gargotes de cet acabit dans des lieux aussi prisés. Le genre où l'on sert des tranches de pain grillé avec du beurre, et du thé dans des théières individuelles en métal, aux anses brûlantes, dont s'écoule un flot épais. Le grésillement des œufs dans la poêle et l'odeur de graisse chaude étaient omniprésents. Tous les plats s'accompagnaient non seulement de pain et de beurre, mais aussi de frites. Pendant des années, je n'ai pas imaginé que les pommes de terre pouvaient se préparer autrement. Il y avait des flacons rouge sombre de vinaigre et de grosses salières en plastique ; du ketchup et de la sauce brune premier prix, au capuchon poisseux, qui gouttaient ou giclaient pour former des taches de sang.

Nous n'avons pas toujours vécu là-bas. Nous avons emménagé à Hastings quand j'avais quatre ans et Mattie, deux. Après que mon père nous a abandonnés et que ma mère s'est retrouvée toute seule. Je n'ai pas beaucoup de souvenirs de notre domicile précédent, une maisonnette à Dartmoor, au pied d'une ruelle en pente, sinon qu'elle était isolée. Ma mère la détestait et a choisi de s'installer dans une station balnéaire après le départ de mon père, aspirant à un lieu de vie moins isolé et moins déprimant. Et à des voisins moins moralisateurs.

Le Sea View, ou plus exactement l'appartement au-dessus du Sea View, me rappelle des souvenirs difficiles, à commencer par ceux de l'accident de Mattie. Ils s'abattent brusquement sur moi : les hurlements de mon frère, bien sûr, mais de façon plus générale les explosions de colère maternelle – la fois où elle lui a tordu le bras au point de lui déboîter l'épaule, la beigne sur une tempe qui m'a rendue sourde pendant deux jours. Nous n'étions pas victimes de maltraitances régulières, parce que nous évitions de les provoquer. Quand notre mère pétait les plombs, nous n'avions pas l'impression qu'elle était hors d'elle, mais qu'elle nous haïssait.

Est-ce que Jess a ressenti la même chose ? Encore maintenant, alors que je suis face à une mère si soûle que la police a dû intervenir, j'en reviens toujours à la même question. A-t-elle éprouvé une rage telle pour son bébé qu'elle a perdu son sang-froid habituel ? Jess, qui s'accroupit dès qu'un enfant tombe pour plonger ses yeux dans les siens et lui dire que tout ira bien. Jess, qui organisait des séances de peinture malgré les capacités de concentration limitées de Frankie et son amour de l'ordre. Jess, qui a décidé, ô surprise, d'avoir un troisième enfant, alors que nous étions tous soulagés d'être définitivement sortis des couches et des biberons. Ça dépasse mon entendement.

Peu après minuit, ma mère s'agite. Le sommeil l'a un peu dégrisée, et elle se rend, en tâtonnant, dans la salle de bains.

— Tu as besoin d'aide ?

Elle relève la lunette des toilettes en la cognant avant de vomir violemment. Je vais chercher un torchon, un verre d'eau fraîche. Je trouve aussi des mouchoirs dans mon sac, au milieu de bonbons Haribo poussiéreux et de bouts de figurines Lego. J'essaie de lui essuyer le front.

Je retire l'élastique dans mes cheveux pour pouvoir attacher les siens et lui dégager le visage, mais elle refuse et retourne s'affaler sur le canapé. Au passage, elle renverse le verre d'eau avec son pied.

— Regarde ce que tu m'as fait faire ! hurle-t-elle.

Je déniche une serviette pour essuyer le parquet et ses jambes nues, trempées. Elles sont lardées de varices, les ongles de ses orteils sont jaunes et gondolés. J'ai une conscience aiguë de son grand âge, et pourtant sa colère dresse une barrière entre nous. Je résiste à la tentation de m'excuser, éprouve de l'irritation. Il est plus de minuit, et me voilà, fille dévouée, médecin consciencieuse, littéralement agenouillée aux pieds de ma mère ivre.

Je voudrais rentrer chez moi. Mais maintenant qu'elle a été malade, et que l'eau renversée l'a sortie de sa torpeur, elle est en train de reprendre ses esprits. Elle ne mange plus ses mots, son regard n'est plus vitreux. Un son étrange lui échappe, et je suis saisie d'un afflux de tendresse surprenant pour elle. Elle essuie son œil droit d'un geste rageur. Elle pleure. Ma mère ne pleure jamais.

— Tu veux me raconter ce qui s'est passé au Tesco ? je lui demande en me mettant accroupie.

— Non.

— D'accord.

Je suis si fatiguée que j'envisage de baisser les bras. Elle a toujours maltraité son corps, accumulant les kilos au point, après notre départ, de devenir obèse – selon des critères médicaux –, au risque de contracter un diabète de type 2, jusqu'à ce que je la persuade, en la terrifiant, de réagir ; elle a alors basculé dans l'excès inverse et s'est affamée.

Elle ne fume plus mais boit. Deux verres de vin le soir. Elle s'est toujours défendue de consommer du gin. Je me suis répété de ne pas porter de jugements à l'emporte-pièce, lui ai signalé que le gouvernement recommandait désormais de limiter sa consommation hebdomadaire à quatorze unités d'alcool, soit à peu près autant de verres de vin. « Je n'ai pas besoin d'un État nounou », a-t-elle riposté, avec dédain. J'ai compris que je ne devais pas insister. Et il est évident que j'ai fermé les yeux sur un problème. En se rendant, ivre, dans un lieu public, et en agressant les gens, elle a poussé le processus d'autodestruction un cran plus loin.

— Est-ce que tu peux me dire s'il y a une chose en particulier qui t'a poussée à boire autant ?

Elle joue avec le rebord du canapé, tire sur le tissu usé.

— Je me suis mise à penser à Clare.

— Clare ?

— Ta sœur.

Un instant déroutée, je commence soudain à deviner de quoi il retourne.

— Tu veux dire... le bébé que tu as perdu de la mort subite du nourrisson ?

— Oui, répond-elle avant de déglutir. C'était son nom. Clare.

Je me concentre sur la trame du tissu, grossière et vilaine. Je savais qu'elle avait perdu un enfant. Ça a toujours fait partie de la mythologie familiale, même si nous n'en avons jamais discuté ouvertement. Je ne savais ni le prénom du bébé, ni son âge, ni même si sa mort était survenue après ma naissance. Il n'y avait aucune photo, et la seule fois où j'ai interrogé ma mère, elle a refusé de m'adresser la parole pendant trois jours. Le message était clair : je ne devais plus parler de cet enfant.

En l'absence de tout détail, sa vie et sa mort n'étaient que des faits dénués d'affect, qui ne m'avaient jamais préoccupée jusqu'à la naissance de mes propres enfants – comme tous les parents, nous avons été sensibilisés au risque de mort subite du nourrisson. Et à présent ma mère, qui s'est toujours résolument refusée à parler de ce bébé, y pense au point qu'elle a dû boire pour oublier.

— Aujourd'hui, enfin hier, ça faisait trente-cinq ans.

— Oh, maman…

Je veux me rapprocher d'elle, mais elle anticipe mon geste.

— Arrête.

— Tu veux en parler ? Me raconter ce qui s'est passé ?

— Te raconter quoi ? Elle avait onze semaines. Je l'ai couchée, elle ne s'est jamais réveillée.

Elle hausse les épaules, balaie son chagrin de ce geste brusque, et pourtant les répercussions que cette tragédie a eues sur elle sont patentes.

— Je suis vraiment désolée.

J'aimerais l'enlacer, mais elle s'est toujours dérobée aux manifestations d'affection.

— Je regrette que tu ne m'aies pas parlé de l'importance de cette journée, j'aurais pu la prendre pour être avec toi…

Je m'interromps, consciente que la relation mère-fille que j'évoque est une pure chimère, et sans doute la dernière chose dont elle ait envie ou besoin.

— On se dit que c'est juste un bébé, finit-elle par lâcher. Pas une personne à part entière. Pas de quoi se rendre malade. Et peut-être qu'on se trompe.

Je cherche des mots adaptés à la situation. Il y a tellement de choses que j'aimerais savoir. Il y a trente-cinq ans, j'avais trois ans, et Mattie, un an. Je rêve souvent de moi petite, j'espionne ma mère par l'entrebâillement de la porte de sa chambre. Elle porte un bébé, et j'ai toujours pensé que je projetais les désirs de mon subconscient : qu'elle tenait l'enfant que je souffrais de ne pas avoir été. Mais c'était peut-être Clare… Et il s'agirait alors d'un souvenir refoulé, celui de ma mère tenant ce bébé juste après sa mort.

— Tu en as parlé à quelqu'un à l'époque ? Tu as reçu du soutien ? Est-ce que sa mort est liée au départ de papa ?

Un torrent de questions m'échappent, mais ma mère s'est refermée. Comme si, après m'avoir ouvert brièvement la porte, elle ne voulait pas prendre le risque d'une proximité plus grande.

— Je suis fatiguée, dit-elle en croisant les bras d'un geste résolu. Je veux aller me coucher.

— Tu es sûre ?

Elle a une réaction typique, et pourtant je suis dépitée par son besoin soudain de distance.

Elle se lève d'un coup, et dit d'un ton cassant :

— Tu n'es pas sourde, si ?

Sur le pas de la porte, je tente de l'enlacer, mais elle se raidit, m'opposant, sans surprise, une résistance. Peut-être cette mort a-t-elle influencé sa relation avec Mattie et moi ? Peut-être l'a-t-elle insensibilisée, ce qui expliquerait son absence d'affection pour nous, son détachement émotionnel, ces accès de colère imprévisibles, surgissant de nulle part et dont on ne parlait plus après, comme si, une fois que les bleus avaient disparu, ils n'avaient jamais existé ?

— Eh bien, au revoir alors. Fais attention à toi, dis-je en laissant retomber mes bras.

Ces mots ont perdu tout sens. Elle hoche la tête, refusant de me regarder dans les yeux.

— Tu ne veux pas que je t'aide à te mettre au lit, au moins ? tenté-je une dernière fois.

— Je ne suis pas une de tes patientes.

Sa colère enfle, aussi cinglante qu'un coup de fouet. Elle joue avec le loquet, ses gestes sont saccadés.

— Au revoir, alors. Au revoir.

16

JESS

Mardi 23 janvier 2018, 10 heures

Jess tend une main hésitante vers le poing potelé de sa fille pour l'effleurer. À côté d'elle, Lucy Stone se raidit. Se rend-elle compte que Jess craint de faire du mal à son bébé ?

Elle écarte le lapin en peluche du visage de Betsey. Lucy ne la lâche pas des yeux tout en retenant son souffle, comme si elle se demandait à quel moment Jess va perdre le contrôle.

Jess croise le regard de l'assistante sociale, retire sa main et hoche la tête en direction de la petite.

— J'aimerais tellement la prendre dans mes bras.

Ce désir la submerge réellement, mais elle éprouve aussi le besoin de passer pour une mère normale, qui pourrait rester seule avec sa fille sans éveiller les soupçons.

Or son esprit lui joue des tours, se livre à des affabulations. Ainsi, lorsqu'elle tend la main, elle imagine sa paume s'abattre sèchement sur la joue duveteuse de Betsey. Quand elle caresse le dos de Betsey, son poing se met à le marteler, les coups rougissant la chair délicate. Au lieu d'écarter la peluche, elle l'appuie sur le visage de Betsey pour la priver d'air.

Les idées noires se multiplient toujours en situation de stress, et elle ne connaît pas plus angoissant que cet hôpital. Le seul fait d'être ici lui rappelle l'accouchement de Betsey : les manipulations brusques de l'obstétricien, sa frayeur.

Sa respiration est saccadée et superficielle. Jess ne doit pas penser à ça maintenant, elle doit se concentrer sur sa fille, montrer le visage d'une mère rationnelle et empathique. Mais il lui est impossible d'agir avec naturel, quand le moindre de ses gestes, de ses tics est scruté.

— Tout va bien, ma chérie, dit-elle à Betsey d'une voix mielleuse qui manque de spontanéité. Tout va bien, mon bébé. Maman est là.

Aucune réaction de Betsey. À quoi s'attendait-elle ? Un sourire ? Un « ma-ma-ma » ?

— Vous pensez qu'elle peut m'entendre ? demande-t-elle à l'assistante sociale.

Son ton implorant est ridicule.

— Je pense, oui.

Il est évident que Lucy cherche à lui faire plaisir.

Jess glisse les mains sous ses cuisses pour ne pas prendre le risque de toucher Bets, ou pire de la frapper. Lucy lui sourira-t-elle pour lui signifier qu'elle a conscience que le risque est passé ? *Elle doit vraiment me détester. Penser que je suis de la pire espèce qui soit.* Il n'y personne de plus suspect, moralement, qu'une mère maltraitante.

Jess se dit qu'elle ferait mieux de rentrer chez elle. Elle ne réussit qu'à donner du travail supplémentaire à Lucy et aux infirmières, qui l'observent avec méfiance et d'un air soupçonneux.

— Je crois que je ne sers à rien, lâche-t-elle.

Betsey dort, la présence de Jess est inutile.

— Je vous fais perdre votre temps.

Elle se répand en excuses, puis prend son manteau et son sac, manquant de les faire tomber en se dépêchant de se rhabiller.

— Vous êtes sûre ? Vous n'êtes restée qu'une demi-heure…

La jeune femme paraît surprise.

— Oui, je vous assure. Elle dort et vous avez sans doute beaucoup à faire.

Jess a une voix chantonnante, aussi légère et insouciante que s'il s'agissait d'une visite de courtoisie.

Le soulagement de Lucy est palpable ; Jess le voit bien, cette fois son imagination ne lui joue pas de tour. Son sourire est moins crispé, son maintien se détend lorsque Jess prend congé à la hâte.

— Tu rentres déjà ?

Martha débarque dans l'entrée au moment où elle franchit le seuil de la maison pour la serrer dans ses bras. Jess sent la poitrine généreuse de sa sœur s'aplatir contre la sienne bien plus menue.

— Comment ça s'est passé ? Comment allait Betsey ?

Le visage de Martha – plus rond que le sien et entouré de boucles indomptables – se renfrogne. Chaleureuse et pragmatique, elle ressemble à une version plus avenante de Jess : communicative alors que celle-ci est renfermée, dotée de formes voluptueuses alors que celle-ci est toute en minceur. Quand elles étaient petites, Martha s'aventurait dans l'eau jusqu'à la taille, les pieds bien plantés dans les galets, tandis que Jess s'accrochait à elle, laissant ses jambes flotter autour de son aînée comme des algues. Trente ans plus tard, Martha reste un roc.

— Pareil, lui répond Jess. Elle a encore son bandage et je ne peux toujours pas la prendre dans mes bras.

Sa voix s'étrangle et, pour cesser de s'apitoyer, elle s'occupe à ordonner le bazar de Martha : le sac à main abandonné dans l'entrée, avec les bottines usées – de bonne qualité mais mal entretenues –, qu'elle a été incapable de ranger.

— Ça changera, Jess. Son état va s'améliorer.

Martha, avec son sens pratique et son optimisme implacable, cherche à lui communiquer un peu d'espoir. Jess se souvient soudain combien elle a souffert du départ de sa grande sœur pour la pension. Se retrouvant seule à la maison, elle furetait dans les tiroirs de Martha pour récupérer des flacons vides de son parfum – White Musk de Body Shop – ou un tee-shirt imprégné de sa douce odeur un peu âcre. Le soir, elle se faufilait dans la chambre de sa grande sœur et se rappelait les fois où elle s'était blottie contre elle plutôt que de contempler le lit froid et vide, inondé par le clair de lune.

Aujourd'hui, Jess lui est profondément reconnaissante tout en lui en voulant de pouvoir s'occuper de ses enfants, alors qu'elle est, elle, séparée de force de sa fille. La chaleur du petit corps de Betsey, si compact, lui manque, et la façon dont elle se lovait contre elle aux rares occasions où elle acceptait de rester immobile. Sa tête roulait sur l'épaule de Jess pendant qu'elle serrait son lapin et suçait son pouce – et si elle était particulièrement fatiguée, alors son corps s'affaissait au point qu'elle fusionnait presque avec sa mère. Jess n'avait que peu de temps pour profiter de l'odeur de sa peau tiède et sucrée, ainsi que de celle du coton propre. Elle n'arrivait jamais à se détendre entièrement néanmoins, n'ayant que trop conscience de tout ce qu'elle devait faire pour maintenir l'ordre afin de garantir la sécurité de sa fille, et elle se forçait à poser Betsey.

À présent, ces choses ne lui paraissent plus aussi importantes. Elles n'ont plus aucune intimité à l'hôpital. Ils pourraient aussi bien poster un policier armé à son chevet, comme ils l'ont fait dans le service qui accueille un dealer de drogue en convalescence après une fusillade entre gangs. La suspicion se lit sur les visages des médecins et des infirmières. *Il est de notre devoir d'envisager la possibilité que quelqu'un aurait blessé votre petite fille.*

— Ça va ?

Martha la dévisage avec inquiétude.

— Oui, oui.

Mais ce n'est pas le cas.

— J'ai juste besoin d'être un peu seule.

Elle se retire dans sa chambre, des pensées indésirables prenant déjà d'assaut son esprit. Elle imagine Betsey à l'hôpital, étendue sur le dos, somnolente ou endormie ; elle s'approche à pas de loup ; les yeux de Betsey s'ouvrent d'un coup au moment où elle pose un oreiller sur sa tête, enfonçant ses paumes sur ses joues.

Elle est ridicule. Elle a quitté Betsey il y a une heure, celle-ci était en vie. Et si ce n'était pas le cas ? Et si elle s'en était convaincue parce que l'autre option serait trop douloureuse ? Et si les images qui pullulent dans son esprit étaient réelles ? Elle parvient à sentir le poids de l'oreiller qu'elle presse sur la bouche de sa fille, l'entend se débattre, donner des coups de pied rageurs et s'efforcer de reprendre son souffle.

Un énorme vide se forme en elle. Elle doit appeler Ed. Ils s'adressent à peine la parole, mais ce cauchemar ne touche personne autant qu'eux deux. Elle ne peut se confier à Martha, encore moins à Mel ou – elle succombe alors presque à l'apitoiement – à son ancienne confidente, Liz.

Il décroche rapidement, parle tout bas et semble pressé. Il évolue dans un monde où les angoisses de Jess n'ont pas leur place.

— Betsey va bien ? Je suis en route pour un rendez-vous. Et je suis en retard.

— Ed… Je sais que ça va te paraître bête…

Sa peur la submerge en un flot tumultueux.

— Ils ne nous cachent rien à son sujet, si ? Ils nous ont bien tout dit ?

— Comment ça ?

Sa peur s'est logée tout en haut de sa poitrine et elle n'arrive pas à la ravaler.

— Elle n'est pas morte, hein ?

— Quoi ?

La voix d'Ed résonne dans son oreille telle une détonation, et elle a un mouvement de recul.

— Je veux dire que l'hôpital nous préviendrait, non, s'il lui arrivait quelque chose ? Tu ne crois pas qu'ils nous le cacheraient ? Ils nous informeraient si elle était déjà morte ? S'il était arrivé quelque chose pour une raison ou une autre ?

— Jess… De quoi est-ce que tu parles ?

Il a l'air triste.

— Je sais que ça a l'air fou…

— Oui, complètement. Est-ce que tu ne viens pas d'aller la voir justement ? Tu sais que c'est faux. Alors, ne dis pas ce genre de choses, par pitié. Elle a une fracture crânienne, et je sais que c'est terrifiant, mais les médecins nous auraient prévenus si son état s'était dégradé ou si c'était plus grave qu'ils ne le pensaient initialement. Elle n'a pas été transférée en soins intensifs. Il n'y a aucune raison de penser que son état ne va pas s'améliorer. Elle reste à l'hôpital pour guérir dans les meilleures conditions possible… et sans doute aussi pour nous laisser un peu respirer, tous.

Il marque un silence. Il la prend pour une folle, mais c'est lui qui est fou ! Betsey resterait à l'hôpital pour les laisser « respirer » ! Ils n'ont pas besoin de respirer. Ils ont besoin que Betsey aille mieux pour reprendre le cours de leur existence.

— Écoute, poursuit-il, je dois aller à ce rendez-vous. On en discutera plus tard. En attendant, je t'en prie, chasse ces idées de ton esprit. Au fond de toi, tu sais que ce n'est pas vrai.

Ed soupire, et elle comprend qu'elle est devenue un problème dont il souhaite se débarrasser. Elle ne lui avait pas encore dévoilé cet aspect de sa personnalité, ayant toujours veillé à cacher les angoisses qui rongent son cerveau. Mais elle n'y arrive plus. Elle a brisé la règle qu'elle s'était imposée, délaissant la Jess calme et sur la réserve pour permettre à une version plus anarchique d'elle-même de surgir.

— On en discutera plus tard, répète-t-il, la congédiant de fait, l'abandonnant avec son vortex d'inquiétudes. Je suis désolé, Jess, je dois vraiment filer maintenant, d'accord ?

Elle fait tourner ses bagues ; nettoie la cuisine ; essaie tous les rituels habituels. Mais bien sûr elle ne parvient pas à maintenir ses pensées à distance.

Elle voit la scène se dérouler avec une telle clarté. Au point de pouvoir sentir le moelleux de l'oreiller en plumes d'oie, son poids, sa masse, sa substance, quand elle le serre entre ses poings. Ses articulations crispées forment des perles blanches ; elle entend les pleurs de Betsey, entrecoupés de hoquets, des pleurs d'un bébé au comble de la panique. Elle a la peau luisante et le visage rouge, ses pupilles dilatées sont fixées sur sa mère. Jess se penche vers elle et appuie sur l'oreiller, alors que les minuscules mains du bébé, avec leurs ongles comme des petites coquilles, s'agitent dans sa direction pour tenter de la repousser.

Il faut qu'elle appelle l'hôpital. Elle doit vérifier. Pourtant, lorsqu'une infirmière décroche, Jess reste muette. Comment pourrait-elle exprimer ses peurs à voix haute ?

C'est Jess Curtis. Je voulais juste m'assurer que ma fille n'est pas morte. Qu'elle a seulement une fracture crânienne. Qu'elle ne s'est pas étouffée. Que je ne l'ai pas tuée, à l'insu de tout le monde, ou qu'on n'aurait pas pensé à me le signaler ?

— Vous êtes bien en pédiatrie, je peux vous aider ? répète l'infirmière.

— Euh… oui.

Son instinct de survie la sauve in extremis.

— Je suis la mère de Betsey Curtis, Jess. Je voulais savoir comment elle allait depuis que je l'ai quittée.

La description monotone de l'infirmière est loin d'être rassurante. *Est-elle vraiment au courant de tout ? Quand l'a-t-elle vue pour la dernière fois ? Comment peut-elle affirmer à cent pour cent qu'il ne s'est rien passé depuis la dernière fois qu'elle a vérifié ?*

— Pourriez-vous retourner la voir, s'il vous plaît ? Pour vous assurer que tout va bien ?

Elle a bien conscience de sortir du cadre d'un comportement considéré comme normal, mais aucune importance, le scénario dans sa tête est beaucoup trop convaincant. Cette vision la dévore. Elle caresse la joue droite de Betsey puis ses cheveux avec une tendresse infinie avant d'appuyer sur l'oreiller. Betsey résiste, ses jambes gesticulent, son buste s'arc-boute, elle exerce une force impressionnante contre l'oreiller… jusqu'à ce que, enfin, elle s'arrête.

L'infirmière veut se débarrasser d'elle. Jess identifie un bruissement de papiers. Elle perçoit aussi l'enjouement forcé, censé rassurer. Mais Jess ne se laissera pas congédier aussi facilement. Seul un parent, seule une mère, sait vraiment ce qui arrive à son enfant. Elle n'a qu'une chose à faire : retourner à l'hôpital, rien d'autre ne parviendra à la rassurer. Elle n'a confiance qu'en une personne, et c'est elle-même.

— Je fais juste un saut dehors. Ça ne te dérange pas ? crie-t-elle à Martha.

Elle franchit la porte sans donner le temps à sa sœur de protester.

La circulation est fluide, pour une fois, et à l'approche de l'hôpital, ce qui a pu lui sembler ridicule se transforme en certitude. Au point qu'elle a la conviction non seulement que Betsey est morte, mais encore qu'elle l'a tuée. Ses paumes sont moites, sa vision se brouille ; sa poitrine la brûle autant que si elle venait de courir un sprint et qu'elle n'arrivait pas à aspirer assez d'air, assez vite. Son envie de revoir sa fille est tempérée par une peur froide et vive.

Elle court à moitié dans les couloirs, contourne les patients sur des brancards ou des fauteuils roulants. À l'entrée du service de pédiatrie, elle profite de la présence du couple qui l'a précédée de quelques secondes et qui a sonné à l'interphone pour se faufiler à leur suite, en les remerciant d'un bref sourire. L'infirmière semble surprise de cette seconde visite de la journée, mais Jess n'a pas le temps de lui fournir des explications, de faire savoir qu'elle est au courant des règles – elle n'est pas censée débarquer sans prévenir. Son sourire, le sourire de Jess Curtis dans sa version la plus posée, la plus assurée, dissipera toute confusion. C'est du moins ce qu'elle espère.

Elle dépasse le bureau des infirmières et se dirige d'un pas vif vers la grande chambre divisée en six, et le lit de Betsey, priant pour s'être trompée, pour que son bébé soit en vie, en train de guérir. Pour que sa fille soit simplement endormie, que ses joues aient retrouvé leur habituel rose, signe de bonne santé, et non ce rouge fiévreux. Ou peut-être même pour qu'elle soit réveillée. On lui aura retiré son bandage et elle sourira : elle adressera à Jess son sourire le plus joyeux, le plus resplendissant, et elle gazouillera, comme elle le fait parfois pour sa mère, de cette façon si délicieuse et irrépressiblement réjouissante.

Non, il y a un problème. Au bout du couloir, Jess aperçoit un interne et une infirmière autour du lit de Betsey. L'oxymètre émet une série de bips, la ligne bleue sinusoïdale sur l'écran chute considérablement, alors qu'un tube serpente entre la machine et le petit corps sur le lit. Le jeune médecin aux cheveux plats a les yeux baissés vers son portable. L'infirmière et lui masquent Betsey, mais ils n'empêchent pas Jess d'entendre le plus terrible des bruits : un râle, signe que sa fille respire difficilement.

— Très bien, mon trésor, dit l'infirmière (qui s'appelle Zoé, si elle a bonne mémoire).

L'odeur fétide d'une couche pleine se mêle à celle de l'ammoniaque, rendant l'atmosphère étouffante encore plus écœurante. Jess avance d'un pas et réussit à apercevoir le visage de Betsey. Sauf que ce n'est pas celui de sa fille. Ses yeux sont révulsés et ses paupières palpitent, elle a le dos cambré et les membres raides. Ses bras sont agités de tremblements rapides et rythmés, ils lui évoquent les mouvements d'un papillon contre une vitre. Puis c'est au tour de ses jambes.

— Que se passe-t-il ? s'écrie Jess.

Elle se fiche de savoir qu'elle ne devrait pas être là, parce qu'elle avait raison, non ? Il s'agit bien du prélude à l'agonie de sa fille ? L'interne continue à fixer son téléphone.

— S'il vous plaît, vous pouvez me répondre ?

— Madame Curtis, intervient Zoé. Vous n'avez rien à faire ici.

— Qu'est-ce qui arrive à Betsey ? bredouille-t-elle d'une voix suraiguë.

— Vous n'avez aucune raison de vous inquiéter, lui dit l'infirmière en la prenant par le bras. Il s'agit juste d'une crise…

— Vous n'avez rien à faire ici, madame Curtis, répète l'interne.

Il est beaucoup trop jeune. Il ne doit pas avoir plus de vingt-cinq ans, il a des boutons, merde !

— Mais je ne peux pas abandonner mon bébé, je ne peux pas…

Elle scrute son visage sans la moindre ride. Comment se fait-il qu'il ne voie rien ? Et où se trouve Liz ?

— Où est le Dr Trenchard ? Et pourquoi n'intervenez-vous pas ? Pourquoi regardez-vous votre foutu téléphone ?

Les yeux de Jess retournent se poser sur sa fille : ceux de Betsey continuent à s'agiter ; son corps est aussi raide que le cadavre du chat que Frankie a découvert dans le jardin un matin de grand froid. Jess est incapable de détourner les yeux.

Le médecin lui montre l'écran de son portable.

— Je chronomètre la crise de Betsey, madame Curtis. Elle ne dure que depuis deux minutes et cinquante-deux secondes, vous pouvez le constater.

Elle regarde les secondes défiler : deux minutes cinquante-trois, deux minutes cinquante-quatre, deux minutes cinquante-cinq.

— Nous sommes loin des cinq minutes. Une crise de courte durée reste impressionnante mais ne constitue aucun danger. Si nous atteignons les cinq minutes, nous lui injecterons un médicament.

Il reste d'un calme incompréhensible.

— Il faut que vous nous laissiez, madame Curtis. Vous n'êtes pas autorisée à venir ici sans avoir programmé votre visite…

— Ma fille a besoin de moi !

Jess se débat pour conserver son sang-froid. Soudain, elle sent une brisure en elle. *Si je pars, Betsey mourra.* Elle en a la certitude absolue. Elle ne peut pas prendre le risque de s'éloigner parce que qui sait ce qui arrivera si elle le fait ? Elle s'est montrée docile et obligeante, elle avait toute confiance en eux pour veiller sur Betsey le temps de sa convalescence, et voilà ce qui arrive. Elle doit être présente, rester sur ses gardes, parce que des drames terribles surviennent en son absence.

— Je ne partirai pas. Je ne la laisserai pas.

Elle plante ses pieds dans le sol pour s'opposer à Zoé, qui n'est pas seulement bien en chair mais étonnamment forte – Jess le constate lorsque l'infirmière tente de la pousser vers la sortie. Celle-ci s'est musclée au fil des ans, à force de s'occuper de patients difficiles, de les hisser sur des lits.

— Cinq minutes, lance le Dr Smith à l'intention de la seconde infirmière, qui se dirige vers Bets pour lui ouvrir la bouche et lui injecter le contenu d'une seringue dans la joue.

Jess a envie de pleurer, de soulagement parce qu'ils agissent enfin, et d'indignation parce qu'ils peuvent tous toucher sa fille alors qu'on le lui interdit.

Des pas se rapprochent précipitamment ; Zoé laisse retomber son bras. Jess perçoit aussitôt le changement d'atmosphère. Un médecin plus chevronné vient d'arriver.

Neil Cockerill la toise de toute sa hauteur imposante, l'air sévère. Le regard qu'il lui adresse avant de se tourner vers Betsey est chargé de mépris. Elle comprend soudain pourquoi il intimide Liz.

— Madame Curtis… Que faites-vous ici, bon sang ?

17

LIZ

Mardi 23 janvier 2018, 12 h 45

— Votre amie la fêlée est passée.

Neil est d'une humeur massacrante. Je suis exténuée. Préoccupée par le comportement de ma mère, j'imagine un instant qu'il parle d'elle.

— Mon amie… Mme Curtis, vous voulez dire ? Jess ?

— Mmm ?

Il relève la tête avec irritation – il est occupé à consulter des dossiers sur l'ordinateur.

— La mère de Betsey, répond-il. C'est bien votre amie ?

Il martèle les touches du clavier.

— J'ai dû appeler la sécurité. Elle a débarqué à l'improviste dans la chambre, sur un coup de tête, pile au moment où sa fille était en train de convulser.

— Elle va mieux maintenant ?

Mon cœur se serre comme un poing. Les traumatismes crâniens peuvent provoquer des crises, plus elles sont longues et nombreuses, plus le risque de séquelles est grand.

— Disons qu'elle a convulsé plus longtemps que je ne l'aurais voulu, lâche-t-il avec ce goût pour l'euphémisme qui le caractérise. Le midazolam n'a pas eu d'effet, alors Rupert est passé au lorazépam puis à la phénytoïne. La crise a duré près de vingt minutes.

Il finit d'entrer les informations dans le dossier qu'il a ouvert. Il est hors de lui.

— Le principal problème étant que la mère a non seulement contrevenu à l'ensemble de nos accords, mais qu'elle a aussi profondément perturbé le service en se pointant comme ça. Vous imaginez si nous avions dû intuber ?

— Nous aurions rapidement fait partir Mme Curtis, nous l'avons déjà fait avec d'autres parents.

Je m'interdis de laisser ce scénario catastrophe se dérouler dans mon esprit, de me figurer l'anesthésiste plongeant Betsey dans un coma artificiel.

— Ce que j'essaie de dire, c'est que nous ne devrions pas avoir à gérer ce genre de situation.

Il s'acharne à nouveau sur le clavier, mettant les points sur les I avec ses deux index furibonds.

— Elle doit se conformer à l'accord qu'elle a passé avec la police et cette assistante sociale gnangnan… comment s'appelle-t-elle déjà ?

— Lucy Stone.

Je perdrais mon temps en essayant de le faire changer d'avis : pour lui, les travailleurs sociaux sont trop velléitaires, il est convaincu que seuls les médecins ont le cran de prendre des décisions.

— Cette mollassonne… Bon sang ! Il faut que je la prévienne, non ? Ou la police…

— Je pense que l'intervention de la sécurité aura suffisamment impressionné Mme Curtis, dis-je dans l'espoir de le décourager.

Dans sa fureur, il semble avoir oublié que je ne suis pas censée avoir cette discussion avec lui.

— À mon avis, le message est bien passé. Et elle n'a pas dû apprécier d'être bousculée.

— Elle n'avait pas l'air très heureuse en effet.

— Je ne suis pas surprise.

L'un des gardiens, au cou épais et avec un tatouage de serpent sur l'avant-bras, est particulièrement intimidant. Jess a dû se sentir humiliée.

— Ils l'ont escortée jusqu'à la sortie ?

— Je crois qu'ils se sont contentés de l'orienter vers le hall.

— Je suis sûre qu'elle a reçu le message et qu'elle est rentrée chez elle.

Je cherche à le rassurer, même si je m'interroge : il est peu probable que Jess soit réellement partie après avoir vu sa fille dans les affres des convulsions.

— Je sors m'acheter à manger, ajouté-je en prenant congé.

Elle est assise à une table du café, les deux mains sur une tasse de thé noir, épaules voûtées, comme si elle cherchait à se rendre invisible : le désespoir incarné. La queue est longue et il me faut patienter un bon moment avant qu'on me serve mon double allongé. Et tout ce temps j'observe Jess à la dérobée, percevant sa tristesse, me demandant comment elle va m'accueillir.

Elle ne relève pas la tête. Autour d'elle, les tables se remplissent, les clients venus prendre une pause de fin de matinée laissant peu à peu la place à ceux qui accompagnent leur boisson chaude d'un panini pour le déjeuner. Une femme enceinte jusqu'au cou s'affale lourdement à côté d'elle et fourre une pochette en plastique contenant les résultats d'examens médicaux dans son sac à main. Le malchanceux qui la rejoint avec deux cafés se fait admonester.

— Je ne peux pas boire ça, enfin ! Il y a de la caféine… Bien sûr que c'est important.

Jess se contente d'un bref regard dans leur direction avant de récupérer la serviette en papier sur ses genoux et de jouer avec.

Plus je l'étudie et plus je me demande pourquoi j'ai toujours vu en elle une mère exemplaire, ne remarquant jamais ses défauts, contrairement à ceux de Charlotte ou de Mel. Peut-être parce qu'elle donnait l'impression que la maternité était facile. D'un autre côté, Kit était un enfant accommodant, qui s'endormait dès qu'on le couchait et qui a passé des mois tranquillement assis – à l'inverse de Rosa, qui refusait de dormir, qui a fait ses premiers pas à dix mois et en a profité pour franchir toutes les limites que je tentais de lui imposer.

Rongée par l'angoisse, j'essayais d'imiter Jess et de reproduire sa technique d'endormissement, ainsi que ses recettes – si Kit engloutissait avec appétit ses repas, Rosa gigotait sur sa chaise haute, une moue de dédain aux lèvres. Le manque de sommeil influe sur les pensées et, durant nos tout premiers mois de maternité, Jess m'est apparue comme celle qui était capable de murmurer à l'oreille des bébés, celle qui réussissait à endormir son fils ou à le rendre docile, quand moi j'avais une fille qui retournait tout et me réveillait constamment. Ce n'est qu'au moment où j'ai repris le travail et où j'ai retrouvé un peu celle que j'étais que je m'en suis souvenue : les bébés ne sont pas des machines que l'on peut programmer pour s'assurer qu'ils agiront d'une certaine façon et toutes sortes d'imprévus – virus, dents qui percent ou poussées de croissance – peuvent les perturber et les troubler. Et pourtant, malgré cette révélation, j'ai conservé mon admiration initiale pour Jess.

Elle n'a pas l'air sereine en cet instant, au contraire même, elle est agitée. Elle triture sa serviette, une brève grimace de dégoût déforme ses traits, alors qu'elle la roule en boule et la fourre au fond de son sac.

— Jess…

Mon café à la main, je désigne la chaise face à la sienne.

— Je peux ?

Ma voix sonne faux : professionnelle et un peu froide, parce que je m'attends à ce qu'elle soit en colère. Je ne l'ai pas revue depuis que nous avons contacté les services sociaux, et Ed a dû lui apprendre que j'avais ma part de responsabilité.

Elle répond d'un hochement de tête et je m'assieds, bien consciente d'enfreindre le code moral de la médecine, mais justifiant mon attitude, à mes propres yeux, par le fait que je vais peut-être l'aider et, surtout, aider Betsey.

— Comment ça va ?

Elle lève les yeux au ciel ; cette réaction est un vestige de l'ancienne Jess. Elle le faisait souvent dans le dos de Charlotte, dès que celle-ci disait une chose parfaitement hors de propos en société. Sa tentative de désinvolture est néanmoins contredite par les larmes qui lui embuent les yeux.

— J'arrive de l'hôpital, on m'a dit que tu étais venue…

Jess hausse les épaules.

— Tu sais que tu n'as pas le droit de te présenter à l'improviste ?

— Bien sûr que je le sais.

Son regard est dur, sa voix déterminée.

— Je devais absolument la voir. Pour m'assurer qu'elle allait bien.

— Lucy et la police pourraient t'interdire de voir Betsey si tu recommences.

À la table voisine, la femme enceinte tend l'oreille, intriguée. Je baisse la voix, regrettant que nous ne soyons pas dans un endroit plus tranquille.

— Personne ne tient à ce que ça arrive, Jess. Ce n'est dans l'intérêt de personne que tes visites soient entièrement interdites.

— Je devais la voir. Je devais m'assurer qu'elle allait bien, répète-t-elle d'un ton presque mécanique.

— Mais Jess, nous nous occupons bien de ta fille, tu le sais, j'espère ?

— Pas du tout ! crache-t-elle, brusquement furieuse. Elle n'avait jamais eu de crise avant !

— C'est une conséquence de la fracture crânienne. Et il vaut bien mieux que ça soit arrivé à l'hôpital, où nous avons les médicaments nécessaires pour la traiter.

Ses joues pâlissent aussitôt. J'ai peut-être été trop dure... Je suis irritée par son arrogance, par son incapacité à reconnaître que nous savons ce que nous faisons. L'espace d'un instant, je repense à l'hostilité ouverte de ma mère pour les médecins qui soignaient Mattie, à sa certitude insouciante qu'ils étaient des incapables. Et je me rappelle cet instant fondateur où j'ai compris que ma mère n'avait pas toujours raison.

— Est-ce qu'elle va bien ? Est-ce que Betsey va bien ?

Jess se radoucit soudain et mon irritation retombe aussitôt, comme un pétard mouillé. Elle n'est pas ma mère, mais mon amie, et elle brûle d'avoir des nouvelles de sa petite fille malade.

— Elle a eu une autre crise. Ils lui ont donné un autre médicament et son état est stable. On t'appellera si la situation se dégrade, mais il n'y a aucune raison. Le mieux que tu puisses faire, c'est rentrer chez toi et essayer de te reposer, ou passer du temps avec les garçons.

Je l'observe avec attention : elle a des cernes sombres sous les yeux, ses cheveux sont en bataille.

— Comment vont-ils ?

— Oh, tu sais…

Sa voix s'étrangle.

— Je suis étonnée que ça t'intéresse.

— Bien sûr que ça m'intéresse. C'est juste que je ne suis pas censée en discuter avec toi.

J'ai envie de lui prendre la main, mais j'ai déjà fait trop d'entorses à mon éthique professionnelle. Et puis je doute qu'elle accepterait. Je reste assise là un bon moment, à chercher quelque chose de constructif à dire.

— Tu sais que, si tu en avais envie, tu pourrais me parler ? finis-je par hasarder.

Elle me considère avec une ironie si cinglante que j'ai l'impression de recevoir un coup de poing en plein ventre. Je ne reconnais pas cette Jess évasive et sur la défensive. Je me rappelle avoir pleuré dans ses bras à l'époque où j'ai repris le travail alors que Rosa refusait de dormir, terrifiée à l'idée d'être incapable de faire mon métier avec un tel niveau de fatigue. Elle m'a serrée contre elle et m'a bercée comme un bébé, et cette tendresse a été une révélation pour moi qui n'avais jamais connu d'intimité avec ma mère. C'était un tel réconfort d'être ainsi consolée…

Mon téléphone vibre, j'ai reçu un texto de Fousia : *Jacob Brooks veut te dire au revoir, tu es dans le coin ?*

C'est loin d'être une urgence, mais je suis soulagée d'avoir une excuse pour prendre congé.

— Je dois filer.

Une fois debout, je tergiverse, réticente à partir alors que nous avons encore tant de choses à discuter, alors que je n'ai pas réussi à aplanir les obstacles entre nous.

— Tu vas rentrer, hein ?

Elle hoche brièvement la tête.

— S'il te plaît, Jess. Je te promets de t'appeler s'il y a quoi que ce soit.

Elle croise les bras et refuse de me regarder. Elle se renferme, ne me fait pas confiance. Et c'est réciproque, en toute honnêteté.

Je retourne à l'hôpital, soulagée de pouvoir me concentrer sur un autre enfant et impatiente de me débarrasser de ce ressentiment mutuel. La guérison de Jacob est le remontant qu'il me faut. Il est arrivé il y a trois jours, sans connaissance, atteint par une acidocétose diabétique qui le mettait en danger de mort. Son taux de sucre dans le sang s'est suffisamment stabilisé pour qu'il puisse être renvoyé chez lui.

Sa mère, Sonya, est très démonstrative, malgré sa fatigue.

— Nous tenions à vous remercier du fond du cœur.

J'ai l'impression qu'elle se retient de me prendre dans ses bras.

— Il n'y a pas de raison. Nous sommes là pour ça.

Jacob m'adresse un sourire timide et s'approche.

— Merci, docteur Liz.

— Je t'en prie, Jacob.

Je lui présente mes paumes pour qu'il puisse taper dedans. Il est enchanté.

— « Tape, tape dans tes mains, entonne-t-il tandis que nous enchaînons les différents mouvements. Tape,

tape dans tes mains, quand on chante, quand on chante tous ensemble ! » Tu es trop lente !

— Ah bon ? fais-je mine de m'étonner, alors que je l'ai volontairement laissé gagner.

Ils s'éloignent, Sonya serre la main de Jacob de toutes ses forces comme pour ne plus jamais le lâcher. Dans le bureau des infirmières, je m'attarde sur les cartes de remerciement qui recouvrent le mur, plus particulièrement sur celle des Fitzpatrick, très récente : leur fille de trois ans, Chloe, a été admise la semaine dernière pour une pyélonéphrite. Elle avait des hallucinations avant de recevoir des antibiotiques en intraveineuse, et sa mère, Rachel, était dans tous ses états. Elle a écrit d'une grosse écriture ronde : *Nous ne pourrons jamais vous remercier pour tout ce que vous avez fait*, et ajouté une multitude de cœurs.

Les Fitzpatrick nous ont envoyé une énorme boîte de chocolats Heroes. *Des Heroes pour nos héros*, précise la carte de Rachel. Le service est rarement en manque de chocolats, tant les parents nous sont reconnaissants. Je réussis généralement à résister à la tentation, mais je perds toute volonté quand je suis fatiguée ou stressée. Le caramel me colle aux dents et le sucre tapisse ma langue, je suis en colère contre moi de permettre à mes émotions de me gouverner – je suis triste que Jess, qui se confiait à moi à une époque, ne puisse plus le faire.

Je me gave de chocolats parce que j'ai de la peine pour Jess… et parce que son attitude me trouble.

18

LIZ

Vendredi 7 octobre 2016

— Tu n'avais pas besoin de te donner autant de mal, Jess, observe Charlotte en se penchant vers l'assiette de blinis que notre amie a préparés pour en gober un. Ils sont divins, mais on aurait pu se contenter d'un bol de chips, tu sais !

Nous nous sommes retrouvées chez Jess pour une des réunions erratiques de notre club de lecture – c'est plus une excuse pour nous voir que pour discuter littérature, puisque Mel n'ouvre quasiment jamais le roman que nous avons choisi, au grand dam de Charlotte. Et à son habitude, Jess en a trop fait. Il y a des blinis avec du saumon fumé et de la crème fraîche, des pailles au fromage maison, des olives vertes et noires, du vin rouge et blanc, sans oublier le sirop de fleurs de sureau pour Mel, qui a arrêté l'alcool dans une tentative injustifiée de perdre un peu de poids.

— C'est vraiment adorable de ta part, ajouté-je. Merci de nous gâter autant, Jess.

Charlotte croise mon regard en reprenant un blini. *Pas la peine d'en faire des caisses non plus*, voilà ce que je lis dans le sien. Je me sens pourtant obligée de contrebalancer l'acidité de son ton, dans sa façon d'impliquer que Jess cherche à nous impressionner, que elle, Charlotte, avec son poste important – elle est désormais associée dans son cabinet d'avocats et est venue directement en sortant du travail –, n'aurait jamais ni le temps ni la disponibilité mentale pour faire plus qu'ouvrir une boîte de Pringles. Charlotte nous reçoit rarement chez elle, mais la dernière fois il y avait des plateaux de canapés achetés chez Waitrose ou Marks & Spencer.

Jess ne donne pas l'impression d'avoir saisi le sous-entendu de Charlotte, tant elle est obnubilée par l'idée que tout soit parfait. Elle ne tient pas en place : elle va chercher des serviettes, remet une bûche dans le poêle, allume une autre bougie pour que la pièce si joliment meublée soit éclairée de flaques de lumière.

Maintenant, elle se débat avec le bouchon de la bouteille de prosecco, le fil de fer lui résiste.

— Tu peux l'ouvrir, Liz ?

— Bien sûr.

Je libère le bouchon avec l'aisance d'une sage-femme mettant au monde un bébé. Le liquide mousse et déborde dans le verre.

— Tiens, Charlotte, dis-je en le lui tendant. Mel, tu ne bois toujours pas ?

Elle secoue la tête.

— Alors, ce verre-là est pour toi, Jess, dis-je en lui tendant une flûte délicate.

— Non, prends-la.

— Tu n'en veux pas ? On ne l'a quand même pas ouverte pour Charlotte et moi seulement ?

— Je vais prendre de l'eau pétillante.

— D'accord.

Je suis légèrement surprise. Jess a pour habitude de boire dans les soirées mondaines : elle m'a récemment avoué qu'elle avait besoin de se donner un peu de courage pour affronter Charlotte. « Pour être un peu plus piquante, m'a-t-elle expliqué. — Tu es toujours piquante, ai-je protesté. — Pas avec elle. Je ne me sens jamais très vive en sa présence. »

— Alors, il n'y a que nous deux, Charlotte, dis-je en levant mon verre et en lui adressant un large sourire pour tenter d'apaiser toute tension persistante. Santé, tout le monde !

— Santé !

Mel entrechoque son verre d'eau avec ma flûte, mais Charlotte, elle, est ailleurs : même si elle répète le mot « santé ! », elle étudie Jess.

— Tu es sûre que tout va bien ? lui lance-t-elle. Tu as l'air un peu patraque…

— Mais laisse-la tranquille, intervient Mel.

— Désolée, se défend Charlotte d'un ton glacial. Je suis juste inquiète.

Maintenant qu'elle a attiré mon attention, c'est vrai que Jess n'a pas l'air tout à fait dans son assiette : elle est pâle malgré les vestiges du bronzage qu'elle a rapporté de ses vacances en Corse à la fin août.

— Tout va bien, je vous assure, dit-elle en posant son regard sur chacune d'entre nous. J'aurais annulé si je pensais couver quelque chose. Je suis juste un peu fatiguée, comme souvent à cette période de l'année.

Je ne suis pas entièrement convaincue, mais il est évident qu'elle n'a pas envie que nous en fassions toute une histoire… Je sors donc mon livre de mon sac pour faire croire que nous allons essayer d'en parler.

— Alors, *Jane Eyre*… Je ne l'avais pas relu depuis mon adolescence. Qu'est-ce qu'on en a pensé ?

— Je ne l'ai pas terminé.

Mel, comme toujours, cherche à se dédouaner dès le début.

— Est-ce que tu l'as ouvert au moins ?

Charlotte est d'humeur particulièrement massacrante. Elle occupe beaucoup d'espace, et que ce soit parce qu'elle dépasse de beaucoup la petite Mel en taille, parce qu'elle se tient très droite ou qu'elle a une voix grave – la voix autoritaire de celle qui a pour habitude d'être écoutée –, nous lui prêtons aussitôt attention.

— Oui, rétorque Mel, sur la défensive. J'en ai lu une bonne partie… et j'ai vu le film. Mais j'ai renoncé quand Bertha commence à provoquer des incendies. Je sais qu'on est censé éprouver de la compassion pour elle et que Rochester est un sale type… vraiment un sale type, non ?

Nous confirmons toutes son impression, conscientes qu'il y a une part de projection dans sa lecture.

— C'est juste que je n'ai pas l'énergie en ce moment de supporter la folie.

— Oh, Mel !

J'éclate de rire face à une telle absence de solidarité féminine.

— Quoi ?

— Je trouve que le passage avec la folle dans le grenier est le meilleur. Bertha Rochester est mon personnage préféré.

— Eh bien, je suis d'accord, intervient Charlotte. Je ne sais pas si c'est le personnage que je préfère du roman, mais je la trouve attachante. Vous imaginez vivre enfermée comme ça, en sachant que votre mari a pris pour femme un double plus jeune et plus docile ? Sa jalousie est compréhensible.

— Ça, je l'avais bien saisi, rétorque Mel avec une pointe d'amertume. Mais je n'ai aucune envie de compatir avec ça.

Rob vient de lui avouer avoir passé une nuit avec une collègue. Selon lui, ça ne « voulait rien dire ».

— Et merde, j'ai besoin de boire.

Je lui sers du prosecco, et je demande à Jess si elle est sûre de ne pas vouloir se joindre à nous. Elle secoue la tête et se lève brusquement.

— J'avais oublié : j'ai préparé un dessert. Je vais le chercher, il est au frais.

— Un dessert ? répète Charlotte du même ton que si elle interprétait Lady Bracknell dans la pièce d'Oscar Wilde.

— Oh, un truc tout simple, une tarte au chocolat avec des framboises.

— Jess, on t'adore, lui lance Mel, que l'alcool parvient visiblement à détendre. Une tarte au chocolat, ça n'a rien de simple.

— Je vais t'aider à apporter les assiettes.

— Tu es sûre ? me répond-elle avec un regard reconnaissant.

— Je referme pour que vous restiez au chaud, j'explique aux autres en repoussant la porte de la cuisine.

« Demande-lui ce qui ne va pas. » Charlotte articule ces mots en silence – sa façon de dramatiser la situation est ridicule. Je fais mine de ne pas comprendre. Et pourtant, il est évident qu'il se passe quelque chose. Jess joue avec ses bagues, signe caractéristique de nervosité, et elle s'affaire dans sa cuisine immaculée. J'ouvre les immenses portes en acier brossé et lui demande :

— La tarte est au frigo ? Tu veux que je sorte les framboises aussi ?

— Oui, oui.

Elle a la tête plongée dans un placard.

— Il y a de la crème liquide aussi… Je vais sortir un petit pichet et des fourchettes à dessert.

Elle s'agite tant que je suis tentée de l'agripper par les épaules et de lui dire de se calmer. Au lieu de quoi, j'attends qu'elle cesse de virevolter. J'ai appris qu'il fallait être patiente avec elle. À part aux très rares occasions où elle est soûle, il lui faut du temps pour confier des choses intimes, et il ne faut surtout pas la bousculer. J'ai si souvent l'impression, dans ma vie, de ne pas avoir le temps de parler, tant je suis tiraillée entre les enfants, Nick et le travail. Pour une fois, il n'y a aucune source de distraction entre nous, deux amies dans une cuisine tranquille, dont l'une d'elles cache quelque chose.

— Charlotte est un peu agressive ce soir, non ? finit-elle par lâcher en comptant les fourchettes à dessert.

C'est du Jess tout craché : elle aborde un sujet annexe avant de s'attaquer au cœur de ce qui l'embête.

— Tu connais Charlotte…

Je ne suis pas tendre. Il m'arrive de me demander pourquoi nous continuons à l'inviter. Aucune de nous ne serait liée d'amitié avec elle si nous n'avions pas vécu en même temps cette expérience bouleversante de la maternité, mais notre histoire commune et sa gentillesse à l'époque m'empêchent de tourner simplement la page. Et puis je pense qu'elle serait dévastée. Elle n'a pas beaucoup d'amies proches, et elle nous a fait comprendre qu'elle avait besoin de nous.

— Tu sais bien que sa dureté en dit plus long sur elle que sur toi.

— Oui… Enfin, tu as remarqué qu'elle n'était comme ça que lorsque nous sommes toutes les quatre ? En présence d'Ed et d'Andrew, elle devient tout miel. On dirait qu'elle contient sa dureté, ou au moins qu'elle met de l'eau dans son vin.

Jess pousse un lourd soupir.

— Et elle a deviné. Elle est tellement maligne, tellement percutante. Tu l'as vue me regarder, me jauger ? Et c'était justement à elle que j'avais peur de l'annoncer…

— Annoncer quoi ?

L'espace d'un instant, je me demande si elle va quitter Ed : non que j'aie identifié le moindre nuage dans leur bonheur conjugal. Leur couple semble parmi l'un des plus solides de notre groupe : plus que celui de Mel, sans le moindre doute, et aussi sans doute que celui de Charlotte, qui trouve toujours matière à critiquer Andrew. (« Un chic type, oui, mais pas de ceux qui inspirent la passion », ainsi que l'a un jour formulé Mel.)

Bien sûr, Jess parle d'une nouvelle bien plus évidente. Elle s'appuie contre un plan de travail et baisse les yeux vers son ventre légèrement arrondi.

— Je suis enceinte, dit-elle, en remuant les lèvres comme si celles-ci résistaient à sourire.

— C'est formidable !

Je la prends dans mes bras. Elle me paraît menue, bien trop frêle pour porter un enfant. Je m'écarte et remarque ses traits tirés, son expression dubitative. *Jamais de conclusion hâtive.*

— C'est une bonne nouvelle, non ? insisté-je en scrutant son visage. Jess ?

— Oui, oui, bien sûr.

Elle me décoche son plus beau sourire en strass – aussi éblouissant qu'artificiel –, puis entreprend de disposer les framboises en cercle régulier. Ses mains tremblent.

— J'appréhende un peu la gestion des trois enfants…

Un petit éclat de rire.

— Mais j'improviserai.

Sauf que Jess n'improvise pas. Toute cette soirée – de la nourriture aux bougies et au feu dans le poêle – a dû être soigneusement préparée au cours des derniers jours, et il lui aura fallu une quantité astronomique de temps pour l'organiser dans le moindre détail. Son talent consiste à donner l'illusion de la facilité, et elle excelle dans cet art, sauf que les bébés et les tout-petits – elle le sait très bien – peuvent être imprévisibles et inconstants. L'ordre qu'elle parvient à rétablir une fois qu'elle a couché les garçons sera perturbé une fois de plus.

— Oublie ce que je viens de dire, ajoute-t-elle comme si elle avait lu dans mes pensées. Les garçons seront à l'école toute la journée, ce qui me laissera du temps avec le bébé, et puis ils dorment quand ils sont petits, non ?

— Oui. Enfin, pas Rosa, mais les tiens, si. Pourquoi as-tu peur d'en parler à Charlotte ? Tu ne t'inquiètes pas encore qu'elle puisse avoir un faible pour Ed, si ?

À l'époque où nos aînés étaient bébés, Jess était persuadée qu'Ed avait couché avec Charlotte à l'université. Ça a quasiment viré à l'obsession, et ça a pesé sur les premières semaines de vie de Kit, tant Jess craignait que son mari puisse trouver Charlotte plus séduisante qu'elle et la quitter. Mel lui a dit qu'elle était folle. J'étais si absorbée par Rosa que je n'ai pas prêté grande attention à ses craintes. Je les ai peut-être prises trop à la légère… Tout le monde voyait bien qu'Ed adorait Jess et que Charlotte – attirante mais incapable de se tenir en société – n'avait pu être qu'une passade. Je me demande si la grossesse de Jess a ravivé cette vieille peur.

— Non ! s'esclaffe-t-elle à mon grand soulagement. J'ai peur de lui en parler parce qu'elle a dû subir une FIV pour avoir George et qu'elle n'a jamais réussi à en avoir un second. Je me sens coupable d'être enceinte, d'autant qu'on l'a quasiment décidé sur un coup de tête.

Cet aveu me surprend. Jess est si prudente, elle contrôle si minutieusement son existence que j'ai du mal à imaginer une chose pareille.

— Tu n'es pas obligée de lui préciser que ce n'était pas vraiment prévu. Ça ne la regarde pas. Tu comptais nous le dire ce soir ?

— Oui. J'en suis à trois mois de grossesse, et nous voulons en parler aux enfants, avec Ed, je préfère prévenir notre entourage.

— Alors, annonce-leur avec enthousiasme. Ne laisse aucune place possible au doute.

— Merci, Liz. Tu es si sage…

— J'ai juste eu affaire à quelques Charlotte dans ma vie, lui dis-je en songeant aux femmes irascibles que mon métier m'a amenée à croiser. Qui sait, elle sera peut-être même folle de joie pour toi…

Sauf que, bien sûr, ce n'est pas le cas.

Mel et elle devinent dès notre retour dans le petit salon qu'il se trame quelque chose. Mel, enchantée, prend Jess dans ses bras et s'enquiert de la date de son terme. Elle en fait presque trop, du moins par contraste avec Charlotte, qui dans son tailleur noir évoque une fée malintentionnée au baptême de la Belle au bois dormant. Son absence de réaction, et donc d'enthousiasme, finit par être gênante.

— Tu as entendu ? Jess est enceinte, lui lance Mel en se tournant vers elle.

— J'avais deviné.

Je la regarde aussitôt.

— Ça va ?

— Oui, je suis juste un peu fatiguée. Je crois que je vais rentrer. Tu dois être contente, dit-elle à Jess, un peu trop tard. C'est un classique, non, pour les mères au foyer ? D'avoir un autre enfant, ou d'adopter un chien, quand le plus jeune entre à l'école.

— Charlotte ! nous exclamons-nous à l'unisson, Mel et moi.

Jess a voulu prendre un chien l'an dernier : elle n'a pas tenu trois semaines avant de le rendre, tant elle vivait mal qu'il fasse ses besoins partout.

— Je suis désolée, ce n'était pas une pique volontaire… J'ai eu une semaine horrible. Je suis fatiguée et, c'est vrai, un peu surprise. Tu ne m'as jamais donné l'impression d'en vouloir un troisième, surtout après toutes les difficultés que tu as rencontrées avec Frankie…

Elle marque une pause.

— Ed est content ?

— Oui, bien sûr. C'est moi qui appréhende un peu.

Jess tombe dans le piège de vouloir rassurer Charlotte en partageant ses propres incertitudes. Celle-ci hausse un sourcil.

— Vraiment ? Je ne vois pas ce qu'il y a à appréhender dans l'arrivée d'un bébé. Certaines femmes adoreraient en attendre un… Mais je me réjouis pour toi, bien sûr.

Elle paraît soudain épuisée : c'est la seule d'entre nous qui a déjà passé le cap de la quarantaine, et ses quatre ou cinq années de plus sautent aux yeux tout à coup.

— Je vais y aller, reprend-elle en rassemblant ses affaires. On s'écrit par mail pour le prochain livre et le prochain rendez-vous.

Son ton est crispé, il manque de naturel. Je me souviens combien elle voulait d'un second enfant et j'éprouve un élan de sympathie pour elle malgré son hostilité – et du soulagement à l'idée qu'elle ait encore envie de nous voir.

Jess la raccompagne et disparaît un moment.

— Non, mais ça alors ! murmure Mel dès qu'elles ont quitté la pièce. L'histoire du chiot, c'était vraiment un coup bas, même si elle n'a pas tort.

Mel avait adopté un chien de la même portée et elle n'a jamais compris l'empressement de Jess à s'en débarrasser.

— Elle détestait ce chien, elle était impatiente de le refiler à quelqu'un d'autre.

— Un bébé n'est pas un chiot. Tu sais combien elle aime ses enfants. Ce ne sera pas la même chose.

— Je ne sais pas… J'ai souvent rêvé de me débarrasser de Connor, moi.

Elle avale une grande gorgée de prosecco.

— Tu ne le penses pas.

Mel adore son petit garçon.

— Pas vraiment.

Elle se ressert. Un instant, nous restons silencieuses, réfléchissant peut-être chacune au chamboulement que représente l'arrivée d'un nouveau-né : la joie associée à l'anarchie des nuits sans sommeil et des journées décousues.

— Je suppose que grâce aux couches, les bébés sont plus maîtrisables que les chiens, poursuit-elle avec philosophie. Mais les bébés ont plus de besoins, et ils troublent davantage le sommeil… D'un autre côté, ils ne mâchonnent pas tout ce qu'ils trouvent et ne font pas caca n'importe où.

— Il faut qu'on lui montre qu'on est là, dis-je en portant mon verre à mes lèvres.

J'imagine la longue gorgée d'alcool se diffusant dans mes veines et accomplissant son miracle.

Le recul est une chose incroyable. Me suis-je demandé, à l'époque, pourquoi Jess pouvait appréhender cette nouvelle grossesse ? Je crois que j'ai voulu y voir une crainte parfaitement naturelle : en franchissant le cap du troisième enfant, Ed et Jess entraient dans le royaume des familles « nombreuses ». Je ne me suis pas vraiment penchée sur son attitude, je n'ai pas pris le temps de m'y intéresser. Bercée par la chaleur du poêle et du prosecco, je me suis autorisée à m'abandonner à la détente.

19

JESS

Mardi 23 janvier 2018, 13 heures

Liz trépignait de lever le camp.

Et qui pourrait lui en vouloir ? Elle pense – ils le pensent, tous – que Jess est au mieux une empêcheuse de tourner en rond, au pire une mère malveillante et qu'elle doit donc être contrôlée.

Jess se frictionne le bras. Elle a mal à l'endroit où le gardien l'a empoignée. « Faites des histoires et on appelle la police », l'a-t-il menacée. Il était si grand, si costaud, dégageait une telle autorité dans son uniforme de faux policier… Même le serpent rouge et vert qui s'enroulait autour de son avant-bras suggérait qu'il était sérieux. Jess repense à son collègue, plus petit et plus trapu, au sourire qui plissait ses petits yeux porcins. Elle frissonne au souvenir du biceps qui bombait sa chemise.

Elle ne peut pas prendre le risque de retourner dans le service. Pas tant que le Dr Cockerill ou que Liz s'y trouvent, pas tant que les agents de sécurité rôdent. Elle va donc rester assise et attendre, les jambes tressautant de peur. *Respire profondément ; inspire sur cinq, expire sur huit*, se dit-elle, s'interdisant de faire une fixation sur les microbes recouvrant la table et se focalisant plutôt sur le sifflement de la machine à café, les cris des baristas. *Accepte l'incertitude, l'impossibilité de voir Betsey... et l'impossibilité tout aussi grande de partir.*

Pense à autre chose. Sauf qu'une seule vision l'obsède, celle de son bébé en train de convulser : le papillonnement de ses yeux, la contraction de ses membres. Les images tournent en boucle et de nouvelles questions tourbillonnent dans son esprit. *Et si ça la tue ? Et si Betsey a une nouvelle crise pendant que je suis ici ?*

Jess ne parvient pas à oublier le son de cet horrible râle montant du fond de la gorge de Betsey, un son inhumain. Devrait-elle courir la voir ? Sa peur de se voir définitivement bannie du service pédiatrique la pousse à se refréner, et à se raccrocher à l'idée qu'elle conserve la maîtrise de la situation.

Concentre-toi sur autre chose. À côté d'elle, la femme enceinte s'est lancée dans un long monologue à l'intention de son compagnon. Elle expose son plan, parfaitement rodé, pour l'arrivée de leur enfant : maison de naissance, pas de péridurale, accouchement dans l'eau, pas d'oxytocine pour accélérer l'expulsion du placenta après la sortie du bébé. Jess ne peut retenir un éclat de rire perçant : cette femme a dû prévoir de manger son placenta ensuite. Cette dernière la regarde une fois de plus, et Jess voudrait lui dire que, si elle a l'impression de tenir les rênes de son dernier trimestre de grossesse, il ne s'agit en réalité que d'une illusion. Elle perdra toute maîtrise une fois que le bébé aura décidé d'arriver...

Le souvenir surgit brusquement, comme toujours, et la déstabilise. L'accouchement de Betsey : sa tête coincée, la terreur pendant que le médecin tentait de la libérer. Sa concentration extrême alors que les vagues de douleur s'intensifiaient au point que Jess ne parvenait plus à respirer. La sonde vésicale, la pression exercée sur son pubis, l'écartèlement insupportable de ses jambes, les deux tentatives ratées pour sortir un bras de Betsey. Puis la sensation la plus effroyable de toute son existence. Les manipulations la transformant en poupée de chiffon – les membres tirés dans un sens et l'autre, son corps métamorphosé en vaisseau explorable… avant le soulagement délicieux de la libération et la sensation d'humidité. Le flot de sang et la glissade de l'état de conscience vers l'obscurité et le sommeil.

Plus tard, après la transfusion sanguine et les points de suture, elle a été moins ébranlée par la douleur qui lui faisait pousser un cri chaque fois qu'elle urinait ou par les contractions lancinantes de son utérus que par ce sentiment accablant de ne pas avoir été à la hauteur. Elle n'avait pas réussi son accouchement naturel, alors que c'était pourtant l'une des fonctions élémentaires de son corps. Sans l'intervention du corps médical, elle aurait tué ce bébé qu'elle avait tant désiré. Elle se sentait à la fois destructrice et impuissante.

Elle éprouve cette même incapacité dévastatrice ici dans ce café. Elle ne peut rien faire pour aider sa fille. Elle n'est pas autorisée à la voir, encore moins à la dorloter, ni même à passer du temps seule avec Frankie et Kit. Elle se sent si seule : nuisible pour le personnel hospitalier, inutile pour ses enfants – quoi de plus déroutant –, et distante pour son mari. Et Liz, son amie si chère d'autrefois, la fuit…

Et peut-être a-t-elle de bonnes raisons de le faire. Parce que Betsey n'aurait jamais eu de fracture crânienne sans Jess…

20

JESS

Vendredi 19 janvier 2018, 18 heures

Vendredi. Début de soirée. Peut-être bien, aux yeux de Jess, le pire moment de la semaine. Celui qui, dans une vie précédente, était synonyme d'apéros et de joie à la perspective des réjouissances du week-end, alors qu'à présent elle se retrouve coincée avec les enfants, puisque Ed préfère la compagnie de ses collègues à celle de sa famille.

Kit est à son entraînement de foot. Charlotte ne le déposera pas avant une heure, ce qui lui permettra d'avoir quelques minutes de conversation avec une adulte. Elle n'est jamais très détendue avec Charlotte – la nature précise de sa relation avec Ed, autrefois, continue à la tarabuster (« Ce sont les termes d'Ed ? » s'est un jour étonnée Charlotte, alors que Jess mentionnait le fait qu'ils étaient de vieux amis – Charlotte n'a pas osé rectifier : « plus que de vieux amis », si bien que le non-dit continue à se dresser entre elles). Elle se raccroche pourtant à cette opportunité d'un échange. Si elle arrive à tenir jusqu'à 19 heures, alors il ne lui restera qu'une heure avant de les mettre au lit. Si elle réussit à tout bien compartimenter, alors peut-être qu'elle parviendra à maîtriser ses pensées et à garder ses enfants sains et saufs.

Parce que l'après-midi a été long et difficile : le genre qui l'aurait conduite à mettre en cause sa capacité à être mère, même si Ed n'était pas rentré à midi, même s'il n'avait pas renforcé son sentiment de ne pas être à la hauteur. Encore une journée qui se conclut, pour Jess, sur la sensation de ne pas s'être bien occupée de ses enfants.

La pluie n'a pas aidé : un déluge inexorable qui l'a empêchée de quitter la maison, sauf pour courir à la voiture afin d'emmener les enfants à l'école, et l'a retenue séquestrée derrière ce rideau d'eau. Après le départ d'Ed, elle a passé une heure à regarder par la fenêtre, tentant d'ignorer les gémissements de Bets en se concentrant sur l'eau qui ruisselait le long des vitres.

Avec le mauvais temps, Frankie a bien du mal à contenir son énergie.

— Fais attention ! lui lance-t-elle d'une voix qui monte dans les aigus.

Il a décidé de faire du skateboard à l'intérieur, d'aller et venir dans le couloir, de traverser la cuisine. Devant la réaction de sa mère, il renonce et file à l'étage.

Betsey n'est pas davantage dans son assiette. Une averse subite les a privées de leur balade matinale, la pluie qui s'infiltrait sous la capote de la poussette ayant rendu Bets inconsolable. Et puis elle a refusé de faire la sieste après son déjeuner. Bien sûr, c'est la faute de Jess. Tout l'après-midi, la petite a eu une attitude erratique, s'accrochant aux jambes de sa mère mais refusant ses câlins. Elle la fixe de son regard sombre et incrédule.

Elle serait mieux sans moi. Cette pensée s'enracine en Jess, amplifiée par les pleurs incessants de sa fille. À l'heure de son dîner, Betsey est trop fatiguée pour manger. Elle jette sa nourriture par terre – des carottes cuites à la vapeur, de la purée de pommes de terre avec du cabillaud, suivis de petits bouts de pain grillé pour tenter de l'apaiser, maintenant que le mélange détonant d'épuisement et de faim la transforme en petit tyran enragé. Jess n'a qu'un objectif : la coucher tôt, trente minutes avant l'heure habituelle de 19 heures. Si elle réussit, elle s'épargnera une demi-heure d'angoisses au sujet de la sécurité de sa fille – qui s'approche trop près de la bouilloire, des casseroles, des couteaux, qui risque de s'étrangler avec les sangles de sa chaise haute.

Oh, et puis tant pis. Elle va entamer le rituel du coucher dès à présent. Les pleurs redoublent pourtant lorsqu'elle prend la petite dans ses bras. Elle se débat, gesticule et se tortille. Elle est aussi glissante qu'un saumon, libère un de ses petits bras et la martèle de son minuscule poing avec une force étonnante.

— Arrête de bouger. Je vais juste te coucher, Bets. C'est pour ton bien. Je ne veux que ton bien !

Sa voix va crescendo et monte dans les aigus au point qu'elle se retrouve à hurler sur sa fille. Elle surprend son reflet dans le miroir de la cuisine et elle est frappée par sa laideur : ses traits déformés, ses cheveux ébouriffés. *Tu es devenue une étrangère*, lui a dit Ed. Et elle ne se reconnaît plus non plus. Elle n'a plus aucun sang-froid.

Frankie, qui tapait en rythme rapide contre le pied de la table, s'interrompt brusquement et la dévisage.

— Maman, dit-il d'une toute petite voix, comme si l'attitude de Jess l'avait pétrifié. Maman, ne crie pas, s'il te plaît. Ne crie pas, maman. S'il te plaît.

Elle s'effondre, repose Betsey par terre et s'agenouille. Il l'enlace de son bras frêle, imitant les gestes de sa mère.

— Ne crie pas, maman, répète-t-il alors qu'elle presse son visage contre son petit buste, sentant la fermeté de sa cage thoracique, le tambourinement rapide de son cœur.

— Promis, réussit-elle à murmurer. Je suis désolée, je ne crierai plus.

— Ce n'est pas grave, maman.

Il lui caresse les cheveux, prolongeant cette étrange inversion des rôles. Même Betsey a cessé de pleurer.

— Tu veux que je joue avec elle quelques minutes, le temps que tu te débarbouilles ?

Elle le dévisage en l'entendant prononcer les mots avec lesquels elle aurait pu tenter de l'apaiser, en voyant qu'il cherche à incarner, par imitation, le parent parfait.

— Non, non, je ne peux pas, dit-elle d'une voix qui tremble.

Elle est dans une situation inextricable : elle doit rester vigilante et surveiller Bets, mais elle ne se fait plus confiance. Elle se voit en train de frapper sa fille, à toute volée, le plat de sa main claquant bruyamment contre les cuisses potelées et douces de sa fille.

Et puis elle se voit – oh non, c'est cette vision familière, celle qui revient sans arrêt – en train de la cogner contre le manteau en marbre de la cheminée avant de la lâcher, non, de la *jeter* par terre.

Frankie la regarde et elle lit de l'appréhension dans ses yeux. Pas de l'appréhension, non. De la terreur.

On est censé quitter une pièce si l'on pense que l'on risque de faire du mal à son bébé, non ? Le poser, fermer la porte et s'éloigner. Se tenir à l'écart le temps de se sentir plus calme, c'est ce que disent les sages-femmes et les livres spécialisés en tout cas. Mais ça lui a toujours paru si contraire à la logique. Pourquoi abandonner son enfant au moment où il a le plus besoin de sa mère ?

— Je ne peux pas, répète-t-elle.

Et pourtant, elle terrorise les deux enfants qui se trouvent dans la même pièce qu'elle. Qui l'observent pour tenter d'anticiper son prochain geste. Elle se souvient d'avoir ressenti la même chose avec son père, d'avoir souhaité son départ pour connaître un moment de répit. Cette pensée lui coupe le souffle, elle se met à aligner ses bagues, encore et encore. *Un, deux, trois, un, deux, trois.* Et elle recommence, pour avoir le bon compte : *un, deux, trois.*

Elle pourrait se contenter de faire le tour du pâté de maisons, non ? Ils ont besoin de lait pour le petit déjeuner et elle ne peut pas charger Ed de cette course. Pour combien de temps en aurait-elle ? Pas beaucoup plus de cinq minutes si elle court pour aller à l'épicerie du coin de la rue et en revenir. Le ciel dégagé pourrait lui permettre de relativiser. L'apaiser, même si elle ne verra pas d'étoiles à travers la brume orangée de la pollution lumineuse dans leur banlieue pavillonnaire, et il y aura de la circulation sur la route principale. Mais peu importe. Il est 18 h 11. Si elle part immédiatement, elle a le temps.

Betsey est déjà plus calme. Assise sur son tapis de jeu, elle sourit faiblement à Frankie qui s'amuse à se cacher derrière un ours en peluche. Elle écarquille les yeux, captivée par les grimaces expressives de son grand frère, par la joie dans son regard. Il est plus doué avec elle que Jess, Bets semble plus heureuse. Elle sera plus en sécurité avec lui qu'avec sa mère, dans cette ambiance de menace feutrée.

— Frank…

Il lève son visage pâle vers elle.

— Je vais sortir chercher du lait. Je n'en ai pas pour plus de cinq minutes. Promis. Je prends mon portable. Tu te rappelles mon numéro ?

Il le lui récite par cœur.

Elle décroche malgré tout le combiné du fixe et le compose.

— Regarde, je fais le numéro. Comme ça, il te suffit d'appuyer sur cette touche pour m'appeler.

Elle lui indique la touche « bis ».

— Et tu n'ouvres surtout à personne.

Il hoche la tête, mais il ne l'écoute pas. Aucune importance. Il connaît les règles : ne pas répondre à la porte, ne pas adresser la parole à des inconnus, ne pas approcher de la route. Elle lui récite cette liste de dangers depuis qu'il est tout petit. S'il reste ici dans la cuisine avec Betsey, tout ira bien.

Jess est pressée de partir à présent. L'excitation monte à la perspective de quitter cette pièce avec son odeur de déception, de dîner dédaigné et d'enfants aux joues mouillées de larmes, qui lui rappellent constamment quelle mère indigne elle fait.

— Vous restez dans la cuisine, d'accord ? Tu joues avec elle et tu n'essaies surtout pas de la prendre dans tes bras.

— D'accord, maman.

Frankie bascule en arrière sur ses talons avant de se pencher brusquement vers Betsey pour la faire sourire. Il ne regarde pas sa mère ; il veut se débarrasser d'elle au plus vite.

— Bien. Je n'en ai que pour cinq minutes.

Elle est encore en train de se répéter, de chercher des paroles de réconfort, en franchissant la porte.

L'air est froid. Les températures ne vont pas tarder à passer sous la barre du zéro, et elle accueille avec plaisir cette fraîcheur, qui lui glace les joues et la distraie de ses pensées. Elle marche d'un pas vif, pourtant, lorsqu'elle atteint l'épicerie miteuse, elle hésite. Elle n'y fait jamais d'achats en temps normal : les vitrines sont crasseuses et elle a constamment l'impression qu'elle va tomber sur un rat au détour d'une allée. L'homme débraillé qui en sort avec un pack de bières achève de la convaincre. Elle va plutôt pousser jusqu'à la supérette située un peu plus loin dans la rue, où elle va d'habitude. Si elle court, ça ne devrait pas lui prendre plus de trois minutes supplémentaires.

Elle se presse, zigzague entre les flaques qui se sont formées avec les averses intermittentes de la journée. Sauf que le magasin est à près de cinq minutes encore : bien plus loin que ce qu'elle pensait. Devant l'entrée, elle tergiverse, le cœur jouant un rythme syncopé. Elle regarde son portable, une fois de plus. 18 h 19. Elle est déjà partie trop longtemps. Mais elle a besoin de lait, et elle rêve d'échanger un mot avec le gérant, qui prend toujours de ses nouvelles d'un ton sincère – bien qu'elle risque de fondre en larmes s'il lui pose la question maintenant.

— Vous entrez ?

Un homme en costume, irrité par ses hésitations, la force à se décider : elle s'engouffre dans la supérette, par les portes vitrées coulissantes, tête baissée. Elle va vite, prend du lait entier bio et une bouteille du vin qu'Ed aime et qui est en promotion, puis elle se place dans la petite queue. Elle se rend compte, trop tard, qu'une des clientes devant elle est sa voisine : Penny vit à trois maisons de la sienne et, depuis le départ de ses enfants, cette divorcée a bien trop de temps à tuer. C'est précisément le genre de rencontre que Jess préférerait éviter dans l'immédiat.

— Oh, bonsoir ! lui lance Penny en approchant.

— Bonsoir, marmonne-t-elle.

— Comment vont les enfants ? Et vous ? Bien ?

Elle hoche la tête, tend le menton vers la caisse, prenant un air préoccupé, furieuse d'avoir été surprise ici. Penny s'attarde pourtant, sans doute déconcertée par la rudesse de Jess. Laquelle pose son panier de courses et se met à fureter dans son sac.

— Zut, j'ai oublié quelque chose, grommelle-t-elle dans l'espoir de faire comprendre qu'elle n'a pas la tête à discuter.

La cliente qui la précède dans la queue avance de quelques pas et Jess suit le mouvement, soulevant son panier pour le poser sur le tapis de la caisse. Penny saisit le message et s'éloigne d'un air renfrogné.

Bien que Jess ait l'air pressée, le gérant tente d'engager la conversation. Elle qui avait tant souhaité discuter avec un autre adulte s'en passerait bien désormais.

— Les enfants ne sont pas avec vous aujourd'hui ? lui demande-t-il avec un hochement de tête avenant. Votre mari est rentré de bonne heure ?

Sait-il que je les ai laissés seuls ? Elle entend de la désapprobation dans la plus banale des phrases.

— Oui, on est vendredi soir. Il est avec eux.

Le mensonge lui échappe au moment où elle tend la main pour prendre sa monnaie.

— Bonne soirée, alors.

Elle opine du chef, puis s'empresse de partir.

Sauf qu'au moment de sortir de la supérette, elle remarque une jeune femme, tout juste la vingtaine, penchée au-dessus d'une poussette et qui joue à « coucou-caché ». Le bébé est à peine plus vieux que Bets. Dans ses yeux, elle lit une telle joie, une telle confiance en cette jeune femme – sa baby-sitter ? non, sa mère – que Jess en a le cœur transpercé. Betsey ne la considère jamais avec un amour aussi inconditionnel et Jess, avec son besoin constant de vigilance, n'a jamais réussi à être aussi enjouée et naturelle. La jeune maman, qui se baisse pour effleurer le nez du bébé du bout des lèvres, est tout juste sortie de l'enfance, elle doit se rappeler comment on joue. Elle rit d'ailleurs. Jess a-t-elle jamais connu une telle légèreté ? Oui, il y a longtemps, avec ses frères et sa sœur ; de brefs éclats de soleil brillant, loin des ombres projetées par l'instabilité paternelle.

Jess sourit à la femme et s'empresse de quitter la supérette, tête baissée pour cacher les larmes qui embuent ses yeux. Il pleut. Elle traîne les pieds dans les flaques, ses chaussures sont trempées. Une voiture l'éclabousse et la klaxonne avec indignation. Depuis combien de temps est-elle partie ? Treize minutes, constate-t-elle, en jetant un coup d'œil à son téléphone. Elle a reçu un appel en absence. « Maison ». Cet endroit qu'elle cherche à éviter. Pourtant, ce mot la pousse à accélérer. Elle compose le numéro ; le téléphone sonne dans le vide : Frankie doit avoir trop peur pour répondre, à moins que quelque chose de terriblement grave ne se soit produit ?

Elle se met à courir, ses pieds martèlent le trottoir, les bouteilles, dans son sac en toile, s'entrechoquent lourdement et pèsent sur son épaule. Son souffle est coincé dans sa poitrine, il palpite sous ses clavicules. Elle glisse mais réussit à se redresser avant de s'étaler sur le béton. *Tu es une très, très mauvaise mère.* La pensée envahit le moindre recoin de son esprit, si bien qu'elle n'a plus qu'une seule obsession : pourquoi Frankie a-t-il bien pu l'appeler ?

21

ED

Mardi 23 janvier 2018, 19 heures

Ed se fait soudain la réflexion, alors qu'il accompagne Kit à son entraînement de foot, que les autres pères pourraient vouloir l'éviter. Il n'est pas du genre paranoïaque, mais ils sont réunis en un petit groupe bien compact, et il n'est pas certain que cela puisse être attribué au froid mordant.

Peu importe. Il a l'habitude de discuter avec Charlotte de toute façon. George se débrouille comme un as avec le ballon et il a d'ailleurs été repéré pour passer des essais pour un club – Andrew se désintéresse totalement des prouesses footballistiques de son fils, et c'est donc en général Charlotte qui l'accompagne aux entraînements. Ils se retrouvent ainsi sur le bord du terrain, au moins une fois par semaine, et discutent.

À la grande surprise d'Ed, Charlotte semble adorer ce sport, applaudissant avec enthousiasme chaque fois que son fils marque un but de la tête, mais se gardant bien de hurler des conseils – contrairement aux pères qui se prennent tous pour des entraîneurs en puissance.

« Quels gros frustrés », lui a-t-elle murmuré, un jour que les papas de Tom et Louis étaient particulièrement déchaînés. Ed s'y attendait si peu qu'il a éclaté de rire. « Tout ce désir refoulé qui n'attend qu'à déborder, a-t-elle poursuivi à voix basse, lui rappelant la vieille Charlotte irrévérencieuse de leurs années d'étudiants. Vas-y, l'avait-elle nargué, provoquant en lui un frisson d'une nature incertaine, dont il ne savait pas bien quoi faire. Dis-moi que je me trompe. »

Ce qui est sûr, c'est qu'il est content de la retrouver ce soir.

— Bonjour, lui lance-t-elle doucement.

Sa sympathie implicite lui apporte un réconfort infini. Jess la trouve agressive, mais il a toujours pensé, lui, qu'elle était perspicace, empathique et chaleureuse. Peut-être pourrait-il lui parler ? Il a besoin de se confier. Troublé par l'appel de Jess, plus tôt dans la journée, et par ce qu'il a découvert en fouillant dans l'ordinateur, il aimerait évoquer le coup de fil (il peut difficilement mentionner sa découverte informatique) avec quelqu'un qui connaît bien son épouse. Il a, récemment, fait allusion à la nervosité de Jess, et Charlotte n'a pas semblé désireuse de creuser le sujet avec lui, mais c'était sans doute par loyauté. La situation a évolué depuis. Elle sera peut-être plus ouverte à la discussion maintenant.

D'un accord tacite, ils s'éloignent suffisamment des autres parents pour que personne ne puisse les entendre.

— Je suis vraiment navrée, dit-elle en posant une main sur son avant-bras. Comment vas-tu ? Ça doit être affreux.

— Oui, je ne te le cache pas.

C'est un tel soulagement de l'admettre à voix haute.

— J'ai l'impression de vivre un cauchemar.

— Je comprends. Le fait que Jess soit soupçonnée… et le fait d'avoir à envisager, même si ça paraît impossible, qu'elle ait pu faire une chose pareille, poursuit Charlotte.

Il se fige. Ce n'était pas du tout ce qu'il cherchait à suggérer. Il se référait à l'hospitalisation de Betsey et, de façon plus générale, à l'enquête de police. Il n'était en aucun cas en train d'avouer à demi-mot qu'il soupçonnait sa femme d'être capable d'une telle chose. Et pourtant, Charlotte vient d'insinuer le contraire.

— Je n'envisage pas un seul instant qu'elle ait pu faire une chose pareille. Je suis même sûr qu'elle n'a rien fait, affirme-t-il d'un ton catégorique pour masquer ses doutes.

Il aurait pu accepter d'effleurer cette éventualité si Charlotte n'était pas partie du principe que c'était le cas. Il n'a jamais aimé qu'on lui dicte ce qu'il devait penser.

— Ah, d'accord.

Il perçoit la confusion dans sa voix, a conscience d'être injuste en s'en prenant à elle ainsi.

— J'ai juste pensé… comme tu m'avais parlé de tes inquiétudes la concernant…

— Il y a un gouffre entre s'inquiéter pour elle et la soupçonner d'avoir fait du mal à Betsey, dit-il à voix basse. Je ne m'autorise pas à penser, je ne peux pas m'autoriser à penser que Jess aurait pu faire une chose pareille à notre petite fille.

Elle ne répond rien. Kit marque en touchant la barre transversale : un but spectaculaire qu'Ed devrait applaudir, pourtant il laisse les autres pères l'acclamer pour lui, leurs cris résonnant dans l'air nocturne. Son fils lui jette un coup d'œil et il lève les deux pouces, le visage fendu par un sourire forcé. Il ne peut pas continuer comme ça : si inquiet pour sa petite fille qu'il n'a plus aucune joie à partager avec ses deux aînés, agressif avec une amie qui n'a que de bonnes intentions, dont il a recherché le soutien – soutien auquel il accorde de la valeur. Il ne peut pas se permettre de se montrer distant, surtout en ce moment. Ils pourraient avoir besoin de leurs amis.

— Merde, je suis désolé.

Elle lui adresse un petit sourire triste.

— Non, c'est moi. Je ne voulais pas tirer des conclusions hâtives. Personne n'aurait une mauvaise opinion de toi, tu sais, si tu te posais les mêmes questions que la police et d'autres personnes.

Ed se concentre sur Kit, en pleine remontée du terrain. Il fait une longue passe à George, qui dribble trois adversaires avant de centrer vers Ben.

— Tu te les poses, toi ?

La gorge nouée, il se force à la regarder.

— Je ne veux pas envisager qu'elle ait pu faire une chose pareille. Bien sûr que non. Jess est mon amie, et c'est une mère formidable. Mais la police… et Liz semblent avoir des raisons de s'interroger. Je dis juste que ce serait parfaitement normal si tu n'étais pas tout à fait tranquille, si tu doutais. Et si c'est le cas, j'imagine que tu dois t'en vouloir, alors que tu n'as aucune raison de le faire.

Ed reporte son attention sur le match, incapable de formuler une réponse.

— On devrait peut-être se montrer un peu plus sociables et rejoindre les autres, non ? réussit-il enfin à articuler.

Elle hoche la tête, façon de convenir qu'il est temps de laisser tomber cette conversation. Ils se rapprochent des autres parents et Ed discute la position de l'équipe dans le classement junior local, donnant l'impression de s'enthousiasmer pour leurs chances lors de la prochaine rencontre, le samedi suivant. L'un des aspirants entraîneurs évoque les faiblesses de leur défense, et Ed fait une mauvaise blague, à laquelle ils rient tous un peu trop fort. Pendant toute la durée de l'échange, Charlotte reste silencieuse, légèrement en retrait sur le côté.

— Suis vraiment désolé pour ta loupiote, lui glisse le père de Jake, presque en aparté, au moment où les garçons commencent à quitter le terrain.

Une poignée d'autres pères bourrus confirment d'un signe de tête, et ces manifestations l'émeuvent bien plus qu'il ne l'aurait cru. Personne ne mentionne l'implication des services sociaux ou de la police.

Ed comprend toutefois, après la réaction de Charlotte, qu'il ne peut pas se permettre d'exprimer la moindre hésitation. Évoquer une crainte reviendrait à une trahison. Il a été imprudent en se rapprochant autant de Charlotte, et il sent monter la colère, contre lui et contre elle pour son manque de loyauté. Mais peut-être était-ce un bon rappel à l'ordre : il ne peut pas s'épancher dès que Jess est concernée de près ou de loin.

Cette leçon n'aura pas été vaine. À son retour à la maison, l'assistante sociale l'attend pour discuter de la visite inopinée de Jess à l'hôpital.

Il l'écoute avec gravité. Jess ne lui a pas parlé de cet incident, et il se surprend à se demander ce qu'elle lui cache d'autre, lui qui a de plus en plus l'impression de vivre avec une étrangère.

Lucy est intarissable, elle essaie d'approfondir son image de la famille Curtis comme à chacune de ses visites quotidiennes.

— Jess aurait-elle pu en parler à quelqu'un ? A-t-elle un réseau solide de soutiens ?

Elle a déjà posé cette question au début, et Ed lui répète que Martha a emménagé sous leur toit sans la moindre objection, mentionne Mel et Charlotte.

— Et vous ? Comment vit-elle le fait que vous travailliez autant ?

Il prend une profonde inspiration et se concentre pour ne pas avoir l'air sur la défensive. À une époque, il aurait pu lancer malicieusement que Jess n'a pas été trompée sur la marchandise : ses longues heures de travail sont le revers de son gros salaire – qui lui permet à elle de ne pas travailler. Au lieu de quoi, il marmonne :

— Elle est très compréhensive.

Il se demande aussitôt si sa réponse est adaptée.

Il marche sur une corde raide, passe au crible chacune de ses pensées, essaie de ne rien dire qui pourrait passer pour une critique. Ce qui implique qu'il ne peut pas parler en toute honnêteté de ses peurs. Il ne peut pas évoquer l'ordinateur portable. Il avait envisagé d'effleurer le sujet des angoisses de Jess – peut-être de reconnaître que l'arrivée de ce troisième enfant a été dure pour elle, voire que celle-ci lui paraît un peu déprimée. Mais après ce qui s'est passé avec Charlotte, il est hors de question qu'il aborde ces questions.

Il se passe les mains dans les cheveux, comme si cela allait l'aider à y voir clair, à trouver les bonnes réponses. Lucy le fixe avec intensité.

— Est-ce que Jess voit régulièrement d'autres mamans avec des bébés du même âge ?

Elle se penche en avant, mains croisées, et il l'observe, perplexe.

— Euh… je crois, oui, aux cours pour les bébés nageurs.

Elle y emmenait Kit en tout cas.

— Elle s'est peut-être aussi inscrite à un cours d'initiation musicale…

Non, n'importe quoi : Betsey est trop petite.

— Je n'en sais rien, je le crains, conclut-il.

Sa fille est à l'hôpital avec une fracture du crâne qui lui donne des convulsions et Lucy s'intéresse à sa vie sociale ? C'est tellement ridicule…

— Comment vous êtes-vous rencontrés ? poursuit l'assistante sociale d'un ton décontracté et chaleureux.

Il aimerait lui répondre qu'il est trop fatigué, qu'il n'a aucune envie de parler. Bien sûr, il n'en fait rien.

— Dans un bar à vin enfumé au bord de la Tamise. Pas particulièrement original ni romantique, désolé.

Et pourtant, leur rencontre était prédestinée. Il avait vingt-six ans, Jess, vingt-trois, elle travaillait dans l'événementiel depuis la fin de ses études secondaires, comme tant de filles de sa connaissance à l'époque. Mais elle était différente : elle écoutait les réponses aux questions qu'elle posait, elle avait ce rire incroyablement sexy qui suggérait un goût pour la grivoiserie qu'il n'aurait jamais soupçonné en se fiant à son tempérament réservé. Il avait été subjugué. Complètement sous le charme après cette première rencontre. Il ne se souvient plus quand il a entendu ce rire pour la dernière fois.

Pas plus qu'il ne se souvient de la dernière fois où elle s'est détendue au point de ne plus avoir les épaules contractées, de ne plus vibrer de tension. La dernière fois qu'elle a un peu trop bu ou qu'elle a agi avec spontanéité, qu'elle ne s'est pas inquiétée de la nécessité de rester calme et maîtresse d'elle-même, qu'elle ne s'est pas focalisée sur les enfants. Il veut retrouver l'ancienne Jess. Bien sûr, il veut d'une femme qui exclut de faire du mal à leurs enfants – *bon sang ! il a de plus en plus de mal à s'en convaincre, chaque fois qu'il pense à cette recherche sur Google* –, mais il veut aussi d'une femme qui ne s'inquiète pas en permanence.

Parce que ça fait un moment que Jess n'a pas l'air heureuse. Au moins depuis la naissance de Betsey, ce bébé qu'ils ont fabriqué sur un coup de tête romantique. Et peut-être qu'elle n'est pas elle-même depuis plus longtemps encore, parce que Frankie lui donne du fil à retordre – et même si Jess s'en sort remarquablement bien, ça pèse sur son moral. Et, d'accord, Ed ne peut pas prétendre qu'il resplendit de joie lui non plus… Or c'est lui qui l'a convaincue d'avoir ce troisième enfant pour tenter de retrouver cette étincelle, ce bonheur pur des premiers mois d'un bébé. Quel débile, enfin ! Il n'a réussi qu'à empirer les choses…

Une part de l'angoisse de Jess est sans doute inévitable – la naissance de Betsey a été terrible. Mais Jess n'a dû rester que quelques jours à l'hôpital, et elle a retrouvé sa silhouette en deux semaines. Et puis Betsey était en pleine forme… du moins c'est ce qu'il semblait.

Ce n'est qu'au cours du dernier mois qu'Ed a commencé à se dire que Jess avait pu être plus affectée par ce traumatisme qu'elle ne l'affirmait. Il cherchait à comprendre ce qui se passait depuis quelques semaines déjà. Toutefois, il n'a pris la mesure du désespoir de Jess qu'à l'occasion de leur dispute, ce fameux jeudi soir.

22

ED

Jeudi 18 janvier 2018, 18 h 30

C'est la pile de bodies soigneusement pliés qui est à l'origine de leur dispute, ou plus précisément le contraste entre celle-ci et les larmes de leur fille.

Ed n'a jamais vu du linge propre aussi bien rangé – ni même pensé que c'était possible. Des bodies en coton blanc empilés avec autant de régularité que les chemises chez les tailleurs les plus chic de Jermyn Street. À côté se trouve un deuxième tas, de pyjamas, qui a exactement la même hauteur et la même largeur, puis, après un espace, un troisième, de tee-shirts, identique aux précédents.

Ed ne s'occupe pas du linge des enfants (pour être honnête, il ne s'occupe pas du linge tout court). Il sait vaguement où dénicher un vêtement propre pour ses enfants, sans être capable de dire dans quel tiroir précisément. Et la découverte de ces piles impeccables est donc une révélation. Il ouvre le deuxième tiroir : c'est la même chose, avec les robes cette fois. Et dans le troisième se trouvent les leggings. Le dernier, tout en bas, contient des couches jetables. Et sur le dessus de la commode trône un panier en osier blanc rempli de disques de coton, disposés pour former un motif géométrique.

L'ironie est d'autant plus grande qu'il n'aurait jamais pris la mesure de ce goût extrême pour l'ordre s'il n'avait pas cherché à soulager un peu Jess. Conscient d'être particulièrement peu présent ces derniers temps, il avait l'intention, depuis le début de la semaine, de rentrer à temps pour coucher les enfants, et il a enfin réussi le jeudi soir.

— Chérie, je suis rentré, lui lance-t-il en franchissant la porte à 18 h 30.

Il a beau savoir que c'est irréaliste, il ne peut s'empêcher d'espérer qu'elle va accourir pour l'embrasser. Son retour ne provoque pourtant aucune réaction à part les sanglots d'épuisement de Betsey. Ses fils, affalés sur le canapé, sont captivés par leurs consoles de jeu.

— Salut, les garçons !

Frankie l'ignore, trop occupé à malmener la manette de la Xbox, parce qu'il a toujours besoin de tripoter les objets, de « faire ». Kit, lui, redresse la tête et adresse un bref sourire à Ed.

Dans la cuisine, Jess ne réagit pas à sa présence, absorbée par des tâches ménagères : elle essuie la façade des placards et les plans de travail, absolument immaculés, sans la moindre trace de ses préparatifs pour le repas ou du dîner des enfants.

— Betsey a l'air en colère, dit-il.

— Elle refuse de dormir.

Elle a les yeux rivés sur le carrelage, traquant les miettes indésirables qui auraient échappé à sa vigilance.

— Tu veux que j'aille la chercher ? On n'est pas obligés de la coucher aussi tôt, si ?

— Je l'ai couchée parce que c'est plus simple pour moi. Ça me permet de ranger la cuisine.

Jess se baisse pour passer la balayette et elle lui adresse un sourire forcé en vidant la pelle dans la poubelle. Il est découragé. Il voulait tellement l'aider, se réjouissait même à l'idée de baigner Betsey, de prouver à Jess qu'il pouvait mettre la main à la pâte de temps en temps.

— Elle n'a pas l'air d'aller bien, quand même.

Il se risque à insister parce que Bets ne semble pas du tout sur le point de s'assoupir. Au contraire, ses pleurs sont désespérés.

— Elle veut juste attirer l'attention. Il faut l'ignorer. D'expérience, c'est ce qui marche le mieux.

Elle place un verre vide dans le lave-vaisselle, récupère un chiffon sous l'évier et se met à vaporiser les portes vitrées avec du liquide nettoyant. Ed ne voit pas la trace qu'elle s'acharne à effacer. Tout du long, en fond sonore, Betsey continue à crier son désarroi.

— Je vais me changer, l'informe-t-il.

Elle ne réagit pas. Incapable de rester les bras croisés, il gravit les marches quatre à quatre et pousse la porte de la chambre de Betsey.

Il est évident qu'elle est là depuis un moment. Son visage est écarlate, sa peau brûlante – sans doute à force de crier –, sa couche trempée irrite sa peau rougie, à vif. La chambre est immaculée : meubles en bois blanc sans le moindre éclat, draps propres, peluches rangées dans un panier, tiroirs si bien ordonnés qu'ils procurent d'étranges sueurs froides à Ed. Il n'y a pas de jouets dans le berceau à l'exception de la peluche préférée de Bets, un lapin en veloutine qu'elle mordille et dont les oreilles grises sont imbibées de salive. Ed ne peut s'empêcher d'être frappé par le contraste entre ce cadre parfait – à l'image de la cuisine étincelante au rez-de-chaussée ou du salon bien rangé, seul endroit où les garçons sont autorisés à jouer à la console – et les sanglots saccadés, pitoyables de sa fille. Après l'avoir changée, il tente de la consoler, le menton posé sur le sommet de son crâne.

— Chut, chut, tout va bien, mon bébé, murmure-t-il, en lui tapotant le dos sur le rythme d'un pouls, mal à l'aise au début, puis de moins en moins lorsqu'il voit qu'elle se met à sucer son pouce. Chut, chut, tout va bien.

Mais son cœur se serre légèrement, parce qu'il n'est pas vraiment sûr que tout aille si bien que cela.

Plus tard, au dîner, il se hasarde à suggérer que Jess a peut-être tendance à avoir une approche obsessionnelle du ménage.

— Obsessionnelle ?

Elle pose ses couverts. Elle a à peine touché au tajine d'agneau. Il fait marche arrière.

— Pas obsessionnelle peut-être, disons très consciencieuse. Prends les tiroirs de Betsey par exemple : ça doit te prendre une éternité de les ranger aussi bien, non ?

Il s'interrompt en voyant son expression.

— Je veux juste dire que je préférerais que les enfants soient heureux même si la maison était plus en désordre. Ça m'embête que tu veilles à ce que tout soit parfait pour moi.

Son visage se referme, signe qu'elle est blessée.

— Les enfants ont dit qu'ils étaient malheureux ?

— Bien sûr que non. Non.

— Alors, je ne comprends pas où est le problème.

Ed sent les mots se dessécher dans sa bouche tandis qu'il s'efforce de formuler son malaise.

— Je ne veux pas d'une femme au foyer soumise, lâche-t-il maladroitement (où est-il allé pêcher une idée pareille, enfin ?). Je veux dire… Je me fiche que la maison soit étincelante, que les jouets soient bien rangés. Je n'ai rien contre un peu de désordre. Ce n'est pas ça l'important, si ? Ça me fait de la peine de penser que tu récures la cuisine pendant que Betsey hurle à l'étage.

Le visage de Jess est un masque : lisse et impassible. C'est sa façon de contrer d'éventuelles critiques supplémentaires. Il est allé trop loin en suggérant qu'elle négligeait leur fille, et pourtant, il a du mal à abandonner le sujet. Ils ont besoin d'en parler à cœur ouvert.

— J'ai juste… j'ai peur que ça crée un déséquilibre. Tu ne m'as l'air ni heureuse ni comblée en ce moment. Vraiment, Jess. C'était le cas avant. Tu n'as même plus l'air d'apprécier la présence des enfants. Cette première année avec Bets est précieuse, non ? insiste-t-il, déstabilisé par le silence qu'elle lui oppose, mais déterminé à aller jusqu'au bout maintenant qu'il a le sentiment d'avoir identifié ce qui n'allait pas. Tous ces moments importants, tous ces souvenirs… C'est notre dernier bébé, Jess, et je pensais que tu voudrais en profiter, prendre du temps avec elle…

Elle le regarde comme s'il parlait une autre langue, et il a confusément conscience d'avoir peut-être une vision idéalisée de la maternité, une vision qui n'est pas en adéquation avec l'expérience qu'elle en fait. Il ne réfléchit jamais à la façon dont elle organise ses journées, même s'il imagine vaguement Jess s'affairant dans la maison ou sortant faire une petite promenade quand elle ne se détend pas avec ses amies dans un café. Pas des journées particulièrement difficiles pour résumer…

Pourtant, il voit bien, à la réaction de Jess, qu'il a une perception de la maternité erronée.

— Je n'ai rien compris, hein ?

Il a un petit rire nerveux.

— Je ne cherche surtout pas à te critiquer, au contraire, je voudrais t'aider. Je ne crois pas que tu sois obligée de vivre la maternité ainsi.

Elle baisse les yeux vers ses cuisses, joue avec ses bagues. Si seulement elle redressait la tête. Il a envie de croiser son regard, de la rassurer : tout ira bien et, même s'il ne la comprend pas, il l'aime plus qu'il ne saurait le dire. C'est toujours ce qu'il a ressenti avec elle. Il tend une main vers elle, mais elle retire la sienne.

— Jess…

— Arrête.

Sa voix est enragée. Depuis quand est-elle aussi susceptible ? Ce qui est certain, c'est qu'il a, lui, l'impression de marcher sur des œufs depuis plusieurs mois. Il se sent si maladroit…

— Jess… je t'en prie.

Il pensait avoir cerné le problème, il pensait qu'en parler arrangerait les choses. Or il n'a réussi qu'à accroître le désarroi de son épouse.

Il se lève pour passer un bras autour de ses épaules et tenter de tout arranger, mais elle a un mouvement de recul et détourne le visage. Il se sent idiot lorsqu'il regagne sa chaise. S'il est assez patient, peut-être qu'elle finira par saisir la perche qu'il lui tend et lui confiera ce qui ne va pas. Au lieu de quoi elle commence à débarrasser. Le couvercle de la poubelle claque et un sifflement strident résonne tandis qu'elle vaporise l'évier avec un spray désinfectant.

— Tu peux arrêter, s'il te plaît, lui dit-il, parce que ça fait partie intégrante du problème et qu'elle ne le voit pas.

Elle n'arrive même pas à s'en empêcher, alors qu'il essaie justement d'aller au fond des choses. Elle continue et lui reste assis là, ses mots rebondissant sur le dos de Jess.

— Tu es devenue une étrangère, ajoute-t-il.

Il n'a pas vraiment l'intention de le dire tout haut, pourtant la voilà, la vérité, tapie entre eux deux. Jess arrondit les épaules, de façon presque imperceptible, et il a envie de la serrer dans ses bras, de lui dire qu'il ne voulait pas la blesser, que, en dépit de sa balourdise, il cherche seulement à l'aider.

— Je ne veux pas en parler, finit-elle par lâcher.

Son ton est aussi sec et cassant que celui d'une présentatrice radio de l'après-guerre, son profil d'une perfection aussi froide que celui d'un camée.

Puis elle ajoute des mots qu'elle n'a jamais prononcés auparavant, pas même après la naissance de Betsey, quand le sommeil se faisait rare et qu'il aurait si bien compris qu'elle se sente trop fragilisée pour supporter la présence d'un autre corps étendu près du sien.

— Je vais dormir dans la chambre d'amis.

Le lendemain matin, il part de bonne heure pour le travail sans lui dire au revoir, et leur conversation – leur querelle – continue à le ronger, les remarques qu'il a faites tournant en boucle dans sa tête. Ça ne leur ressemble pas. Ils ne se disputent jamais, Ed ayant découvert très tôt que Jess détestait le conflit : héritage, sans doute, de sa relation avec son père. Aucun d'eux n'a haussé le ton la veille, se rassure-t-il, mais il craint d'être passé pour un donneur de leçons catégorique. « Ça me fait de la peine de penser que tu récures la cuisine pendant que Betsey hurle à l'étage. »

Voilà pourquoi, sur un coup de tête, il prend une décision qui sort totalement de ses habitudes. Il s'excuse en pleine réunion et informe Jade, son assistante, qu'il va prendre son après-midi. Puis il file chez lui, son sentiment de malaise s'approfondissant de façon exponentielle à chaque station de métro – tout comme la perplexité que lui inspire son propre comportement. Un bouquet de roses blanches à la main, il tente de se convaincre qu'il veut juste se faire pardonner. Ils pourront sans doute parler, au moins, sans être interrompus par leurs jeunes enfants. Et pourtant, alors qu'il est encore au début de son trajet, quelque part entre Holborn et Tottenham Court Road, il se force à admettre que ses motivations sont plus ambiguës. Que son attitude est plus sournoise que cela…

Ce n'est pas un pur désir d'arrondir les angles avec Jess qui l'a poussé à quitter son bureau : il s'inquiète pour Betsey. Il ne parvient pas à se débarrasser de cette sensation grandissante que Jess n'est pas très maternelle avec leur fille, qu'elle est peut-être même un peu détachée. Il n'irait pas jusqu'à parler de froideur bien sûr, mais elle ne lui paraît pas aussi impliquée que lorsque les garçons étaient petits. Quand il a senti le petit corps de Betsey frissonner contre lui, il a perçu son soulagement que quelqu'un la prenne dans ses bras, et il se demande si cette détresse était exceptionnelle ou si sa fille la ressent souvent. Absent quinze heures par jour pour son travail, Ed n'a aucune idée de ce qui se passe chez lui pendant ce temps. Et pour la première fois, ça le trouble. Ainsi, ce retour à la maison improvisé, en apparence romantique, est en partie motivé par le besoin d'obtenir la réponse à cette question.

Évidemment, Jess voit aussitôt clair dans son jeu ; à son arrivée, il la trouve sur son ordinateur portable, à la table de la cuisine.

— Tu m'espionnes ?

Une tache framboise fleurit au centre de chacune de ses joues, alors qu'elle referme le MacBook d'un geste brusque.

— Mais non, enfin…

— Tu n'es jamais rentré à l'improviste. Tu penses que je m'occupe mal de Betsey ?

Il ne sait pas quoi lui répondre.

— Tu l'entends ? l'agresse-t-elle avant de marquer un silence, une main en coupe autour de son oreille. Si tu te demandes où elle est, la réponse est : dans son berceau. Elle ne pleure pas. Elle n'est pas malheureuse. C'est toujours le cas à cette heure de la journée, sept jours par semaine, parce que c'est l'heure de la sieste. Il n'y a rien d'inhabituel ou d'étrange.

Il est déstabilisé par son ton, par ce mélange de triomphalisme et de provocation. Ça lui ressemble si peu qu'il se demande presque si elle a bu. Il s'approche pour tenter de déceler un soupçon de vin blanc dans son haleine.

— Qu'est-ce que tu fais ?

Elle parle fort, d'une voix acariâtre, qui pollue l'atmosphère de la cuisine. La maison est silencieuse, même si Ed sait que Bets dort à l'étage.

— Monte vérifier si tu ne me crois pas.

Elle lit dans ses pensées, est aussi agressive qu'une adolescente sur la défensive… et c'est ce qui le pousse à se précipiter dans l'escalier.

Betsey est allongée sur le dos, elle fixe les canards de son mobile en donnant des coups de pied, pas le moins du monde contrariée d'être dans son lit.

Le soulagement d'Ed est infini.

— Coucou, Bets, murmure-t-il.

Elle tourne ses immenses yeux myosotis vers lui et le fixe, surprise de le découvrir là. Son visage se chiffonne, sa bouche s'incurve vers le bas et elle avance sa lèvre inférieure. Avant qu'il n'ait eu le temps de réagir, elle se met à brailler : joues rouges, yeux débordants de larmes indignées.

Il la prend maladroitement, bien décidé à la calmer comme la veille. Sa défunte mère aurait dit de Betsey qu'elle avait un sacré coffre. Il ne veut surtout pas offrir à Jess des munitions pour le critiquer et il doit mettre un terme à cette explosion de larmes illico presto. Il doit aussi rassurer Bets, même s'il ne s'en sent pas capable.

— Chut…

Il presse ses lèvres contre le sommet de son crâne, à l'endroit où ses boucles sont humides de sueur. Elle gesticule, se tortille, donne des coups de pied et se cambre pour s'écarter de lui, en un mot fait tout son possible pour exprimer son désarroi.

Il veut seulement l'apaiser pour qu'elle se taise – histoire que Jess ne puisse pas le dénigrer et que lui ne se sente pas un peu plus incompétent. Mais les cris de Betsey s'amplifient au point qu'il se retrouve avec une vue imprenable sur ses amygdales. Il est fasciné par sa rage. On est loin du soulagement frémissant de la veille, rien qui suggère qu'il la tranquillise, qu'il arrange les choses. Quel genre de père est-il donc s'il est incapable d'arrêter ses pleurs, si elle persiste dans sa rage quoi qu'il fasse ?

Il la remet dans son lit, avec ses gestes un peu gauches, ce qui semble la surprendre tant qu'elle cesse de pleurer. Elle l'observe à nouveau avec étonnement : sa bouche forme un minuscule O, son indignation tout à coup modérée par son incrédulité.

Il patiente au pied du lit, déstabilisé par le silence subit de Betsey, et se sent complètement perdu. Pourquoi sa paternité lui paraît-elle soudain aussi peu réjouissante ? Alors que sa carrière est une réussite – il gagne bien sa vie, excelle dans sa profession –, sa vie à la maison est une longue lutte interminable : les bons côtés étant malheureusement supplantés par les frustrations, la lassitude et cette peur récente que Jess puisse avoir un sérieux problème.

Un grand nombre de ses collègues ont trois ou quatre enfants. Symbole par excellence de la réussite, signe que l'on est en mesure de nourrir autant de bouches, emblème de virilité. Il avait rêvé d'une petite fille, convaincu que son arrivée compléterait à la perfection leur famille et leur apporterait un vent nouveau de joie, en particulier à sa femme. Mais la vie, même avec les soucis que leur cause Frankie, était infiniment plus simple quand ils n'avaient que les garçons. Ils ont perturbé l'équilibre fragile de leur foyer et il n'y a plus aucune place pour la légèreté ou les plaisirs égoïstes.

Qu'est-ce qu'on a foutu ? Il s'accroupit sur la moquette de la chambre de Betsey, l'énormité de leur erreur prenant soudain toute la place dans ses pensées.

Il ne se rend compte qu'il a parlé à voix haute que lorsqu'il aperçoit Betsey, qui le dévisage à travers les barreaux de son lit. Elle serre contre elle le lapin de Liz décoloré, lavé et séché depuis hier soir, et elle suce son pouce avec détermination.

Alors, il se fait une réflexion, une réflexion d'une clarté froide, aux contours si bien définis qu'il peut la voir à la perfection.

Betsey est une adorable petite fille, mais, l'espace d'un instant, Ed regrette qu'elle ait vu le jour.

23

LIZ

Mercredi 24 janvier 2018, 2 h 45

Je suis réveillée par les cris d'un bébé. Des pleurs incessants et déchirants qui m'atteignent dans mon sommeil et me tirent d'un cauchemar si prenant que je suis incapable de définir la frontière entre mon subconscient et la réalité.

Mon tee-shirt est trempé de sueur, mon cœur joue des castagnettes, autant que si je venais de me battre physiquement dans mon sommeil – et la couette est entortillée, en partie sortie de sa housse. Quelque chose m'écrase le visage. En repoussant l'oreiller, je heurte un verre à moitié plein sur la table de chevet. Il se renverse et l'eau glaciale se répand partout.

Je bondis du lit, déboussolée le temps de me libérer de l'intensité des images de mon cauchemar, tâtonnant dans le noir, épongeant une flaque tout en cherchant à identifier l'origine des pleurs. Ce n'est plus un vagissement, mais le son irritant d'un bébé que ses parents tentent de consoler, et qui aura encore besoin de temps pour s'endormir. Il s'agit de Max Gibson, le fils de notre voisin, qui semble constamment perturbé par cet étrange monde dans lequel il est arrivé il y a trois semaines. Ce bruit, étonnamment intime, provient de la maison voisine.

Je furète dans mon tiroir en quête d'un tee-shirt sec puis me recouche, remonte la couette sur ma tête pour chasser mes frissons et bloquer cette triste berceuse. Mais l'oreiller est froid et bosselé, je me tourne et me retourne. Nick s'agite dans son sommeil et glisse un bras sur la courbe de ma hanche pour atteindre mon sein gauche avec sa main.

— Rendors-toi, murmure-t-il, à peine audible dans les profondeurs de sa torpeur.

Il roule ensuite de l'autre côté, entraînant la couette et détruisant la bulle de chaleur entre nous, avant que je ne la tire d'un coup sec, sans complexe, vers moi.

Les pleurs de Max s'espacent maintenant. Cependant, si lui est en train de s'abandonner au sommeil, je doute, moi, d'y arriver. Je jette un coup d'œil au radio-réveil. 2 h 47 : le pire moment de la nuit pour se réveiller. L'insomnie, qui m'attaque à la moindre occasion, en tient une belle. Je pense à Betsey : si son état n'empire pas techniquement, il est loin d'être stable, étant donné les trois longues crises de la veille. Et je pense à ma mère. Je m'interroge, non seulement sur son problème d'alcool, mais aussi sur les raisons pour lesquelles elle est restée aussi secrète au sujet de ce bébé dont elle n'a jamais voulu révéler le nom.

Clare.

Je fais rouler ces syllabes sur ma langue puis les prononce tout haut, prise d'un élan de tendresse pour cette petite sœur que je n'ai pas connue, dont je n'ai aucun souvenir et que je n'ai qu'aperçue, volant un regard à travers l'entrebâillement de la porte. Je suis de retour dans cette maison à présent et j'observe ma mère, ou plutôt je l'espionne. Son expression reste impénétrable :

une anxiété douloureuse – je n'exagère pas –, teintée d'un soupçon d'autre chose. Horreur ? À moins qu'il ne s'agisse de peur ?

D'autres souvenirs se bousculent soudain dans mon esprit. Fragments d'une histoire qui se fracassent les uns contre les autres. J'ai trois ans et je suis assise sur un tapis dans la maison d'à côté. Nathalie, l'une des voisines hippies, est en train de me tresser les cheveux. Ses doigts manquent de délicatesse, mais je ne me plains pas. Son haleine empeste l'ail et l'odeur ambiante est écœurante – ce qu'avec le recul j'attribue à un mélange d'encens, de moisissure et d'herbe. Je suis immobile et je ne parle pas ; je sens que je dois conserver le silence. La situation est inhabituelle. C'est la première fois que Nathalie me garde.

J'enfonce les doigts dans la trame lâche du tapis, essaie de séparer les épais fils rouges, violets et verts – couleurs vives d'autant plus exotiques que celles de notre maison sont ternes : marron boueux, vert bouteille, blanc cassé des couches lavables en éponge qui ne seront jamais immaculées. Ma main gauche est serrée sur une poupée. Elle peut faire pipi si on la remplit d'eau et qu'on appuie sur son ventre. Elle est en plastique dur, orangé. Elle ne se casse pas si on la lance. Elle ne ressemble pas du tout à ma petite sœur.

Jed, le copain de Nathalie, regarde par la fenêtre. « Il sont encore là. » D'un signe de tête, il indique une voiture blanche, éclaboussée de boue, avec des mots sur les portières – plus tard, je comprendrai qu'il s'agit d'une voiture de police –, garée devant chez nous.

« Chut… », lui répond Nathalie de sa voix de fée, en tournant ostensiblement les yeux vers moi. Je n'aime pas l'expression de son visage. Je veux Mattie, je veux mon papa. Je veux savoir où ils sont, tous les deux. Et ma mère. Quelque part, je devine que ma présence ici a un rapport avec elle.

Troublée par ce souvenir, je vais me blottir contre Nick, et j'essaie de stopper le flot d'images que mon subconscient semble avoir libérées.

Un autre fragment, un autre éclat qui doit provenir de la même journée, un peu plus tard. Un homme a quitté notre maison. Un homme plus âgé en veste en tweed et pantalon rouille strié de sillons comme ceux d'un champ. Dr Moore, le généraliste du coin. Il a la tête baissée et il parle à mon père dehors, même s'il fait nuit et qu'il pleut : des gouttes tombent du toit en chaume de Nathalie, luisent telles des pierres précieuses dans ses cheveux.

Il a l'air inquiet, le docteur. Je scrute son expression, éclairée par la vieille lampe à huile de Nathalie. Une expression de commisération, avec un soupçon de chagrin. Il parle vite, explique une chose importante à mon père, une chose que ma mère ne doit pas entendre, parce que sinon ils seraient à l'intérieur et pas dehors où la pluie coule sur la nuque de mon père… Ses larges épaules se soulèvent, une, puis deux fois, et je comprends, d'instinct, qu'il pleure.

Un instant plus tard, je me précipite dans le froid. Mes pieds sont mouillés – je n'ai pas pensé à mettre des bottes en caoutchouc –, et je grelotte tandis que je serre la grande main calleuse de mon père. Il refuse de me regarder ; le Dr Moore, lui, se penche et pose une immense main ferme sur mon épaule. Ses yeux graves expriment de la bonté. Il sent le linge propre et le tabac. Je suis rassurée : voilà quelqu'un capable d'arranger les choses. C'est la première fois que quelqu'un d'autre que mon père me procure cette sensation.

« Ton papa est triste, mais ça va aller. Et aussi pour ta maman. Tu veux bien veiller sur eux à ma place ? » C'est un fardeau bien trop lourd pour le confier à un enfant, pourtant je hoche la tête, bien sûr. Je suis la gentille fille de mon papa, même si ma mère ne partage pas cet avis.

Le docteur nous laisse. Mon père continue à se détourner de moi pour que je ne puisse pas voir le chagrin qui l'étreint. Je devine seulement la larme qui coule sur sa joue gauche…

Je m'assieds dans le lit. Mon cœur joue à la marelle dans ma poitrine, mon esprit est en ébullition.

— Rendors-toi, me répète Nick, toujours dans les brumes du sommeil, en se pressant contre moi.

Nous nous emboîtons comme deux cuillères, ses cuisses sont chaudes contre les miennes, son ventre tendre, ses tibias offrent un appui confortable à mes pieds. Son souffle est brûlant sur ma nuque, et je tente de m'abandonner à sa chaleur, aussi réconfortante que ses câlins à la fin d'un long week end de garde. Mais mon esprit refuse de s'apaiser. Ces souvenirs me secouent.

Pourquoi donc nos peurs s'exacerbent-elles au cœur de la nuit, pourquoi nos angoisses les plus enracinées choisissent-elles ces heures silencieuses pour remonter de notre subconscient ? Je m'appuie contre Nick, même si je me sens seule, tant il est plongé dans un sommeil profond. Mon esprit tourbillonne et part à la dérive, sautant de Clare à Betsey, puis me ramenant au cauchemar dont j'ai été brusquement tirée.

Et j'ai beau en appeler à ma rationalité, il n'en reste pas moins puissant et d'une grande précision.

Car c'était moi, ce bébé qui hurlait, qui se débattait et gesticulait, sur la tête duquel quelqu'un pressait un oreiller.

— Tu as été très agitée cette nuit, observe Nick juste après que le réveil a retenti, à 6 h 30.

Je me sens droguée d'épuisement : mes membres sont ankylosés, impossibles à bouger. Il se tourne vers moi et m'attire contre lui. Je voudrais sombrer à nouveau dans le sommeil, mais j'ai conscience, malgré mes yeux clos, qu'il m'étudie attentivement.

— Quoi ? dis-je en m'écartant et en me forçant à soulever les paupières.

— Tu pensais à ta mère ?

Je gémis.

— Tu n'es pas obligée de parler d'elle, dit-il, sentant qu'il s'aventure sur un terrain miné, mais ça pourrait sans doute t'aider…

— Je n'ai pas le temps.

Je m'approche du bord du matelas et fais basculer mes jambes hors du lit pour me forcer à me lever.

— On ne peut pas fermer les yeux sur le fait qu'elle était ivre au point de provoquer un esclandre au Tesco… insiste-t-il.

— Je ne ferme pas les yeux, riposté-je avec sécheresse. Évidemment que je ne les ferme pas. C'est juste que je n'ai pas la concentration nécessaire pour avoir cette discussion avec toi et que je dois me préparer pour aller au travail.

Il me sourit et je sens aussitôt ma mauvaise humeur desserrer son étreinte sur moi, comme s'il venait de défaire un nœud par magie. Nick est quelqu'un de bien, qui ne me pousse pas dans mes retranchements quand je n'ai pas envie de parler de ma mère. Je ne devrais vraiment pas passer mes nerfs sur lui.

— Je suis désolée, dis-je en m'agitant.

J'ai été attirée par la stabilité émotionnelle de Nick, son calme, son enfance plutôt facile, les fondations merveilleusement solides que ses parents, Pam et David, lui ont données. Mais le revers de la médaille, c'est qu'il aborde toutes les situations avec mesure, parfois trop.

Alors que je m'apprête à quitter la chambre pour me rendre dans la salle de bains, il remet le sujet sur le tapis, toujours dans le but de m'aider.

— Est-ce que ça ne vaudrait pas le coup d'appeler Matt pour lui parler de ta mère ?

— À quoi ça servirait ?

Mon frère a été catégorique : il n'a aucune envie d'entendre parler de la femme qu'il s'entête à appeler Janet – et encore moins de l'aider.

— Liz… Pour la première fois, ta mère a entrouvert une porte au sujet de votre sœur. Ce n'est pas rien.

— À quoi bon ? Ça ne l'intéressera pas.

— Essaie de lui parler. Je trouve injuste qu'il puisse se laver les mains de toute responsabilité. S'il refuse d'apporter son aide sur un plan pratique, il pourrait au moins t'écouter.

— Tu as peut-être raison.

Nick ne comprendra jamais la profondeur de la haine de Mattie pour notre mère, ni l'étendue de ses souffrances : et comment le pourrait-il, n'ayant été témoin ni de l'accident de mon frère ni des suites douloureuses ? D'un autre côté, je le surprotège peut-être. Ainsi que Nick l'a souligné à l'époque où Mattie a pris le large – ce qui m'avait excédée : il n'a plus huit ans, mais trente-six.

— C'est vrai que j'ai l'impression qu'il y a des trous à combler, des choses dont je ne saisis pas la signification et dont il se souviendrait peut-être. Comme les pièces d'un puzzle… En même temps, il lui est tellement hostile que j'ai du mal à penser qu'il puisse voir cette histoire sous un jour positif.

— C'est toi qui décides, Liz.

Il enfile un boxer et, juste avant que j'aille prendre ma douche, espérant que l'eau me réveillera et chassera mon humeur sombre, il ajoute :

— Mais à ta place j'essaierais. Il pourrait te surprendre.

J'appelle Mattie, alors que j'approche de l'entrée de l'hôpital, consciente que, si je repousse à plus tard, ma détermination s'effondrera. La rue résonne du vacarme de la circulation et des employés hospitaliers qui se rendent au travail d'un pas déterminé, impatients de s'y mettre.

— Allô ?

Bien qu'hésitante, sa voix est parfaitement audible. Je l'imagine, à huit cent cinquante kilomètres de là, sur fond de verdure et de montagnes aux cimes enneigées.

— C'est toi, Lizzie ?

Le vent souffle derrière lui et j'entends dans ses intonations un soupçon d'accent écossais – à croire qu'il redouble d'efforts pour se débarrasser de ses racines. D'un autre côté, il vit en Écosse depuis plus de douze ans.

— Salut, toi.

C'est un tel soulagement d'entendre sa voix, qui me reste aussi familière que la mienne, malgré cet accent relativement récent. Je prends des pincettes. C'est à l'homme qui s'occupe d'adolescents défavorisés que je voudrais lancer un appel, pas à celui qui se referme comme une huître chaque fois que j'essaie d'aborder le sujet de notre mère. Sauf que je n'ai pas le temps de tourner autour du pot.

Je lui parle du problème d'alcool de notre mère et de l'intervention de la police, je lui raconte qu'elle a mentionné Clare et qu'elle m'a révélé que sa mort était survenue quand nous étions tout petits.

— On ne le savait pas ça, si ?

Je préfère vérifier.

— Non, confirme-t-il.

— Je me demande ce qui a bien pu la pousser à m'en parler, indépendamment de l'anniversaire de la mort de Clare, ça m'inquiète. Est-ce qu'elle se rend compte qu'elle est malade ? Est-ce que c'est ce qui la pousse à boire autant ?

Une fois que j'ai ouvert les vannes, impossible de retenir le flot d'angoisses qui m'échappe.

— Et je m'inquiète de l'impact sur sa santé mentale de ce secret qu'elle a gardé pour elle pendant tant d'années.

Il a un ricanement railleur.

— Matt…

J'éprouve le besoin de la protéger.

— Écoute, Liz, je peux comprendre que tu t'inquiètes pour sa consommation d'alcool. Mais je ne vais pas me ronger les sangs parce que cette vieille conne perd la boule. Soyons honnêtes, elle a toujours été limite, de toute façon.

— Matt, s'il te plaît. Elle a perdu un enfant et elle a fait un déni pendant des années. Soudain, elle pense à lui, et du coup elle boit. Tu n'as pas la moindre idée de ce qui aurait pu déclencher ça après tout ce temps ?

Un long silence s'installe et j'attends, espérant un eurêka, une réponse qui m'aiderait à démêler ce qui se passe. Seuls un frère ou une sœur peuvent comprendre ces craintes instinctives au sujet d'un parent… J'ai besoin de lui pour trouver les liens logiques qui se dérobent à moi et qui ne lui échappent peut-être pas autant.

— Je ne sais pas, Liz. Et pour être honnête, j'ai surtout besoin de me la sortir de la tête. Elle a peut-être mauvaise conscience ? Ou alors elle n'y a jamais pensé avant ?

— Tu es un peu dur, là.

— Elle n'a jamais beaucoup pensé à moi.

Et voilà. Le nœud gordien qui fait que Mattie est aussi têtu que notre mère – et aussi cruel, peut-être, dans son refus de lui pardonner ses failles maternelles.

L'absence de lien entre eux n'est pas seulement due à l'accident, même si les cicatrices de Mattie lui rappellent en permanence son enfance. Traces indélébiles sur son bras gauche et son torse, qui remontent le long de son cou comme une traînée en relief. Non, il a alimenté sa haine du moindre petit détail, m'a-t-il un jour lâché, les traits déformés par ce sentiment. Le fait qu'elle ait fui l'hôpital, qu'il n'ait pas été opéré aussi souvent qu'il l'aurait fallu, qu'elle lui ait donné l'impression que ce qui lui était arrivé était une gêne pour elle. Qu'elle aurait préféré ne pas nous avoir, ni l'un ni l'autre.

— Désolée, Matt… Je dois aller bosser de toute façon. Je n'aurais pas dû t'appeler, c'est juste que je dors mal en ce moment et que tu es la seule personne avec qui je peux vraiment parler d'elle.

Il pousse un grognement qui ne l'engage à rien.

— Je me suis aussi dit que tu aurais peut-être des souvenirs de Clare, des choses que j'aurais oubliées.

— Désolé, sœurette.

Il se lave les mains du problème – et de moi, ai-je l'impression.

— Je ne sais rien, ajoute-t-il, mais tu sais quoi ?

Il réussit alors à associer tristesse et amertume, sa voix dure et froide se teinte d'une nostalgie discrète.

— Venant de cette femme, rien ne peut me surprendre.

Après lui avoir dit au revoir, je me dépêche de rejoindre mon service, troublée par son ton. J'ai l'habitude qu'il se montre dédaigneux dès que nous abordons le sujet de notre mère – c'est un mécanisme de protection évidemment –, et pourtant j'ai l'étrange sentiment qu'il en sait plus, inconsciemment, qu'il ne le dit. Il a forcément des souvenirs. Pas à l'époque de ses dix-huit mois, mais plus tard dans l'enfance. Il doit bien avoir une vague idée de ce qui pourrait expliquer l'attitude actuelle de notre mère. À moins qu'il n'ait réussi à tout refouler ?

24

LIZ

Vendredi 25 août 1989

Il m'avait énervée. Oui, voilà ce que je ressentais juste avant que ça n'arrive. Une irritation vive, parce que mon insupportable petit frère ne voulait pas me laisser tranquille, alors que je n'avais qu'une envie, terminer le livre emprunté à la bibliothèque. Un Agatha Christie. Qui n'était même pas bon, en plus.

J'étais allongée à plat ventre sur mon lit, bercée par la pluie, et enfin réchauffée après une virée à la piscine où nous avions été surpris par une averse torrentielle de la fin août : je m'étais retrouvée à courir dans les flaques et à patauger dans mes sandales de chez Freeman, Hardy et Willis. Nos tee-shirts et nos shorts, devenus transparents, collaient à nos corps maigres.

Nous grelottions à notre arrivée à la maison. De vrais gros frissons avec claquements de dents. Les lèvres de Mattie étaient d'un étrange bleu violacé et, après lui avoir dégoté un jean et un vieux sweat-shirt, je nous avais préparé deux bonnes tasses de thé. Il avait l'air heureux, il plongeait des biscuits fourrés dans la sienne avant de les briser et de lécher la crème au milieu.

Décidant de le laisser à son occupation, j'ai pris ma tasse. Il n'y avait que des chaises inconfortables à dossier droit dans la cuisine, alors qu'à côté, dans notre chambre, je pourrais m'allonger sur mon lit.

— Tu vas où ?

À son avis ?

— Lire.

— Tu lis tout le temps.

— Et toi tu m'embêtes tout le temps.

Ma réplique était bancale. Difficile de mettre une activité comme la lecture sur le même plan que son attitude, mais il n'avait que huit ans et pas autant de répondant que moi, du haut de mes presque dix ans.

Je me suis enfoncée dans mon matelas et j'ai compté les pages qui me restaient. Plus que dix. Je savais que j'avais tout au plus cinq minutes de tranquillité avant qu'il ne vienne me trouver. Il n'a pas tenu plus de deux.

— Allez, Lizzie.

Il s'est mis à tirer sur mon tee-shirt, étirant le fin coton sur mon ventre, alors qu'il tentait de me faire lever de force.

— Va-t'en ! Laisse-moi tranquille.

— Non.

— Je suis sérieuse, Matt.

— Mais je m'ennuie. Je veux que tu joues avec moi.

Il s'est mis à bourrer le lit de coups de poing.

— Non. Laisse-moi tran-quille.

Je me suis éloignée au maximum de lui, sur le lit, et je lui ai arraché la couverture des mains avec un grognement.

— Tu veux jamais jouer avec moi.

— C'est pas vrai.

J'ai tourné une page.

— Si c'est vrai.

— Non.

J'ai basculé sur le côté pour le regarder dans les yeux.

— Je te signale que je t'emmène à la piscine, que je te prépare tous les jours ton repas pour le midi et ton dîner. Comme si j'étais ta maman.

— Je pourrais me débrouiller tout seul.

— Non. Tu es trop petit.

— Je suis pas trop petit !

Il s'est acharné sur la couverture avec une rage alimentée par toutes ses frustrations et ses premières poussées d'hormones, même s'il avait surtout l'air de chercher à retenir ses larmes.

J'ai fait mine de reprendre ma lecture, ignorant la boule de colère logée dans ma poitrine, puis j'ai passé en revue différentes réponses possibles. J'ai choisi celle qui garantirait ma tranquillité.

— Si, tu l'es.

— Je vais te prouver que non, a-t-il lancé en se relevant. Je vais te prouver que je suis capable de cuisiner, de m'occuper du linge et de tout ce que tu dis que tu fais. Je ne suis pas un petit abruti.

— C'est ça, vas-y.

Je ne lui ai même pas accordé un regard. J'ai ostensiblement tourné une page jaunissante.

— J'y vais.

— Tant mieux, ai-je chantonné d'une voix moqueuse.

J'ai cru que ça avait marché. Il a claqué la porte et s'est éloigné vers la cuisine en martelant le plus bruyamment possible la moquette usée. Il n'allait rien faire du tout. Dans trois minutes, il serait de retour. Alors, je jouerais avec lui ou je nous préparerais quelque chose à manger. Des nouilles ou une soupe instantanée. Ma montre – une Casio rouge reçue à Noël – indiquait 12 h 10. S'il pouvait me laisser tranquille encore cinq minutes, j'aurais terminé mon roman et j'irais le chercher.

J'étais si absorbée par ma lecture que lorsque l'odeur de graisse chaude a pénétré dans ma chambre, je l'ai à peine remarquée. Des effluves salés d'œufs au plat et de bacon montaient constamment du café, rien ne m'a donc paru anormal.

Mes narines ont frémi. *Mattie cuisine*, ai-je vaguement pensé, en tournant la dernière page. Mon cerveau, concentré sur les facilités de l'intrigue d'Agatha Christie, manquait de vivacité, et il lui a fallu du temps pour tirer les conséquences de cette information. Mattie cuisinait, et il faisait cuire des œufs si je me fiais aux sons qui me parvenaient – le grésillement de la graisse, le craquement assourdi des coquilles sur le rebord d'un saladier.

Je me suis aussitôt précipitée vers la cuisine et, au moment d'ouvrir la porte en grand, j'ai constaté que le gaz était beaucoup trop fort : la nappe d'huile dans la poêle crépitait furieusement et de grosses gouttelettes giclaient tout autour.

Mattie était monté sur une chaise et tendait le bras vers la bouilloire.

— Je nous prépare à manger, m'a-t-il lancé d'un ton de défi. Tu vois que je me débrouille.

— Mais ça va pas ! ai-je glapi.

Les flammes léchaient les parois de la poêle et son manche dépassait dangereusement de la cuisinière – Mattie risquait à tout instant de la renverser.

— Tu vas mettre le feu à la maison.

J'ai poussé le manche en tournant la tête pour éviter la bouffée de chaleur et les éclaboussures de gras. Des frissons de terreur m'ont parcourue, alors que je tendais la main pour baisser le feu. Les flammes ont été ravalées d'un coup, et j'ai lâché brutalement la poêle dans l'évier, l'eau grésillante, une flaque d'huile bouillante s'échappant sur l'émail.

Mon soulagement a été de courte durée.

— Ne touche à rien, c'est brûlant, ai-je hurlé sans regarder Mattie.

J'ai ouvert le robinet et placé mon bras sous l'eau froide. Mon cuir chevelu picotait, mon avant-bras m'élançait douloureusement.

— T'inquiète, t'inquiète, m'a-t-il répondu.

Je ne l'écoutais pas vraiment, j'étais trop concentrée sur la brume sifflante qui montait de la poêle.

— Je te prépare juste un thé.

J'ai pivoté juste à temps pour voir un immense nuage de vapeur s'échapper de la bouilloire en plastique. J'ai entendu les bouillonnements féroces de l'eau. *Il l'a trop remplie*, ai-je pensé, alors qu'il essayait de la soulever à deux mains, avant de vaciller sur la chaise et de retirer une main.

Je me souviens d'un bruit sourd. Mattie a perdu l'équilibre, et en glissant il a incliné la bouilloire de mauvaise qualité, dont le couvercle en plastique est tombé. Une cascade de plus d'un litre d'eau bouillante s'est alors abattue sur lui.

Je n'avais jamais entendu un cri aussi déchirant. Aussi strident que celui d'une renarde en plein accouplement ou d'une femme aux derniers instants de la délivrance. Un cri qui dit que la mort est proche. Il était trempé, l'eau lui avait éclaboussé le visage et s'était répandue dans son cou, sur son torse, ses bras, son ventre, son entrejambe. Il y en avait même sur le haut de ses cuisses, elle imbibait la toile épaisse de ce jean qu'il avait enfilé sur mon insistance. Sa peau avait pris une vilaine teinte rouge.

Je l'ai aspergé d'eau froide alors qu'il se tordait de douleur par terre, et j'ai appelé notre mère en hurlant. Ce n'est pas elle qui a accouru une minute plus tard, mais Leah, une jeune fille de seize ans qui tenait la caisse et qui a monté lourdement les escaliers reliant le café à l'appartement. La panique s'est aussitôt peinte sur ses traits.

C'est elle qui a composé le numéro des urgences, qui a hurlé sur notre mère – elle était sortie fumer et s'était attardée en bord de mer –, ne revenant que quelques instants avant l'ambulance. C'est elle qui a répété à Mattie, encore et encore, qu'il n'allait pas mourir.

Il a eu de la chance d'en réchapper. Il a passé des mois à l'hôpital. Subi de nombreuses greffes de peau. Son torse ressemble désormais à une étendue de sable striée, ridée par la mer. La peau dans son cou est luisante, et les dégâts sont particulièrement terribles à la hauteur de son aisselle, où il a fallu lui retirer une partie du tissu cicatriciel qui s'était formé faute d'opérations en temps voulu. De ce côté, ses cheveux ont du mal à repousser autour de son oreille.

Et si je m'en suis toujours voulu, Mattie, lui, a toujours reproché à notre mère de l'avoir condamné à ce corps difforme et couturé, de ne pas avoir volé à son secours plus tôt, de ne pas lui avoir rendu plus souvent visite à l'hôpital – une fois par semaine lorsque son séjour s'est prolongé, pas davantage.

« C'était un accident, lui rappelais-je à une époque. C'était une mère célibataire, qui travaillait, et j'étais chargée de veiller sur toi. Elle faisait de son mieux. »

J'ai essayé de justifier son attitude à mes propres yeux aussi. Le service des grands brûlés se trouvait à trente kilomètres de route, elle n'aimait pas conduire, elle n'avait pas l'argent pour l'essence. Elle était épuisée après ses journées de travail. Elle était peut-être rongée par la culpabilité de ce qui était arrivé à son fils.

Depuis que j'ai ma casquette de professionnelle de la santé compatissante, je continue à lui chercher des excuses. Son absence – parce que c'était cet élément-là qui avait le plus blessé Mattie – n'était pas le signe d'un manque d'amour. Elle n'était pas particulièrement maternelle et les hôpitaux la rebutaient. À son niveau, elle a fait de son mieux.

Et pourtant, après des années à voir défiler les familles d'enfants hospitalisés, je sais que la réaction de ma mère n'avait rien de normal. Et je sais aussi qu'à sa place je n'aurais pas agi pareil.

En dépit du travail et de la charge d'un autre enfant, je me serais démenée pour passer le plus de temps possible avec mon fils blessé à l'hôpital, non ? Et surtout, je me serais débrouillée, je crois, pour qu'il n'ait jamais l'impression que ces visites me pesaient – contrairement à ma mère, qui n'a pas caché à Mattie son déplaisir de fréquenter un environnement où la souffrance et la douleur étaient monnaie courante.

Mes visites au service des grands brûlés m'ont inspiré ma vocation. En suivant de près la convalescence de mon frère, en voyant avec quelle adresse les médecins réparaient son corps, j'ai su comment j'expierais mon rôle dans cet accident, comment je m'efforcerais de rembourser les soins qu'il avait reçus.

Ma mère, elle, fuyait cet endroit. Et je ne peux pas me défaire du sentiment que son détachement, son manque d'attention étaient intrinsèques à sa personnalité et qu'ils ont dû jouer un rôle dans sa relation avec Clare.

25

JESS

Mercredi 24 janvier 2018, 8 heures

— Votre mari est là ?

Il est 8 heures et Cat Rustin se tient sur le perron des Curtis.

— Euh… non.

Jess est déconcertée par la visite aussi matinale de l'inspectrice.

— Je suis désolée, il a passé la nuit à l'hôpital et il doit être au travail à cette heure.

— Nous allons le voir à son bureau alors.

Cat Rustin lui décoche un sourire qui trahit son absolue défiance avant de s'éloigner. Derrière l'une des fenêtres de la maison d'en face, un rideau bouge. Les voisins sont mal à l'aise avec Jess : hier, Jane a fait semblant de chercher ses clés dans son sac, Annie a emprunté un détour avec son fils de dix-huit mois, Lucas, et sa poussette, pour éviter de la croiser comme si elle était capable de s'en prendre à d'autres enfants.

— C'était la police, informe-t-elle Martha à son retour dans la cuisine. Ils voulaient voir Ed, je ne sais pas pourquoi. Tu as une idée ?

— Aucune, répond-elle sans développer. Écoute, pourquoi on ne garderait pas les garçons aujourd'hui pour les emmener quelque part ? Ils s'inquiètent pour Betsey, et ça te ferait du bien de te changer les idées. Ce serait mieux que de rester assises ici toute la journée...

— Tu crois qu'ils enquêtent sur moi ? Peut-être qu'ils se posent des questions sur le témoignage d'Ed... Mais quelle raison auraient-ils de douter de lui ? Je ferais mieux de lui envoyer un texto.

Elle s'acharne sur le clavier de son portable. Et si elle l'appelait, plutôt ? Sauf que c'est peut-être lui qui a contacté la police... Elle l'a évité à son retour de l'entraînement de foot, la veille ; elle n'avait aucune envie de discuter de sa visite improvisée à Betsey que l'assistante sociale va sans doute vouloir évoquer avec eux. Quand il est parti passer la nuit à l'hôpital, elle a fait semblant d'être endormie.

— Ils doivent vouloir lui parler de moi.

— Viens, Jess, sortons, insiste Martha.

Sa sœur a été un vrai soutien, même si avec sa présence Jess ne peut que se sentir inutile. Elle a d'ailleurs conscience de se mettre peu à peu en retrait.

— Qu'est-ce que tu penses de faire sécher l'école aux garçons, hein ? Ça serait bien, non ?

— Oui, oui.

Elle est ailleurs, ne l'écoute presque pas.

— Vous avez entendu, les garçons ? Pas d'école aujourd'hui !

Frankie donne des coups de poing en l'air et se met à courir autour de la cuisine, Kit sourit, amusé par la fronde de sa tante.

— Ça leur fera du bien de prendre un peu l'air.

Martha remplit des gourdes.

— On ne peut pas rester cloîtrés comme ça. On va partir en exploration.

Ils se mettent en route pour le Richmond Park dans le 4 × 4 de Jess. Dans la circulation londonienne, sa conduite est tantôt imprudente, tantôt hésitante.

— Attention ! lui souffle Martha en retenant un cri. Tu es très proche de cette voiture…

Une Ford Transit blanche la klaxonne.

— Mais regarde où tu vas, merde !

Le conducteur lui fait un doigt d'honneur, et l'agressivité qu'il déverse sur eux réduit les garçons au silence. Jess voit des dangers partout : voitures prêtes à la percuter, garçons hurlant sur la banquette arrière, capot embouti. Sa respiration est saccadée. Elle a à peine conscience de ses gestes, la vision de cette camionnette qui fait une embardée et vient les percuter envahit son esprit.

Un nouveau coup de klaxon. Elle enfonce la pédale de frein et se range sur le côté.

— Ça va ?

Elle presse ses paupières de toutes ses forces. Leur voiture fonce vers la droite, les hurlements des garçons ne parviennent pas à couvrir le crissement des pneus et le froissement métallique. Sauf que la voiture est à l'arrêt. Elle a les mains qui tremblent, mais elle a réussi, par miracle, à se garer et à enclencher le frein à main.

— Pas vraiment. Tu pourrais conduire ?

Une fois sur le siège passager, elle se recroqueville, se replie en elle-même et laisse la conversation de Martha glisser sur elle. Elle n'a pas eu d'accident. Bien sûr qu'elle n'en a pas eu. Ils sont tous sains et saufs, Frankie chantonne « mais regarde où tu vas, merde », la conduite de Martha est raisonnable, elle regarde le rétroviseur et a les mains posées à 10 h 10 sur le volant.

Jess doit se focaliser sur les garçons.

— Ça va, tous les deux ? leur demande-t-elle en se retournant.

— Ça va, maman.

Kit, le courageux : sensible, il a acquis une maturité nouvelle du haut de ses dix ans, éprouve le besoin de la rassurer. Frankie, lui, joue avec de la Patafix qu'il plie et replie avant de la faire rouler entre ses doigts comme de la pâte à tarte trop travaillée. Il a enfin cessé de chantonner.

— Ça va, Frank ?

Elle rive son regard sur lui pour qu'il lève les yeux vers elle. Il hoche brièvement la tête.

Ils marchent dans des herbes hautes pour rejoindre le centre du parc, le plus loin possible des routes et de la civilisation. Kit adore ça. Il les précède en bondissant, profite de sa liberté retrouvée. Frankie hésite davantage, il trébuche sur le terrain irrégulier, joue avec son *hand spinner* qui réfléchit la lumière, jusqu'à ce qu'il repère plusieurs biches paissant derrière un arbre.

— Oh, là là, oh, là là, oh, là là ! Regarde, maman, regarde !

Une poussée d'adrénaline la traverse.

— Chut… Il ne faut faire aucun bruit, Frankie.

Un cerf redresse la tête et Jess prend la main de son fils, la serre de toutes ses forces. Le mammifère risque-t-il de les charger avec ses bois ? Il est royal. Impérial. Il les jauge froidement.

Elle a une vision de Frankie projeté dans les airs comme une pile de linge, du cerf l'embrochant, plantant ses bois dans son ventre, du sang vermillon imbibant son pull. Les autres cervidés se joignent à lui, et Frankie est envoyé très haut vers le ciel : ses cheveux bruns virevoltent, son cou se brise, ses membres forment des angles impossibles. Puis les animaux se mettent à danser sur son corps : ses os sont malmenés, brisés, écrabouillés.

— Jess !

Martha accourt à travers les hautes herbes, l'empoigne par le bras, les attire, Frankie et elle, à l'écart.

— Qu'est-ce que tu fais ? Bouge enfin !

— Je… je suis désolée.

— Bon sang ! Qu'est-ce qui t'a pris ? Tu étais plantée là. Tu ne sais pas qu'il ne faut jamais rester immobile comme ça ?

— Pourquoi ça, Martha ? Pourquoi ça ? l'interroge Frankie en sautillant.

Il perçoit l'imminence d'un danger. Ignoré par sa tante, il se tourne vers sa mère.

— Il allait nous attaquer, maman ? J'ai eu l'impression qu'il voulait s'en prendre à nous.

— Mais non, Frankie, réussit-elle à articuler avant de répondre à Martha : Bien sûr que non, enfin.

Comment pourrait-elle expliquer qu'elle a vu le cerf éviscérer son fils sous ses yeux, qu'elle voit la mort et le danger partout autour d'elle : chaque fois qu'elle prend le volant, qu'elle utilise un couteau, qu'elle sort avec la poussette, qu'elle descend les escaliers. Que l'hospitalisation de Betsey a constitué un point de bascule, que si avant elle parvenait encore à contenir ses peurs, maintenant elle est plongée dans un abîme où celles-ci la submergent sans fin. Qu'anticiper le danger est une seconde nature chez elle. Qu'elle craint d'être en passe de devenir folle.

— Viens, lui dit Martha en glissant son bras sous le sien.

Jess perçoit la chaleur et la densité de sa sœur contre ses côtes.

— On va rejoindre Kit, ajoute-t-elle.

Où est-il ? Jess se dévisse le cou et aperçoit une silhouette qui s'éloigne à l'horizon.

— Kit… Kit !

Sa voix trahit sa peur. Et si quelqu'un l'enlevait ? Et si on lui faisait du mal ? Qui sait ce qui pourrait lui arriver maintenant qu'il est hors de leur vue ? Des pédophiles pourraient être tapis derrière les arbres, prêts à le pousser à l'intérieur d'une camionnette, un bras passé autour de son cou, bataillant maladroitement avec leurs braguettes de l'autre main, impatients. L'angoisse lui démange la gorge de façon irrépressible, elle se met à courir.

— Tout va bien, lui dit Martha en la rejoignant d'un pas lourd. Il ne va rien lui arriver.

Comment peut-elle en être aussi sûre ?

— Il va bien… Regarde, il est là.

Et c'est le cas. Accroupi pour refaire un lacet. Jess se précipite vers lui et le serre dans ses bras.

— Mamaaan…

— Tout va bien ?

Elle scrute son visage à la recherche d'un signe qu'il y aurait un problème.

— Bien sûr que ça va. C'est trop bien ici ! On pourrait venir plus souvent ? Pourquoi on n'est jamais venus ?

Parce que c'est un endroit truffé de dangers, voudrait-elle lui dire. *Parce que rien n'est certain ici.*

— J'avais oublié l'existence de ce parc.

— Alors, on pourra revenir ?

— Pourquoi pas… Si tu y tiens vraiment.

Elle se reprend, même s'il lui en coûte beaucoup d'efforts.

— Oui, on pourra revenir, évidemment.

Le calvaire de Jess est loin d'être terminé pourtant. Ils ont atteint un petit bosquet de chênes, aux troncs robustes.

— Ils m'ont l'air parfaits pour l'escalade, dit Martha. Je parie que tu adores grimper aux arbres, Kit, je me trompe ?

Il jette un bref coup d'œil à sa mère avant de répondre :

— Je ne l'ai jamais vraiment fait.

— Mais Jess… C'est vrai ?

Martha s'interrompt, mi-taquine, mi-incrédule.

— Voilà une occasion rêvée d'essayer alors.

Elle lui indique un chêne particulièrement beau, à l'écorce parsemée de mousse verte dans laquelle sont gravées des volutes, et ponctuée de chicots auxquels s'accrocher.

— Une minute, bredouille Jess, les entrailles en feu. Ce n'est pas raisonnable…

Kit ne peut pas avoir la certitude que les branches sont disposées de façon assez régulière ni qu'elles sont assez solides. Il ne peut pas avoir la certitude qu'il aura une bonne perception de la position de son corps dans l'espace, qu'il aura le courage d'aller jusqu'au sommet.

— Non, il ne devrait pas escalader cet arbre, ajoute-t-elle d'une voix si faible que les mots semblent évanescents.

— Jess…

Martha l'attrape par les bras et plante ses yeux dans les siens.

— Je sais que tu es sous tension en ce moment, mais ton fils a besoin de s'amuser comme tous les garçons de son âge. Il a besoin de se dépasser. D'être autorisé à vivre l'instant présent. Ce n'est pas lui rendre service que de l'en empêcher. Tu dois le préparer à la vie.

— Je peux y arriver, maman. Je sais que je peux y arriver.

Kit bouillonne d'énergie.

— Papa me laisserait faire…

Avant qu'elle ait pu avoir le temps de concéder que, oui, Ed pourrait l'autoriser à grimper dans cet arbre, néanmoins que c'est elle qui décide en son absence, ou de dire à Martha qu'elle ne peut pas laisser ses fils s'éloigner d'elle, qu'elle doit les préserver de tout danger, il s'est déjà hissé sur le premier chicot noueux.

— Vas-y, Kit, l'encourage Frankie, en faisant des petits bonds de joie, tandis que son frère se met en quête de la prochaine prise pour ses mains, les muscles de ses mollets se tendant lorsqu'il se hisse un peu plus haut.

— Sur ta droite, Kit, juste au-dessus…

Martha le guide, le visage rougi par l'exaltation.

— Sois prudent, Kitty-chat, lui dit Jess, utilisant le surnom affectueux dont elle l'affublait bébé. Concentre-toi bien, d'accord ?

— Tout va bien, maman, dit-il en s'élevant toujours, les yeux à la recherche d'un prochain appui pour son pied. Tu as vu ! J'y arrive !

Il tourne la tête vers elle en souriant.

Ne fais pas ça ! voudrait-elle lui hurler.

— Reste concentré, s'entend-elle lui conseiller. Ne parle pas. Et ne regarde pas en bas.

— D'accooooord !

Il a la présomption et l'innocence d'un garçon qui ignore qu'il pourrait tomber. Et voilà à quoi se résume la maternité, songe-t-elle, alors qu'elle est, malgré elle, hypnotisée par le corps agile de son fils, qui monte toujours plus haut. Laisser ses enfants s'éloigner, petit pas après petit pas, jusqu'à se retrouver complètement seule, abandonnée. Apprendre à perdre peu à peu le contrôle, à partir du moment où ils apprennent à ramper, jusqu'à celui où ils escaladent des arbres, prennent leur vélo pour aller à l'école puis quittent la maison. En liberté dans le vaste monde où elle ne peut plus contrôler ce qui leur arrive, leur offrir la moindre protection.

Elle ne s'en croit pas capable. Vivre sans pouvoir garantir leur sécurité, sans avoir la certitude qu'ils seront sains et saufs. Il suffit de prendre l'exemple de Betsey. Une simple décision stupide – les laisser seuls – a mis son existence sens dessus dessous. Sa fille est à l'hôpital, la police s'acharne sur eux, et Jess repense alors à la présence de l'inspectrice Rustin sur son perron ce matin, le ventre noué par l'angoisse. Elle ferait n'importe quoi pour remonter le temps et effacer cette décision.

Voilà pourquoi elle ne peut pas quitter ses fils des yeux, pourquoi elle doit au contraire employer toute son énergie à les protéger. Si elle se concentre suffisamment, elle pourra éviter que Kit ne se blesse. Elle tremble, ses genoux manquent de se dérober tant elle se focalise, de toute sa volonté, sur Kit pour qu'il fasse des mouvements prudents, pour qu'il vérifie bien chaque branche et ne s'appuie pas dessus de tout son poids avant d'être absolument certain qu'elle tiendra.

Il va trop haut. Il va trop haut. Il va trop haut.

— Tu es trop haut, Kit. Arrête-toi maintenant.

— Jess, il va très bien.

Martha l'enlace par les épaules, et elle doit se retenir de la repousser. *Ce n'est pas comme quand nous étions petites, nous. Quand tu me mettais au défi de traverser la crique à la nage ou de grimper sur une falaise, et que je le faisais. L'enjeu est bien plus important. Il s'agit de MES enfants.* Jess reste parfaitement immobile.

— Ne bouge pas, souffle-t-elle à sa sœur. Ne fais rien qui risquerait de le distraire.

— Tu montes vraiment très très haut, Kit, lui crie Frankie. Il est vraiment haut, maman, hein ? Continue, Kit ! Tu vas t'envoler !

— Chut, Frank ! Ton frère est trop haut.

Kit s'est arrêté. Son corps, dans son jean moulant et sa doudoune, est plaqué contre le tronc. Il ne bouge plus. Ses orteils ont trouvé une cavité, il enlace l'arbre des bras.

— Tout va bien ? lui demande Jess.

— Je crois que je suis coincé. Je ne sais plus où mettre mes pieds…

La voix de Kit, suraiguë, paraît trop jeune.

— Ça va aller, mon trésor, dit-elle en se rapprochant. Tu vas t'en sortir comme un chef. Il faut juste redescendre maintenant.

Elle se concentre pour garder une voix forte. Il est à plus de cinq mètres du sol. Comment est-il arrivé aussi haut ? Assez haut pour que la chute puisse être fatale ?

— Je vais t'aider, lui crie-t-elle.

Et c'est ce qu'elle va faire. Elle en est capable. Il le faut. Le ramener en bas, sain et sauf. Elle caresse le tronc avec ses stries et sillons ancestraux, ses plis et creux qui pourraient résister au poids de Kit.

— Si tu déplaces ton pied gauche… Non, pas celui-là, le *gauche*, légèrement vers le bas, tu vas trouver un creux. Voilà…

Le soulagement envahit Jess au moment où la basket de Kit trouve l'emplacement en question.

— Maintenant, tu peux poser ta main droite sur la partie un peu feuillue.

— Là ?

Il tend le menton en direction d'un nœud du tronc avec de jeunes pousses, et Jess remarque qu'il cherche à retenir ses larmes.

— Exactement. Bien joué.

Il descend de cinquante centimètres.

— Parfait.

La voix de Jess vibre de soulagement.

— Maintenant, en descendant un peu ton pied gauche… c'est ça, oui.

Il continue sa descente. Son pied tremble légèrement contre l'écorce et le cœur de Jess s'arrête de battre.

— Et ton pied droit là… oui, voilà… tu y es…

Il n'est plus qu'à trois mètres cinquante. Bientôt, elle pourra l'attraper et l'aider à descendre.

— Si tu peux atteindre avec ton pied gauche cette branche, là… oui, tout à fait, celle-ci… tout ira bien.

L'angoisse est un ballon d'hélium dans sa poitrine, et elle sent qu'il monte de plus en plus en elle, à mesure que Kit se rapproche. Il va finir par s'échapper. Trois mètres maintenant. Son fils est si près qu'elle pourrait presque le toucher. D'un instant à l'autre elle sera en mesure de l'attraper et de le serrer contre elle. Elle ne le prend plus assez dans ses bras depuis qu'il a dix ans. Depuis qu'elle a eu Betsey. Mais elle le fera d'ici une seconde, quand il réussira à la rejoindre.

Il s'immobilise soudain, semble avoir reperdu sa confiance en lui.

— Kit ?

— J'y arrive pas… je sais plus où aller.

La situation le chagrine, il est tiraillé entre la gêne et l'espoir de prendre cette mésaventure à la dérision.

— Tu y es presque, Kit, intervient Martha. Pose ton pied droit, là, et on te rattrapera…

— Où ça ? Là ?

Il se retourne pour les regarder, son pied se dérobe sous lui, il glisse, puis bascule dans le vide, en poussant un rugissement guttural.

— Kit !

Jess le rejoint au moment où il heurte le sol avec un bruit sourd, sans appel.

Plus tard, elle s'en prendra à Martha : « Pourquoi lui as-tu dit qu'on le rattraperait ? Tu l'as perturbé. » Mais sur le moment, les reproches ne servent à rien. Son petit garçon gît au pied de l'arbre, immobile.

Il est mort. Il est mort. Il est mort. Il est mort. Il est mort. Il est mort…

C'est le silence quasi complet qui la terrifie le plus. Elle entend le ronronnement lointain de la circulation, un bruissement dans l'herbe, le tambourinement de son cœur. Même Frankie ne se met pas aussitôt à hurler, tant il est sous l'effet du choc.

Puis Kit fond en larmes.

26

ED

Mercredi 24 janvier 2018, 9 heures

— Les inspecteurs Rustin et Farron sont ici, monsieur Curtis, vous pouvez les recevoir ?

Du haut de ses vingt-quatre ans, Jade Bridge, maligne et dégourdie, fait cette annonce sans chercher à enrober la vérité, une tête passée à l'intérieur du bureau d'Ed.

— Rustin ?

Ed se lève aussitôt.

— Il est arrivé quelque chose à Betsey ?

C'est sa peur la plus intime. Que leur fille les quitte, que sa fracture crânienne, détectée tardivement, ait été mal diagnostiquée et se révèle bien plus grave qu'aucun d'eux ne l'avait soupçonné. Betsey a eu plusieurs crises, distantes les unes des autres, mais néanmoins déstabilisantes. Il était présent, la veille, lors de l'une d'elles : il a vu ses yeux rouler dans leurs orbites, ses membres convulser, il a eu l'impression de se trouver lui-même dans les limbes, tandis qu'il priait pour qu'elle sorte de cet état spasmodique et retrouve un comportement normal. Rien que d'y penser, il a la nausée.

— L'état de Betsey n'a pas évolué à ma connaissance, l'informe l'inspectrice Rustin.

Le soulagement d'Ed n'est pourtant que de courte durée. Ses pensées dérivent aussitôt vers Jess : sont-ils ici à cause d'elle ? Depuis qu'il a fouillé dans son ordinateur portable, il a une vision biaisée de la situation. Il sait que quelque chose ne tourne vraiment pas rond chez elle, qu'elle a besoin d'aide, même s'il ne voit pas comment il pourrait la lui apporter étant donné que, depuis ce coup de fil incohérent, elle refuse toute communication, tout échange. Il est frappé de la rapidité avec laquelle, entre l'hospitalisation de leur fille et l'enquête policière, il a perdu tous ses repères : il n'a plus les idées claires, se sent perdre pied.

— Et Jess… Elle va bien ?

Les mots lui échappent alors même qu'il était décidé à ne pas poser de questions à son sujet.

— Nous ne sommes pas ici pour discuter de Mme Curtis aujourd'hui, mais de vous, l'informe l'inspectrice.

— Ah…

Il a la chair de poule, de la sueur lui coule sur la nuque.

— Seriez-vous prêt à répondre à quelques questions pour nous aider à avancer dans notre enquête ? ajoute l'inspecteur Farron.

— Naturellement… maintenant, vous voulez dire ?

— Il y a juste un point de votre déposition que nous souhaiterions éclaircir.

Il lui adresse un sourire rassurant, comme pour suggérer qu'il s'agit d'une conversation sans enjeu particulier.

— Un point précis, souligne l'inspectrice. Je suis équipée d'une caméra-piéton, afin qu'il ne puisse y avoir aucune ambiguïté sur ce qui sera dit lors de cet échange. Et nous aurons besoin d'une déclaration écrite.

— Dois-je me faire accompagner d'un avocat ?

Ed en a discuté avec son ami pénaliste après la visite de la police scientifique chez eux, mais a renoncé à cette possibilité de peur de donner l'impression de paniquer, et partant d'éveiller les soupçons. À présent, il se demande s'il n'a pas fait preuve de naïveté.

— C'est inutile, lui répond l'inspectrice, qui joue la surprise à la perfection. Il s'agit juste d'éclaircir un détail de votre déposition.

D'un geste, Ed les invite à prendre place avant de se rasseoir derrière son bureau. Cat Rustin se perche tout au bord de sa chaise, comme si elle se préparait à bondir à tout instant. Steve Farron, lui, prend légèrement appui sur le dossier.

— Lors de votre déposition, à votre domicile, vous avez déclaré que le jour où Betsey s'est blessée, vous aviez passé toute la journée au travail, puis que vous étiez « sorti prendre quelques verres avec des collègues ». C'est bien ce que vous nous avez dit, n'est-ce pas ?

— Oui.

Il pense comprendre où elle veut en venir. Il n'a pas mentionné son retour express, à l'heure du déjeuner, lors de ce premier entretien, parce qu'il ne pensait pas que ce créneau horaire pouvait les intéresser. Et il n'est pas revenu sur le sujet, n'ayant aucune envie d'attirer leur attention sur la raison de cette visite. Mais ça le tourmente depuis un moment.

— Un témoin déclare cependant vous avoir vu rentrer chez vous, à Kneighton Close, juste avant 13 h 30.

L'inspectrice fronce le nez afin de manifester sa perplexité.

— Le témoin a vérifié l'heure parce que votre présence lui a paru inhabituelle. Nous voulions en parler avec vous, et voir si vous pouviez nous expliquer la situation.

Que faire ? Nier en bloc ? Le témoin en question doit être un voisin. Sans doute Jane, de la porte d'à côté : une veuve, qui va sur ses soixante-dix ans et n'a pas caché qu'elle aurait beaucoup aimé se rapprocher d'eux. Jess n'a jamais été folle d'elle, convaincue que Jane s'intéresse de beaucoup trop près aux allées et venues des habitants du quartier, des fréquentations des adolescents du coin à la liaison qu'entretiendrait, elle s'en est persuadée, ce pauvre David Frampton, à quelques portes de chez eux. Apparemment, sa curiosité est un grand atout pour la police.

— Monsieur Curtis ?

— Je vous demande pardon… Je suis en effet repassé rapidement chez moi pour le déjeuner. Je n'ai pas dû rester plus de vingt minutes. Une demi-heure tout au plus.

— Notre témoin dit qu'il écoutait un feuilleton radiophonique diffusé entre 14 heures et 14 h 15 quand vous êtes reparti, ce qui implique que vous seriez resté au moins trente minutes.

— Je n'ai pas regardé ma montre.

Il sent poindre un soupçon d'agacement.

— Si vous dites que ça a duré trente minutes, alors ça doit être le cas. Mais pas davantage.

— Vous arrive-t-il souvent de rentrer chez vous à l'heure du déjeuner, monsieur Curtis ?

L'inspecteur Farron se penche en avant comme pour prendre le relais de l'interrogatoire.

— Non, pas vraiment.

Inutile de mentir.

— Pourtant, vous l'avez fait ce jour-là. Le jour où Betsey a été blessée ?

Ed n'apprécie pas le sous-entendu, mais il s'enjoint à la placidité.

— Oui, en effet.

— Ça représente un sacré trajet en transports, non ? Au moins une heure et demie, sinon deux, aller et retour ?

— En prenant en compte les retards dans le métro, oui, en effet.

— Vous comprendrez sans doute notre interrogation : pourquoi cette visite inhabituelle ?

Il hausse les épaules. Il ne compte pas leur faciliter la tâche en leur avouant qu'il avait l'intention de prendre son après-midi et qu'il a changé d'avis face à la réaction glaciale de Jess.

— J'imagine que vous êtes un homme très occupé, monsieur Curtis, poursuit l'inspecteur, et que vous n'êtes pas à court d'endroits où déjeuner près de votre bureau… Pour quelle raison avez-vous souhaité rentrer chez vous en pleine journée ?

— Je voulais voir ma femme.

Ils ont réussi à l'acculer, à le forcer à l'avouer. Il ne veut pas mentir et peut-être, se dit-il, que l'honnêteté est ce qu'il leur faut pour sortir de cet imbroglio. Pour autant, il ne peut pas leur raconter sa visite dans le moindre détail, il peut difficilement leur confesser qu'il a perdu son calme et a haussé le ton après être redescendu de la chambre de Betsey – même s'il existe un risque que Jane l'ait entendu. Il opte pour un compromis : dire la vérité sur la raison de son retour à la maison, et mentir sur celle de son retour au bureau.

— J'avais l'intention de prendre mon vendredi après-midi pour une fois, mais sur le chemin de la maison je me suis rendu compte que j'avais trop de travail pour ça et que je devrais y retourner. J'avais pris ma décision avant d'arriver chez moi.

— Et vous aviez une raison particulière de rentrer chez vous ce midi-là ?

— Nous… nous avions eu un différend la veille, Jess et moi. Je voulais m'assurer qu'elle allait bien.

L'expression de Cat Rustin se modifie. Elle a obtenu ce qu'elle cherchait, il se sent pris au piège.

— Aviez-vous la moindre raison de craindre qu'elle n'aille pas bien après un simple « différend » ?

Elle interprète à la perfection ce mélange de surprise et de sollicitude, et Ed, à cet instant précis, éprouve de la haine pour elle. À quoi peut ressembler une vie immunisée contre toute fragilité émotionnelle ?

— Je voulais juste la voir. Nous ne nous disputons pas souvent, je tenais à arranger les choses.

— Et comment elle s'est passée, cette tentative pour arranger les choses ?

— Je suis désolé, je ne vois pas bien en quoi cette information pourrait être pertinente ?

— Elle pourrait l'être dans la mesure où vous faites, votre épouse et vous-même, l'objet d'une enquête de la police au sujet des causes de la fracture crânienne de votre fille. Si vous vous êtes disputés et que vous avez continué en dépit de vos intentions les meilleures, alors cette information pourrait avoir son importance au regard de ce qui est arrivé à votre fille.

La température semble soudain chuter de plusieurs degrés. Pense-t-elle vraiment qu'il est aussi bête ? À moins qu'il n'ait tout intérêt à opter pour l'honnêteté ? À admettre que leur conversation a mal tourné ? Qu'il l'a laissée sans lui dire au revoir en bonne et due forme ? Qu'il a claqué la porte de la maison parce qu'elle a refusé de lui adresser la parole, lorsqu'il est redescendu, au lieu de lui dire ce qui n'allait pas – ce qu'il désirait désespérément ? Jane a sans doute entendu la porte claquer, et elle l'a sans doute aussi entendu hausser le ton. Et elle a, sans le moindre doute, rapporté tous ces éléments à la police. Il imagine avec une clarté terrifiante le récit qui prend forme dans l'esprit des enquêteurs. Une dispute, des tempéraments échauffés, et Betsey qui finit par en faire les frais, parce que l'un de ses parents – voire les deux – a perdu le contrôle. Et pourtant, ce n'est pas ce qui s'est produit.

Vous avez tout faux, voudrait-il répondre à l'inspectrice. *Nous ne ferions jamais de mal à personne, nous ne lèverions jamais la main sur notre petite fille.* Au lieu de quoi, il reconnaît la vérité :

— Ça ne s'est pas très bien passé.

Et puis il ajoute, parce que Jane peut très bien avoir entendu son pas lourd dans l'escalier – et parce qu'il ne peut avoir la certitude que Jess n'en parlera pas :

— Je suis monté embrasser Betsey dans son lit. Elle était réveillée et elle gazouillait. Elle était très joyeuse. Ensuite, je suis parti.

Cat Rustin quitte sa position de « qui-vive » pour se carrer sur sa chaise en l'observant très attentivement. Elle a obtenu une partie de ce qu'elle cherchait. Elle peut prendre son temps maintenant. Ed jette un coup d'œil à son bureau : tout est exactement dans le même état qu'à leur arrivée – son café est même encore assez chaud pour être buvable –, pourtant l'atmosphère a changé du tout au tout.

— Pourquoi n'en avez-vous pas parlé plus tôt, monsieur Curtis ? Quand nous vous avons demandé où vous vous trouviez ce jour-là ?

— Vous m'avez demandé où je me trouvais dans l'après-midi puis en début de soirée. Il ne me semblait pas que vous vous intéressiez au reste de cette journée.

— Nous enquêtons sur les conditions dans lesquelles votre fille a été blessée, lui rappelle-t-elle. Vous nous auriez aidés en nous transmettant ces informations de vous-même.

Un silence s'étire, tendu et crispé. Une chose l'obsède : l'ordinateur de Jess. Il a beau avoir effacé l'historique de recherche, n'importe quel informaticien pourrait récupérer les données, non ? Il a tout intérêt à ce que cette inspectrice s'attarde sur son erreur à lui – il aurait dû leur parler de cette visite à l'improviste. Et pourtant, il ne tient pas à se retrouver davantage au cœur de l'enquête.

— Je n'avais aucune raison de le faire, n'ayant commis aucun crime, réussit-il enfin à répondre. Vous ne m'avez pas interrogé sur mon emploi du temps du reste de la journée à l'époque, et je n'ai simplement pas pensé à en parler.

Cat Rustin ne cache pas son mécontentement. Elle se tourne vers son collègue.

— Vous avez été d'une grande aide, monsieur Curtis, lui dit Steve Farron. Je suis certain que vous comprendrez pourquoi nous devons lever toute incohérence dans les témoignages. À présent, nous avons donc établi clairement que vous étiez rentré chez vous, à Kneighton Close, le vendredi. Vous êtes arrivé à 13 h 30 et vous en êtes reparti entre 14 heures et 14 h 15 ?

— Je pense que ça devait être tout juste après 14 heures. J'étais de retour ici à 15 heures. Vous pouvez vérifier avec mon assistante, Jade.

Il a retrouvé son aplomb, est proche de redevenir l'homme courtois qu'il est habituellement, capable de gérer toutes les situations. Il est soulagé d'avoir éclairci cette zone d'ombre, pour tout dire, et maintenant il aimerait qu'ils partent. Il lui en coûte beaucoup de faire semblant que tout va bien avec Jess, il ignore s'il pourra maintenir l'illusion encore très longtemps. Plus l'inspectrice insiste, plus il risque de se trahir, de laisser échapper qu'il s'inquiète pour son épouse, qu'il ne la comprend plus. Son bureau a toujours été un sanctuaire, et cette enquête a mené les inspecteurs dans le seul endroit où il pensait pouvoir se soustraire, brièvement, à ses angoisses. Il se lève brusquement, impatient d'impulser un changement d'atmosphère, et conscient d'en imposer davantage quand il se dresse de toute sa hauteur.

— Je ne voudrais pas être grossier, mais si nous en avons terminé, il faudrait que je me remette sérieusement au travail.

— Bien sûr.

L'inspectrice prend son temps, fait semblant de remettre de l'ordre dans son sac.

— Il y a juste un détail qui continue à me turlupiner.

Il est conscient qu'elle atermoie à dessein.

— Je ne peux pas m'empêcher de me dire que ça vous faisait un sacré trajet pour rentrer, ce midi-là, que ça coupait votre journée en deux. Ça aurait été plus simple de parler à votre femme au téléphone, non ?

— Peut-être bien. Mais je voulais la voir. Je préfère m'excuser en personne.

— J'ai cru comprendre que vous lui aviez apporté des fleurs ?

— En effet.

Y a-t-il un seul détail qui a échappé à Jane ?

— Ça a dû être une sacrée dispute pour que vous fassiez tout ça, dit-elle en inclinant la tête.

Elle revient sur ses pas et se perche au bord de son bureau. Il n'apprécie pas qu'elle le fasse. C'est une façon de marquer son territoire, de revendiquer son refus de partir. Tout en se concentrant pour ne rien dire qu'il regretterait ensuite, Ed prie pour qu'elle déplace son arrière-train maigrichon.

Il aime Jess, et il refuse d'insinuer quoi que ce soit qui pourrait se retourner contre elle et renforcer leurs soupçons – même s'il a envisagé, et c'est bien naturel, qu'elle ait pu perdre le contrôle. « Pourquoi ai-je envie de faire du mal à mon bébé ? » Bon Dieu, cette phrase tourne en boucle dans sa tête depuis qu'il l'a lue, dans la nuit de samedi à dimanche, et sa conversation avec Charlotte, la veille, n'a rien arrangé. Que lui a-t-elle dit déjà ? « Ce serait parfaitement normal si tu n'étais pas tout à fait tranquille, si tu doutais… » Se rendent-ils tous compte qu'il se méfie de sa femme ?

Il s'efforce pourtant de dissimuler ces interrogations. Ces gens ne détecteront jamais le moindre signe de déloyauté, quels que soient leurs efforts.

Et cependant, l'inspectrice est tenace. La voilà qui modifie légèrement la position de son arrière-train sur le bureau, ce qui provoque l'irritation d'Ed. Elle sait qu'elle a le contrôle de la situation, qu'il sera obligé de lui fournir une réponse. Et c'est peut-être pour cette raison que l'ombre d'un sourire apparaît sur son visage.

— Alors, lance-t-elle avec un regard qui dit qu'elle a tout le temps du monde et qu'il en a autant conscience qu'elle. Vous pourriez peut-être nous expliquer sur quoi portait ce différend…

27

JESS

Mercredi 24 janvier 2018, 19 heures

Retour à la case hôpital.

Kit a une fracture de l'avant-bras. Ils sont là depuis plus de quatre heures ; après la longue attente, il y a eu la radio, la réduction et enfin le plâtre. À présent, ils patientent au service de radiologie pour un dernier cliché.

Au début, Jess était pétrifiée par la peur.

— Ils vont penser que je lui ai fait du mal à lui aussi. Ils ne voudront jamais croire à une coïncidence... Deux enfants blessés en si peu de temps, ils vont me retirer les garçons.

— C'est vrai que les apparences ne sont pas idéales, a reconnu Martha, mais je leur dirai que c'est moi qui ai encouragé Kit à escalader l'arbre.

— Et du coup, ils penseront que je n'ai aucune autorité, que je suis incapable de protéger mes enfants.

Jess était paralysée par la façon dont la blessure de Kit pourrait être perçue. Et pourtant, le médecin n'a pas paru s'en émouvoir particulièrement. La fracture dont souffre Kit est sévère mais classique, et Martha était présente lors de l'accident.

Et puis à mesure que les heures se sont écoulées – deux, trois, quatre heures – sans qu'un policier vienne la trouver, Jess a senti ses craintes de se voir arracher ses fils décroître. La nervosité inhabituelle de Martha s'est évanouie elle aussi, pour être remplacée par de l'ennui.

— Je rêve d'une tasse de thé.

L'air est étouffant, et Frankie a du mal à tenir en place, il cogne le pied de sa chaise sur un rythme monotone et régulier. Martha ne peut pas le raccompagner à la maison, elle doit attendre avec Kit, et Jess non plus car elle n'est toujours pas autorisée à rester seule avec l'un de ses enfants. Sa sœur pousse un long soupir.

— Je suis désolée, dit-elle, même si elle a moins l'air contrite que lassée. Ça commence à me taper un peu sur les nerfs.

— Je vais te chercher un thé.

Jess se lève d'un bond, désireuse de se faire pardonner et de remédier à cette inertie.

— Il y a un distributeur aux urgences.

— Oh, ne t'embête pas. Je ne peux pas boire ces horreurs.

— Je peux aussi aller dans l'un des deux cafés du hall, et t'acheter un vrai café.

Martha hésite ; la caféine est son moteur.

— On en a encore pour un bon moment. Après la radio, il faudra qu'on attende le médecin pour avoir le droit de sortir, puis fixer un rendez-vous de suivi.

Jess n'a aucune envie de quitter ses deux fils, mais cette occasion de s'échapper un instant est soudain terriblement attrayante.

— Si tu es sûre, je veux bien un café dans ce cas.

— Avec plaisir.

Elle prend son sac et son manteau ; elle est impatiente de partir.

— Je ne devrais pas en avoir pour longtemps, ça dépendra du monde, et j'ai mon téléphone.

— Je t'appelle s'ils viennent nous chercher.

Jess sourit d'un air penaud : elle sait très bien que leur attente est loin d'être terminée. Les quatre heures vont sans doute se transformer en cinq, puis six.

— J'essaie de faire vite.

Elle ne part pas avec l'intention de faire un détour, mais elle s'égare sur la route du hall principal de l'hôpital. Elle a emprunté ce qu'elle espère être un raccourci, lorsqu'elle aperçoit le mot « chapelle ». Et, bien sûr, elle y voit un signe.

La salle est vide. Tout le décorum classique est présent : les vitraux, les chandeliers en cuivre, les coussins en velours rouge, les prie-Dieu en tapisserie et même une table avec des cierges à allumer pour soutenir les êtres chers en situation désespérée. Elle s'assied sur un banc, appelle de ses vœux un accès de chaleur ou de certitude, un signe que Betsey ira bien. (La fracture de Kit, si elle est une preuve supplémentaire que Jess est une mère incompétente, est une inquiétude plus maîtrisable et familière.) Rien ne vient.

— Je ne sais pas quoi faire, murmure-t-elle en boucle. Je ne sais vraiment pas quoi faire.

Elle cherche dans son sac la petite poupée de chiffon qu'elle garde en permanence sur elle, comme un talisman, l'approche de son nez pour retrouver l'odeur de Betsey. Mais elle ne sent rien d'autre que l'encens et ce mélange puissant d'ammoniaque, de Javel et de peur qui la prennent à la gorge. Elle est tellement contaminée par cet endroit qu'elle n'arrive même pas à évoquer le souvenir de sa fille.

La panique enfle et elle aligne ses bagues, version personnelle, névrotique, du chapelet. Aucun de ses rituels habituels ne parvient à l'apaiser. Peut-être que si elle allumait un cierge… Elle craque une allumette, regarde la mèche s'embraser, la flamme prendre vie. Pourquoi n'en a-t-elle allumé qu'une seule ? Elle a besoin de trois flammes. Elle se débat avec les allumettes. Du coup, les cierges ne s'éteindront pas au même moment, celui de Betsey rendra l'âme avant ceux des garçons. Faut-il y voir le signe que sa vie est plus fragile que la leur ? Les mains de Jess tremblent lorsque l'allumette s'embrase et la flamme mordille sa chair, noircit son ongle.

— Aïe !

L'odeur de peau brûlée ; sa blessure provoque un frisson qui s'ajoute aux tremblements de peur.

Comment va-t-elle pouvoir sortir de ce cauchemar ? Devrait-elle tout simplement être honnête ? Mais personne ne la croira. Ni Cat Rustin, ni Liz, ni Martha. Ni même, et c'est ce qui l'ébranle le plus profondément, Ed.

Elle sanglote et s'essuie la bouche du revers de la main, se mouche dans un mouchoir poisseux, le nez aussi morveux qu'un enfant. Elle est brisée. Complètement vidée.

Pour une raison qui la surprend, elle pense au chiot : une preuve supplémentaire de ses manquements en tant que mère. Les garçons en avaient réclamé un et, faisant la sourde oreille à son aspiration au calme, à l'ordre et à ces journées qui lui appartenaient enfin, de 9 à 15 heures, elle a fini par céder. Ils ont choisi un cockapoo roux, que les enfants ont appelé Teddy. Une vraie boule de poils, moins un chien qu'un ours en peluche. Jess avait été saisie d'une terrible appréhension juste avant son arrivée, mais la joie sur le visage de Frankie, quand ils sont allés le chercher un 24 décembre, l'a convaincue que c'était une bonne chose.

Comment avait-elle pu se tromper à ce point ?

Elle avait essayé de l'aimer. Et ce n'était pas seulement l'étendue des besoins de cet animal qui l'en avait empêchée, mais la prise de conscience inébranlable qu'elle se retrouvait responsable d'une minuscule créature qui urinait et déféquait partout. La vie était devenue un cycle interminable de désinfection des sols, de lavage du linge de lit à quatre-vingt-dix degrés. Puis il fallait nettoyer cette créature stupide, si enthousiaste et déboussolée qu'elle posait les pattes dans ses propres crottes, avant de lui sauter dessus – ce qui impliquait qu'elle devait se nettoyer, elle, avant de désinfecter le sol, puis l'animal, et ainsi de suite.

Tout le monde disait que ça deviendrait plus facile au bout de deux semaines, mais au terme de la troisième elle continuait à se sentir prise au piège. Les mains si gercées qu'elles saignaient, la poitrine serrée, la gorge irritée par les effluves de Javel. Ses pensées tournaient entièrement autour de la cécité causée par la présence de matière fécale dans les yeux de ses enfants. Ça la terrifiait, cette force avec laquelle de telles pensées pouvaient s'enchaîner. Elle s'était inquiétée des microbes lorsque les garçons étaient petits, mais jamais à un tel niveau d'intensité. À présent, ses peurs se faisaient un malin plaisir de l'assaillir.

Un soir, elle avait passé une demi-heure sur la pelouse givrée avec le chiot qui refusait de faire ses besoins… et qui s'était soulagé dès son retour à l'intérieur de la maison. Jess avait compris qu'elle ne pouvait plus surmonter cette épreuve. Mel avait adopté un chiot de la même portée et se débrouillait à merveille. Son affection et son désir de plaire soulignaient constamment l'échec de Jess à être une bonne maîtresse et, par extension, une bonne mère : compétente, habile, drôle. Mais elle avait su, alors qu'elle se trouvait dans sa cuisine, déconcertée par cette minuscule créature crottée que cette chose – elle ne l'appelait plus par son nom, n'éprouvait plus pour elle une seule once de tendresse – avait le pouvoir de la détruire.

Peut-être a-t-elle un problème qui l'empêche de faire ce qu'il faudrait – garder ce chiot malgré tout ou confesser qu'elle est dépassée par la maternité. Une déficience fatale à cause de laquelle elle n'a pas pu conduire sa fille à l'hôpital, à cause de laquelle elle a truqué son récit, menti à la police.

Mais la vérité est devenue un tel imbroglio qu'elle ne sait plus comment arranger les choses. Elle observe la flamme du cierge de Betsey, hypnotisée par son éclat. Cette lueur finit par provoquer un éclair de lucidité. Puisque la vigilance est l'unique domaine où elle excelle, il ne lui reste qu'une seule chose à faire.

Le service pédiatrique est silencieux à son arrivée, un peu après 20 h 30. Elle n'a pas appelé Martha pour lui dire ce qu'elle mijote, a fait abstraction du café qu'elle était censée lui rapporter. Son téléphone a vibré à deux reprises dans son sac, mais elle l'a ignoré, tout comme elle ignore le fait qu'elle ne devrait pas être ici.

À sa surprise, elle entre sans difficulté : un parent, qui la reconnaît pour l'avoir croisée la veille, lui ouvre la porte, et l'équipe de nuit, qui débute sa garde, est occupée à prendre connaissance des dossiers. Elle n'a jamais vu la femme dans le bureau des infirmières. Peut-être une remplaçante, une intérimaire qui ne travaille pas habituellement dans cet hôpital et qu'elle croise pour la première fois.

— Vous êtes là pour quel patient ?

L'anglais de l'infirmière est saccadé, rugueux. Jess espère qu'elle a une connaissance tout aussi rudimentaire du règlement qui lui interdit de venir ici sans la présence d'une assistante sociale.

— Ma fille, Betsey Curtis, par là-bas.

Elle indique la direction de sa chambre.

— Je voulais juste lui déposer une peluche... et lui souhaiter bonne nuit.

Elle sort la poupée de son sac, et l'infirmière hoche la tête, convaincue par ce gage de tendresse maternelle.

— Merci, murmure Jess. Merci beaucoup.

Betsey a l'air si paisible dans son sommeil. Le bandage est toujours là, et un tube est fixé à un de ses doigts, mais il n'y a aucune trace de ses dernières crises. Ses bras et ses jambes sont immobiles, ses yeux clos ne roulent pas dans leurs orbites.

Jess caresse une joue rebondie, se délecte de sa douceur veloutée, puis dépose un baiser sur son front, du bout des lèvres. L'odeur de Betsey est malheureusement masquée par celle de l'hôpital et par le tissu du bandage.

Jess se laisse choir sur la chaise en plastique bleue à côté du lit. Elle n'a pas réfléchi à ce qu'elle ferait ensuite. Elle voulait seulement s'asseoir près de sa petite fille, discrètement, sans avoir à se justifier, et ensuite, d'une façon ou d'une autre, l'emmener loin d'ici. *Je dois protéger mon bébé.* C'est une idée insensée, non ? Qui n'est pas dans l'intérêt de Betsey, puisque cela contrevient à ce que la police, les services sociaux et les médecins ont décidé. Elle le sait, tout comme elle sait qu'elle aurait dû retrouver Martha, mais ça n'y change rien. Peut-être que son instinct maternel – qui n'a jamais été aussi fort avec ce bébé qu'avec ses garçons – a fini par se réveiller ?

Elle pose une main sur le bras fragile de sa fille, fait le tour de son minuscule poignet avec deux doigts. Le tube fixé sur le dos de sa main peut facilement être désolidarisé de la perfusion et de la canule. Et une fois retiré, plus rien ne la reliera à ces machines. Un picotement parcourt le coccyx de Jess quand elle pense à l'aiguille plantée dans la peau de son bébé. Elle a longtemps résisté à médicaliser l'existence de Betsey, s'opposant aux vaccins, s'employant à lui donner une naissance naturelle – et quel échec de ce point de vue ! Aujourd'hui, elle peut lui éviter des interventions inutiles et la protéger de cet environnement.

Elle aspire simplement à la tenir contre elle. À la sentir : chaude et étonnamment compacte, mais apaisée, ne se débattant plus, son cœur battant en rythme presque parfait avec le sien, pressée contre sa poitrine. Betsey ne s'est pas abandonnée contre sa mère depuis la veille de l'accident. Et les seuls souvenirs que Jess garde de cet après-midi-là sont empreints d'épuisement et de colère, puis, après l'accident, de souffrance. Tout ce que Jess veut – et elle justifiera ainsi son attitude à ses propres yeux par la suite –, c'est prendre son bébé dans ses bras.

Elle détache le tube au niveau de la perfusion – elle a la sensation de disjoindre deux pièces de Lego. Elle glisse les mains de chaque côté de sa fille et la soulève, son buste lui fait l'impression d'une boîte de céréales, sa tête est nettement plus lourde qu'il n'y paraît.

— Maman est là, murmure-t-elle contre le bandage, qui frotte sur son menton de façon désagréable.

Elle aimerait tellement pouvoir le retirer et embrasser correctement Betsey. Elle se rassied, ne croyant pas tout à fait à ce qu'elle vient de réussir à accomplir, cherchant à savourer ce moment.

— Là, ma chérie… C'est maman.

Sauf qu'elles sont trop visibles ici. Un rideau permet d'isoler chaque patient, et elle tire celui de Betsey, retient son souffle en priant pour que les anneaux ne fassent pas de bruit sur la tringle. À présent, elles sont à l'abri, dans leur petite bulle. Le corps de Betsey est agité d'un mouvement de va-et-vient, et cette connexion, ce lien entre leurs deux poitrines qui se touchent, leurs deux souffles qui se mêlent, lui rappelle une proximité qu'elle n'a pas ressentie depuis sa grossesse. Voilà comment elles auraient dû être dès le début ! Betsey n'a besoin que de cela : une mère qui se satisfait de rester tranquillement assise, à écouter le tambourinement de son petit cœur, habituée à ses reniflements discrets, respirant le même air. Jess s'abreuve de sa fille – et elle avait tort : en dépit de l'odeur âcre de l'antiseptique et de la Javel, en dépit de cet affreux bandage, Betsey a conservé son odeur. Et Jess sait qu'elle est capable de s'occuper d'elle.

Enfin, est-ce réellement le cas ? La réalité, c'est qu'elle sait s'occuper d'un enfant qui ne gigote pas, qui ne se cabre pas. Qui ne lui résiste pas. Les deux éléments sont-ils reliés ? L'agitation de Betsey et la frénésie de Jess, son incapacité à s'asseoir calmement avec sa fille ?

Tu es une mauvaise mère. Le mantra familier résonne dans sa tête. *Une mauvaise mère. Une horrible mère.*

Non, c'est faux, s'oppose-t-elle intérieurement. *Lors des rares moments où Betsey est paisible, je suis une bonne mère.*

Et peut-être que cette situation pourrait se prolonger ? Jess sait qu'elle réussirait à être une bonne mère si elle trouvait le moyen de maintenir cet état de calme. Si elle prenait le temps de se poser tranquillement avec sa fille, chez elles – pas dans un hôpital, avec tous ces néons et ces machines bruyantes, avec les manières de faire brutales des soignants, mais dans la quiétude de la chambre de Betsey.

Elle va essayer. Sa fille n'a rien à faire ici. Regardez-la. Elle va très bien, elle n'a pas besoin de cette machine. Tout ce qu'il lui faut, c'est une mère qui l'aime – et l'amour coule justement dans les veines de Jess comme du chocolat chaud bien noir, prêt à brûler quiconque suggérerait qu'elle n'a pas à ramener sa fille chez elle. Elle sépare le tube de la canule et emmaillote Betsey dans une couverture de l'hôpital, avant de la serrer contre elle. En posant sa doudoune légère sur son fourre-tout, et en plaçant celui-ci devant elle, elle devrait cacher en partie Betsey. Maintenant, elle doit redoubler de prudence…

Elle écarte le rideau pour jeter un coup d'œil dans le couloir. L'infirmière est toujours penchée sur son bureau, Jess en profite pour se faufiler hors de la chambre. Après avoir avancé à pas de loup sur quelques mètres, elle presse la cadence, la démarche de plus en plus résolue maintenant qu'elle a disparu au détour du couloir. Le cœur de Jess enfle. Elle a réussi ! Elle a sorti Betsey de sa chambre, et il ne lui reste plus qu'à suivre ce long corridor puis à quitter le service.

Elle accélère et manque de trébucher. Elle doit refréner son enthousiasme ; il ne faut surtout pas qu'elle attire l'attention. Betsey est plus lourde que dans son souvenir. À moins que ce ne soit parce qu'elle la tient maladroitement, avec sa doudoune qui rebondit contre les jambes de sa fille, le polyester menaçant de glisser. Son fourre-tout vibre de façon insistante, mais Jess l'ignore et remonte Betsey sur son épaule. « Tout va bien, ma chérie », voudrait-elle lui murmurer. Elle n'ose pas. Elle doit faire le moins de bruit possible. Betsey gigote et Jess la serre de toutes ses forces, enfonce ses doigts dans la couverture. La petite pousse un minuscule miaulement de protestation.

— Chut. Maman est là, maintenant. C'est bientôt fini…

L'angoisse donne des accents sauvages à son murmure.

— On y est presque…

— Jess ? Qu'est-ce que tu fais ?

Les portes coulissantes du service de pédiatrie viennent de s'ouvrir sur Liz, avec son manteau et son sac à main – elle a peut-être oublié quelque chose et est remontée après une longue journée.

Elles se dévisagent un long moment. Liz finit par rompre le silence.

— C'est Betsey que tu tiens, là ?

Jess a la gorge sèche.

— S'il te plaît, laisse-moi la prendre.

Liz fait un pas en avant, d'un calme qui manque de naturel, comme si elle craignait que Jess ne soit instable.

— Jess ? Tu ne peux pas emmener Betsey, tu comprends ? Elle doit rester en observation, nous devons la surveiller de très près. Là, laisse-moi la prendre, répète-t-elle, parce que Jess n'est pas prête à céder, parce qu'elle ne relâche pas du tout son étreinte et qu'elle n'a aucune intention d'abandonner son bébé. Jess…

Il y a quelque chose d'intraitable dans la voix de Liz.

— Betsey est encore dans un état très fragile, tu comprends ? Elle doit rester ici.

Jess fait un pas de côté pour contourner l'obstacle, rejoindre la sortie et la liberté. Mais Liz est trop rapide et lui bloque le passage.

— S'il te plaît, Jess. Donne-la-moi.

On dirait une conciliatrice convoquée pour mettre un terme à une prise d'otages. Puis vient la menace, et son inflexibilité s'explique aussitôt.

— Sinon, je serai forcée d'appeler la police.

— Non.

Jess secoue la tête avec force. A-t-elle une chance de réussir à s'échapper en courant ? Elle est en meilleure forme physique que Liz – trois séances de cardio et un jogging par semaine –, et sa motivation est plus forte, son instinct de survie poussé à son niveau maximum. Serrant Betsey contre elle, elle tente de contourner Liz, prête à tout pour lui échapper.

— Non, Jess, ne fais pas ça… Sécurité !

La tension monte aussitôt d'un cran. Une alarme résonne et des infirmières semblent se précipiter sur elle de toutes les directions. L'une d'elles aboie un ordre :

— Donnez-la-moi ! Donnez-la-moi tout de suite !

Il y a quelque chose dans son économie de mots, dans son ton direct et pragmatique qui fait vaciller Jess, la rend vulnérable. L'infirmière en profite pour bondir.

— Nonnnn !

On lui arrache son bébé des bras. Un quart de seconde plus tard, Betsey disparaît dans le couloir, emportée avec précipitation. Jess tente de la rattraper, mais elle ne peut aller nulle part. Un gardien de sécurité l'immobilise.

— Je vais devoir informer Lucy de cet incident, et Cat Rustin, lui dit Liz.

Son regard est empreint de pitié et – oui, il lui semble bien – de colère. D'une voix radoucie, Liz ajoute :

— Oh, Jess, tu te rends compte ?

— Bien sûr que je me rends compte, merde.

Jess ne jure jamais, cependant la peur la transforme en quelqu'un qu'elle ne reconnaît plus. Ses bras sont vides, l'absence de sa fille la fait souffrir physiquement.

Elle se détourne, refuse de répondre aux réprimandes, refuse de montrer à Liz qu'elle est au bord des larmes. *Que sommes-nous donc devenues ?* se demande-t-elle. *Que suis-je devenue ?*

— Je sais que tu veux être avec ta petite fille, mais ce n'est pas la solution, Jess.

— Et quelle autre solution ai-je ? rétorque-t-elle d'un ton de défi qui jaillit brusquement.

— Pas celle-ci.

Sa voix se réduit à un quasi-murmure.

— Vraiment pas celle-ci…

Elle s'interrompt et pose une main sur le bras de Jess.

— Il faut que tu me suives.

— Pourquoi ?

Elle sait très bien pourquoi. Elle a enfreint toutes les règles.

— Nous allons devoir demander une protection policière, je le crains.

— Une protection ?

Elle a déjà entendu ce mot lors de l'admission de Betsey. Elle est fatiguée, si fatiguée de ce jargon qu'ils emploient, tous.

— Ça veut dire que la police veillera sur Betsey pendant son séjour à l'hôpital. Ça veut dire que tu n'auras plus le droit de venir ici, que la police pourra t'empêcher de voir ta fille.

28

LIZ

Mercredi 24 janvier 2018, 20 h 30

Neil est hors de lui, bien sûr.

Je l'ai informé de ce qui venait de se passer. Il est catégorique : il faut contacter Cat Rustin et Lucy Stone.

— Enfin, qu'est-ce qui lui a pris, bordel ? Elle aurait pu tuer ce bébé. Elle est folle ou quoi ?

Il tremble de rage, d'une rage tempérée par la peur. La peur de ce qui aurait pu arriver à Betsey, mais aussi la peur des conséquences pour l'hôpital qui a failli à ses devoirs en laissant quasiment un parent enlever son enfant. L'infirmière de garde en prend pour son grade. Neil l'étrille avec des termes qui contreviennent tout à fait à la déontologie, confirmant qu'il est mûr pour la retraite. J'interviens. La pauvre, en larmes, se répand en excuses. Puis, dès que Neil est suffisamment loin, elle se met aussitôt sur la défensive. Je pense aux formulaires qu'il va falloir remplir, à l'enquête potentielle sur le contexte ayant permis la survenue d'un tel incident. Mais je m'inquiète surtout pour Betsey, qui a retrouvé son lit, et pour Jess, détenue dans la salle des internes par la sécurité le temps que Neil contacte la police – et l'informe que Jess a violé les termes de leur accord.

Ce n'est pas Cat Rustin qui débarque, mais deux officiers en uniforme. Il ne leur a fallu que dix minutes pour arriver – l'appel a été considéré comme une urgence. Dans la précipitation, ils n'ont pas eu le temps de prendre connaissance des détails du dossier.

Jess semble terrorisée par leur présence. Elle s'est tellement ratatinée que je devine quelle vieille dame elle sera : avec des os délicats et fragiles, vulnérables, privée de cette énergie qu'elle a manifestée lors de notre rencontre et de cette attitude bravache dont elle vient de faire preuve il y a quelques minutes, en refusant de me donner Bets. Voir Jess dans cet état me fait penser à ma mère, et un vague souvenir miroite à la lisière de ma mémoire : une maisonnette à la campagne, des vitres éclaboussées de pluie et un jeune agent de police rouge de honte s'empressant de remonter dans son véhicule, impatient de mettre de la distance entre lui et nous.

Ce souvenir est une distraction, or je dois me concentrer sur le présent. Le policier qui prend la tête des opérations – blond et plein d'assurance, avec la carrure idoine – explique à Jess qu'elle va devoir les suivre. Ses manières sont absolument irréprochables, mais il n'y a aucune cohérence entre son ton cordial et la violence cinglante de ses paroles.

Tout cela parce qu'il ignore les détails du dossier, me suis-je dit, parce qu'il a été contacté par radio et qu'on lui a demandé de se rendre à l'hôpital au plus vite, parce que Cat Rustin ne travaille pas ce soir et qu'il n'a pas le temps de chercher à comprendre pourquoi une mère pourrait avoir la tentation d'enlever sa fille.

Pourtant, alors qu'il menotte les fins poignets de Jess et lui explique ce qui lui est reproché, j'ai l'impression que nous avons basculé dans un monde parallèle.

— Je vous arrête pour soupçon de tentative d'enlèvement de mineur.

— Vous comprenez bien que je n'avais pas le choix, non ? me demande Neil après le départ de Jess et des policiers.

Avant leur arrivée, il frémissait d'indignation, droit dans ses bottes, pestant contre elle – est-ce qu'elle avait la moindre idée des conséquences de son comportement ? Après l'arrestation, il se mure dans un silence inhabituel. À l'admission de Betsey, il a été très clair : je ne devais pas être impliquée dans ce dossier de près ou de loin, et maintenant il semble attendre de moi que je valide sa décision, tout comme il l'a fait lorsque nous avons discuté du danger que pouvait courir Betsey. Peut-être a-t-il été troublé par le spectacle d'une mère de famille malmenée par deux agents de police.

— Oui…

Sans vraiment y réfléchir, je lui dis ce qu'il a envie d'entendre, même si j'ai du mal à digérer ce qui vient de se passer.

— Les parents ne peuvent pas débarquer ici et priver leurs enfants de soins indispensables à leur santé.

Eh oui, je comprends sa rage et je ne peux pas cautionner l'égoïsme de l'attitude de Jess : son imprudence et son arrogance, tant elle était convaincue de savoir mieux que nous. Pourtant, je me débats avec moi-même, mon irritation étant sapée par mon incompréhension et ma tristesse infinie pour cette amie que je ne reconnais plus, comme s'il s'agissait de son reflet dans un miroir déformant de fête foraine. Dans quel état de désespoir se trouve-t-elle pour avoir pu se convaincre qu'il valait mieux enlever Betsey que de laisser l'hôpital prendre soin d'elle ?

Cette prise de conscience surnage dans la brume de mes pensées. Son attitude n'a rien de rationnel et l'intervention de la police – même si elle était inévitable du point de vue de l'hôpital – ne me paraît pas adaptée : le comportement de Jess laisse en effet supposer qu'elle ne jouit pas d'une santé mentale solide.

— Je pense qu'elle n'était pas en pleine possession de ses facultés mentales, dis-je en apprivoisant peu à peu cette idée. Nous devrions peut-être vérifier avec Lucy Stone qu'elle ne pourrait pas être passée à côté d'une dépression post-partum. Voir s'il ne faut pas faire examiner Jess.

Je m'attends à un grognement offusqué ou un revers de main méprisant, parce que Neil a moins de sympathie pour les troubles mentaux que physiques. Ce qu'il n'admettrait jamais (il a au moins conscience de l'importance du « politiquement correct »). Ça ne s'applique pas à des cas aussi extrêmes que la schizophrénie bien sûr, mais une petite dépression post-partum chez une femme mariée et aisée ? À force de soigner au quotidien des enfants condamnés, ses réserves de compassion sont limitées.

— Ça expliquerait son comportement, en effet, concède-t-il pourtant. Sans l'excuser. Je ne veux plus d'elle dans mon service. Elle constitue un risque pour ma patiente, et elle s'est mise toute seule dans cette position.

Sa réaction est inévitable : nous avons un devoir envers Betsey, et nos autres patients, nous ne pouvons pas courir le risque que cet incident se reproduise. Que se serait-il passé si Betsey s'était mise à convulser ou qu'elle s'était cogné la tête alors que sa mère la tenait ? D'un autre côté, Jess n'est pas dans son état normal. Cette révélation me fait le même effet que la découverte, à vingt ans, que j'avais besoin de lunettes : les contours de mes pensées sont nettement moins flous, tout paraît plus logique.

Je tente de prendre sa défense, mais Neil m'arrête en levant la main, comme un policier régulant la circulation. Je suis tellement estomaquée de le voir retrouver aussi vite ses vieilles habitudes – son égoïsme, son mépris ostensible et dédaigneux –, redevenir le Neil qui me remet systématiquement à ma place, que j'en reste coite.

Néanmoins, je ne remettrai pas mon jugement en question sur ce point. D'autant que ça colle parfaitement avec une remarque que Jess a faite il y a trois ans. Une remarque que je m'étais convaincue d'avoir comprise de travers, parce que mon amie ne pouvait pas avoir dit une chose pareille, alors qu'à présent tout ça me semble d'une logique implacable.

29

LIZ

Vendredi 5 décembre 2014

Je vieillis. Voilà la pensée qui traverse mon esprit lorsque je m'effondre sur une banquette en skaï collante, ayant enfin réussi à fuir la piste de danse. Nous sommes sorties entre mamans et, sans que ce soit prémédité, le dîner tranquille s'est transformé en soirée débridée avec shots de tequila dans une boîte un peu louche.

Il est 1 h 30 du matin et, après m'être dandinée avec enthousiasme sur une ribambelle de tubes des années 1990, j'ai mal aux pieds et la voix cassée à force de crier pour me faire entendre malgré la musique. Mel et Charlotte sont les reines de la piste de danse – bras tendus vers le plafond ou enlacées, criant les paroles des chansons à gorge déployée. Contrairement à elles, je travaille dimanche. J'ai donc arrêté de boire pour passer au Coca Light.

— Ne sois pas aussi rabat-joie, Liz ! Viens danser !

Jess s'affale à côté de moi sur la banquette et approche son visage tout près du mien pour me sourire.

— Même Charlotte se lâche !

D'un geste, elle désigne notre amie qui se balance sur du Oasis. Paupières closes, elle ne pourrait pas être plus éloignée de cette image de mère qui a créé un tableur pour nous permettre de nous répartir la récupération des enfants aux diverses activités extrascolaires et nous sermonne parce que nous ne sommes pas assez impliquées dans notre club de lecture. Elle a une expression rêveuse, comme si elle se remémorait un baiser en particulier.

— Regarde-la, dit Jess avec une indulgence amusée. Je ne crois pas l'avoir jamais vue aussi soûle.

Wonderwall est sorti quand j'avais quinze ans : je n'avais pas encore d'expérience de l'amour et doutais, à l'époque, que quiconque puisse nourrir ce genre de sentiments pour moi. C'était une période douloureuse, même si je savais déjà, après avoir été témoin de la lente reconstruction de Mattie, que je voulais devenir médecin et plus précisément dans le domaine de la chirurgie esthétique, pensais-je alors, même si j'ai compris plus tard que j'étais plus taillée pour la médecine que pour la chirurgie.

J'ai réalisé mon rêve en travaillant d'arrache-pied, en étant studieuse, et je croyais que Charlotte ne sortait pas non plus le nez de ses bouquins à l'époque. Pourtant, en la voyant s'abandonner ainsi à la musique, je me dis qu'elle a dû avoir une adolescence nettement plus équilibrée que la mienne. Une sensualité surprenante se dégage de sa façon de danser, et j'ai soudain une vision d'une Charlotte plus jeune, amoureuse désespérée et obsessionnelle.

— Ça va ? crie Jess pour couvrir la musique.

— Je regarde juste Charlotte.

— Pour quoi faire ? Viens plutôt danser.

Elle me prend la main pour m'entraîner. Le morceau va atteindre son apogée d'une seconde à l'autre, le DJ coupera le son et tout le monde se mettra à chanter.

— Laisse-moi une minute, Jess. J'ai besoin de reprendre des forces.

Elle me considère d'un air réprobateur. Je cède et remets mes talons trop hauts.

— Top ! J'ai besoin de ma reine de la disco.

Elle se penche vers moi pour déposer un baiser sur ma joue et ses boucles effleurent mes lèvres. Lorsqu'elle s'écarte, elle a les pupilles dilatées et, l'espace d'un instant – un instant qui s'étire parce que je ne sais pas bien comment je réagirais si ça se produisait –, j'ai l'impression qu'elle va m'embrasser.

— Je t'aime, Liz, dit-elle.

Ses bras et jambes sont si alanguis qu'ils sont presque flasques.

— Je t'aime aussi.

Elle a beaucoup bu.

— C'est génial, non ?

Elle tend un bras indolent vers Mel et une clique de mères de la classe de Rosa qui chantent les paroles à tue-tête. Elle presse sa bouteille de bière contre son front et sourit alors que des perles de condensation coulent de ses cheveux.

— Oui, oui, c'est génial, confirmé-je.

C'est vrai, qu'y a-t-il à redire ? Malgré la fatigue et le léger ennui, ça fait plaisir de voir ces jeunes mamans avec les cheveux lâchés.

— Ça me rassure de constater qu'on est encore capables de se conduire comme des ados.

— Oui, c'est bon de ne pas être une *maman* vingt-quatre heures sur vingt-quatre, me rétorque-t-elle avant d'avaler une gorgée de bière.

— Euh… oui.

Je suis légèrement surprise. De nous quatre, elle est la seule à avoir choisi d'être mère au foyer, et elle n'a jamais exprimé le moindre regret à ce sujet.

— Je veux dire, j'adore mes enfants…

— Je le sais bien, Jess.

— … mais parfois j'ai besoin de faire une pause. Ils sont usants. J'aime profondément Frankie, ce qui n'empêche que j'ai l'impression de devoir constamment être en alerte. Et Ed n'est jamais, jamais là. C'est moi qui suis responsable d'eux en permanence. Je n'ai pas une minute pour souffler, il faut sans cesse les surveiller. Vérifier qu'ils ne font pas quelque chose de dangereux sans réfléchir, être sur mes gardes, m'assurer qu'ils vont bien.

Elle reprend une longue gorgée de bière. Je ne sais pas très bien quoi dire. On est loin de la petite plainte habituelle, faite à moitié en s'excusant et en reconnaissant qu'on a conscience d'avoir une chance folle. Ses paroles sont empreintes de rancune. J'ai peut-être sous-estimé son niveau de frustration, convaincue secrètement qu'elle avait la vie facile avec un mari riche et sans obligation professionnelle. À moins que les garçons ne soient bien plus durs que je ne le pensais. Frankie doit l'user, même si elle semble tout à fait à la hauteur de la situation. Je la serre dans mes bras.

Il faudra en reparler plus sérieusement quand nous serons toutes les deux sobres. Voilà ce que je décide. Je ne suis pas sûre que nous puissions être très cohérentes dans l'immédiat. Je marmonne un truc sur le fait que les mères au foyer méritent plus de reconnaissance. Que je ne pourrais jamais mener la même vie qu'elle et rester à la maison avec les enfants, que c'est le plus dur métier du monde.

— Personne ne nous avait prévenues, hein ? dit-elle, son visage toujours un peu trop près du mien, comme pour me faire comprendre quelque chose. On croit apprendre des erreurs de ses parents, on se persuade qu'on sera une tout autre mère que la sienne, mais on ignore à quel point c'est dur. Il y a tellement de choses à envisager. Il faut toujours penser à tout en permanence. À tout ce qui pourrait tourner mal.

— Tu veux dire que tu n'auras pas de troisième enfant alors ?

Je ne sais pas pourquoi j'ai sorti ça. Sans doute parce que je suis crevée, qu'il est tard et que je n'ai pas envie d'entendre ma grande amie se répandre sur ses malheurs de mère alors que ce soir, pour une fois, nous sommes justement censées oublier l'existence de nos enfants. Peut-être parce que je refuse d'entendre cette vérité, pas dans la bouche de Jess, l'amie que j'ai toujours pensée plus douée pour la maternité que nous autres, en tout cas plus que moi. Et donc, comme une imbécile, au lieu de l'écouter, je recours à l'humour pour tenter de dissiper ses angoisses, ce qui ne sert qu'à empirer les choses.

— Jamais de la vie !

Je comprends qu'elle vient de basculer dans un état d'ébriété extrême qui va la pousser à dire des choses excessives, des choses qui ne ressembleront pas à la Jess que je connais – mais qu'elle parlera à cœur ouvert.

— Ed trouverait ça formidable. Une petite fille viendrait « compléter notre famille ». Il pense que ça me plairait, venant d'une famille de quatre enfants.

Son ton vire de la moquerie à la tristesse.

— Mais petit *a)* je ne peux pas lui garantir que j'aurai une fille, or c'est ce qu'il veut, et petit *b)* je ne crois pas que je m'en sortirais.

Elle abandonne sa tête sur mon épaule. Je caresse ses boucles, dépose un baiser sur son crâne. Nous restons assises là et, pendant que je regarde les filles danser – Mel comme si elle cherchait à faire sortir quelque chose, Charlotte se balançant dans une sorte d'état de transe –,

Jess prononce des mots si bas que je dois me pencher vers elle. Je ne suis pas certaine d'avoir bien entendu.

— Qu'est-ce que tu as dit ?

— Juste que je ne veux pas assumer la responsabilité d'un enfant supplémentaire.

Elle me regarde avec intensité.

— Je crois que je risquerais de les tuer !

— Tu ne le penses pas.

Son ton manque de naturel, il est trop excessif, c'est une blague maladroite. J'ai dû me faire des idées. Ou mal entendre à cause de la musique.

— Pas vraiment, non.

Elle éclate de rire et se lève, puis me tend la main. Je l'accepte et elle m'oblige à me mettre debout. Nous nous retrouvons face à face. Je lui souris, tente d'éprouver du soulagement. Elle sourit elle aussi, pourtant son expression manque de joie. Et son ton est pragmatique.

— Mais je crois que ça risquerait d'être la goutte d'eau.

30

LIZ

Mercredi 24 janvier 2018, 21 h 55

Il est presque 22 heures quand j'arrive enfin à la maison, le corps accablé de fatigue, l'esprit tourmenté par l'interrogatoire que Jess doit subir au commissariat.

Pendant que Nick me prépare une tasse de thé, je m'affale devant la télé et regarde, la tête ailleurs, un couple « dysfonctionnel » se disputant au sujet d'une maison hors de prix dans une émission de télé-réalité immobilière. Je repense aux mouvements paniqués de Jess, à la lueur de désespoir dans son regard.

— Tu viens te coucher ?

À 22 h 30, Nick m'extirpe du canapé et nous nous préparons à nous coucher. Comme toujours, je jette un coup d'œil dans les chambres des enfants pour les border et leur donner un baiser. Rosa dort en position fœtale, Sam, lui, en étoile. Je m'attarde, consciente que Jess ne pourra pas embrasser Kit et Frankie ce soir, que Betsey ne recevra la visite d'aucun de ses deux parents. Quelle pagaille, bon sang, quelle foutue pagaille…

Je mets mon portable à charger, et il vibre au moment où je le branche. Je veux aussitôt y voir un signe de mauvais augure. Ma mère ? Qui d'autre pourrait m'appeler à cette heure tardive ? Je vérifie le nom sur l'écran. Ed, évidemment. Je ne peux pas parler de Betsey et je ne devrais sans doute pas avoir le moindre contact avec lui, mais quelle amie refuserait de décrocher dans un moment pareil ?

— Ed ? Ça va ?

— Jess a été arrêtée.

Sa voix se brise.

— Elle est au commissariat. Elle a semé Martha et tenté d'enlever Betsey.

— Oh, Ed… Je suis au courant. Je suis vraiment désolée.

— Elle m'a dit que tu l'avais empêchée d'emmener Betsey et appelé la police… Tu n'as pas pensé à me téléphoner quand ils l'ont emmenée ? Pour me prévenir ?

Son agressivité me laisse sans voix. Je n'ai pas le temps de lui expliquer que je n'avais aucun contrôle sur la situation, parce qu'il semble se rendre compte qu'il est allé trop loin.

— Désolé, Liz, désolé. Je suis sous le choc. C'est juste… je n'arrive pas à comprendre ce qui se passe.

— Je sais, dis-je en renonçant à me convaincre que je suis capable de maintenir une distance professionnelle. Je sais.

— Elle ne devait pas avoir les idées claires. Elle se conduit comme ces parents qui enlèvent leurs enfants cancéreux de l'hôpital pour qu'ils soient traités différemment. Je ne vois pas comment elle aurait pu imaginer que Betsey ne recevait pas des soins adaptés. Ou voulait-elle lui faire du mal ? C'est la police qui aurait raison ? Et moi qui me tromperais sur elle ?

— Bien sûr que non, elle n'a pas voulu lui faire du mal. Et bien sûr que tu ne te trompes pas sur son compte.

— Mais qu'est-ce qu'il lui a pris ? Que serait-il arrivé si Betsey avait eu une crise loin de l'hôpital, ou si elle était tombée à la maison et que les saignements avaient empiré ?

Elle aurait pu avoir des lésions cérébrales irréversibles.

— L'important, c'est qu'aucune de ces choses ne se soit produite, Ed. Je comprends que tu aies du mal à ne pas imaginer le pire, mais Betsey est toujours à l'hôpital, entre de bonnes mains, elle n'a pas été blessée et elle est restée stable malgré ce qui s'est passé.

— Oui.

Il a l'air si abattu... Je mesure soudain à quel point la situation le dépasse.

— Je suis vraiment désolée, Ed, répété-je. Je sais que son attitude doit te paraître bizarre. Il est évident qu'elle est en difficulté et qu'elle a besoin d'aide. Je suis navrée de ne pas avoir passé davantage de temps avec elle dernièrement. J'aurais peut-être remarqué quelque chose.

Il reste silencieux un moment. À ce que je sais de lui, il n'a jamais été confronté à la maladie mentale : comme Nick, il a eu une enfance et une adolescence relativement tranquilles. Et s'il se rend compte de l'anxiété de Jess, il n'a eu aucune raison d'imaginer qu'elle pourrait un jour se conduire de façon aussi imprévisible.

— Tu veux parler d'aide psychiatrique ? Ou simplement psychologique ?

J'hésite, consciente de ne pas être une spécialiste du sujet, et ne voulant surtout pas approfondir son trouble.

— Écoute, je ne sais pas. Mais peut-être que le traumatisme lié à la naissance de Betsey l'a plus affectée que nous ne le pensions. Et que nous sommes aujourd'hui confrontés à ses suites. Que c'est ça qui l'a mise dans cet état.

— Tu penses qu'elle a une maladie mentale ? Qu'elle souffre de dépression post-partum ou quelque chose du genre ?

Sa voix monte dans les aigus.

— Je ne suis pas capable de poser un diagnostic, Ed. Jess n'est pas ma patiente, néanmoins... Je crois qu'elle devrait être examinée par un spécialiste, afin de déterminer si elle ne souffre pas en effet d'une dépression, ou d'un baby-blues.

— Mais les mères en dépression post-partum sont capables de tuer leur bébé, non ? L'épouse d'un conseil en management du nord de Londres a étouffé ses enfants, et puis il y a aussi cette mère qui a sauté du promontoire de Beachy Head avec les siens récemment...

— Jess n'a rien fait de tout cela, Ed. Si les médias ont parlé de ces deux exemples, c'est parce qu'il s'agissait de cas rarissimes.

Je tente de le rassurer : ce dernier incident va nous permettre de faire examiner Jess et de la traiter correctement. Cependant, il ne m'écoute que d'une oreille, obnubilé par ce que Jess est en train de vivre à cet instant précis, à la façon dont son comportement à l'hôpital risque d'influencer l'attitude de la police à son encontre.

— Et s'ils ont des preuves qu'elle a blessé Betsey avant de l'amener à l'hôpital ? Ou s'ils décident d'y voir la preuve qu'elle aurait pu lui faire du mal ?

— Tu ne penses pas qu'elle en soit capable, si ?

Le silence à l'autre bout du fil s'étire un peu trop longtemps. Je m'attendais à une dénégation immédiate, or c'est comme s'il envisageait de me confier une information compromettante au contraire. Je patiente, de plus en plus convaincue d'avoir compris ce qui arrivait à Jess, et de plus en plus inquiète de ne pas avoir réussi à le persuader.

— Je ne sais pas.

Il semble avoir du mal à l'avouer. Son ton trahit de la tristesse et de l'incompréhension, évoque un couple au bord de la rupture.

— Ce matin, la police m'a interrogé sur mes déplacements et j'étais soulagé, je me disais qu'au moins Jess n'était plus au centre de l'enquête. Sauf qu'elle vient de faire ce truc complètement fou, perturbant et… Bon sang, je me sens super mal de l'admettre, mais… c'est vrai, je ne sais plus quoi penser.

31

JESS

Jeudi 25 janvier 2018, 8 heures

La salle d'interrogatoire est froide et intimidante. La table grise forme un bloc entre deux rangées de chaises en plastique, et l'unique fenêtre, en hauteur, ne laisse entrer qu'un faible rayon de lumière hivernale.

D'un côté de la table se trouvent les inspecteurs Cat Rustin et Steve Farron, de l'autre, Jess et Liam McFadden, un avocat engagé par Ed. Un homme trapu, dont la robustesse semble avoir pour fonction de rassurer et qui, pourtant, donne plus que jamais à Jess l'impression de disparaître. Lorsqu'ils se sont rencontrés, il lui a serré énergiquement la main et dit avec force intensité : « Vous n'avez pas à vous inquiéter, madame Curtis. » Il aurait aussi bien pu lui dire de cesser de respirer.

Cat Rustin retire l'emballage d'un DVD vierge et explique que l'entretien sera filmé.

— Il va y avoir un bourdonnement pendant quelques secondes, puis nous débuterons.

Elle énonce la date et l'heure avant de nommer toutes les personnes présentes. Jess remarque l'expression calme et en apparence insouciante sur son visage. À côté d'elle, l'inspecteur Farron demeure impassible. Jess se souvient de sa bienveillance relative lors de leur premier échange, et de l'espoir qu'il puisse voir en elle une mère correcte. À présent, son regard coule sur elle, indifférent, sans l'once d'un sourire.

Ils passent en revue le déroulement des événements à l'hôpital.

— Pourquoi avez-vous tenté d'emmener Betsey, Jess ? lui demande l'inspectrice, qui s'entête à l'appeler par son prénom.

La réponse est simple.

— Parce que je l'aime.

— Mais en l'emmenant, vous la priviez automatiquement des soins dont elle a besoin.

Une ride se creuse entre les sourcils de l'inspectrice, tandis qu'elle cherche à démêler la situation.

— Je… je n'ai pas réfléchi, tente de se justifier Jess. Elle n'avait pas l'air en danger. Je voulais simplement la prendre dans mes bras et puis… je crois que j'ai eu envie de la préserver de ces machines, de toutes ces interventions. C'est pour ça que j'ai essayé de la sortir de l'hôpital.

— La sécurité de Betsey est-elle un de vos soucis permanents ?

Steve Farron se penche en avant. Son regard a changé, il est à présent chaleureux et encourageant. L'espace d'un quart de seconde, Jess caresse l'idée d'opter pour l'honnêteté la plus totale et de tout lui raconter. Sauf que c'est impossible.

— Oui.

Elle lui est reconnaissante de recourir au présent.

— Toutes les mères ne devraient-elles pas avoir ce souci ?

— Mais dans ce cas précis vous n'avez pas agi dans son intérêt. Vous vouliez la priver de cet environnement et de l'expertise des médecins, autant de choses dont elle a besoin.

— Je n'avais pas les idées très claires.

— Vous n'avez pas non plus veillé à la sécurité de Betsey ce vendredi où elle est entrée à l'hôpital, n'est-ce pas ?

L'inspectrice se recule contre le dossier de sa chaise sans quitter Jess de ses yeux bleu pâle.

— Si.

— Vous avez mis beaucoup de temps à la conduire aux urgences. Plus de six heures si elle s'est bien blessée à l'heure que vous avez indiquée.

— Je craignais que ma réaction passe pour excessive.

L'inspectrice a suggéré qu'elle avait menti sur l'heure des faits, et Jess est terrorisée : de combien d'autres mensonges la soupçonne-t-on ?

— Je vous ai déjà expliqué ce qui s'était passé. Je n'avais pas mesuré que sa chute était différente de celles que mes garçons avaient faites au même âge. Elle a pleuré sur le coup, mais…

Elle est soudain embarrassée de constater à quel point son explication ne tient pas la route maintenant que sa petite fille a passé cinq jours à l'hôpital, maintenant qu'elle a eu plusieurs crises, maintenant que la situation a empiré à un point que Jess n'aurait pu imaginer…

— Je n'avais pas réalisé, je crois, la gravité de son état.

— Même quand elle a vomi dans son lit, signe pourtant caractéristique de commotion cérébrale ?

— Je n'étais pas au courant qu'elle avait vomi. Je dormais.

— Vous étiez, pour reprendre les termes de votre mari, au lit, la couette remontée sur la tête.

— Je…

Elle a l'impression que ses poumons se vident d'un coup. Est-ce vraiment ce qu'Ed a dit ? Qu'elle cherchait à se couper des hurlements de Betsey ? *J'avais peur d'aller la voir et de m'en prendre à elle !* Comment pourrait-elle avouer une telle chose à voix haute ? La honte la submerge, le rouge se diffuse de son cou à ses joues.

— Je somnolais, j'essayais de me rendormir, j'étais tellement épuisée que je n'ai pas vraiment entendu ses pleurs, ou compris qu'il s'agissait de cela. Si j'avais su qu'elle avait vomi, ou qu'il y avait un problème, bien sûr que je serais allée la trouver. Je n'aurais jamais fait volontairement la sourde oreille.

— Selon l'ensemble des témoignages que nous avons recueillis, ceux de votre mari, de votre voisine, de votre sœur, vous êtes en général une mère vigilante, reprend Steve Farron.

Jess a l'impression de se débattre dans les sables mouvants de leur conversation. À leurs yeux, elle est à l'opposé d'une mère vigilante.

— Vos enfants sont toujours bien habillés et bien nourris, nous n'avons trouvé aucun signe de maltraitance lors de l'examen médical de vos garçons, pas plus que sur le scanner de Betsey, poursuit l'inspecteur avec un sourire comme pour dire : tout va bien, vous pouvez confirmer ces éléments.

— Oui, en effet.

Elle se tourne brièvement vers son avocat pour le consulter. Il remue sur sa chaise et hoche la tête : il ne s'agit pas d'une question piège. Et pourtant, le nœud dans le ventre de Jess ne se desserre pas.

— Voilà pourquoi j'ai du mal à comprendre comment vous avez pu considérer, ce fameux jour, que la blessure de Betsey n'était pas suffisamment grave pour la conduire à l'hôpital et, plus tard, l'ignorer, alors qu'elle pleurait dans son lit.

Le visage du policier exprime à présent ce qui ressemble à de la compassion, cependant, Jess est consciente qu'il s'agit d'un masque. Elle ne sait pas quoi lui répondre.

— Il me semble qu'une mère vigilante demeure à l'affût des éventuels pleurs de son bébé, même lorsqu'elle dort, non ? Surtout si ce bébé s'est cogné la tête quelques heures plus tôt… Je me trompe ?

Elle n'a pas de réponse.

— Une mère vigilante ne reste pas allongée, les couvertures remontées sur la tête pour ne pas entendre son bébé, si ?

— Ma cliente vous a expliqué qu'elle était épuisée, lui oppose Liam McFadden.

Jess lui est soudain reconnaissante de sa présence physique imposante, de tous les attributs qui lui donnent du poids – eau de Cologne boisée, chemise repassée à la perfection, montre de luxe, signes ostentatoires dans ce cadre sinistre.

Steve Farron hausse les sourcils, semblant suggérer que le commentaire de l'avocat mérite à peine une réaction.

— Quel regard votre mari porte-t-il sur votre relation avec Betsey ? poursuit-il.

— Pardon ?

Jess est troublée par ce changement brutal de sujet.

— Pense-t-il que vous aviez « noué des liens forts » avec elle ?

Il n'a pas l'air à l'aise avec cette expression.

— Que vous étiez « connectée » à votre fille ?

Ces questions lui coupent le souffle. Ed leur aurait-il fait part de ses inquiétudes ? Lui semblait-elle distante avec leur fille ?

— Est-ce pour cette raison que vous vous êtes disputés le jeudi soir et qu'il est revenu le vendredi à l'heure du déjeuner ? intervient Cat Rustin. S'inquiétait-il de votre relation avec votre fille ?

— Je…

Elle secoue la tête.

— Il s'inquiétait, oui.

— Et qu'avez-vous ressenti ? Avez-vous apprécié d'être surveillée ainsi par votre mari ?

Leur a-t-il tout raconté ? Elle sent quelque chose céder en elle : la conviction persistante qu'il la soutiendra coûte que coûte. Des larmes lui brûlent les yeux.

— Cela vous a mise en colère ?

— Non, réussit-elle enfin à articuler.

Tu une mauvaise, une très mauvaise mère.

— Si en colère que vous vous êtes défoulée sur Betsey ?

— Non !

Tu es une mauvaise mère, une mère diabolique.

— Si en colère que vous avez été un peu brutale, un peu maladroite au moment de la changer ? Un peu irritée même, si bien que vous lui avez, sans le vouloir, cogné la tête ?

— Non, non, non, insiste-t-elle.

L'inspectrice s'interrompt et se carre à nouveau sur son siège pour l'observer.

Tu es une si mauvaise mère que tu as cogné la tête de ton bébé sur la table à langer et que tu lui as fendu le crâne. Voilà ce qu'ils pensent, et comment Jess réussirait-elle à les convaincre de son innocence quand son propre esprit lui suggère de telles pensées ? On lui a retiré ses bagues – avec le reste de ses bijoux, ses clés et sa ceinture –, si bien qu'elle doit croiser et décroiser les doigts, encore et encore. *Pitié, finissons-en. Faites que je les convainque. Un, deux, trois. Un, deux, trois. Un, deux, trois.*

— Alors, vous êtes une mère vigilante.

Steve Farron interrompt le monologue intérieur de Jess.

— Oui.

— Une mère qui n'a pas fait la sourde oreille, alors que sa fille pleurait, mais qui était trop épuisée pour l'entendre.

— Oui…

Ce n'est pas exactement ça. Elle l'a entendue, évidemment, mais elle n'est pas allée la trouver parce qu'elle craignait de lui faire du mal.

— Je n'ai pas mesuré que ses pleurs étaient aussi forts.

— Vous êtes une mère vigilante… pourtant, vous avez tardé à conduire votre fille à l'hôpital malgré sa fracture.

— Ma cliente vous a déjà répondu, elle n'avait pas conscience de la gravité de la blessure. Elle a pensé que la chute n'était pas plus grave que celles que ses garçons avaient faites au même âge.

L'intonation de Liam insinue qu'il trouve pénible d'avoir à se répéter. Steve Farron l'ignore.

— Mais si vous êtes aussi vigilante que vous le prétendez, dit-il d'un ton soudain dégoulinant d'ironie, qui constitue une telle rupture qu'elle en est sonnée, alors vous n'êtes pas le genre de mère qui pourrait envisager de laisser un bébé de cet âge seul à la maison, n'est-ce pas ?

La tension est électrique. Les entrailles de Jess se liquéfient. *Ils savent. Ils sont au courant.*

— Il me semble que vous connaissez M. Yadav, non ? Nihal Yadav ?

— Pardon ?

Jess est prise de court. Nihal Yadav ?

— Je… je ne crois pas connaître cette personne, non. Je ne suis pas certaine… Est-ce un parent d'élève ?

— Nihal Yadav tient une supérette à sept minutes à pied de chez vous, le Superb Deli Stores.

L'avocat de Jess se racle la gorge et se penche en avant comme pour intervenir. Jess sait ce qui va suivre. Le sang tambourine dans ses tempes. *Tu es une mauvaise, une très mauvaise mère.* Ils la tiennent.

— Un témoin vous a reconnue dans ce magasin. Et nous avons des images de surveillance qui confirment votre présence sur les lieux, pour acheter du lait et une bouteille de vin à 18 h 23 le vendredi, près de deux heures et demie après que, selon vos dires, votre petite fille se serait fracturé la tête. Loin de vous montrer vigilante, vous êtes au contraire sortie sans elle.

Un silence.

— Nous savons que Kit se trouvait à son entraînement de football, mais où étaient Betsey et Frank pendant ce temps ?

— Je me dois de signaler que nous n'étions pas au courant de l'existence de cette preuve et que nous n'avons pas eu l'occasion d'en discuter, ma cliente et moi. J'aimerais avoir quelques minutes en tête à tête avec elle, ajoute Liam.

— Non, ce n'est pas la peine.

Ils savent qu'elle est une mauvaise mère, ils ont les moyens de le prouver.

— Dans ce cas, je vous conseille de ne pas vous exprimer sur cette preuve, madame Curtis.

— C'est inutile.

Ils vont te prendre tes enfants, comme tu le craignais depuis le tout début. Sa gorge se serre et ses pensées se dérobent. Elle ne doit pas pleurer, elle ne doit pas pleurer…

Steve Farron place devant elle la photocopie d'une image en noir et blanc, accompagnée de la date en question et de l'heure – 18 h 23 – dans le coin. Il y a du grain, mais Jess est parfaitement reconnaissable : ses cheveux, son sac et son manteau, ses pommettes qui paraissent d'autant plus saillantes vues de haut.

— Il s'agit bien de vous, n'est-ce pas ?

À quoi bon nier ? Elle hoche la tête.

— J'ai besoin d'une réponse orale pour l'enregistrement.

— Oui.

Elle déglutit.

— C'est moi, ajoute-t-elle.

Elle considère ses mains posées sur ses cuisses. Elle s'est arraché une cuticule et une perle de sang écarlate est en train de se former. Si seulement elle avait un mouchoir propre pour l'essuyer.

— Vous n'avez pas l'air très sereine sur ce cliché, finit par commenter Steve Farron.

— Vous ne pouvez pas tirer cette conclusion à partir de cette seule image, réplique l'avocat de Jess.

Oh, et pourtant si. Sa posture hurle son angoisse : les épaules voûtées, la tête baissée comme pour se cacher. *J'ai dit que j'en avais pour cinq minutes.* Voilà ce qu'elle pensait à cet instant précis. Puis : *Penny m'a vue, qu'est-ce qui m'a pris ?* La femme immortalisée par la caméra de surveillance n'avait pas les idées bien en place.

— Nous nous sommes également entretenus avec Jill Baker, qui a déposé votre fils après l'entraînement ce soir-là, aux environs de 18 h 40, poursuit l'inspecteur.

Le cœur de Jess s'emballe, se contracte, elle anticipe un nouveau coup. Elle ne connaît pas bien Jill, pas assez en tout cas pour lui avoir demandé ce qu'elle a raconté aux deux policiers venus l'interroger, même si elle en mourait d'envie. Pas assez pour pouvoir compter sur sa loyauté.

— L'entraînement s'est terminé en avance ce soir-là parce que l'un des entraîneurs avait un problème. Elle est arrivée plus tôt que prévu, dit-il. Vous ne deviez pas être rentrée depuis longtemps.

Jess hoche la tête.

— Environ cinq minutes.

— Elle nous a dit que vous lui avez ouvert la porte et qu'elle vous a vue assez longtemps pour être frappée par votre attitude, vous lui avez paru « bouleversée et distraite ». « J'ai eu l'impression qu'elle avait pleuré. Ses yeux étaient rouges. » Voilà ses mots. Aviez-vous pleuré, Jess ?

— C'est possible, reconnaît-elle.

— Diriez-vous que vous étiez bouleversée ?

— Possiblement.

— Possiblement ?

— Sans doute.

Sa voix s'étrangle, elle voudrait lui hurler que, bien sûr, elle était nerveuse.

Il se penche alors vers elle.

— La question qui demeure est la suivante : que s'est-il passé de si bouleversant pour que vous, une mère attentive, laissiez votre bébé de dix mois et votre fils de huit ans pour sortir par une soirée froide et pluvieuse afin d'acheter du vin ? Êtes-vous partie après avoir commis un acte que vous n'aviez pas prémédité, après avoir perdu votre calme sous l'effet de la colère ? Êtes-vous partie après avoir blessé votre fille ?

32

ED

Jeudi 25 janvier 2018, 6 h 50

— Où est maman ?

Le visage de Frankie est un ovale livide qui flotte au-dessus de lui dans la pénombre de la chambre.

— Frankie…

Ed jette un coup d'œil au réveil. 6 h 50. Il allume sa lampe de chevet. Son fils cadet frissonne dans son pyjama.

— Papa ?

Kit apparaît derrière son frère, un bras dans un énorme plâtre d'un blanc incongru – Ed avait oublié un instant son accident.

— Comment as-tu dormi, Kit ?

La pâleur de son aîné, consécutive aux traumatismes de la veille, le détourne de Frankie.

— Où est maman ? répète-t-il, quasiment d'une voix de fausset.

Après un silence, il se fait plus geignard.

— Elle est où, maman ? Pourquoi elle n'est pas là ?

— Frank…

Ed rejette les couvertures et tente de le prendre dans ses bras. La veille au soir, avec Martha, ils ont inventé une histoire pour justifier l'absence de Jess, affirmant qu'elle était restée à l'hôpital avec Bets. Kit, toujours très crédule, a tout gobé, et même Frankie n'a posé aucune question, exténué par la journée. Mais ce matin, Ed sait qu'il ne réussira pas à se débarrasser d'eux aussi facilement.

— Où est maman ?

Frankie roule des yeux paniqués, il a oublié les explications qu'Ed leur a servies, la veille au soir, à une heure très tardive.

— Elle va bientôt rentrer. Elle n'est pas encore là, ajoute-t-il comme si ce n'était pas une évidence.

Frankie dévale déjà l'escalier.

— Mais elle est où ?

Il traverse la cuisine en courant et déboule dans le salon, puis il se rend dans la buanderie et les toilettes du rez-de-chaussée. Ses mouvements sont de plus en plus nerveux, sa voix de plus en plus hystérique à mesure que la panique l'étreint.

— Papa ?

Kit reste plus circonspect.

— Mamannnnn ?

Il cherche son sac – un fourre-tout en cuir métallisé qu'elle suspend toujours au crochet derrière la porte – et son manteau.

— Papa ?

Cette fois, il pose sur Ed un regard chargé d'appréhension, un regard qui semble dire qu'il se fie à lui pour lui fournir la bonne réponse.

— Elle est où, papa ? Pourquoi elle n'est pas là ?

Il est perplexe.

— Elle est partie répondre à quelques questions de la police concernant Betsey. Il n'y a aucune inquiétude à avoir.

Il débite les mots à toute allure. Il avait convenu, avec Martha, qu'ils feraient asseoir les garçons et leur exposeraient calmement la situation, mais ils l'ont tiré du lit et l'ont forcé à leur fournir une explication mal préparée. Martha dort encore, et Ed a conscience de s'y prendre comme un manche tout seul.

Il est secoué par l'ampleur de leur désarroi – même s'il redoutait que cela arrive depuis qu'il a fouillé dans l'ordinateur de Jess. Kit, toujours si stoïque, si imperturbable en apparence, n'a pas été aussi inconsolable depuis des années. Quant à Frankie, ses angoisses relèvent d'une tout autre catégorie.

— NOOOOOONNN !

Son rugissement résonne dans la cuisine. Son corps est agité de convulsions et, quand Ed s'approche pour l'enlacer, pour le serrer dans ses bras ainsi que Jess le ferait d'instinct – mais avec l'adresse nécessaire –, son fils se débat violemment et le repousse.

— Hé ! Inutile de me frapper. Pas de ça sous ce toit !

Il a parlé sans réfléchir. Frankie lui tourne le dos en gesticulant. *Pas de ça sous ce toit ?* Mais qu'est-ce qui lui prend enfin ? Bien sûr qu'en temps normal il ne doit pas laisser ses enfants s'en prendre à lui, bien sûr, enfin ces six derniers jours n'ont absolument rien de normal.

Il tente de bloquer les bras de Frankie, pourtant son fils continue à remuer et à donner des coups, balançant la tête d'un côté et de l'autre, le corps agité de secousses, tortillant des hanches pour se libérer. Un de ses pieds se plante dans le tibia d'Ed, qui est surpris par une douleur fulgurante.

— Laisse-moi, laisse-moi… Lâche-moiiiii !

Ed finit par obtempérer, son sentiment d'impuissance prend une ampleur telle qu'il sent qu'il perd complètement pied.

Il s'affale sur le canapé, abandonne sa tête dans ses mains et fixe le sol, incapable de regarder ses fils. Kit le rejoint et s'effondre contre lui, mouille sa manche avec ses larmes. Ed passe un bras autour des épaules de son aîné, puisant un peu de réconfort dans le fait que Kit continue à se tourner vers lui pour être consolé. Devant eux, Frankie s'est écroulé par terre en position fœtale, et il oscille en poussant des hurlements stridents.

— Allez, Frankie. Debout, maintenant !

Ed a du mal à supporter ce comportement mélodramatique, il quitte le canapé pour tenter de relever son fils et d'interrompre ses cris hystériques. Mais Frankie roule des yeux affolés, les joues mouillées de larmes. Des bulles de salive débordent des coins de sa bouche, et quand Ed se penche vers lui pour lui expliquer que tout ira bien, que maman va bientôt rentrer, qu'il doit arrêter de pleurer maintenant, Frankie se recroqueville. Il échappe à son père en rampant, va s'asseoir à l'écart et enlace ses genoux repliés, baisse la tête. Il refuse toujours de regarder Ed.

— Écoute, Frankie, je ne peux pas t'aider si tu te conduis comme ça, lâche-t-il maladroitement.

Que ferait Jess ? Ed a toujours compté sur elle dans les situations où Frankie devenait ingérable. Faut-il l'ignorer ? Prétendre que cette crise n'a pas réellement lieu ? Ed a bien conscience qu'il est un peu tard pour mesurer à quel point sa femme est adroite avec leur fils cadet.

Il y a du bruit à l'étage. La douche qui coule. Dieu merci, Martha doit être réveillée. Elle ne va pas tarder à descendre pour l'aider à apaiser les inquiétudes des garçons et accompagner Frankie à l'école. La veille au soir, ils ont décidé de maintenir un semblant de normalité.

Que font habituellement les garçons à cette heure ? Ils petit-déjeunent. Voilà ce dont Ed doit s'occuper.

— Et si on se mettait quelque chose dans le ventre ? Un chocolat chaud ? Un milkshake ?

Il force sa jovialité, endosse son rôle de papa poule qui gâte ses enfants et prend tout à la légère – ce que Jess lui autorise parce qu'il n'est que rarement là.

— Kit, qu'est-ce que tu dirais de préparer un énorme smoothie avec de la glace ?

Son fils hoche la tête en reniflant.

Impatient d'agir, Ed entreprend de sortir les ingrédients du congélateur : glace à la vanille, fruits surgelés en morceaux et glaçons. Il récupère aussi le lait dans le réfrigérateur. Les sanglots éructant de Frankie continuent en fond sonore. Il faut l'ignorer, tout simplement l'ignorer. Et pourtant, même s'il essaie de faire la sourde oreille aux cris saccadés, un détail retient son attention.

— Tout est ma faute, c'est ma faute, ma faute à moi, hoquette son fils entre deux sanglots.

— Ne sois pas bête, Frank.

La culpabilité, un grand classique.

— Si, insiste Frankie. C'est ma faute si elle va en prison.

— Elle n'ira pas en prison, enfin. Quelle idée !

Son ton est excessif, il baisse la voix pour donner à son démenti les accents de la plus grande normalité.

— Maman discute simplement avec la gentille policière que vous avez rencontrée.

— Mais elle pourrait aller en prison, papa, insiste Kit en l'observant, désirant plus que tout être rassuré.

Ils n'ont pas besoin d'apprendre que Jess a été arrêtée. Savoir qu'elle est actuellement au commissariat est suffisamment éprouvant.

— Elle est là-bas pour faire avancer l'enquête.

Ed se déteste de leur sortir ce genre de couplet. Il se racle la gorge, tente de minimiser la gravité de la situation.

— Ça signifie simplement qu'elle répond à quelques questions sur la blessure de Betsey, et c'est beaucoup mieux pour tout le monde que ça ait lieu là-bas plutôt qu'ici.

Kit hoche lentement la tête, mais les pleurs de Frankie redoublent.

— C'est ma faute à moi, ma faute…

Ed va devoir le distraire pour sortir de cette impasse.

— Bon, alors, on le prépare, ce milkshake ?

Les glaçons cliquettent contre les parois du blender. Au bout de vingt secondes, Ed marque une pause, puis relance presque aussitôt l'appareil. Kit presse son bras sans plâtre contre son ventre.

— Tiens, Kit. Une paille ?

Ed en cherche une en carton dans le placard.

— Ne t'en fais pas pour Frank. Ses réserves de larmes ne sont pas infinies.

Il s'interrompt, hésite.

— C'est ce que maman dirait, non ?

Kit renifle.

— Je sais pas trop, papa…

— Il finira par s'arrêter si on ne lui prête pas attention, dit-il sans réelle conviction. Bon, qu'est-ce que tu veux manger ? Des œufs ? des céréales ? du porridge ?

Que prennent-ils normalement en semaine ? Ed n'en a pas la moindre idée. Il n'y a presque plus rien dans la huche – les réserves de pain au levain et aux céréales, de muffins anglais sont épuisées. Et le contenu du réfrigérateur, malgré une apparente livraison du supermarché, ne lui fournit pas beaucoup plus d'inspiration. Où qu'Ed pose les yeux, il a le sentiment que l'ordre naturel des choses a été brusquement perturbé. Que Jess a perdu le contrôle.

Il aimerait que Martha se dépêche de descendre, mais elle était si bouleversée la veille qu'il lui a proposé de ne pas mettre de réveil. Elle n'en menait pas large d'ailleurs, se reprochait d'avoir suggéré de faire faire l'école buissonnière aux garçons. Il n'est que trop conscient de l'altruisme dont elle a témoigné en emménageant sous leur toit, et de la nécessité de ne pas abuser de sa gentillesse. Ce qui ne l'empêche pas d'être paumé. Il va chercher son portable. Mel saurait quoi faire ; Charlotte, même, pourrait l'aider. On ne peut pas dire d'elle qu'elle est particulièrement maternelle, néanmoins elle est dotée d'un esprit pragmatique : George ne se mettrait jamais dans un état pareil : elle ne le laisserait pas faire. Sauf qu'il n'a aucune envie de contacter Charlotte, et Mel doit être en train de se préparer pour le travail. Et puis il devrait être capable de se débrouiller tout seul.

Et pourtant, il se révèle incapable de regarder son fils cadet, qui continue à gesticuler de rage, et à répéter la même phrase en boucle. Il n'est pas à la hauteur en tant que père. Vraiment pas à la hauteur. S'il a fermé les yeux sur ce qui arrive à Jess – et plus il réfléchit à la suggestion de Liz, plus elle lui paraît sensée –, il a aussi porté des œillères en ce qui concerne Frankie, et ce, depuis le jour de sa naissance.

Il ouvre le réfrigérateur en grand et étudie son contenu pour se ressaisir : la dernière chose dont les garçons ont besoin, c'est qu'il s'abandonne à la tentation de l'apitoiement et de la récrimination. La dernière chose dont ils ont besoin, c'est qu'il s'effondre. L'air froid le frappe de plein fouet au visage et il se laisse éblouir par l'éclairage, sans voir les aliments sur les clayettes, aspirant juste au déclic qui lui permettra de se ressaisir. Sa femme est en train d'être interrogée par la police qui l'accuse d'une tentative d'enlèvement, leur fille est toujours à l'hôpital, l'un de leurs fils en est ressorti la veille un bras dans le plâtre, tandis que l'autre reste prostré, inconsolable… Et lui, il a le toupet de penser à lui ?

Le coup de sonnette le sort brutalement de ses pensées. 7 h 10. La peur le saisit. Personne, à l'exception de la police, ne leur rend visite aussi tôt.

Qu'a découvert Cat Rustin ? Lui dira-t-elle quelles charges ils retiennent contre Jess ? Ou Jess l'a-t-elle impliqué, lui ? Si elle est capable de s'en prendre à un bébé, qui sait ce qu'elle pourrait aussi inventer ?

— Je reviens, les garçons… Je vais voir qui c'est.

Il s'éloigne à grandes enjambées et ouvre la porte à la volée, plus brusquement qu'il n'en avait l'intention.

33

LIZ

Jeudi 25 janvier 2018, 7 h 10

— Bonjour, Ed, je peux entrer ?

Il a l'air secoué.

— Pardon, j'aurais dû t'envoyer un texto, je sais qu'il est tôt, mais je n'arrête pas de penser à Jess, à vous tous.

Il cligne des yeux et je me demande s'il est toujours en colère, si c'était complètement idiot de faire un crochet avant d'aller au travail.

— Non, non, aucun problème. Entre, bien sûr.

Il retrouve des couleurs tout à coup.

— Bon sang ! C'est bon de te voir, Liz. Les garçons sont affolés, et je ne suis pas vraiment de taille, pour être honnête. Entre, entre.

Je laisse mon sac et mon écharpe dans l'entrée. J'entends Frankie pleurer dans la cuisine. Je jette un coup d'œil à Ed, étonnée qu'il ne se précipite pas vers son fils. Il hausse les épaules. *Ed n'est jamais, jamais là. C'est moi qui suis responsable d'eux en permanence.* Les mots de Jess m'ont rarement paru aussi justes, et je pense à elle qui a supporté seule le poids de ses enfants pendant toutes ces années. Ce n'est pas tenable, et je suis un peu agacée par le numéro de petit garçon perdu de son mari, même si je soupçonne Jess d'avoir, à une époque, été séduite par cet aspect de sa personnalité. Plus maintenant en tout cas. La situation est trop critique.

Je mets mon mouchoir sur mes griefs, ce n'est pas le moment. Il a droit à un peu de compassion après tout.

— Tu n'as pas de nouvelles, je suppose ?

Il s'éclaircit la voix.

— Non, en effet.

— Je tenais à te dire que je vais faire tout mon possible pour aider Jess. Je vais parler à Lucy d'une évaluation psychiatrique. Et comme je pense que l'initiative doit venir de Jess directement, tu pourrais l'emmener chez votre généraliste une fois que toute cette histoire sera réglée, qu'en penses-tu ?

Il me regarde d'un air absent. Il me trouve peut-être trop directe, mais je tiens désespérément à me rattraper – j'aurais dû voir ce qui clochait.

— Tu crois vraiment que ça sera aussi simple, Liz ? Que la police se contentera de la renvoyer chez elle avec une petite tape sur les doigts ? Cette Cat Rustin ne me fait pas l'impression d'une femme très compatissante.

— Jess ne va pas bien, Ed. La police sera obligée de le prendre en compte.

Ses traits se chiffonnent et sa bouche se tord bizarrement d'un côté, comme s'il cherchait à retenir ses larmes.

— Tout va bien, dis-je, ça va aller.

Je lui touche le bras.

— Viens là, Ed, ajouté-je en le serrant brièvement contre moi et en prenant la mesure de son état de tension. Tu veux que j'essaie de parler à Frankie ? Qu'est-ce que tu as raconté aux garçons ?

— Que Jess donnait un coup de main à la police en répondant aux questions des inspecteurs, au commissariat.

— Il pense qu'elle va finir en prison ?

— Oui.

Ed se frictionne le visage.

— Bordel ! Comment on en est arrivé là ?

— Écoute-moi, Ed.

Je pose mes mains sur ses bras et plante mes yeux dans les siens.

— Ça va s'arranger. On va aider Jess à traverser cette épreuve. Mais d'abord, on doit s'occuper de Frankie. Ça ne me plaît pas de l'entendre se mettre dans un état pareil.

Je me rends dans la cuisine, soulagée de pouvoir enfin aider cet enfant qui a le visage violacé à force de hurler. Une vraie colère de bébé.

— Bonjour, Frankie.

Je m'agenouille et place une main sur son ventre, sans exercer de pression. Mon geste le surprend et son hystérie diminue un peu.

— C'est ma… ma faute… tente-t-il de dire entre deux sanglots en hoquetant.

— Tout va bien, prends ton temps. Tu peux me montrer comment tu respires ? Inspire sur trois… expire sur cinq… Voilà. Essaie de te calmer un peu.

Il hoche la tête, avale des goulées d'air.

— Voilà, mon grand… c'est mieux. Je suis désolée que ta maman ne soit pas là, je vois bien que ça te contrarie…

De nouveaux sanglots jaillissent et mon cœur se serre. Je me souviens d'avoir dû affronter les suites de l'accident de Mattie, alors que je n'avais que dix-huit mois de plus que Frankie, je me rappelle cette sensation de savoir qu'une chose absolument effroyable s'était produite et de n'avoir aucun contrôle sur elle. En le voyant, je me remémore ma terreur, ma certitude d'être responsable, ma conviction que la personne que j'aimais le plus au monde était en danger. J'ai cru que Mattie allait mourir ce jour-là. La prison ne représente pas une séparation aussi radicale que la mort, mais pour un enfant ça y ressemble.

Je prends la main de Frankie. Il la serre et réussit à me sourire malgré ses larmes. Je l'imite. *Toi et moi, on se comprend*, lui dit mon sourire. *On peut y arriver.*

— Alors, qu'est-ce que tu voulais me dire ?

— C'est ma faute à moi, ma faute... articule-t-il plus distinctement.

— Pas du tout, intervient Ed. Tout le monde se sent coupable quand une chose aussi inquiétante arrive. C'est parfaitement naturel, mais rien de ce qui arrive n'est ta faute, Frankie, ni celle de Kit.

— Si, c'est ma faute, si.

Il croise le regard d'Ed et ses pupilles expriment une telle terreur que celui-ci se tait.

— D'accord, dit-il en baissant la voix. D'accord.

— D'accord, répété-je en espérant qu'Ed comprendra le message que j'essaie de lui faire passer : Frankie sortira de son état d'affolement si et seulement si il me laisse opérer seule. Continue de respirer, Frankie, voilà...

Il s'assied plus droit, son visage est si près du mien que nos deux souffles se mêlent.

— Continue...

Il opine du chef, ses sanglots s'apaisent.

— Maintenant... explique-moi pourquoi tu penses que c'est ta faute ?

Il serre les paupières de toutes ses forces – comme tous les enfants, il pense se rendre invisible en ne voyant plus personne.

— Maman n'a pas fait de mal à Betsey, finit-il par dire.

Après un silence, il ajoute en reniflant :

— La police se trompe.

— Oh, Frankie, nous ne savons pas ce que la police pense.

Ed ne peut pas s'en empêcher.

— Mais nous savons très bien que s'il est arrivé quelque chose, c'était sans doute par accident. Ta maman n'a pas voulu faire de mal à Betsey, bien sûr.

— C'était un accident.

Les yeux écarquillés de Frankie vont et viennent entre Ed et moi.

— Maman n'a rien fait.

— Oh, Frankie…

Je vois bien qu'Ed a acquis la conviction que sa femme est capable d'avoir blessé leur petite fille, qu'elle a finalement bien pu, sous l'emprise de sa dépression post-partum, être à l'origine de la fracture crânienne. Je l'interromps d'un ton sans appel, pour lui faire comprendre que la situation est fragile et qu'il risque de réduire définitivement son fils au silence s'il ne la boucle pas.

— Ed, écoutons ce que Frankie a à dire, d'accord ? Frankie… pourquoi est-ce que tu penses que ta maman n'a pas fait de mal à Betsey ?

— Parce qu'elle n'était même pas là !

Du côté d'Ed, un silence. Et du mien, le souvenir de deux autres enfants, un frère et une sœur aussi, livrés à eux-mêmes, d'un autre accident, qui aurait pu être fatal. Un déclic se produit dans mon esprit. *Deux enfants seuls. Et Frankie, comme moi, se sent responsable.* J'ai la soudaine intuition de savoir ce qui s'est passé.

— Ça n'a aucun sens ! explose soudain Ed. Comment ça, elle n'était même pas là ?

Il se penche pour prendre son fils par les épaules, mais celui-ci le repousse avec rage. Il ne veut pas qu'on le touche. Il veut qu'on l'*écoute*. Il garde ce secret depuis près de six jours et son soulagement – le soulagement d'un enfant accablé par une responsabilité trop lourde, un secret trop pesant – est tangible.

Elle n'était même pas là.

— Tu peux nous dire où était ta maman ?

Frankie se radoucit aussitôt, une partie de la tension retombe, comme s'il pouvait se détendre maintenant que la vérité est presque enfin connue.

— Je sais pas.

Il a un haussement d'épaules, et ajoute d'un ton presque boudeur :

— Elle est sortie quelque part.

— Et Betsey s'est blessée pendant que ta maman était sortie ?

Un minuscule mouvement de tête ; la bouche pincée, les traits crispés.

— C'était un accident, Frankie, je me trompe ?

Nouvel hochement de tête.

— Et tu peux nous dire qui d'autre était là ? Qui a provoqué cet accident ?

J'entends Ed prendre une brusque inspiration : il vient de comprendre la direction que prennent mes questions. Frankie se penche vers moi et je l'enlace, l'attire vers moi pour qu'il puisse enfouir son visage contre mon épaule. Je ne me suis jamais sentie aussi proche d'un enfant, je n'ai jamais ressenti autant de tristesse pour un garçon de cet âge.

Et le fils de Jess hoche une dernière fois la tête, il a un teint de papier mâché et d'une voix à peine plus forte qu'un murmure il finit enfin par réussir à formuler ce qui lui pesait tant :

— Oui… Oui, c'était moi.

34

JESS

Vendredi 19 janvier 2018, 18 h 31

À la seconde où Jess ouvre la porte d'entrée, elle sent que quelque chose ne va pas. Les enfants ne sont pas dans la cuisine où elle les a laissés.

— Frankie ? Frankie ?

La panique est perceptible dans sa voix tandis qu'elle court de pièce en pièce avant de monter les marches quatre à quatre.

Le son la frappe de plein fouet dès qu'elle atteint l'étage. Un cri intense de souffrance, suivi par un gémissement de Frankie, de ceux qu'il pousse en anticipation d'une réprimande, empreint néanmoins de quelque chose de plus sinistre. C'est ce qui la terrifie plus que tout le reste.

— Qu'est-ce qui se passe ? Qu'est-ce que tu as fait ?

Les accusations jaillissent dès qu'elle entre en trombe dans la salle de bains familiale où Frankie est accroupi entre la table à langer et la baignoire à pieds. Betsey est allongée sur les dalles en marbre au sol, à côté de lui, des larmes coulent sur son visage.

Jess prend sa fille et la berce contre elle, perçoit les battements précipités de son cœur.

— Pitié, pourvu que tu n'aies rien, pourvu que tu n'aies rien, murmure-t-elle en boucle.

— J'ai voulu changer sa couche, elle est tombée de la table. Je n'ai pas vu exactement comment elle avait fait…

Frankie parle à toute allure en se basculant d'avant en arrière. Une couche sale gît par terre, l'odeur puissante soulève le cœur de Jess.

— Ce n'est pas grave, Frankie, ce n'est pas grave.

Ça l'est au contraire, c'est même très grave, mais Jess ne peut pas se mettre en colère contre lui. Elle est submergée par la culpabilité.

— Elle va bien, regarde-la, tu vois qu'elle va bien. Elle n'a rien du tout, crie-t-elle en montrant sa fille qui hurle, les traits déformés par la peur et la douleur.

Frankie abandonne ses jérémiades et s'époumone.

— Elle ne va pas bien, elle ne va pas bien, répète-t-il d'une voix de plus en plus forte.

— Ça va aller.

Elle doit absolument le calmer. Il n'y a qu'un seul coupable dans la situation présente. *Une mauvaise mère qui sait bien qu'on ne doit pas laisser ses enfants seuls. Oui, mais pas avec lui*, voudrait-elle hurler. *Je ne suis pas une mauvaise mère avec Frankie.*

— Chut, chut, répète-t-elle en les serrant tous les deux dans ses bras, en couvrant Bets de baisers.

Le sommet du crâne de Frankie est humide : il empeste la peur.

— Tu étais tellement stressée, réussit-il à dire d'une voix à la tristesse insupportable. Je voulais que ça aille mieux. Je voulais que tu sois heureuse.

Elle ravale un sanglot. Bien sûr que c'était son intention. Il n'est pas en mesure d'anticiper les conséquences, tout à l'inverse d'elle, qui envisage constamment le pire, passe son temps à se poser la question : *et si… ?* Il ne cherchait qu'à l'aider, il n'avait aucun moyen d'anticiper que son enthousiasme pouvait aboutir à une catastrophe. Jess se force à retrouver son sang-froid, à contrôler sa voix qui trahit sa terreur.

— Je sais, Frankie. Il faut juste que tu m'expliques ce qui s'est passé. Que tu m'expliques ce que tu as fait.

Et il obtempère, tandis qu'elle s'agenouille à côté de lui sur le sol de la salle de bains. Les cris de Betsey s'espacent, la douleur initiale, si elle ne disparaît pas complètement, reflue assez pour que les vagissements se transforment en plainte intermittente.

Entre deux sanglots, Frankie explique à Jess que Betsey était allongée sur la table à langer, qu'après avoir réussi à lui retirer sa couche, il a voulu attraper une lingette pour la nettoyer. Il n'a pas pensé à la tenir en même temps naturellement – elle n'a pas besoin de lui poser la question teintée de reproche « pourquoi ne l'as-tu pas fait ? » –, parce qu'il n'a jamais envisagé qu'elle puisse bouger.

— Je comprends pas ce qui s'est passé, maman. Je me suis retourné et elle hurlait par terre…

Il ouvre des yeux immenses, comme ceux de ce bébé au supermarché, et elle sait qu'il attend d'elle qu'elle arrange tout. Elle sait aussi quelles seront les conséquences pour lui si quiconque découvre ce qui s'est passé parce qu'il a malencontreusement voulu l'aider.

Il sera brisé, son petit garçon qui ne trouve pas tout à fait sa place dans ce monde, qui ressent ses faiblesses avec une telle intensité. Il n'a que huit ans, et il a agi par amour. Cet accident n'a eu lieu que parce qu'elle les a laissés, Jess en est consciente. Tout comme elle est consciente de devoir assumer cette responsabilité. Les pleurs de Betsey retrouvent de la vigueur – signe qu'elle n'a pas de commotion cérébrale, car il faut bien s'inquiéter du silence des enfants dans ce cas, non ? – et sa priorité est donc de le protéger.

Lorsque les larmes de sa fille s'apaisent, Jess ressent brusquement une peur glaciale à la pensée que quelqu'un puisse découvrir la négligence dont elle a fait preuve. Qu'arrivera-t-il si quelqu'un apprend que sa fille est tombée parce qu'elle l'a laissée seule avec un petit garçon de huit ans ? *Ils te prendront tes enfants. Ils te les enlèveront.* Peu importe qu'elle ait agi avec les meilleures intentions du monde. Qu'elle ait pensé les protéger d'elle-même en sortant prendre l'air…

Elle serre Betsey et Frankie de toutes ses forces, jusqu'à ce qu'il se mette à gigoter, perturbé par cette étreinte excessive. Elle les embrasse tous les deux, les garde près d'elle. Kit ne va pas tarder à rentrer, et elle doit les calmer rapidement. Elle doit surtout tranquilliser Frankie pour que ni Kit ni Ed n'aient la moindre idée de ce qui s'est passé.

Elle observe le visage chiffonné de Betsey. Puis elle vérifie l'arrière de son crâne. Il n'y a pas de bosse, Dieu merci. Pas d'œuf de pigeon comme les garçons ont pu s'en faire en tombant. Il y a un endroit un peu plus mou, et Betsey pousse un hurlement furieux quand Jess effleure cette zone, mais elle ne voit rien de flagrant, n'a aucune raison de se ronger les sangs. Son cœur volette, tel un oiseau se cognant contre une vitre ; un froid se diffuse de son ventre à sa poitrine. Ne devrait-elle pas lui mettre une poche de glace ? Elle s'apprête à aller en chercher une lorsque la sonnette retentit, émettant son carillon mélodique et déconcertant.

Frankie se relève d'un bond et se met à trépigner sur place en s'égosillant.

— Calme-toi… Tu dois te calmer.

Elle l'attrape par une épaule et tente de l'immobiliser, plante les doigts plus fort qu'elle ne le voudrait dans sa chair, tout en s'échinant à plonger ses yeux dans les siens. Jess est si terrorisée qu'elle a l'impression que les plombs ont sauté dans son cerveau, que toutes les autres émotions – compassion, empathie – ont été court-circuitées. Pour une fois, elle a une approche froide, méthodique, limpide de la femme qu'elle doit être.

— C'est qui ? C'est qui ?

Il panique. Elle doit arrêter ses cris.

— Sans doute Charlotte. Avec Kit.

Un mugissement torturé lui échappe. Elle l'emprisonne dans ses bras, ne lui permet pas de résister et sent son corps électrisé s'immobiliser peu à peu. Alors, elle lui chuchote :

— Je te promets que ça ira bien. Mais si jamais quelqu'un te demande ce qui s'est passé, voilà ce que tu devras répondre…

35

LIZ

Jeudi 25 janvier, 8 h 30

Les urgences m'appellent au moment où j'arrive à l'hôpital, l'esprit troublé par les révélations de Frankie, par le poids de son secret, sa détresse inconsolable.

Le comportement de Jess commence à prendre sens, lui aussi. Voilà pourquoi elle a menti : pour protéger son garçon, pour éviter des questions sur ses erreurs en tant que mère. *Elle a laissé sa fille sous la surveillance de son fils de huit ans.* Je me souviens d'avoir allègrement balayé la suggestion de Charlotte, ne pouvant pas imaginer un seul instant que Jess ferait une chose pareille. Et si je lui ai renvoyé une image aussi intransigeante, pas étonnant que Jess ne se soit jamais sentie suffisamment en confiance pour me parler.

Je suis dans cet état d'égarement quand mon portable sonne et, même si je suis habituée à recevoir des appels de l'hôpital, je panique aussitôt.

L'appel concerne ma mère bien sûr. Les mots de l'infirmière me parviennent à travers la brume de mon état cotonneux.

— Appelé une ambulance… attend son admission… très faible…

Et toute la culpabilité suscitée par ma relation problématique avec cette femme que j'aime par devoir mais que je ne comprends pas et que je n'apprécie pas réellement, toute cette culpabilité m'assaille à nouveau, doublée d'un sentiment de fatalité : ça y est, c'est la fin. Elle avait sans doute senti que quelque chose s'était emparé d'elle, et c'est ce qui explique pourquoi elle s'est remise à penser à Clare.

Elle n'a pas l'air en forme : coloration jaune des yeux, réseau de vaisseaux sanguins formant une toile sur ses joues. Des cernes sombres soulignent son regard terne, et son ventre est étrangement gonflé : à l'exception de son estomac gorgé d'eau, elle est décharnée. Il ne s'agit donc pas d'un cancer du pancréas. La pensée me vient par réflexe.

Elle est allongée sur un brancard, la peau recouverte d'un film de sueur, les doigts agrippés aux rebords de la civière comme si cela l'ancrait. L'interne a tiré les rideaux autour d'elle ; dans cette petite bulle bleutée, sa peur est exacerbée.

— Tu es venue, réussit-elle à articuler.

Ma culpabilité s'amplifie à l'idée qu'elle ait pu en douter. Puis je pense à toutes les fois où elle a appelé et que je travaillais, aux visites annulées à cause d'un changement de garde, parce que Sam et Rosa étaient malades, autant de promesses non tenues. J'ai été nettement plus présente que Mattie, mais ça ne revient pas à mettre la barre très haut…

— Bien sûr que je suis venue, dis-je.

Elle n'arrive pas à parler. Une expression proche de la terreur passe sur son visage et l'empêche de parler. J'attends que ça passe.

— Tu es entre de bonnes mains, maman. On va te soulager.

Je débite mon laïus habituel, pourtant, je me sens impuissante. Elle est terrifiée, et ça n'a rien d'étonnant. L'état de son ventre suggère une hépatite alcoolique aiguë. Elle est très malade.

Elle me sourit, ou tente de le faire plutôt : elle se plie soudain en deux, pantin animé par une force intérieure. Le flot de sang nous prend tous par surprise. Écarlate. Abondant. Furieux. Aussi impressionnant que l'eau jaillissant d'une conduite percée.

L'interne, dont la blouse se retrouve pleine de sang, est en état de choc. Je m'empare d'une cuvette, mais ça ne sert à rien : il y en a sur les rideaux, le lit, le visage et le corps du jeune médecin, ainsi que sur ma mère. J'en ai plein les mains et les bras, une flaque se forme sur le matelas et coule par terre.

— C'est une rupture des varices œsophagiennes, il faut stopper l'hémorragie !

J'aboie sur l'interne, qui s'est présenté et dont j'ai oublié le nom : sa jeunesse et son manque d'expérience sont les seules choses qui importent dans l'immédiat.

— Il faut lui poser une sonde Blakemore.

Il semble paralysé par la peur. J'écarte le rideau d'un geste vif.

— On a besoin d'aide ! Elle a sans doute une hypertension portale, ajouté-je à l'intention de l'interne d'une voix qui monte dans les aigus puis s'étrangle. Il faut réagir vite.

Ma mère émet un son terrifiant. Un gargouillis proche de l'étouffement, une éructation suivie d'un borborygme juste avant qu'un nouveau jet de sang ne lui échappe. Par je ne sais quel miracle, un interne plus chevronné survient, muni d'une sonde. Avec l'aide de son jeune collègue, il se démène pour l'insérer dans la gorge de ma mère. Je voudrais lui dire que tout ira bien, pourtant, je n'ai ni le temps ni l'espace nécessaires, et je me place en retrait. Je dois faire confiance aux médecins, je le sais. Mais bon sang que c'est dur. Je ferme les yeux une seconde, tente d'oublier les convulsions chaotiques de ma mère, la voix de l'interne le plus expérimenté dont le volume augmente avec la panique, la peur qu'il ne réussisse pas à ramener cette patiente.

Démerdez-vous ! leur crierait Neil. Penser à lui et à sa réaction me tire de ma torpeur. Je joins mes forces à celles de mes deux collègues et, alors que ma mère commence à s'étouffer avec son propre sang, nous parvenons à introduire la sonde dans son œsophage et à comprimer la varice. Sa tête retombe sur le lit. Elle est éreintée. À peine consciente. Mais vivante. Pour le moment, en tout cas.

Je me trouve dans la cantine de l'hôpital. L'« espace détente », comme elle se nomme pompeusement. Un lieu dans lequel les familles des patients et les soignants peuvent fuir, un temps, la mort et la souffrance, laisser le sang et le chaos ailleurs. Cet endroit n'invite pourtant pas particulièrement à la détente avec ses tables fixées au sol, ses chaises en pin avec assise plastifiée et son atmosphère générale très années 1980, dans les tons bruns et moutarde, mais il est relativement tranquille à cette heure de la journée, et j'ai besoin de prendre un moment pour réfléchir à ce qui vient de se passer avant de monter dans mon service.

Je bois un café noir dont l'amertume est renforcée par le dégoût que je m'inspire. Ma mère a failli mourir. Elle n'en a sans doute plus pour longtemps. Son hépatite est en phase terminale. Et le fait que j'aie posé ce diagnostic à la place de ce pauvre interne n'est qu'une maigre consolation. J'aurais dû identifier cette maladie, et tenter de réagir, bien avant aujourd'hui.

Il n'en faut pas toujours beaucoup pour contracter une hépatite, même si dans le cas de ma mère les deux verres de vin quotidiens – dont je m'étais convaincue qu'ils constituaient sa consommation – étaient sans doute en réalité une demi-bouteille, complétée par de la vodka dans son jus d'orange et du gin dans ses tasses de thé. J'aurais dû m'en douter en voyant son réfrigérateur vide, en remarquant à quel point elle avait perdu du poids, à quel point ses jambes et ses chevilles étaient enflées ; je n'aurais pas dû ignorer la coloration de ses yeux, me dire que le rougissement de ses joues était dû à la rosacée et – j'ai tellement honte de moi ! – à l'air hivernal cinglant. J'aurais dû voir, mais je ne l'ai pas fait, parce que certaines fois on ne voit que ce que l'on veut voir, n'est-ce pas ?

J'ai eu exactement la même réaction avec Jess. J'aurais dû me douter, à son comportement inhabituel lors du spectacle de fin d'année, que quelque chose n'allait pas, j'aurais dû deviner qu'il y avait un problème la nuit où elle s'est présentée aux urgences avec Betsey. J'aurais dû soupçonner, non pas nécessairement qu'elle mentait pour protéger quelqu'un, mais qu'elle souffrait d'un trouble mental. Ayant laissé notre amitié se distendre, je n'ai pas repéré les signaux après la naissance de Betsey. Je n'ai pas pris le temps de l'écouter, de poser les bonnes questions, de lui fournir l'aide qui aurait pu lui éviter de laisser ses enfants seuls – et donc l'accident de Betsey. C'est parce que je me suis arrêtée à l'image que j'avais de Jess – une femme que je considérais comme une « meilleure » mère que moi, parfaitement qualifiée – que j'ai raté ce qui aurait dû me sauter aux yeux.

Et si je n'ai pas été un assez bon médecin, je n'ai pas non plus été une assez bonne fille ou amie.

Il est grand temps d'essayer de réparer mes erreurs.

Parce que si ma mère est condamnée, je dois tenter de convaincre Mattie de venir. De témoigner à celle-ci un peu de la compassion qui, je le sais, coule dans ses veines – et qu'il exprime avec les adolescents qu'il côtoie pour son travail, mais aussi avec mes enfants et moi.

Consciente que je vais rencontrer des résistances, je sors mon téléphone.

Ça ne se passe pas bien. La ligne est mauvaise, j'entends le vent qui siffle derrière Mattie, et il a l'esprit ailleurs. Je le dérange au travail, alors qu'il s'apprêtait à exposer les principes de la course d'orientation à une trentaine de citadins qui n'ont jamais escaladé un seul sommet d'Écosse.

Son ton est sérieux, un brin sec. L'hospitalisation de notre mère, en conséquence de son problème de boisson, ne l'étonne pas plus que cela, et je me surprends à me tourner vers le mur, les yeux brûlants, tandis que je tente de le convaincre, à voix basse mais tendue, de la gravité de la situation.

— Il y a un risque que tu ne la revoies pas si tu ne descends pas rapidement.

Je marque un silence, attendant qu'il saute sur cette occasion, qu'il me rassure : bien sûr qu'il va se précipiter au chevet de notre mère mourante.

— Matt ? Tu as compris ce que je te disais ? Si tu ne viens pas à Londres demain ou après-demain, je crains vraiment qu'il ne soit trop tard.

— Je ne vois pas à quoi ma visite servirait.

— Ça pourrait lui faire du bien… de savoir que tu lui pardonnes.

— Je ne suis pas sûr d'en être capable.

Il murmure à présent, si doucement que je dois tendre l'oreille pour entendre chacun de ses mots.

— Tu n'es pas la seule à faire des cauchemars sur les premières années de notre vie, tu sais.

— C'est vrai ?

— Oui. Je n'ai pas envie d'en parler, mais tu as remué des choses.

— Je suis désolée.

Je ne sais pas quoi ajouter.

— Bon, il faut que j'y aille, lance-t-il.

Il a retrouvé son ton brusque, se prépare à prendre congé. Je suis envahie par le désespoir et par une légère rage.

— Tu ne peux pas t'en tirer aussi facilement. Je sais que tu ne la supportes pas, mais tu pourrais le faire pour moi au moins… S'il te plaît, Matt.

J'ai conscience d'être terriblement puérile.

— Je n'ai pas envie d'affronter sa mort seule.

— Je vais y réfléchir, me répond-il d'un ton radouci. Écoute, on a du monde en ce moment, je ne peux pas partir sur un coup de tête, j'ai pris des engagements, on doit respecter un ratio strict entre les jeunes et les encadrants…

— Très bien, je comprends.

C'est une excuse commode, ce qui ne signifie pas pour autant qu'elle est bidon.

— Tu me préviens si son état se dégrade ?

— Je te rappelle plus tard, pour te dire s'il y a du changement. Et réfléchis, s'il te plaît. Je t'assure que je ne crie pas au loup.

— Je sais.

J'entends son amour pour moi dans sa voix : cette vieille loyauté due à notre enfance difficile. Lui seul sait les horreurs que nous n'osons avouer à personne d'autre.

— Je te connais, Liz. Tu ne ferais pas ça.

Je raccroche. Je dois aller travailler. Endosser un autre rôle : le rôle du Dr Trenchard, pédiatre. Mais j'ai du mal à chasser de mon esprit le mal que notre mère nous a fait et continue à faire à mon frère, ainsi que les secrets – à demi connus, voire uniquement supposés.

Je vide mon café, coche mentalement la liste de toutes les choses que je me suis entêtée à ne pas voir :

J'ai fermé les yeux sur ses problèmes de boisson.

J'ai enfoui les souvenirs de ma petite sœur, Clare.

J'ai ignoré le fait que son détachement, lorsque Mattie était hospitalisé, son incapacité à lui garantir des opérations de chirurgie plastique une année sur deux, ainsi qu'il en aurait eu besoin, étaient le signe d'une dépression, ou pouvaient être assimilés à un défaut de soin.

Et tout cela me pousse à m'interroger : aurais-je détourné le regard pour ne pas voir autre chose, une chose encore plus terrible ?

Une chose que j'ose à peine me formuler…

36

LIZ

Samedi 10 juin 2017

J'aurais dû savoir que ce barbecue serait une catastrophe avant même que nous ne décidions de l'organiser. Nous n'avons pas l'habitude de recevoir beaucoup de monde, Nick et moi. Nous sommes tous les deux très occupés et nous n'avons ni l'un ni l'autre un goût très prononcé pour les mondanités. De surcroît, j'ai parfaitement conscience – c'est une source de complexes – que nous n'avons ni la plus grande maison ni le portefeuille le mieux fourni de notre bande d'amis. J'ai honte de l'état de notre jardin, si broussailleux comparé aux pelouses impeccables de Charlotte, et je ne parle pas de mes compétences de cuisinière par rapport aux prouesses de Jess. Et pourtant, c'est trop facile de se trouver des excuses, et je m'étais convaincue que personne ne s'attendrait à ce que nous servions des crevettes marinées comme chez les Curtis. Et si je ne me chargeais pas de réunir tout le monde, alors bientôt les enfants auraient un an de plus et un autre été nous serait passé sous le nez.

D'autant que c'est un bel été, avec un ciel d'un bleu barbeau, sans une goutte de pluie depuis plusieurs semaines. Les enfants ont changé de couleur, ils sont aussi dorés que des noisettes, ils grandissent plus vite que les plants de tomates qui ravagent tout dans notre serre en piteux état. *Il fait presque trop chaud*, me dis-je en allumant le barbecue et en attendant que le charbon, léché par les flammes, soit recouvert d'une cendre blanche. Une bouffée d'air chaud s'en échappe, mais même sans ça l'atmosphère est déjà étouffante, à croire qu'un orage couve. Les clochettes de pieds-d'alouette sont immobiles. Une petite pomme tombe brusquement d'un arbre. Il n'y a pas un souffle d'air.

Je vérifie la nourriture dans la cuisine, dispose des couvertures sur lesquelles les enfants pourront s'asseoir, remplis la pataugeoire en prévision de batailles d'eau. Sam a cessé de sauter sur le trampoline pour s'y allonger, jambes et bras écartés ; il observe le feuillage des arbres au-dessus de sa tête.

Tout est prêt, et pourtant mon ventre se serre. Je veux que cette réception soit parfaite, sans doute parce que je n'ai pas connu ça petite. Je n'ai pas grandi dans un monde de barbecues et de réunions familiales, ce qui fait que je suis encline à idéaliser ce genre d'enfance, et à tenter de la recréer pour mes enfants. Mais je voudrais aussi gâter mes amis, compenser mon absence de penchant naturel pour les mondanités. Et si j'ai besoin de cette journée pour réactiver notre lien – pour me rappeler la solidité de nos amitiés, moi qui me laisse accaparer par mon travail et qui ne fais plus assez d'efforts pour aller à l'encontre de cette tendance –, je ne suis pas la seule.

Je pense à Mel en particulier. Cela fait trois semaines que Rob l'a quittée, et je veux lui prouver, à elle, ainsi qu'à Connor et Mollie, combien nous les aimons : ils seront toujours les bienvenus, elle ne sera pas de ces mères célibataires qui se retrouvent ostracisées une fois qu'elles n'appartiennent plus à la famille de quatre si normée, si facile à intégrer.

Jess a sans doute besoin qu'on la chouchoute un peu elle aussi. Je ne l'ai revue que deux fois depuis la naissance de Betsey, il y a trois mois : le jour où je suis passée déposer un cadeau, puis pour un bref café – écourté parce qu'elle devait allaiter sa fille. Je suis surprise de la vitesse à laquelle le temps file. À leur arrivée, je m'attends presque à voir un nouveau-né de trois kilos et non ce nourrisson potelé – une créature qui reste terriblement vulnérable, encore incapable de faire une chose aussi simple que s'asseoir toute seule, mais dotée de cuisses si replètes qu'elles forment des plis et d'épais cheveux bruns.

Quant à Charlotte, eh bien, je l'ai invitée parce qu'elle aurait pu se sentir blessée sinon. Elle n'est pas souvent à la sortie de l'école, néanmoins, l'un des enfants pourrait en parler à George, et je n'aimerais pas qu'elle découvre qu'elle a été exclue. Je me suis demandé si elle allait décliner l'invitation : à ma connaissance, elle n'a presque pas vu Jess depuis que celle-ci nous a annoncé sa grossesse. Pourtant, elle m'a répondu qu'ils acceptaient avec grand plaisir, dans un mail rédigé avec élégance et conclu sur ce genre de phrase désinvolte qui augmente la pression et m'a paru de mauvais augure. *On va peut-être même s'amuser !!!*

Mel arrive en premier. Elle n'est pas en forme. Entre la fin de l'année scolaire et l'échec de son mariage – après douze ans –, elle semble sur le point de craquer : elle a perdu tellement de poids que la robe d'été qui lui aplatissait la poitrine l'été dernier bâille à présent, exposant ses clavicules saillantes et ses seins qu'elle qualifie d'« œufs de caille ».

— Il veut la présenter aux enfants, tu te rends compte ? s'emporte-t-elle. Elle aurait une part trop importante dans sa vie. Je suis verte, Liz.

Elle tremble de rage.

— Il ne peut pas bousculer les choses, il doit penser aux enfants, dis-je en calculant qu'il nous reste dix minutes pour discuter avant l'arrivée des autres convives. Comment vont-ils ?

— Connor s'est mis à faire pipi au lit, et Mollie a des crises de somnambulisme. On finit la plupart des nuits dans le même lit.

Pas étonnant qu'elle ait l'air aussi exténuée.

— Tu bois quelque chose ? Il y a du blanc, du rouge, de la bière, du gin… Et aussi du Pimm's, du sirop de fleurs de sureau, que je peux te servir avec de l'eau plate ou gazeuse.

— J'ai besoin d'alcool. Pourquoi pas un gin ?

Sans un mot, je la sers généreusement, ajoute des glaçons, du citron, du concombre et du tonic, avant de décorer le verre avec un brin de menthe pour faire joli.

— Merci, dit-elle après avoir avalé une longue gorgée.

La sonnette retentit, et l'agitation dans l'entrée de la maison suggère l'arrivée d'une autre famille. Le bruit qui enfle tout à coup semble étonnamment intrusif.

— Bonjour, bonjour !

Andrew débarque dans la cuisine, suivi de Charlotte et George.

— Andrew !

Je me précipite pour le prendre dans mes bras, cherchant à protéger Mel.

— Et Rob ? lui demande-t-il en regardant autour de lui comme s'il espérait trouver le mari de Mel caché derrière un placard de la cuisine. Qu'est-ce que tu en as fait ? Il est où ?

Je jette un regard cinglant à Charlotte. Je l'ai informée de la situation de Mel dans mon message et je comptais sur elle pour prévenir son mari. Elle a l'air gênée.

— Ne me dis pas qu'il travaille par une si belle journée !

Andrew s'entête, mais son sourire s'évanouit lorsqu'il finit par remarquer l'expression de Mel.

— Non.

Elle prend une nouvelle gorgée de gin pour se donner du courage.

— Il est en train de s'envoyer en l'air.

Puis elle ajoute, devant la mine effarée d'Andrew, si peu habitué à l'entendre parler aussi familièrement :

— Pas avec moi, tu t'en doutes. Il a opté pour un modèle plus jeune. Il m'a quittée pour son assistante.

L'arrivée de Jess, chargée de son bébé, d'une poussette, d'un parasol, d'un tapis de change, sans oublier un sac qui déborde de biberons stérilisés remplis d'eau, constitue une distraction appréciée.

— Jess !

Charlotte lui fait la bise.

— Tu as l'air en pleine forme. Ed…

Ses lèvres s'attardent un peu plus longuement sur ses joues, comme si elle avait envie de lui murmurer des confidences intimes.

— Ça alors, le débarquement de ce nouveau-né n'a pas eu d'effet sur toi ! Tu es toujours aussi beau. Alors, qu'est-ce que ça fait de retrouver les couches ?

Elle l'entraîne vers le jardin, une main sur son bras. Ils sont de vieux amis, cette propension à l'accaparer n'a rien de nouveau, et pourtant, Charlotte semble tout faire pour exclure la personne qui a donné le jour à ce bébé et dont l'existence en a été le plus affectée.

— Comment ça va, Jess ? m'inquiété-je en m'attendant à ce qu'elle lève les yeux au ciel avec ironie, pourtant elle semble préoccupée par autre chose.

— Il y a assez d'ombre dans le jardin ? Je me demande, si on place la poussette le long de la maison et qu'on sort le parasol, est-ce qu'elle sera complètement abritée ?

Ses yeux s'agitent, à la recherche de l'emplacement idéal.

— Je suis sûre qu'elle sera parfaitement à l'ombre.

Je l'aide à manœuvrer la gigantesque poussette puis à fixer et à incliner le parasol. Pas un centimètre carré de la peau de Betsey n'est exposé.

Jess s'installe près de la poussette avec un verre d'eau pétillante. Il est évident qu'elle est incapable de se détendre : elle vérifie constamment qu'aucun rayon de soleil n'atteint sa fille. Betsey se met soudain à gémir et je reconnais les pleurs fatigués d'un bébé qui ne parvient pas à trouver le sommeil.

— Liz… ça t'embête si j'installe Betsey à l'intérieur ?

— Pas du tout. Tu peux la coucher dans la chambre de Rosa, c'est sans doute la pièce la plus fraîche.

— Je préfère rester avec elle dans le salon, je n'aime pas la laisser seule quand il fait aussi chaud.

— Alors, mets-la près des portes-fenêtres.

Je l'accompagne dans la maison.

— En tirant les rideaux, il devrait faire assez sombre.

Je plonge la pièce dans la pénombre, alors que les cris de Betsey montent en intensité.

— Tu veux quelque chose à manger ?

Elle secoue la tête.

— Tout va bien. Je vous rejoins bientôt.

Elle a l'air gênée, et je voudrais la rassurer, la convaincre que les pleurs ne nous dérangent pas autant qu'elle semble le craindre, qu'elle n'a pas besoin de se cacher, qu'on peut se relayer pour endormir Bets, pour lui permettre de profiter d'un rare moment de calme. Mais elle me tourne le dos et se penche sur sa fille, créant une petite bulle dont je me sens exclue.

Tous les autres semblent en profiter au moins, à part Mel, qui a le regard perdu dans le vague, son verre de gin tonic à la main. Nick suffoque près du barbecue, les enfants ont de quoi manger et boire : Kit et George mastiquent encore un hot-dog pendant que les autres se prélassent sur les couvertures, visiblement rassasiés. Seul Frankie fait des bonds enthousiastes sur le trampoline.

Une remarque de Charlotte provoque l'hilarité d'Andrew et d'Ed, même Nick s'approche en agitant sa pince de cuisine. Elle est vive et intelligente, ses propos sont toujours précis et bien formulés. Je ne peux m'empêcher d'admirer son assurance – cette conviction que son point de vue a au moins autant d'importance que celui des autres –, même si je la trouve pénible par moments. C'est peut-être une femme à hommes, plus à l'aise en leur compagnie qu'en celle des autres femmes. Voilà la réflexion qui me traverse l'esprit tandis que je l'observe, elle qui s'épanouit sous le feu de leur attention. L'espace d'un instant, je regrette de ne pas pouvoir participer à leur conversation plutôt que de me partager entre une amie qui pleure sur son mariage et une autre qui se fait du mouron pour sa fille en larmes.

Les pleurs de Betsey continuent à s'échapper du salon : un *ouin-ouin* qui ralentit à présent. Je me sers un verre et me demande quand Ed aura l'idée d'aller relayer sa femme pour qu'elle puisse manger.

— Il faut vraiment que j'aille voir Jess, finit-il par lâcher en se levant sans grand enthousiasme.

Charlotte n'a aucun mal à le persuader de se rasseoir.

— Je suis sûre qu'elle va très bien. Elle doit être en train de coucher votre fille. Et elle n'a pas besoin que tu la déranges.

— Tu as sans doute raison, acquiesce-t-il avant de boire un trait de bière.

— S'il y a bien une chose que j'ai apprise, souligne Andrew, parlant comme un vieux schnock satisfait qui maquille ses défauts en concessions faites à son épouse, c'est qu'il vaut mieux laisser aux mères le soin de s'occuper des enfants, et ne pas s'en mêler. Pas vrai, ma chérie ?

Le regard que Charlotte lui décoche pourrait geler les flammes de l'enfer.

— L'ennui, dit Ed d'un air songeur, c'est que les gosses sont habitués à ce que les rôles soient clairement répartis. Jess se charge de l'aspect pratique, en plus de gérer entièrement Betsey bien sûr, et moi, je… eh bien, je m'occupe des trucs sympas…

— Rien ne t'empêche d'essayer de rétablir un semblant d'équilibre, si ? le taquine Nick.

— Ouais, sans doute…

Ed paraît mal à l'aise soudain, chasse ce nuage d'un trait d'humour :

— Mais pourquoi est-ce que je m'imposerais un truc pareil ?

Voilà où nous en sommes lorsqu'on sonne à la porte : une femme préoccupée que son mari n'a aucune intention d'aider, une autre désespérée, et une troisième un peu tendue par le constat que ce barbecue n'est pas la réunion détendue dont elle rêvait le matin même à 8 heures quand elle se débattait avec des grains de grenade.

Ça m'apprendra à pratiquer le micro-management, à penser pouvoir résoudre les problèmes de mes amies avec les meilleures intentions du monde et quelques foutus hamburgers maison, sans parler de la pavlova bancale dont personne n'aura envie avec cette chaleur. Je pense à la guirlande lumineuse solaire que j'ai suspendue aux branches de l'arbre au-dessus du trampoline en songeant que c'était tout à fait le genre de choses que Jess aurait pu faire. Pourquoi est-ce que je m'évertue à devenir celle que je ne suis pas ? Pourquoi suis-je incapable de juguler ce désir incessant d'être le genre de femme qui, tout en faisant carrière, prépare des hamburgers à la coriandre et aux oignons rouges, raccommode des mariages et apaise les angoisses de ses amies ? Pourquoi faut-il toujours que je me sente obligée de tout réparer comme si – et l'ironie est bien là – j'avais toutes les réponses ? Pourquoi est-ce que je ne parviens pas plus facilement à m'accepter telle que je suis, avec mes limites ?

Comme pour me rappeler d'où je viens, ma mère se tient sur le seuil de ma maison, rouge et mal à l'aise. Une bretelle de soutien-gorge grisâtre dépasse de son haut et tranche sur sa peau brûlée par le soleil. Le tissu est auréolé sous ses bras. Il est évident qu'elle est desséchée par la chaleur.

— Maman ?

Je suis sonnée. Ma mère ne passe jamais à l'improviste.

— Entre, entre, dis-je en me ressaisissant.

Je dois néanmoins conserver un air perplexe. Elle est aussitôt sur la défensive.

— Tu m'as dit que tu organisais un barbecue quand je t'ai eue au téléphone. Avec plein de monde. Je n'ai pas compris de travers, si ?

— Non, non, pas du tout.

Je ne vais tout de même pas la renvoyer chez elle – peu importe qu'elle risque de détonner dans le cadre. Elle a l'air si vulnérable… J'ai vaguement le souvenir de lui avoir proposé de se joindre à nous. Une suggestion en l'air, à la fin de notre coup de fil, parce que j'étais convaincue qu'elle n'accepterait jamais l'invitation. *Tu peux toujours passer si tu n'as rien à faire ce jour-là.*

— Tu te souviens de mon amie Mel ? lui dis-je en la conduisant dans la cuisine, où Mel est en train d'ouvrir une bouteille de pinot gris. Je crois que vous vous êtes vues à l'un des anniversaires de Rosa, pour ses un ou deux ans ? C'est mon amie enseignante, maman. Elle a une fille et un garçon, qui ont les mêmes âges que Sam et Rosa…

Je parle à toute allure, bien consciente que ma mère ne s'intéresse que de très loin à ses petits-enfants, même si je ne lui ai pas donné beaucoup d'occasions d'apprendre à les connaître.

Elle ne trahit aucune réaction.

— Je vais te servir à boire.

Je lui tends un verre d'eau glacée, qu'elle considère avec dédain.

— Je vais prendre la même chose que Mel.

— Bien sûr.

Je lui remplis un verre de vin.

— Désolée, avec ce temps, je suis obsédée par la nécessité de s'hydrater.

Elle me répond d'un bref hochement de tête. Elle passe l'éponge, mais je ne dois pas la traiter avec condescendance, ni chercher à la contrôler.

— Tu veux quelque chose à manger ? Nick a encore plein de viande à faire griller. Chéri ! Regarde qui est là !

Je lui fais signe en accompagnant ma mère vers le jardin.

— Janet, dit-il en se penchant pour l'embrasser sur la joue.

Il est doué pour cacher le fond de sa pensée, ne laisse jamais transparaître l'ambivalence de ses sentiments à son égard.

— Qu'est-ce que je te sers ? Agneau ? poulet ? un steak haché ? Les enfants ont dévoré toutes les saucisses, malheureusement.

Elle cligne des yeux, éblouie par le soleil, et je suis soudain submergée par une vague de tendresse. La situation est perturbante pour elle, il y a trop de choix, trop de gens qu'elle connaît mal, la chaleur est accablante…

— De l'agneau, s'il te plaît.

Elle se tourne vers moi.

— Il fait un peu chaud pour moi, Lizzie. Je vais m'asseoir à l'intérieur.

— Bien sûr. Je t'apporte de la salade.

A-t-elle remarqué le regard de Charlotte sur elle ? *Une indigente dans le jardin de Liz !* Je ne peux m'empêcher de penser qu'elle doit stocker cette information et j'en éprouve un frisson de dégoût, pour elle et pour moi – parce que j'expose ma mère. Deux de mes univers sont entrés en collision, et ma mère n'est pas intéressée par mes amis. Elle est distraite, un bruit à l'étage a retenu son attention.

— À qui est ce bébé ?

Un cri strident retentit, fin ruban sonore qui enfle, gagne en puissance.

— C'est Betsey, la fille de mon amie Jess. Tu te souviens qu'elle a eu un troisième enfant ? Je croyais qu'elle l'avait installée dans le salon… mais elle a dû la monter.

— Elle pleure par intermittence depuis un quart d'heure, nous informe Mel. Elle me tient compagnie.

— Un quart d'heure, ce n'est rien, rétorque sèchement ma mère.

Je suis surprise : elle ne parle jamais de notre enfance.

— Je pleurais beaucoup ?

— Tu n'étais pas la pire.

— Pauvre Mattie... C'était un bébé difficile alors ? J'étais trop jeune, je ne m'en souviens pas...

Elle secoue la tête. Elle ne se laissera pas attirer sur ce terrain.

Les cris s'amplifient, alors que Jess descend lentement l'escalier, une main sur la rampe, l'autre autour de sa fille. Elle soutient sa tête avec sa main et maintient son corps à l'aide de son avant-bras, la tenant avec autant de précautions que si elle était en verre soufflé.

— Je suis sincèrement navrée, je n'arrive pas à la calmer.

— Tu veux que je la prenne un peu pour que tu puisses manger ?

Je me rends compte, en lui faisant cette proposition, qu'elle ne m'a jamais invitée à porter sa fille.

— Tu peux avoir confiance, je suis médecin, plaisanté-je. Juste pour quelques minutes, le temps que tu souffles.

Après une hésitation, elle me confie Betsey. Celle-ci me regarde, une bulle de salive apparaît entre ses lèvres.

— Bonjour, Betsey, lui dis-je avec un immense sourire dans l'espoir qu'elle m'imitera.

Surprise de découvrir un nouveau visage, elle s'est tue. Elle esquisse un sourire. Je me tourne vers ma mère.

— Tu as vu comme elle est belle ? Tu veux la voir ?

— Non, ça va.

— Oh, allez.

— Non, c'est bon, rétorque-t-elle, cinglante, avant de se racler la gorge, ayant peut-être conscience que sa réaction risque de paraître excessive. Je ne voudrais pas qu'elle se remette à pleurer à cause de moi. Je n'ai pas vu un bébé aussi petit depuis des lustres. Elle a quoi ? Trois mois ?

— Treize semaines exactement, répond Jess qui revient dans la cuisine avec une petite assiette de nourriture. Dans mon souvenir, c'est l'âge où ça devient plus facile, mais pas avec elle.

Comme si Betsey attendait ce signal, elle se met à gémir, sa lèvre inférieure frémissante. Elle fixe sa mère maintenant qu'elle est revenue. La plainte monte crescendo, finit par attirer l'attention des adultes dans le jardin, qui interrompent leur discussion pour tourner la tête dans notre direction. Jess abandonne son assiette pour prendre sa fille, les joues rougies par l'embarras. Elle tente de l'apaiser en la berçant. Ma mère semble faire une fixation. Elle ne détache pas ses yeux de Betsey, comme ulcérée qu'un bébé puisse faire autant de bruit.

— Ça va, maman ?

— Non, je...

Elle repousse son assiette, fait tomber quelques grains de semoule et de grenade. Elle n'a pas remarqué qu'elle avait de la crème fraîche sur le pouce.

— Je n'aurais pas dû venir. Je vais y aller. Il faut que j'y aille.

Elle se lève, va chercher son sac à main. Ses gestes sont saccadés, et tout le temps où elle s'agite elle ne quitte pas Betsey des yeux. Elle semble inquiète.

— Je suis vraiment navrée, madame Trenchard, s'excuse Jess d'une voix larmoyante. Liz... Je vais la ramener chez nous. Ce n'est agréable pour personne. Tu t'es démenée pour organiser ce barbecue, et on te gâche ton plaisir.

— Mais non, enfin.

Il est hors de question que ma mère chasse Jess.

— C'est juste un bébé qui pleure. Nous avons tous connu ça. D'ici quelques minutes, elle se sera calmée. Personne n'a à partir.

Ma mère a déjà rejoint l'entrée, pourtant, tête baissée, d'un pas déterminé.

— Maman, s'il te plaît…

Il me paraît si important de résoudre cette situation. De prouver à Jess qu'elle sera toujours la bienvenue et de démontrer à ma mère qu'elle ne peut pas claquer la porte à cause d'une chose aussi banale que les pleurs d'un bébé. Je pose une main sur son avant-bras ; elle me repousse violemment.

Sa réaction familière réveille de vieux souvenirs, qui dégringolent dans ma mémoire, tels des dominos, alors que mon cœur se serre : bras sur lequel on tire ou qu'on agrippe, tapes aussi vives que des coups de fouet, furieuses et inlassables, à l'arrière de mes jambes pâles.

J'ai un mouvement de recul, comme si elle venait de me réprimander.

— Maman… je ne voulais pas…

Qu'est-ce que je voulais au fond ? Je me suis excusée par réflexe, mais je ne sais même pas pourquoi. Dans l'intimité de l'entrée, elle me jette un regard qui ne laisse aucune place au doute : elle ne négociera pas.

— Ne t'avise pas d'essayer de me retenir.

Elle se débat avec le loquet et son irritation grossit.

— Comment marche ce truc de merde ?

Sa voix s'étrangle, elle est au bord des larmes.

Je n'ai pas la bêtise de lui proposer mon aide. Elle finit par réussir à ouvrir la porte. Le soleil se déverse dans l'entrée, et ses rayons s'accompagnent du soulagement de savoir qu'elle va enfin pouvoir partir. Sans un regard en arrière, elle s'éloigne dans la rue.

37

JESS

Jeudi 25 janvier 2018, 9 h 30

L'interrogatoire dure depuis une heure et demie, et Jess a mal au crâne à force de se faire des nœuds au cerveau pour ne pas se compromettre davantage. Le portable de Cat Rustin vibre soudain sur la table. L'inspectrice jette un coup d'œil au texto qu'elle a reçu avant de le montrer à son collègue.

— Faisons une pause, propose-t-elle. Un quart d'heure.

Son expression demeure indéchiffrable, tandis qu'elle arrête l'enregistrement et escorte Jess aux toilettes.

Profitant d'un moment d'intimité, Jess règle le robinet sur la température la plus chaude et un nuage de vapeur monte du lavabo glacial. Cependant, la brûlure de l'eau sur ses paumes ne parvient pas à la distraire des peurs qui tournent en boucle dans son esprit.

Ils savent qu'elle les a laissés, mais est-ce que Frankie leur a dit autre chose ? À moins que le texto ne provienne de l'hôpital et que l'état de Bets ne se soit dégradé ? La panique plante ses griffes en elle, elle imagine d'autres convulsions : les yeux révulsés de sa fille, ses membres raides. L'anesthésiste est peut-être intervenu pour la plonger dans le coma – on les a prévenus, Ed et elle, que c'était une éventualité. Jess imagine Betsey transférée en soins intensifs, reliée à un nombre infini de tuyaux. *Est-ce ainsi qu'elle va mourir ? Serait-ce la dernière complication ?* Jess se penche au-dessus de la cuvette des toilettes pour vomir.

— Et maintenant ? demande-t-elle à son avocat lorsqu'on la reconduit dans la salle d'interrogatoire, vingt minutes plus tard.

Un gobelet en polystyrène blanc coiffé d'une écume écœurante est posé devant elle. Elle n'y touche pas.

— On attend.

— Il s'est passé quelque chose, non ? Il est arrivé quelque chose à Betsey ?

À moins que ce ne soit Kit : peut-être qu'elle n'a pas pris sa fracture suffisamment au sérieux, peut-être qu'il souffre d'une commotion cérébrale lui aussi, que personne n'a détectée ? Elle ne peut pas mentionner Frankie. Peut à peine s'autoriser à penser à lui, engoncé dans son désarroi.

— Je suis sûr que non.

Liam, l'avocat, regarde sa montre. La poitrine de Jess se serre, sa respiration se précipite tant qu'elle en a la tête qui tourne. Sa gorge est sèche, le goût amer de la peur envahit sa bouche.

La porte s'ouvre à la volée. Cat Rustin est rouge, et Steve Farron paraît presque en colère : Jess ne l'a jamais vu dans cet état. Liam se redresse aussitôt sur sa chaise, en alerte. L'inspectrice tire sa chaise avec fracas, puis elle relance l'enregistrement, précise à nouveau la date, l'heure et les personnes présentes.

— Pourquoi ne nous avez-vous pas dit la vérité dès le début, Jess ?

— À quel sujet ?

— Au sujet de ce qui s'est passé ce jour-là.

Acculée, Jess observe ses doigts et les tord, cherchant par réflexe ses bagues absentes. Ses mains lui paraissent nues, elle s'assied dessus. *Tu es une mère qui s'est montrée négligente avec ses enfants et a demandé à l'un d'eux de mentir pour toi.* Elle ne peut rien faire pour arranger la situation, rien dire.

— Notre agent de permanence vient de recevoir un appel de votre mari qui jette un éclairage très différent sur les événements. Nous allons nous rendre chez vous pour les interroger, Frankie et lui. Mais nous voulions vous demander auparavant si vous pouviez nous raconter le déroulement des faits avant que nous entendions votre fils ?

Ils ne doivent pas imposer cette épreuve à Frankie, Jess doit continuer à le protéger. Que lui a-t-il dit déjà dans la salle de bains ? « Je ne voulais pas lui faire de mal, je voulais simplement t'aider. » *Tu es une mauvaise, une très mauvaise mère.* Mais elle a dû au moins réussir une part de son éducation pour avoir un fils aussi intuitif et sensible, un fils capable d'éprouver autant d'empathie.

— Les choses se sont déroulées comme je l'ai dit, ment-elle, grimaçant aussitôt face à l'inconsistance de sa réponse. Betsey a dû se cogner la tête après s'être relevée en se tenant au frigo.

— Pourquoi vous n'arrêtez pas cette comédie, Jess ?

La voix de Cat Rustin est cruelle.

— Nous savons que vous avez laissé vos enfants sans surveillance pour aller faire des courses. Nous avons la bande de la caméra du magasin et votre reçu de carte bancaire. D'après votre mari, seul Frank était présent lors de l'accident. Un véritable accident, au sujet duquel vous nous mentez depuis le début.

— Je…

— Votre mari vient de nous raconter ce qui s'est passé. Nous devons vous garder au commissariat le temps d'aller nous entretenir avec Frankie et lui. Alors, je vous pose la question une toute dernière fois : y a-t-il une chose que vous aimeriez nous dire avant ?

Une seule chose obsède Jess, l'expression d'inquiétude de Frankie qui cherchait simplement à la protéger, qui lui a suggéré de sortir prendre l'air, pour s'éloigner de lui et de sa sœur inconsolable. Elle se souvient aussi de sa panique, de son petit corps recroquevillé, alors qu'elle hurlait dans cette pièce étouffante. Elle songe qu'elle ne supportera plus jamais qu'il la regarde ainsi, elle songe qu'elle doit le protéger de la police et d'un interrogatoire. Parce que, malgré la présence d'un agent spécialisé en protection de l'enfance, il sera terrifié. Cette expérience, qui intervient après une semaine d'événements déstabilisants, le fera sortir aussi sûrement de sa zone de confort qu'une pelleteuse dégageant des gravats. Jess sait que si elle peut faire quoi que ce soit pour adoucir cette épreuve, pour lui simplifier la vie, elle doit le faire, et maintenant.

— Oui.

Elle courbe l'échine, les mots lui échappent dans un soupir. Elle est brisée, ne peut pas tomber plus bas, ses manquements en tant que mère seront décortiqués et analysés devant elle, dévorée par la honte.

Une mère qui a laissé ses enfants pour sortir acheter du vin, qui a tardé à conduire sa fille à l'hôpital, qui a menti aux médecins, à son mari, à sa sœur et même à la police, jusqu'à ce que son mensonge – motivé par la meilleure des raisons qui soit, protéger son fils, et par la pire aussi, se protéger, elle – devienne trop gros pour pouvoir être fui. Si gros qu'elle a depuis longtemps dépassé le stade où elle aurait pu avouer ce qui s'est réellement passé et dire : « Je suis navrée. »

Mais bien qu'elle éprouve une honte infinie, le soulagement la submerge. Elle se force à répéter sa réponse, plus fort cette fois.

— Oui.

— Vous voulez changer votre version des faits ? lui demande l'inspectrice, en se penchant vers elle pour l'entendre, même si c'est inutile.

Jess redresse la tête, croise le regard de Cat Rustin, puis déclare distinctement :

— J'aimerais vous raconter ce qui s'est passé.

38

LIZ

Samedi 3 février 2018

— Je dois te parler.

Neuf jours après son hémorragie digestive, ma mère est sur son lit d'hôpital, le buste redressé contre un oreiller. Le service de gastroentérologie est relativement calme en ce moment : le lit voisin est vide, les autres patients endormis ou occupés.

Elle va mourir, je pense. Je pourrais me tromper, bien sûr. Une guérison serait envisageable si elle arrêtait de boire, mais nous savons toutes deux que ce n'est pas près d'arriver. Elle a toujours traité sa santé de façon cavalière : d'abord les cigarettes, puis le sucre et maintenant ça. D'une façon ou d'une autre, ma mère se tue à petit feu d'aussi loin que remontent mes souvenirs. Et si mon ton paraît désinvolte, je ne le suis pas. Je suis si triste que si je m'appesantis je vais fondre en larmes. Ma mère n'a aucune envie de me voir pleurer, néanmoins. Pour elle, c'est une perte de temps, et du temps, elle n'en a pas beaucoup.

Elle ne parle pas, elle reste allongée, sa respiration est difficile. Le silence n'a rien de confortable, puisque sa mort pourrait être proche. Alors, je me mets à lui raconter l'histoire de Jess, son arrestation, suivie de sa libération, maintenant que la vérité a éclaté au grand jour. Je lui dis que j'ai tenté de l'appeler hier et qu'Ed m'a expliqué qu'elle n'adressait plus la parole à personne – même si je le soupçonne d'avoir dit cela par diplomatie et qu'il n'y a qu'à moi qu'elle refuse de parler. Je mentionne ma culpabilité de ne pas avoir vu que mon amie était aussi mal, ma bêtise de ne pas avoir envisagé qu'elle était de ces mères qui clament qu'elles se portent comme un charme pour mieux verser des larmes en privé. « Tout va bien », affirment-elles à qui veut l'entendre… jusqu'à ce qu'elles finissent par atteindre le point de rupture.

Bien sûr, c'est une façon de présenter des excuses à ma mère aussi, pour avoir été aveugle à ce qui sautait pourtant aux yeux, pour ne pas lui avoir posé les bonnes questions.

— Elle avait l'air si à l'aise, je n'ai pas imaginé un seul instant qu'elle pouvait trouver la maternité difficile.

Ma mère dit quelque chose dans un râle. Je ne pensais pas qu'elle écoutait, cependant, ses paupières se soulèvent en papillonnant et son regard cherche le mien.

— C'est dur, réussit-elle à articuler. J'ai commis des erreurs.

— Rien ne t'oblige à en parler, dis-je, appréhendant soudain ce qui pourrait suivre.

Rien de tel qu'une sensation de fin imminente pour clarifier l'essentiel. Pour raconter les histoires tues.

— Tu n'es pas obligée de dire quoi que ce soit…

J'insiste parce que je perçois une tension singulière, un peu comme lorsqu'on se tient sur un plongeoir dont on s'est engagé à sauter et qu'on repousse ce moment, presque en état de suspension. Car j'ai l'intuition que ce qu'elle pourrait dire changera tout.

— Si, il le faut, insiste-t-elle à son tour, saisie alors d'un sifflement qui la secoue.

Je l'aide à se pencher en avant, décris des cercles avec ma main dans son dos et je sens combien ce qui la rendait si terrifiante quand j'étais petite n'existe plus, ne laissant qu'une femme vulnérable. Sa toux finit par refluer, mais je continue à lui tenir la main. Celle-ci est maigre, avec des taches brunes et des veines saillantes. Il y a une discrète cicatrice sur le dos, souvenir d'une brûlure sur le gril du café. Mattie était à l'hôpital à l'époque, et je me demande soudain si elle s'est infligé cette marque délibérément. « Ce n'est rien, m'a-t-elle dit ce jour-là, en comparaison de ce que ton frère a subi. »

Je ne chercherai plus à l'apaiser ou à l'envoyer bouler. Je lui dois de l'écouter. J'exerce une pression sur sa main avant de la relâcher. Je ne dois pas l'encombrer avec mon besoin d'affection. À elle de me raconter les choses à sa manière.

— Ce qui est arrivé… avec Clare… j'ai transformé la réalité.

Elle s'interrompt et ses yeux noirs me rivent à ma chaise comme deux épingles immobilisant un papillon. Une sensation glaciale me parcourt le dos.

— Le policier qui est venu à la maison était un novice. Et pas le couteau le plus affûté du tiroir. Je pense qu'il ne s'est douté de rien. C'était sa première mort. Il était touché, et gêné aussi, par les larmes de Pete, par la profondeur de son chagrin… Le médecin n'a pas douté un seul instant, lui non plus. Mort subite du nourrisson : voilà ce qu'il a écrit sur le certificat de décès. Il y a eu une autopsie, mais pas très approfondie. Les gens posaient moins de questions à l'époque qu'aujourd'hui…

Elle s'interrompt, visiblement épuisée par ce torrent de mots qui esquissent les contours de la vérité sans la dévoiler pleinement.

— Parce qu'il aurait fallu poser des questions ? me forcé-je à demander.

Elle m'ignore. Ses yeux sont chassieux, sa respiration superficielle.

— Je me sentais si seule… Pete partait très tôt le matin, pour aller travailler dans cette ferme, et il ne voulait rien entendre. Il pensait que je n'avais qu'à me retrousser les manches. Mais tous les jours je me retrouvais seule avec vous trois. Et elle pleurait sans cesse…

Ses yeux se posent sur un point au loin, comme si elle contemplait sa vie d'il y a trente-cinq ans. À la lassitude succède soudain une expression d'horreur. Elle sort de sa torpeur pour revenir au présent et tourne vers moi son regard si direct. Un regard qui réclame mon attention, ma compréhension.

— Tu te souviens de ses pleurs ?

Je hoche la tête sans conviction, je ne sais pas très bien si je me rappelle les larmes de Clare ou celles de mes propres enfants : cette plainte incessante, à la fois irrationnelle et inconsolable, qui m'a un jour poussée à poser Rosa et à prendre mes distances, convaincue que j'étais une mère défaillante.

— Je voulais juste qu'elle arrête.

Ses mots interrompent brusquement le fil de mes pensées. S'agit-il d'une confession ? D'un aveu d'une réalité dont je me suis approchée tout en évitant de la regarder en face ? Mon ventre se serre, mon corps comprend la vérité avant mon esprit.

Mort subite du nourrisson : voilà ce qu'il a écrit sur le certificat de décès. Je voulais juste qu'elle arrête. Et elle pleurait sans cesse…

— Tu es bien en train de dire ce que je crois comprendre ? Que la mort de Clare n'était pas accidentelle ?

Je veux qu'elle prononce les mots. Je veux qu'elle assume ses responsabilités si elle est en train de me dire – et j'ai du mal à croire que je me formule une chose pareille, même si je ne vois pas d'autre explication crédible – qu'elle a tué sa petite fille.

Elle refuse de me regarder, mais son masque commence à glisser et le chagrin déforme ses traits. Elle pince les lèvres comme pour retenir une confession.

— Elle pleurait sans cesse, répète-t-elle en secouant la tête. Elle n'arrêtait pas. Elle pleurait, pleurait, pleurait…

C'est le cas de certains bébés, voudrais-je lui dire. Elle était peut-être affamée ou malade, souffrait de reflux ou d'un trouble neurologique. À cet âge, on n'a pas d'autre moyen de communication. Il ne s'agit pas d'hostilité mais de détresse.

Et pourtant, je conserve le silence. Je ne dois pas juger ma mère, je n'ose pas prendre le risque de la voir se refermer alors que nous venons d'avoir la discussion la plus sincère de notre existence. Je l'imagine, isolée, sans soutien, dans ce cottage sombre et humide. Puis je la revois nous hurlant dessus : un tombereau d'insultes qu'elle ne pouvait réellement penser, disais-je à Mattie pour le consoler, lui qui s'étiolait sous mes yeux.

Elle est épuisée, néanmoins elle continue à vouloir être comprise.

— Elle n'arrêtait pas…

Sa voix n'est plus qu'un murmure. Ses yeux sont humides et il me semble y lire de l'humilité. *Je n'en avais pas l'intention.* Voilà ce qu'ils me disent. À moins que ce ne soit moi qui cherche désespérément à y trouver ce message, parce que je ne supporterais pas une autre réalité.

— Je voulais juste qu'elle arrête.

39

JANET

Samedi 22 janvier 1983

Le cri enfle. Au début, il est faible. Un gémissement, un glapissement. Timide, tremblant, attendant de voir comment il sera reçu.

Le doute se dissipe rapidement. La plainte devient un bêlement, le piège se referme, alors que le cri se condense en note de pure angoisse.

— Chut… implore Janet en se penchant au-dessus du berceau et en prenant Clare à bout de bras.

Le son solidifie l'espace entre elles.

— Tout va bien, ma chérie, maman est là maintenant. Maman va tout arranger.

Clare la fixe. Onze semaines ; prise dans l'étau féroce de coliques inconsolables ; ses yeux sont deux perles noires, intenses et incrédules. *Ne sois pas ridicule*, disent ces yeux. *Je suis furieuse, furieuse contre TOI.* Son visage se chiffonne de l'intérieur et sa grenouillère devient humide ; la rage virulente qui transforme son corps en fournaise incandescente doit être évacuée.

— Chut, chut, tout va bien, répète Janet.

Elle est lasse, soudain. De la sueur perle sur le front de la petite et les pulsations sous sa fontanelle font penser à une forme de vie extraterrestre, d'un rouge doré, sous sa peau. Preuve de son cœur battant, du sang qui coule dans ses veines et pourrait jaillir à travers cette zone translucide, aussi délicate qu'une coquille d'œuf, si fragile que Janet n'ose la toucher, par crainte que celle-ci ne se rompe. Le pouls continue, insistant et implacable. À l'image de la fureur irrépressible de Clare.

Le cri monte d'un cran, un son désormais effrontément affirmé. Un vrai moteur de course. Elle prend le bébé contre elle et a l'impression de suffoquer : n'a qu'une envie, le reposer.

— Chut, chut, maman est là.

Une main se presse sur le derrière rembourré de Clare, l'autre lui entoure la nuque. Elle lui tient la tête d'un geste qu'elle espère tendre, mais la petite se cambre, se débat, poings serrés, le buste rigide sous l'effet de la colère ou de la douleur.

Pourquoi me hait-elle à ce point ? Cette pensée la dévore alors qu'elle berce Clare pour tenter de l'endormir, tout en faisant les cent pas dans la chambre humide et glaciale. La lumière du début d'après-midi filtre à travers les fins rideaux en coton : ironie d'autant plus cruelle que le reste de la maison est sombre. Des ombres se terrent dans les coins, la moisissure grignote les murs et le mobilier l'opprime : lits en fer forgé, coiffeuse et table en chêne taché. Il y a des poutres apparentes au plafond et sur les murs blancs pleins d'éclats se déploient des volutes terracotta et turquoise, vision déformée d'un rêve hippie.

Elle ne rêve que de lumière et de clarté, de jours d'été où le linge sécherait au vent, dehors, au lieu de communiquer son humidité aux espaces déjà froids, où ses aînés pourraient s'amuser dans le jardin au lieu de la solliciter constamment. Où elle pourrait sentir le soleil sur son visage et se convaincre, un instant, que les choses finiront par s'améliorer. Où elle pourrait tourner à la dérision cette détestation de soi qui l'étouffe tant qu'elle ne parvient pas à voir d'issue à cette existence, avec son cadre étroit, son cycle de corvées – laver, cuisiner, nourrir –, les cris incessants de son bébé… Car Clare, entre deux goulées d'air, continue à sangloter. Et, oh ! mon Dieu, elle ne devrait plus tarder à céder maintenant, si ?

— Chut, chut…

Ses tentatives d'apaisement sont contre-productives. Les pleurs de Clare redoublent et montent de volume. Les allées et venues de Janet suivent un rythme de plus en plus frénétique, le balancement de ses bras s'accélère, alors que Clare tente de s'échapper, aussi frétillante qu'une anguille.

— Tout va bien.

Le désespoir s'insinue dans sa voix, alors qu'elle la serre de plus en plus fort.

— Tout va bien, je t'assure, tout va bien.

Mais c'est faux. Clare se débat, et Janet ne peut s'empêcher d'y voir une attaque personnelle. *Je te hais*, clame le corps agité de sa fille.

— Chut, chut, implore-t-elle, même si le doute la ronge.

Tu es la pire des mères, comment peux-tu la laisser pleurer ainsi ? La laisser souffrir ?

— J'essaie !

Sa voix se fracture en un cri. Elle presse son visage humide contre le sommet du crâne de Clare, qui continue à gigoter pour lui échapper.

— Chut, chut…

Ses larmes coulent à présent, des larmes d'apitoiement et d'épuisement si extrême qu'elle n'a parfois qu'une envie : s'allonger pour ne plus jamais se relever. *S'il te plaît, tais-toi, rien qu'une minute. TAIS-TOI ENFIN !* voudrait-elle lui dire. Sans qu'elle comprenne comment, ses pensées deviennent des mots, et elle les hurle. Grâce à cet acte de rébellion, elle trouve sa voix, et c'est si bon de pouvoir réagir ainsi, de répondre à un cri par un autre.

Soudain, elle renoue avec un sentiment d'autodiscipline. Mattie fait sa sieste du début d'après-midi, il ne risque pas de se réveiller, mais Lizzie est en bas : elle ne doit surtout pas l'entendre. Même si son coup de sang a fait taire le bébé. Clare la dévisage et, l'espace d'un moment merveilleux, les pleurs se suspendent. Un minuscule répit. Janet la tient toujours contre elle, espérant que les battements précipités de son cœur, loin de trahir ses peurs, la rassureront.

— Je suis désolée. Je suis désolée ! Je ne voulais pas crier. Là, voilà, c'est mieux. C'est mieux, non ?

Clare gigote, et Janet se rend compte qu'elle la serre trop fort. Elle relâche son étreinte et, ce faisant, elle permet aux poumons de Clare de se gonfler, et les hurlements reprennent : une éruption de furie qui rigidifie son petit corps, parcouru d'une énergie farouche qui palpite depuis la pointe de ses orteils. Janet sait qu'elle ne peut plus le supporter. Elle n'est pas capable d'endurer ce bruit continuel qui broie son âme. Il la réveille toutes les nuits, pollue ses journées, la tire du sommeil si violemment que son corps à l'esprit embrumé quitte à tâtons la chambre noire où Pete est mort au monde et va se blottir dans le froid, laissant ce bébé *parasite* la vider de toute son énergie en même temps que de son lait.

Elle n'est pas la mère qu'elle s'imaginait être quand elle a accepté d'échanger la ville côtière animée dans laquelle elle a grandi pour cette masure au milieu de nulle part. Elle n'est pas une bonne mère, juste une femme qui regrette amèrement d'avoir eu trois enfants, car Clare, et elle l'a toujours su, était une erreur. Un bébé conçu dans un rare moment d'optimisme qui s'est évanoui dès que Mattie l'a réveillée avec ses pleurs. Elle se souvient d'être allée faire pipi et d'avoir prié, en procédant à une douche vaginale, pour que le sperme de Pete n'ait pas fait son œuvre, pour qu'elle ne tombe pas enceinte cette fois.

Leur couple est en train de se désagréger. Les fêlures qui ont entaché leur relation depuis le début se sont élargies, au point qu'ils n'arrivent presque plus à se parler poliment. Leur communication est réduite au minimum. Ils ne vivent pas bien, sans parler de s'aimer. Ils se contentent d'exister.

Il ne veut rien savoir. Ce mode de vie alternatif l'enthousiasme tant, lui si naïf, si *égoïste*, qu'il n'écoute pas quand elle tente de lui expliquer combien elle le trouve abrutissant, elle, combien elle se sent terriblement isolée quand les enfants sont ses seuls interlocuteurs à longueur de journée. Issu d'une fratrie de six, il ne comprendra jamais l'ambivalence des sentiments de Janet pour ses enfants. Elle ne peut pas lui parler de cette impression de privation si intense qu'elle redoute de s'en prendre à eux en l'absence de Pete, ni lui détailler ses fantasmes d'abandon : s'éloigner en leur tournant le dos, poussée par le vent farouche qui noierait leurs hurlements. Elle a fait une tentative la veille. Elle est partie aux environs de 17 heures et s'est absentée vingt minutes avant que la culpabilité – ou plutôt la peur de ce que Pete dirait s'il rentrait de bonne heure – la convainque de rebrousser chemin.

La pièce est sale. Une mouche se débat dans une toile d'araignée suspendue à l'ampoule du plafond, et Janet se concentre dessus tout en serrant sa fille. Elle est comme cet insecte pris au piège : enfermée dans une cage sans aucune issue. Elle ne veut pas de cette vie. Elle ne veut pas de ce bébé. Et pourtant, bien qu'ayant une conscience claire de ces faits, elle n'a pas l'intention de la tuer. Elle veut juste la faire taire.

— Chut, chut, chut, dit-elle en la serrant plus fort.

40

LIZ

Samedi 3 février 2018

Je nage. Ça ne m'arrive pas souvent ; je ne trouve le temps que dans les moments de grand stress ou de colère profonde. J'enchaîne les longueurs dans la piscine de l'hôpital : trente, trente et un, trente-deux, trente-trois.

Je ne suis pas une nageuse particulièrement rapide, et je ne suis pas en forme : mon corps est mou et pataud, mes hanches roulent d'un côté à l'autre. Je pèse douze kilos de plus que l'adolescente maigrichonne qui se rendait de façon obsessionnelle à la piscine de l'université, cherchant à résoudre son manque de confiance en elle dans l'eau chlorée. Mais j'ai beau être physiquement affaiblie, je suis obstinée et plus motivée que jamais : lunettes sur le nez, tête baissée, mes bras moulinent, exécutent de lents mouvements appliqués. L'eau déborde du bassin lorsque j'effectue ma culbute en bout de ligne et repars dans l'autre sens.

Ma mère a tué son bébé. Ma mère a tué son bébé. Ce mantra résonne dans mon crâne à chaque battement. *Ma mère a tué son bébé.* Je fends l'eau – mouliner, tourner, recommencer –, alors que l'état de sidération demeure. À ce stade, les endorphines auraient déjà dû survenir.

Mais après trente-cinq, trente-six, trente-sept longueurs, je n'éprouve toujours aucun bien-être, ni l'habituelle griserie qui apparaît quand le vide se fait dans ma tête. *Elle a tué ma sœur. Elle a tué ma petite sœur, Clare.*

Fais preuve de compassion, me dis-je en m'évertuant à chasser incrédulité et colère. *Sois aussi bienveillante avec ta mère qu'avec Jess. Traite-la comme si tu étais son médecin.* Une dépression postnatale non diagnostiquée. Isolement, manque de soutien, mariage à la dérive : tous les facteurs de risque étaient présents. Cette maladie n'était pas aussi largement reconnue dans les années 1980. Aujourd'hui, on aurait pu éviter cette issue fatale. Même si... Je décoche un coup de pied particulièrement puissant, me propulsant à l'aide de ma colère. Même si on passe encore à côté, non ? Je suis passée à côté. Je n'ai pas su voir que Jess en souffrait.

Mouliner, tourner, recommencer. Encore une longueur, mais ça ne sert à rien, cette analyse froide et clinique quand je ne ressens qu'un mélange toxique de tristesse, rage, choc et honte. Ma mère a étouffé sa fille de onze semaines parce qu'« elle ne voulait pas arrêter de pleurer ». Je force l'allure, m'essaie à la vitesse pour tenter d'oublier cette réalité. Puis – et voilà le détail qui semble entrer en résonance avec sa cruauté à notre encontre –, elle a attendu trente-cinq ans avant d'avouer les faits : elle n'a pas cherché d'aide, n'a pas puisé dans son expérience pour tempérer ses colères avec Mattie ou moi.

Arrête d'être aussi dure, bon sang ! Elle devait être terrifiée à l'idée d'être démasquée, confrontée à ses actes. Peut-être même avait-elle peur pour nous ? Mieux valait nous élever elle-même que nous voir confiés à une famille d'accueil. Cette sensation a dû s'intensifier avec le départ de notre père, cet ours mal léché qui ne voulait pas l'écouter et lui a tourné le dos. Savait-il ce qu'elle avait fait – et dans ce cas, comment a-t-il pu abandonner ses enfants ? Ou cette idée était-elle si monstrueuse qu'il était dans l'incapacité de se la formuler ?

Je pense aux tapes sur nos cuisses ou nos têtes. À son indifférence lorsque Mattie a été hospitalisé. À son regard d'une intensité farouche, implacable. Je me souviens que nous avons appris à l'interpréter dès le plus jeune âge, que j'ai su, d'instinct, qu'il fallait que je protège mon petit frère – je mentais pour le couvrir, m'interposais physiquement quand elle se déchaînait, endurant le gros des coups un jour (j'ai effacé le souvenir des mains qui pleuvaient sur moi, me frappant avec le tranchant comme au karaté). Et je songe que j'ai porté la culpabilité de l'accident de Mattie depuis qu'il s'est produit et que ma mère n'a jamais rien fait pour m'en dissuader.

J'accélère la cadence, mes bras tournent, mes fessiers se contractent, j'exploite ma colère. *Compartimente ces souvenirs dans ta mémoire, oublie-les.* Je dois avoir une approche rationnelle. Ce n'est pas parce qu'elle s'est montrée agressive avec nous qu'elle a délibérément tué Clare. La dépression postnatale aura troublé sa raison un bref instant.

Je suis assaillie par un kaléidoscope d'images du bébé qui se débat dans les bras de notre mère. Je me rappelle mon cauchemar et ressens la panique de Clare, cherchant à reprendre son souffle. J'en oublie mon rythme, j'ai soudain les poumons qui brûlent. J'avale de l'eau, le chlore m'irrite la gorge et le nez, une douleur fulgurante me laboure la poitrine. La terreur m'agrippe, alors que je recrache de l'eau. Un instant, je suis convaincue que je vais mourir suffoquée.

Jaillissant hors de l'eau, je m'agrippe au rebord du bassin comme si je venais de traverser la Manche. *Respire.* J'emploie le même ton que pour m'adresser à

Sam ou Rosa. *Cesse d'être aussi mélodramatique. Tu vas bien.* J'arrache mes lunettes et plonge sous la surface en me frottant le nez et les yeux. Sous l'eau, mes larmes pourront s'écouler. Ma vision se brouille, la piscine est trouble et opaque, toutefois mes idées sont plus claires. Quand ma mère a étouffé Clare, avait-elle conscience de ce qui arriverait ? Elle voulait la faire taire, mais voulait-elle la voir mourir ?

Je remonte à la surface, remets mes lunettes. Un anesthésiste dans la ligne voisine me salue de la main, prêt à engager la conversation. Je lui adresse un sourire crispé et me repousse du bord. Je dois me changer les idées et répondre aux questions qui reviendront sinon m'assaillir au cœur de la nuit, des questions qui tournent autour du fait que nous avons de la chance d'être en vie, Mattie et moi, que nous avons peut-être couru un risque et que nous avons, malgré tout, survécu…

Au bout de soixante longueurs, je m'extirpe de la piscine, me douche et envisage de retourner au service de gastro-entérologie voir ma mère. Je suis partie un peu abruptement. Elle était épuisée et j'avais besoin de temps pour digérer ses révélations.

Pendant que je me sèche avec ma serviette, je me demande si je dois partager cette nouvelle avec Mattie, même si je sais que ça a peu de chances de le convaincre de descendre à Londres. Il continuera à penser le pire de notre mère, et ça ne fera que confirmer ses soupçons – alors que je veux croire, moi, qu'elle était malade et non animée par de mauvaises intentions. Qu'elle n'a jamais eu la volonté délibérée de causer la mort de cet enfant.

J'enfile mon jean serré, remarque mon ventre mou, strié de vergetures argentées, et les varicosités sur mes jambes : héritage de mes deux grossesses. Par le passé, j'ai été critique de mon corps, regrettant de ne pas avoir le temps, ni la discipline, d'entretenir ma silhouette comme Jess. Alors que d'autres femmes ont su repousser la maturité, je me suis précipitée vers elle tête la première. Et aujourd'hui je n'en reviens pas d'y avoir accordé autant d'importance. Mon corps n'est peut-être pas parfait, mais ma tête ? Elle reste vive, et je prends ma santé mentale pour un acquis. Quel luxe ! Je n'ai jamais connu le désespoir qui a dû étreindre ma mère et tourmenter Jess.

Il est presque 21 heures. Ma mère dort sans doute déjà, ou cherche à trouver le sommeil. Ça ne servira à rien de parler : mieux vaut lui rendre visite demain matin, quand j'aurai trouvé quoi lui dire.

D'un pas vif, je gagne le parking de l'hôpital, sur plusieurs niveaux, et prends le volant pour retrouver le seul endroit où j'ai envie d'être : chez moi, et plus spécifiquement avec Nick.

Il m'écoute. Il est 23 heures et pourtant il continue à m'écouter alors que je vais et viens dans notre cuisine, tournant et retournant les mêmes pensées. J'enrage, m'interroge et finis par pleurer, pas seulement pour ma sœur, mais aussi pour Mattie et moi.

Il me serre dans ses bras, et c'est le battement régulier de son cœur qui m'apaise. Qui me permet d'identifier le soupçon qui m'élance comme une écharde indélogeable, minuscule et néanmoins si douloureuse qu'on ne sent qu'elle.

— Ce qu'il y a, dis-je sans croiser son regard, parce que j'ai déjà du mal à me formuler cette pensée intérieurement, c'est que j'ai envie de penser qu'elle était malade quand c'est arrivé. Qu'elle souffrait sans le moindre doute d'une dépression postnatale. Mais j'ai si souvent connu ses colères que j'arrive parfaitement à imaginer que, même dans le feu de l'action, elle savait ce qu'elle faisait. Je sais qu'elle est capable de se déchaîner, qu'elle ressent ses émotions avec une grande intensité et n'est pas en état de contrôler ses éclats. J'ai peur qu'elle soit juste sortie de ses gonds… et que ce ne soit pas uniquement imputable à une dépression. J'ai peur que ce soit, en un sens, un penchant naturel.

Après un silence, je murmure :

— Elle a tué son bébé de onze semaines, et si c'était un geste conscient, ou délibéré, comment pourrais-je l'excuser ou lui pardonner ?

— Pourrais-tu lui pardonner si tu avais la certitude qu'elle avait un trouble mental ?

Nick me considère avec gravité et, l'espace d'un instant, je suis surprise qu'il puisse en douter.

— Oui, bien sûr que oui.

Mon ton est posé. J'aurais un diagnostic logique et implacable.

— Si elle souffrait d'une dépression postnatale, alors son acte aurait une cause.

— Je suppose qu'il ne te reste qu'à attendre de voir si elle est disposée à prolonger votre conversation ? Ce n'est pas d'une grande aide, je sais, mais je ne vois pas d'autre option.

Il hausse les épaules d'un air navré. Je lui demande l'impossible : qu'il me donne son opinion sur une question à laquelle même ma mère refusera peut-être de répondre. Comment savoir ce qu'elle avait dans la tête quand elle a tué son enfant ?

41

JESS

Dimanche 4 février 2018

Lorsque l'inspectrice Rustin lui a annoncé que Frankie avait avoué ce qui s'était passé, Jess a d'abord ressenti une bouffée brûlante de honte, rapidement suivie d'un désir puissant de serrer son cadet dans ses bras pour le rassurer et lui dire que tout irait bien.

Puis est venu le soulagement. Un soulagement arrivé par surprise qui l'a enveloppée comme un manteau de fausse fourrure, lui procurant un sentiment de sécurité momentané, l'étourdissant. Parce que même si elle conservait la peur de passer pour une mère négligente, au moins n'avait-elle plus besoin de mentir en permanence.

Il y a trop longtemps qu'elle mène une double vie, et l'effort pour donner l'illusion que tout allait bien, couplé à ses tentatives pour faire taire cette voix constamment moqueuse qui la poussait à la faute, était insoutenable. Jess n'était pas de taille. Les inspecteurs savaient déjà presque tout : qu'elle avait laissé ses enfants sans surveillance, que Frankie était impliqué. Mais peut-être, et ce n'était encore qu'une très vague idée, peut-être allait-elle enfin pouvoir reconnaître qu'elle était sous l'emprise d'une force inquiétante. Une force qui avait pris le contrôle sur son esprit, avait réussi à la convaincre d'une autre réalité. Peut-être qu'à présent les choses allaient enfin changer.

Alors, elle leur a raconté ce qui s'était passé, affrontant l'irritation évidente de Cat Rustin : à cause de Jess, la police avait perdu son temps.

— Je pensais n'en avoir que pour cinq minutes. Je ne comprends pas comment j'ai pu penser une chose pareille. Il est évident que je n'avais pas toute ma tête.

Face à elle, de l'autre côté de la table, les policiers lui ont opposé un silence ferme, la jaugeant tels deux chats menaçants. Et Jess, telle une proie, s'est pétrifiée. Elle ne pouvait avouer qu'elle avait laissé les enfants parce qu'elle avait peur de faire du mal à Betsey, qu'elle s'était vue attraper sa petite fille par les jambes et la cogner contre le manteau de la cheminée. Qu'une ribambelle de scénarios du même genre mitraillaient en permanence son esprit.

C'est Steve Farron qui a ouvert la voie, invitant Jess à reconnaître que tout n'allait pas bien.

— Ça vous arrive souvent de ressentir cela ? D'avoir l'impression que vous n'avez pas toute votre tête ? lui a-t-il demandé avec un soupçon de l'empathie qu'elle avait détectée lors de leur rencontre à l'hôpital.

Sa gorge s'est serrée, et à son grand effroi elle s'est mise à pleurer, secouée de vilains sanglots. Elle s'est aussitôt caché les yeux pour masquer son visage rouge et mouillé.

Cat Rustin a claqué la langue. Jess percevait son mépris. Mais Steve Farron dégageait davantage de compréhension. Il l'observait avec perplexité, peinant à la cerner. Lucy Stone a été évoquée, dans le cadre du soutien proposé par les services sociaux, cependant, Jess n'était pas en état d'enregistrer toutes ces informations. Elle a préféré se concentrer sur la seule chose tangible.

Elle allait rentrer chez elle.

C'était il y a dix jours. Elle a été libérée après l'interrogatoire de Frankie, et maintenant ils cherchent à reprendre le cours de leur vie – ce qui est impossible en réalité tant que Betsey restera sous surveillance à l'hôpital. Elle a été transférée aux soins intensifs de pédiatrie, reliée à tout un tas de fils, tubes et machines, d'attirail médical dont Jess pensait se méfier. Elle est à son chevet, à cet instant précis, affrontant les regards circonspects des infirmières.

Bien sûr, elle ne peut toujours pas la prendre dans ses bras. Pendant que Jess était interrogée par la police, Betsey a eu une nouvelle crise qui a duré douze minutes, conduisant l'anesthésiste à la plonger dans un coma artificiel pour pouvoir la juguler. Betsey en est sortie à présent et devrait bientôt être transférée dans le service pédiatrique. Et si Jess est impatiente que ce moment arrive, elle est aussi terrifiée. Au moins Betsey est-elle en sécurité ici. Elle croise les mains et imagine les os du crâne de sa fille en train de se souder à nouveau.

Pourvu qu'elle aille bientôt mieux. C'est tout ce qu'elle désire… et aussi que sa famille retrouve une forme de normalité, que les pensées qui la minent depuis trop longtemps cessent.

Elle a du mal à voir comment cela pourrait se produire. Lucy a évoqué un programme d'aide et lui a conseillé de voir son généraliste pour qu'il l'adresse à un psychiatre. Ed a contacté le cabinet médical vendredi pour obtenir un rendez-vous en urgence : elle sera reçue demain à la première heure. Mais bien que cela soit un soulagement, elle reste passive, laisse le soin à Ed et à l'assistante sociale d'agiter ces termes techniques, de prévoir des rendez-vous, de conspirer pour arranger la situation – car pour elle c'est impossible. Comment pourrait-elle modifier sa façon de penser et sortir de cet état ?

Elle doit se concentrer sur ses enfants et sur Ed, qui s'efforce désespérément de la comprendre sans, à l'évidence, y parvenir. Leur couple a été mis à si rude épreuve qu'elle a bien cru qu'il ne résisterait pas à cette crise cette semaine.

La veille au soir, il lui a avoué avoir fouillé dans son ordinateur portable. Il est tombé sur la recherche effectuée le vendredi après-midi, alors que Frankie et Bets se battaient pour pleurer le plus fort, alors que les murs de la maison – et de son existence – se refermaient sur elle. *Pourquoi ai-je envie de faire du mal à mon bébé ?* La poitrine de Jess s'est serrée quand il lui a répété ses mots.

— Tu es au courant depuis le dimanche suivant et tu n'as pas pensé à m'en parler ? s'est-elle exclamée en ravalant sa colère.

— Il aurait fallu que j'avoue que je t'avais espionnée et tu aurais été furieuse, encore moins encline à me parler.

— Et tu n'as rien dit à la police ?

Cat Rustin n'avait pas évoqué ce détail. Les inspecteurs n'avaient emporté son ordinateur qu'après son arrestation, ce terrible mercredi soir.

— Non. Je m'inquiétais pour les enfants, bien sûr, mais ils ne sont jamais restés seuls avec toi, sans la présence d'un autre adulte. Et puis je crois que j'étais incapable de t'imaginer passer à l'acte.

Son soulagement a été infini lorsqu'elle a appris qu'il ne l'avait pas trahie. Il n'en avait même pas parlé à Liz ou Lucy.

— Tu en as discuté avec quelqu'un ? Charlotte peut-être ?

Ses vieilles angoisses ont bien sûr refait surface.

— Mais non ! Je n'aurais jamais couru le risque de t'incriminer ! Je n'en ai même pas parlé à ta sœur. Ça m'a torturé, pour être honnête, d'essayer de comprendre pourquoi tu avais écrit ça. Et maintenant ça paraît tellement évident que tu n'allais pas bien, bon sang !

C'est bien lui, d'être soulagé d'avoir une explication.

— On va te trouver de l'aide, Jess. On va arranger ça, tu vas voir, a-t-il ajouté en lui caressant la joue comme si elle était une petite fille qu'il cherchait à amadouer. J'essaierai d'être plus présent, de participer vraiment.

Elle doute que ça arrive. Sa profession n'autorise pas des horaires plus flexibles. Et pourtant, ce n'est pas rien : cette prise de conscience qu'il doit s'investir davantage pour les enfants, que Jess n'est pas aussi résiliente, aussi forte qu'elle l'a toujours prétendu.

Elle pense à ses fils. Leur amour pour elle n'a pas vacillé, bien que Frankie ait été particulièrement chamboulé – même à l'aune de son émotivité. « C'est ma faute, je suis un vilain garçon, toutes les maîtresses le disent… » Il était inconsolable lorsqu'elle l'a bordé la veille au soir.

Elle a toujours du mal à s'expliquer son comportement, ce fameux jour, elle continue à l'aborder comme une enquête. Elle l'imagine soulevant Betsey, la montant à l'étage, poussé par une excitation grandissante. Il n'a pas dû penser qu'il pourrait la laisser tomber, qu'elle risquait de gigoter, qu'il aurait fallu poser une main sur son ventre le temps de sortir une couche : peu d'enfants de huit ans sont assez aguerris pour se montrer suffisamment prudents, encore moins quand on est aussi impulsif que lui. Elle lui avait bien spécifié de ne pas quitter la cuisine, de ne pas monter, de ne pas tenter de la soulever… Elle ne peut s'empêcher d'être surprise qu'il ait complètement fait la sourde oreille à ses recommandations, qu'il ait décidé de les effacer si radicalement de son esprit…

Jess ferme les yeux. L'épuisement la submerge et pourtant elle est incapable de se détendre, animée de son habituelle fébrilité. Elle rouvre les yeux dès qu'elle entend des bruits de pas. Quelqu'un vient dans sa direction. Avec prudence.

— Je peux m'asseoir ?

Liz se tient à côté d'elle, hésitante. Sous l'éclairage peu flatteur des néons, elle paraît éreintée. Une plaque d'eczéma est apparue sous son sourcil gauche et son œil est irrité.

Jess hoche la tête sans un mot. Liz tire une chaise et s'assied au bord. Jess est agacée par toutes ces précautions. *Oui, Liz a toutes les raisons de ne pas être à l'aise.* Elle regrette de ne pas avoir le cran de lui dire de foutre le camp.

— Elle va mieux, dit Liz en inclinant le menton vers Bets.

Jess n'a aucune envie de l'entendre parler de sa fille, sent aussitôt son instinct de protection se réveiller. Betsey a contracté une infection de l'aine exigeant des antibiotiques et continue à avoir des crises de temps à autre. Difficile de dire qu'elle « va mieux » de son point de vue. Quand Betsey quittera le service des soins intensifs, elle entamera le sevrage progressif de la morphine et des sédatifs qui lui ont été administrés ces huit derniers jours et qu'elle ne peut pas arrêter d'un coup. En conséquence de quoi, elle va encore passer une semaine à l'hôpital.

— Et toi, comment ça va ?

Jess hausse les épaules. Elle est incapable de formuler ce qu'elle ressent, a déjà bien du mal à avouer l'étendue de son désarroi.

— Et Frankie ? insiste Liz. Il va mieux ?

Il faut qu'elle réponde quelque chose. Une concession à cette amie d'autrefois, qui est allée chercher la vérité conduisant à la libération de Jess, même si elle a contribué, au départ, à alerter la police.

— Il reste secoué, mais merci de l'avoir poussé à parler…

— J'étais tellement soulagée de pouvoir vous aider. Si je n'en avais pas été capable, eh bien, alors, autant renoncer…

Elle laisse la fin de sa phrase en suspens.

— C'est mon rôle de médecin, non ? De comprendre ce qui se passe…

— Tu n'as pas réussi avec moi.

— Non, en effet.

Liz semble infiniment triste.

— Ma première mission était de veiller sur Betsey, et nous sommes toujours très vigilants sur le risque de maltraitance. Mais j'aurais dû comprendre ce qui se passait. Je n'ai pas établi de lien entre les faits qui m'étaient présentés et ce que je savais de toi. J'aurais dû me dire que tu n'étais peut-être pas dans ton état normal…

— Tu étais mon amie, Liz, tu n'as pas été capable de m'aider.

Sa voix est aussi tendue qu'un ressort.

— Tu as imaginé le pire, tu as cru que je pouvais la frapper.

La colère remonte le long de sa gorge, jusqu'à sa tête, et elle craint d'exploser. Liz hausse les épaules, c'est comme si un immense poids pesait sur elle et qu'elle était incapable de le soulever.

— Je ne sais pas quoi te dire d'autre. J'aurais dû comprendre plus tôt, voir au-delà des apparences.

Elle s'interrompt.

— Je suis désolée d'avoir été si absente après la naissance de Betsey. Je me répète sans arrêt que si j'avais fait plus d'efforts pour être là, j'aurais remarqué que tu avais des difficultés... Mais tu ne m'as pas aidée en me cachant la vérité lors de ta venue aux urgences.

— Je ne pouvais pas trahir Frankie ; je ne pouvais pas prendre le risque qu'on m'enlève les enfants en te confiant que je les avais laissés sans surveillance. Je ne pensais pas un seul instant que tu contacterais les services sociaux de toute façon.

Liz est compréhensive.

— J'imagine que ça te semblait tout aussi impossible d'avouer comment tu te sentais.

Sa gentillesse menace d'avoir raison de l'armure de Jess. Elle ravale le caillou dans sa gorge, ne réussit qu'à hocher brièvement la tête. Elles restent assises ainsi en silence un moment, l'antipathie de Jess continuant à bouillonner sous la surface, bien que contredite par un désir de retrouver l'ancienne proximité avec Liz. Son amie lui a manqué, en dépit de son sérieux, de son penchant pour l'autojustification, de cette légère propension à pontifier. Sa chaleur et son désir de bien faire ont manqué à Jess. Elle admire sa conscience professionnelle aussi. Il est près de 21 heures.

— Qu'est-ce que tu fais ici aussi tard ? Tu n'es pas restée pour moi, si ?

— Non, répond Liz en secouant la tête. Ma mère est hospitalisée en gastro, je viens d'aller la voir. Je crois qu'elle va mourir.

Jess sursaute devant tant de franchise, mais Liz ne semble rien remarquer. Les yeux rivés sur Betsey, elle murmure :

— Je crois qu'elle s'est tuée à petit feu, en buvant… Je ne m'en suis pas rendu compte, reprend-elle du même ton factuel, tout comme je n'avais pas compris que tu allais mal. Je ne suis sans doute pas un si bon médecin que ça. Et tu veux savoir le pire ? J'ai beau essayer, je n'arrive pas à ressentir la même compassion pour elle que pour n'importe quel autre patient.

— Oh, Liz…

— Eh oui…

Elle se frotte l'œil. Un orgelet est en train de se former sur sa paupière inférieure gauche, Jess doit se retenir d'écarter la main de Liz.

— Pourquoi ça ?

— Elle m'a raconté une chose terrible.

Après un interminable silence, elle reprend :

— Tu te souviens que j'avais mentionné ce bébé qu'elle avait perdu de la mort subite du nourrisson ? Une petite sœur dont elle refusait de parler. Je ne connaissais même pas son prénom.

— Tu l'as évoquée quand Rosa était toute petite. Tu avais peur que le tissu de sa gigoteuse soit trop épais.

Le flash d'un souvenir : Liz se torturant pour savoir si Rosa ne risquait pas d'avoir trop chaud dans cette gigoteuse hivernale au printemps, son obsession pour le babyphone, son intransigeance pour maintenir la chambre à une température idéale de dix-huit degrés.

— Ça, pour m'inquiéter… reprend Liz avec une grimace.

Sa lèvre inférieure avance comme si elle se retenait de pleurer, pourtant sa voix reste parfaitement enjouée.

— Eh bien, ma mère m'a raconté qu'elle avait étouffé cette petite fille parce qu'elle n'arrêtait pas de pleurer… Bordel ! Je suis désolée, Jess.

Elle se gratte rageusement l'œil.

À cet aveu, Jess est prise d'une violente crampe d'estomac. La douleur est puissante, mais pas moins que le soulagement de ne pas avoir fait la même chose. Elle s'est vue secouer Betsey, la jeter dans les escaliers ou lancer sa poussette sur la chaussée… mais jamais elle n'a donné suite à ses peurs. Comme si son esprit, en lui montrant les pires des scénarios, l'encourageait à accroître sa vigilance, au point de creuser un gouffre de plus en plus grand entre son imagination et la réalité.

La mère de Liz, elle, est passée à l'acte. Des étoiles blanches dansent devant les yeux de Jess, elle a peur de vomir. Sa réprobation est rapidement troublée par le chagrin.

— Elle a dû se sentir si seule.

Elle se représente la situation à la perfection : une mère enfermée avec un bébé vagissant dans une petite pièce. Les gens se figurent qu'on n'a pas le temps, ni l'espace mental, de se sentir seul avec trois enfants qui débordent d'énergie, or on se sent rarement aussi seul que lorsqu'on est à la maison avec un bébé inconsolable et un esprit en déroute.

Liz la regarde, sur son visage se lit une expression brute de souffrance.

— Oui. Elle était isolée, physiquement et émotionnellement…

Elle s'interrompt, il est évident qu'elle n'est pas convaincue.

— Liz, elle ne pouvait pas avoir toute sa tête… Elle devait se sentir si terrifiée, si perdue…

— Je sais, je sais… j'ai conscience d'être irrationnelle. C'est juste qu'elle n'a jamais été tendre. Il lui est arrivé de lever la main sur nous, elle nous a négligés, s'est parfois montrée cruelle. Elle ne nous frappait pas tous les jours, mais on la craignait, on savait qu'il y avait certaines limites à ne surtout pas franchir.

— Comme moi avec mon père…

— Toi aussi ? Je suis désolée. Je me suis souvent demandé… Bref, ça m'a rendue méfiante. En médecine, c'est une bonne chose de savoir douter, mais en conséquence j'ai tendance à soupçonner le pire des gens. Regarde avec toi…

— Elle n'a plus aucun pouvoir sur toi maintenant, dit Jess en serrant la petite main solide de Liz entre ses doigts fins. Tu penses qu'elle va mourir alors ?

— Oui, répond-elle, la gorge nouée. Je crois que oui.

— Elle ne peut donc plus te faire de mal. Est-ce que ça t'aiderait de savoir qu'elle devait aller très mal pour se conduire de la sorte ?

— Je pense que ça a été le cas pendant l'essentiel de sa vie.

— Alors, il est peut-être temps d'arrêter de la condamner et d'essayer de lui pardonner.

42

LIZ

Lundi 5 février 2018

Ma mère navigue entre conscience et inconscience. D'après son médecin, c'est une question de jours ; en réalité, ce n'est plus qu'une question d'heures.

Assise à son chevet, j'observe les fines veines sur ses paupières, prie pour qu'elle les ouvre. Je suis nerveuse. Pas à cause de la mort – j'ai déjà assisté à plusieurs décès –, mais parce que je ne sais pas quoi lui demander. Il y a tant de choses, et si peu à la fois, que je pourrais dire.

Elle n'a été que rarement lucide au cours des quarante-huit heures suivant ses révélations sur ma sœur. Comme si l'effort fourni pour déposer ce fardeau l'avait vidée de toutes ses ressources. Je ne lui ai rendu que de brèves visites, en début et en fin de chaque journée. Je passe en revue mes questions – sur son intention ce jour-là, sur la durée pendant laquelle elle a gardé ce secret, sur son état d'esprit –, je me les représente sous forme de liste à puces, ainsi que je le ferais pour me préparer à un entretien ou à une évaluation – le genre que je devrai passer pour compléter ma formation de spécialité. Pourtant, je sais que je ne les poserai jamais. Je ne vais pas interroger une femme mourante. Et puis, même si c'est important pour moi, rien ne pourra effacer ce fait pur et simple : Clare a été privée de sa vie. Jess a raison, l'heure est venue de pardonner.

J'observe ma mère, je vois qu'elle n'est plus qu'un tas d'os, l'ombre de la femme qui électrisait l'escalier en hurlant qu'elle nous haïssait et qu'elle regrettait de nous avoir donné le jour. La blouse de l'hôpital la rend anonyme. Si j'étais son médecin, je conclurais à de mauvais choix de vie : cigarette, alcool, relative pauvreté et donc mort prématurée. L'équilibre des forces s'est renversé au point que je prends soudain conscience – ce qui me désarme – que je pourrais lui faire subir la même chose : poser un oreiller sur son visage sans rencontrer beaucoup de résistance tant sa respiration est devenue difficile. *Elle ne peut plus te faire de mal.* Oui, elle a perdu ce pouvoir.

Au lieu de cela, je soulève sa main et suis du bout de l'index la fine ligne blanche de sa cicatrice, essaie d'imaginer ses doigts se livrant à une activité terre à terre, avec tendresse pourquoi pas : boutonner mon manteau ou me préparer à manger avec des gestes adroits, que ce soit pour soulever une poêle ou casser un œuf. Je vois les mêmes doigts qui se glissent dans mes cheveux, les rabattent doucement d'un côté, mais c'est un souvenir de mon invention. Elle utilisait un peigne pour me débarrasser de mes nœuds, n'y mettait aucune délicatesse et parlait sèchement dans la précipitation avant le départ pour l'école. Et elle m'a, à plus d'une reprise, donné un coup de brosse sur la tempe. J'imagine ces mêmes mains autour de Clare dans cette chambre sombre et humide, la serrant un peu trop fort, j'imagine ses articulations crispées, ses doigts en étau.

Je lâche sa main, remarque le râle qu'est devenue sa respiration, le mouvement presque imperceptible de sa poitrine. Elle est proche de la mort maintenant. Celle-ci sera peut-être douce, et c'est ce que je lui souhaite, même si je ne parviens pas à me défaire de cette ironie cruelle : celle de Clare a été tout l'inverse. Je la devine, cette petite sœur, à travers l'entrebâillement d'une porte, et je sais que, pour ma propre santé mentale, je dois cesser de m'obséder. Ma mère avait beau être cruelle, je ne peux pas croire, ou m'autoriser à croire, qu'elle a délibérément tué Clare.

Je ferme les yeux et, comme souvent lorsque je suis avec ma mère, je pense à Jess. Et je me surprends à pleurer, à verser des larmes de compassion pour ce qu'elle a traversé depuis l'hospitalisation de Betsey, depuis sa naissance. Puis je regarde la silhouette allongée dans ce lit d'hôpital, j'écoute son souffle si fragile et difficile, et enfin, enfin !, car le soulagement est infini, je ressens la même compassion pour ma mère que pour mon amie.

Mes larmes coulent sans bruit alors que je lui prends la main et la caresse avec tendresse, suivant ses os sous sa peau trop fine. Son pouls est régulier. NPR (ne pas réanimer), voilà ce qu'elle a demandé à faire figurer sur son dossier. Il n'y aura pas de RCP (réanimation cardiopulmonaire), pas de tentative de la ramener à la vie, contrairement à ce qui se pratique habituellement pour une femme de son âge.

Mes joues sont trempées. Je roule mon mouchoir en boule et en sors un autre de mon sac. Me mouche bruyamment. Est-ce que je devrais m'éclipser ? Les gens attendent souvent le départ de leurs proches pour mourir, et ça ressemblerait bien à ma mère de le faire, de rester jusqu'au bout cette femme autonome, indépendante. Et pourtant, il reste trop de non-dits entre nous. Je ne suis pas prête à lui faire mes adieux.

J'ai brusquement conscience d'une présence dans mon dos.

— Ça va ?

Je me retourne et aperçois mon frère, aussi hésitant que s'il n'était pas sûr de devoir être là.

— Matt !

J'étreins son corps sec. Ses yeux se posent sur notre mère et je perçois son émotion lorsqu'il découvre combien elle est diminuée.

— J'ai pensé à ce que tu m'avais dit, au fait que j'étais injuste.

Il resplendit tant de santé qu'il ne semble pas à sa place ici. Il apporte littéralement un souffle d'air frais. Il ne sent pas la crasse londonienne mais la pureté des montagnes : la tourbe, la fumée du feu de cheminée, avec un soupçon de néoprène, qui entre dans la composition de sa veste d'alpinisme.

Et même si ça lui ressemble bien d'attendre la toute dernière minute – *excellent sens du timing*, pensé-je d'ailleurs –, je suis terriblement émue.

— Merci, Mattie.

Nous nous asseyons chacun d'un côté du lit, et nous attendons. Au bout d'un moment, il se lève pour déposer un baiser sec sur son front. Peut-être qu'il a aussi besoin de pardonner.

— Je ne l'aurais pas reconnue, me dit-il, beaucoup plus tard, après qu'un interne a confirmé sa mort et que nous allons chercher le sac à dos de mon frère qui rentre avec moi. Elle n'est plus comme dans mon souvenir. Ce n'est plus la Janet que nous avons connue.

Je hoche la tête. *Elle n'a plus aucun pouvoir.*

— Elle est partie il y a longtemps.

43

JESS

Mardi 13 février 2018

— Que faites-vous pour vous assurer que Betsey est en sécurité ?

Tessa Farthing, la psychothérapeute de Jess, est assise en face d'elle, de l'autre côté d'une table basse. C'est leur première séance, et cette dernière est surprise de la rapidité à laquelle la thérapeute entre dans le vif du sujet.

— Eh bien, je… je… fais des tas de choses.

— Pourriez-vous me donner un exemple ?

— Je… je ne sais pas par où commencer.

Comment démêler l'écheveau de mesures prises au cours de sa vie ? Distinguer les comportements « normaux » – le genre de choses que font les autres mères – des rituels plus spécifiques, qu'elle a mis en place pour être certaine de ne lui faire aucun mal ?

Elle savait que ce serait difficile. Une thérapie cognitive et comportementale, voilà pour quoi elle a signé. Sévère dépression post-partum et TOC, c'est ce dont elle souffre à en croire l'évaluation psychiatrique de la semaine dernière. Elle n'aime pas qu'on lui colle des étiquettes et pourtant, lorsque le Dr Arnold lui a énoncé les caractéristiques des troubles obsessionnels compulsifs post-partum, un déclic s'est produit dans son cerveau. *C'était donc une maladie répertoriée ? Elle n'était pas la seule à ressentir ces angoisses ?* Le psychiatre avait même eu l'air de penser que Jess pourrait agir sur ses troubles mentaux à l'aide de cette méthode thérapeutique. « Vous vous sentirez mieux, lui a-t-il assuré. Bien mieux que maintenant. »

Tessa, à qui elle a été adressée, a été aussi catégorique : elle pourrait aider Jess à sortir de cet état dépressif et obsessionnel si celle-ci s'engageait à venir à leurs rendez-vous et à travailler dur entre-temps. Et à présent, au bout de quarante minutes d'entretien, elle demande déjà à Jess de lui donner une idée de l'étendue des mesures de protection qu'elle a mises en place.

— Bon, alors bien sûr, je retire les couteaux de la cuisine, et les casseroles. Je vérifie aussi qu'il n'y a pas de peluches dans son lit, ni traversin. Je stérilise ses biberons, ses assiettes et ses couverts trois fois, et si je crains d'avoir mis par inadvertance de la Javel dans le stérilisateur, je recommence. Je désinfecte le plateau de sa chaise haute trois fois aussi, et les pieds...

Elle déverse ces détails, c'est un tel soulagement d'expliquer sa méthode à Tessa, si calme et professionnelle, dans cette pièce du cabinet médical qui leur a été réservée.

— Et si je suis dehors et que je me mets à paniquer, que je ne peux pas me laver les mains, alors j'ai besoin d'aligner mes bagues.

— D'aligner vos bagues ?

Pas l'ombre d'une moquerie. Tessa s'intéresse sincèrement à ce que lui explique Jess.

— Oui. Trois fois. Ces bagues-là.

Jess ne lui montre pas le geste, parce que sinon elle devrait les aligner trois fois, afin de retrouver sa tranquillité.

— Et que se passerait-il si vous ne le faisiez pas ? lui demande la psy en inclinant sur le côté son carré gris foncé.

— Je n'ai pas le choix. La question ne se pose pas.

— Mais imaginez, que se passerait-il alors ? insiste Tessa.

Jess la dévisage, peinant à comprendre pourquoi elle devrait se figurer une telle chose, bien que prenant peu à peu conscience que son explication pourrait sembler ridicule.

— Betsey ne serait pas en sécurité.

Tessa l'observe par-dessus la monture de ses lunettes. Si son regard n'a rien d'hostile, il est inquisiteur.

— Pourquoi vous n'essaieriez pas ? Ça pourrait être votre devoir pour la prochaine séance.

— Mon devoir ?

Le Dr Arnold en a fait la mention.

— Il faut pour ça que vous retiriez vos bagues. Rangez-les dans une boîte chez vous, et gardez votre doigt libre. Idéalement, n'en portez aucune. Comme ça vous n'aurez rien à faire tourner.

Cette perspective terrifie Jess. Que pourra-t-elle bien faire si elle pense que le babyphone ne marche pas – sa peur actuelle, maintenant que Bets est enfin rentrée – et qu'elle s'interdit de le vérifier ? Jouer avec ses bagues n'est sans doute pas la solution à ce problème, mais cela lui fournit un bref répit.

Ses doigts se dirigent d'instinct vers sa main droite : un, deux, trois, elle fait rapidement tourner les bagues. Tessa le remarque, et Jess rougit autant que si elle venait d'être surprise en train de se livrer à une activité répréhensible.

— Pourquoi est-ce que vous ne tenteriez pas de les retirer maintenant ?

— Je… eh bien, d'accord.

Maladroitement, elle enlève ses bagues et les glisse dans une poche intérieure de son sac à main. Ses doigts lui semblent nus, et elle se sent vulnérable. Elle prend un mouchoir sur la table et se met à le triturer tout en clignant des paupières pour chasser les larmes qui embuent ses yeux.

— Ça va ? finit par lui demander Tessa.

Jess hoche la tête. Elle en est capable. Elle doit y arriver. Apprendre à penser différemment – à juguler ses réflexes qui lui viennent de l'enfance et qui ont régulièrement influé son comportement depuis – lui semble impossible, mais elle n'a pas le choix, si ? La fracture crânienne de Betsey – conséquence des idées noires qui la hantent – lui a démontré qu'elle ne pouvait pas continuer sur cette voie. Et elle doit se faire aider si elle veut convaincre les services sociaux qu'elle est une mère responsable, c'est le plan d'action qu'ils ont mis en œuvre, Ed et elle.

— Ce serait une bonne chose si vous pouviez continuer à vous entraîner à le faire, dit Tessa de son ton qui ne porte aucun jugement tout en étant parfaitement affirmé. Et si vous pouviez remplir ce tableau, ainsi que nous en avons discuté, y analyser vos pensées, réfléchir à ce qui les déclenche et vous demander si elles vous paraissent très réalistes…

Jess accepte la feuille que la psy lui tend. Elle en aura besoin de plusieurs. Tessa semble lire dans ses pensées.

— Ce serait une bonne idée d'acheter un carnet, cela vous permettrait de remplir plusieurs tableaux.

Jess a droit à six séances remboursées de thérapie cognitive et comportementale, et elle sait que c'est une chance. Elle soupçonne – et elle n'a jamais été plus reconnaissante d'avoir un mari qui gagne aussi bien sa vie – qu'elle aura besoin de davantage. Et pourtant, elle se montre sceptique à la perspective de modifier un réflexe aussi ancré en elle. Elle avait dix ans quand elle a eu ses premières pensées obsessionnelles, qui sont allées et venues pendant l'adolescence, avant de rester en sommeil de nombreuses années pour mieux l'assaillir au moment de l'adoption du chiot, puis après le traumatisme de son dernier accouchement. Elle ne parvient pas à imaginer vivre sans elles, et cependant elle éprouve une minuscule lueur de joie à l'idée qu'elle pourrait réussir à les contenir, voire à les faire taire.

— Tout va bien, Jess ?

Dans la salle d'attente du centre médical, elle tombe sur la maman d'une fillette qui est dans la même classe que Kit, Carla. Jess ne se souvient pas de son prénom. Elle ne fait pas partie du groupe de mères avec lesquelles Jess discute. La femme a un nourrisson dans un porte-bébé et un jeune enfant dans une poussette. Elle dévisage Jess avec curiosité : remarque les traces de mascara, les signes extérieurs de son bouleversement. Puis elle baisse les yeux, se détourne.

Tout va très bien, merci. Voilà ce qu'elle aurait répondu avant. Cachant ses angoisses derrière une façade aussi fragile et brillante que du sucre filé, dissimulant ses pensées sombres sous un vernis éclatant. Mais il y a d'autres mères qui connaissent ce qu'elle traverse : c'est une des choses qu'elle a retenues de son entretien avec le Dr Arnold. Et pour cette raison elle décide d'être honnête.

— Pas terrible, avoue-t-elle.

Puis elle pense à Ed, qui est à la maison pour garder Bets, à Martha qui passe un jour sur deux, à Liz qui lui a envoyé un texto ce matin pour lui dire qu'elle pensait à elle.

— Mais j'espère que ça va s'arranger.

44

LIZ

Samedi 9 juin 2018

La kermesse organisée par les parents d'élèves a commencé il y a une heure et demie, et Sam a déjà atteint un niveau d'excitation record, amplifié par les filaments rose pâle de barbe à papa qu'il engloutit.

— Regarde ce qu'on a gagné aussi, réussit-il à articuler entre deux bouchées cotonneuses.

Ils ont fait pot commun avec Frankie, et ce dernier ouvre un sac en toile pour me montrer leur butin : une variété infinie de bonbons – Dragibus, fils à la fraise, petits paquets de Haribo et capsules de poudre pétillante. Le genre de trésor dont sa mère le priverait instantanément.

— Et ça, c'est juste la tombola de bonbons, précise Sam. On a aussi gagné une énorme bouteille de Coca et du bain moussant. La dame qui tenait le stand a refusé de nous laisser prendre du vin pour toi.

— C'est très gentil d'avoir pensé à moi… mais où est le Coca maintenant ? demandé-je, amusée bien que légèrement vexée que Sam ait su d'instinct que je préférais l'alcool aux produits de toilette.

Mon garçon émet un rot discret.

— Oh, non, Sam ! Vous n'avez pas tout bu ?

— On a partagé avec Connor.

— Mais tu as presque tout bu, souligne Frankie, plus premier degré que jamais.

— Bu quoi ?

Jess nous rejoint avec une Betsey endormie dans la poussette et une lavande qu'elle a achetée sur le stand des plantes.

— Sam a bu un soda, dis-je.

Je doute que Frankie aurait osé braver sa mère sur ce sujet. Et puis de toute façon elle ne peut plus rien y faire. Autant l'épargner. Je jette un coup d'œil à mon fils, qui continue à engloutir sa barbe à papa.

— Sam, je pense que tu as eu assez de sucre pour aujourd'hui.

Je lui prends la confiserie des mains et écarte son épaisse frange sur son front moite.

— Pourquoi tu n'irais pas aider papa au chamboule-tout ?

J'incline la tête en direction d'une silhouette familière au loin, à côté d'un stand particulièrement tape-à-l'œil. Le visage de Sam s'illumine.

— De toute façon, j'ai tout dépensé. Tu viens, Frankie ?

— Je peux ? demande-t-il à sa mère.

Elle hésite, j'ai l'impression qu'elle passe en revue tous les dangers possibles.

— Bien sûr, finit-elle par dire.

Les deux garçons s'éloignent en courant. Pendant un bref moment, nous les regardons cavaler. La cour est bondée d'enfants et de parents, et c'est le signe que Jess contrôle mieux son anxiété, puisqu'elle arrive – même si ça lui coûte – à laisser Kit et Frankie aller et venir en toute liberté.

Je suis envahie d'un rare sentiment de joie pure. C'est peut-être le ciel bleu dur, ou le soleil qui tape si fort que mes cheveux sont collés sur ma nuque. À moins que ce ne soient ces trois cents enfants qui jouent et discutent gaiement, ou Betsey qui, âgée maintenant de quinze mois, est en pleine forme, ou Jess qui semble aller mieux. À moins que ce ne soit le fait que notre amitié soit en train de se ressouder malgré la fracture d'il y a quelques mois – cette décennie de maternité partagée ne compte pas pour rien après tout. Je continue à me reprocher de ne pas m'être rendu compte du mal-être de Jess. Mais au moins les Curtis reçoivent-ils l'aide nécessaire à présent : Jess suit une thérapie et Frankie a un traitement pour son TDAH, enfin diagnostiqué. Ça reste un enfant impulsif et torturé, néanmoins la famille paraît moins fragile, moins au bord de l'effondrement.

— Frankie va mieux, non ?

Je me tourne vers mon amie.

— J'ai l'impression. Il continue à faire des cauchemars.

— C'est encore récent, dis-je, en espérant qu'elle comprendra que je cherche à être optimiste, non pas dédaigneuse. Et toi ?

— Ça s'arrange.

Elle me sourit, son ton est moins équivoque.

— La thérapie m'aide, même si je ne trouve pas ça facile.

— Et Betsey, regarde-la !

Je penche la tête vers sa fille, les joues bien rouges à cause de la chaleur et épuisée après avoir passé la première heure de la kermesse à crapahuter dans la cour. Elle somnole dans sa poussette et ne tardera sans doute pas à plonger dans le sommeil. Ce n'est pas la première fois que je m'émerveille de la capacité de résilience des enfants. Elle a passé plus de trois semaines à l'hôpital – dont une pour gérer le sevrage de morphine et de sédatifs. (« Elle est devenue accro », s'est désolée Jess lors de l'un de ses accès d'irrationalité.) On ne devinerait jamais, en la regardant, qu'il y a moins de cinq mois elle était transférée en soins intensifs pédiatriques avec une fracture crânienne.

— Elle continue à être traitée pour éviter d'éventuelles crises, mais le Dr Hussain nous a assuré que c'était une mesure préventive.

— Ça ne devrait plus durer très longtemps.

— Que Dieu t'entende ! Je m'en veux tellement… Je n'arrive toujours pas à croire que j'ai eu la bêtise de les laisser tous les deux.

— Oh, Jess !

Nous en avons déjà parlé, et plus particulièrement de sa culpabilité d'avoir fait courir le risque à Betsey de ne pas être traitée comme il le fallait.

— C'est une perte d'énergie. Je l'ai appris à mes dépens moi aussi.

— Je sais.

Elle sourit brièvement. Cat Rustin ne poursuit pas son enquête pour négligence éventuelle, le ministère public ayant conclu que ce n'était pas dans son intérêt. Mais Jess continue à vivre quotidiennement avec les conséquences de cet abandon momentané de ses enfants. Elle remet ses immenses lunettes de soleil. Personne ne peut voir qu'elle est au bord des larmes – ce qui lui arrive presque chaque jour depuis la naissance de Betsey, et aucun de nous ne s'en était rendu compte. Je tends la main vers son bras, si frais sous mes doigts, et elle me serre la main.

La présidente de l'association des parents d'élèves passe près de nous en trombe, brandissant un porte-voix qui lui permet d'aboyer des ordres.

— La danse de l'arbre de mai commence dans cinq minutes ! Je répète ! Arbre de mai ! Dans cinq minutes !

Des notes d'accordéon et de violon nous parviennent de l'endroit où le mât a été installé, dans la cour, ses rubans pendant mollement malgré la brise légère.

— Rosa participe à la danse, et je lui ai promis d'aller la voir avant que ça commence. Tu veux venir la regarder ?

Jess secoue la tête. Elle n'aime pas la foule, continue à craindre que les gens parlent d'elle. Elle tend le bras en direction de l'école.

— Je crois que je vais plutôt aller m'abriter à l'intérieur.

St Matthew est vaste pour une école primaire londonienne, mais il me semble apercevoir les filles au loin, en pleine exécution d'étirements gracieux près de la grille. Je décide de prendre un raccourci qui me fait longer le préfabriqué dans lequel se trouve la maternelle. Il n'y a personne et c'est un soulagement d'échapper à la marée humaine faisant la queue pour des hot-dogs et des oignons frits près du gril, ou pour des pintes de Pimm's tiède.

Je prête une oreille attentive au calme momentané, et c'est peut-être pour cette raison qu'une voix familière retient mon attention.

— Je ne vois pas bien comment je pourrais être plus clair, dit l'homme, caché à ma vue, dans l'ombre du bâtiment en préfabriqué. Je suis désolé, mais Jess doit être ma priorité. J'imagine que tu peux le comprendre après tout ce qu'elle a traversé ?

Je m'arrête, mal à l'aise, et m'attarde au coin du bâtiment. La voix grave et singulière d'Ed n'est pas aussi posée que de coutume : elle est teintée d'une acrimonie qui laisse penser qu'on l'a poussé à bout. Son interlocuteur ne réagit pas immédiatement. Puis vient la réponse froide et sèche d'une femme dont je reconnais aussi la voix.

— Tu te méprends sur le sens de mes paroles, dit Charlotte. Et rien ne t'oblige à être aussi méprisant, bon sang. Je cherchais juste à aider.

— Je ne suis pas sûr qu'elle verrait les choses sous cet angle, ni moi d'ailleurs.

Il a l'air franchement en colère.

— Tu ne comprends vraiment pas pourquoi le fait qu'on se voie pourrait la perturber ? J'ai toujours accordé de l'importance à notre amitié, malheureusement ça ne peut pas continuer. Je ne tiens pas à être désagréable, mais laisse-moi tranquille.

Pendant le silence qui suit, j'essaie d'imaginer ce qui se passe de l'autre côté du préfabriqué. Est-ce qu'il la tient, ou est-ce qu'elle est partie ? Un bruit m'indique un mouvement, et Ed s'éloigne d'un pas vif, tête baissée, cherchant à passer inaperçu. Qu'a donc bien pu suggérer Charlotte ? Est-ce que Jess avait raison de soupçonner que celle-ci continuait à avoir un faible pour son mari ? Il l'a repoussée sans ménagement, toutefois je reste troublée par ce que j'ai surpris de leur échange.

J'attends que Charlotte s'éloigne à son tour. Elle se dirige vers George et Kit, qui ont rejoint les filles répétant leur numéro de danse et se lancent une balle de tennis – sa fracture n'étant qu'un vieux souvenir. C'est la dernière kermesse de George ; en septembre, il fera sa rentrée à King Edmund, un établissement privé, et ce sera l'occasion de prendre nos distances avec les Mason. Ce sera peut-être mieux pour tout le monde.

Je n'ai pas très envie d'engager la conversation, mais j'ai promis à Rosa de passer la voir, et je ne veux pas que Charlotte puisse penser que je la snobe.

— Hé, Charlotte !

J'en rajoute pour le cas où elle aurait remarqué que je venais de la même direction.

— Ah, bonjour, Liz.

Impossible de voir son expression avec ses lunettes de soleil, mais elle se tient très droite et sa voix trahit sa crispation.

— C'est triste que George s'en aille. Vous allez nous manquer.

J'espère que j'ai l'air sincère.

— Nous n'avons jamais caché que nous voulions le mettre dans le privé, nous avons juste légèrement anticipé le transfert. Je t'avoue que je ne pensais pas que George regretterait autant ses camarades.

Après un silence gêné, elle recule pour se mettre à l'ombre du sycomore, presque contre la grille du terrain de sport. Difficile de ne pas avoir l'impression qu'elle nous a déjà quittés dans sa tête et qu'elle cherche à le faire aussi physiquement. Ou alors elle veut se cacher.

— Charlotte…

Je ne sais pas quoi lui dire, pourtant je me rends bien compte qu'il y a un véritable malaise.

— Quoi ?

Elle relève ses lunettes et je découvre une douleur brute dans son regard. Puis elle les remet, d'un air de dire qu'elle m'a suffisamment ouvert la porte. Je n'obtiendrai pas davantage que ce rare moment d'honnêteté.

— Rien.

En quête d'une banalité à ajouter, je me mets à blablater sur nos enfants qui grandissent, avant d'avoir un éclair de génie.

— Tu te souviens de cette photo, où ils étaient tous les quatre ensemble, bébés ? Qu'est-ce que tu dirais de la refaire aujourd'hui ?

— Oh, George serait fou de joie.

Son sourire est légèrement moins tendu.

— On pourrait même en faire une de nous quatre avec tous les enfants ? ajouté-je, poussée par un désir stupide de prétendre que nous pourrions retrouver l'époque où tout était plus simple.

— Oh, non. Je ne crois pas que ce soit une bonne idée. Je déteste qu'on me prenne en photo. Je me sens toujours tellement grande et dégingandée à côté de vous.

Puis, comme pour me rappeler que notre amitié n'a plus jamais été la même depuis que Jess nous a annoncé qu'elle attendait Betsey, elle ajoute :

— S'il te plaît, Liz, n'en rajoutons pas.

— On doit aller à l'arbre de mai, maman !

Rosa accourt et, sans le savoir, vole à mon secours.

— Mel est déjà là-bas. Allez, viens ! Tu avais promis de m'accompagner, on est déjà en retard.

— Je suis désolée, Charlotte… je dois filer.

Je suis là si tu as besoin de parler. Voilà ce que je me retiens de lui glisser, troublée par son air triste. Elle est si discrète qu'elle ne s'est jamais confiée à moi et les chances qu'elle s'y mette maintenant sont faibles. Le soulagement m'envahit lorsque je m'éloigne.

— Qu'est-ce qu'elle a, Charlotte ? me demande Mel alors que je me faufile à côté d'elle pour regarder nos filles qui attendent, des rubans à la main. Dans le genre désagréable…

— Rien, dis-je alors que l'introduction du morceau résonne.

Les filles se mettent à sauter d'avant en arrière, se rapprochant puis s'éloignant du mât, avant de se placer les unes face aux autres pour danser dans une direction différente. Rosa est si concentrée qu'elle se mordille la lèvre, ce qui ne l'empêche pas de prendre de l'avance sur la mesure, et de s'emmêler les pinceaux dans le tressage des rubans… L'enseignant d'EPS doit intervenir pour tenter de démêler ce méli-mélo.

— Elles sont trop mignonnes, observe Mel en admirant Mollie, qui va et vient avec une grâce naturelle. Regarde ce que ce connard rate.

Je la prends par la taille. Rob est à Majorque avec sa compagne de vingt-cinq ans et il a une approche très décontractée de ses visites aux enfants.

— Tant pis pour lui, réponds-je. Il passe à côté de moments qu'il ne pourra jamais rattraper.

Un spasme de chagrin s'empare soudain de moi au souvenir d'une petite fille qui n'a pas vécu assez longtemps pour participer aux olympiades de son école, pour courir et sauter comme ma fille. J'éprouve une infinie tristesse pour la sœur que je n'ai jamais connue, et pour ma mère – ou plutôt pour la mère et la grand-mère que j'aurais aimé qu'elle soit. Janet n'a pas assisté à un seul des événements organisés par mon école, sans parler de celle de mes enfants. La dépression avait-elle émoussé ses émotions ? À moins que la culpabilité ne l'ait plongée dans une sorte de brouillard ? Je continue à être perturbée par cette mère, et notamment par le fait que son absence crée un vide. J'ai bien conscience de ne l'avoir jamais connue réellement.

Plus tard, bien plus tard, une fois que les enfants sont écarlates et la température toujours proche des trente degrés, nous nous joignons à la nuée de familles qui quittent l'école pour aller faire la queue chez le glacier.

— On peut en avoir une, s'il vous plaîîît ? implore Sam en criant pour couvrir la musique de la camionnette, qui crache des gaz d'échappement, pendant que son propriétaire distribue des glaces à l'italienne généreuses.

— Je crois que tu as eu assez de sucre pour aujourd'hui, dit Nick en lui montrant son sac de bonbons et la boîte de caramels maison qu'il a réussi à acheter avec je ne sais quel argent.

— Tu peux avoir une glace à l'eau, si tu veux, proposé-je pour faire passer la pilule.

— C'est bon, je prendrai juste de l'eau.

Pendant que nous contournons la queue, il vide la fin de sa gourde et de l'eau lui dégouline sur le menton.

La chaleur forme un mur compact qui fait miroiter le trottoir, et l'océan de parents avance lentement. Avec cette touffeur, difficile de presser le pas et, pour une fois, c'est inutile. Il y a un goulot d'étranglement devant nous. Nick attend Rosa, qui discute avec Mollie, avec laquelle elle a prévu de passer la fin de la journée, mais je suis emportée par le mouvement général et entraîne Sam.

Devant nous, Betsey est perchée sur les épaules d'Ed, c'est la reine de cette jungle.

— Tu la tiens bien, hein ? s'enquiert nerveusement Jess, qui agrippe la main de Frankie.

Kit se trouve entre eux deux, avec la poussette vide.

— Bien sûr, lui répond Ed.

Je vois combien elle a du mal à ne pas lui poser la question une seconde fois, pour s'en assurer.

Une voiture pétarade quelque part dans mon dos, et tous les parents jettent des regards nerveux alentour. L'école est proche d'une station de métro, et la crainte d'une attaque terroriste ou d'une fusillade ne nous quitte jamais tout à fait. Jess se retourne et croise mon regard. Je lui souris, mais elle est accaparée par Frankie, qui panique et tire sur sa main, tout en se dévissant le cou.

— Il faut qu'on y aille, maman, il faut qu'on y aille. S'il te plaît…

Il la supplie de forcer l'allure. Jess s'échappe et je finis par me retrouver à côté d'Ed.

— Comment ça va ? lui demandé-je.

— On fait aller. Ça s'arrange.

— C'est super que tu sois venu aujourd'hui… et que tu sois plus présent de façon générale.

— J'ai bien retenu la leçon, rétorque-t-il avec une grimace.

— J'ai été aussi dure ?

Quand Jess a pu rentrer chez eux, je lui ai dit qu'elle avait besoin de beaucoup plus de soutien de sa part.

— Tu as été assez virulente, mais je vais être honnête, j'avais besoin qu'on m'ouvre les yeux, reconnaît-il.

Devant nous, Frankie continue à crier, presque d'une voix de fausset. Ed secoue la tête.

— J'aimerais qu'on trouve une solution pour lui. Il est constamment sur le qui-vive.

— Il a traversé une période traumatisante.

— Il fait toujours des cauchemars.

— Jess me l'a dit, oui.

Il ajuste Betsey sur ses épaules, comme s'il était mal à l'aise.

— Je ne peux pas m'empêcher de penser qu'il ne nous dit pas tout. Que ce stress disproportionné a une cause précise.

Je cherche Jess et Frankie ; son angoisse ne fait aucun doute.

— Il faut qu'on aille plus vite, maman. Plus vite.

Il jette à nouveau un regard terrifié derrière lui.

L'espace d'un instant, je me demande s'il a peur de moi : la femme qui, pour citer les mots de Kit à Rosa, « a envoyé la police » à leur mère. D'un autre côté, c'est moi qui l'ai persuadé de raconter ce qui s'était réellement passé ce jour-là, ce qui a permis la libération de Jess.

Et puis son regard porte au-delà, dans la foule qui continue à s'agglutiner près du camion de glaces, derrière Nick et Rosa.

Il a vu quelque chose, ou quelqu'un, qui le terrorise au point qu'il éprouve le besoin pressant de fuir.

45

FRANKIE

Vendredi 19 janvier 2018, 18 h 20

Quand des coups retentissent à la porte, Frankie fait un bond de joie et se précipite dans le couloir, avant de rebrousser aussitôt chemin pour aller chuchoter à Betsey de ne pas faire de bruit.

Leur maman lui a bien recommandé de ne pas ouvrir. Il ne le fait jamais, ni pour le facteur, ni pour le livreur, ni pour ceux du supermarché, s'il est à la maison lorsqu'ils sonnent. « J'y vais ! » dit-elle toujours avec son air méfiant, et quelque chose retient Frankie de la rejoindre dans l'entrée. Et donc, il sait bien qu'il ne doit pas ouvrir la porte alors qu'elle est sortie.

Elle a même pris le soin de le lui rappeler. Il se souvient de cette règle et de toutes les autres. « Tu n'ouvres à personne. Tu n'essaies pas de la prendre dans tes bras. Je n'en ai pas pour plus de cinq minutes. » Elle est absente depuis huit minutes maintenant. Il vérifie sur la montre digitale qu'il porte au poignet lorsque les coups reprennent. Sa maman aime les règles. Elle aime que les choses soient nettes et bien ordonnées. Mais elle a enfreint sa propre règle – « je n'en ai pas pour plus de cinq minutes » – et les coups sont de plus en plus insistants.

Betsey se remet à pousser ces cris qui signifient qu'elle est fatiguée ou qu'il faut lui changer sa couche. Il reconnaît l'odeur âcre du pipi et une autre, plus puissante et désagréable, celle d'une très grosse crotte.

— Tu as fait caca ? murmure-t-il, ravi et dégoûté à la fois.

Il doit réagir. Sa maman ne laisserait jamais sa sœur avec une couche qui empeste autant. Ça la mettrait mal à l'aise. Il faut qu'il s'occupe de la changer lui-même. Ça rendra sa maman heureuse, et il adore ça, la rendre heureuse. Elle est tellement stressée ces derniers temps, elle crie souvent, et lui se sent de plus en plus agité et nerveux – comme si l'inquiétude de sa maman les atteignait, Betsey et lui, qu'ils avaient tous les deux besoin de hurler pour évacuer la tension.

C'est peut-être elle à la porte ? Elle a peut-être oublié ses clés et a besoin qu'il lui ouvre. Mais si c'est elle, alors pourquoi est-ce qu'elle ne le dit pas tout simplement ? Elle sait bien qu'il aura peur. Et elle lui a précisé de ne laisser entrer personne. Sa gorge est si contractée qu'il n'arrive pas à émettre un seul son. Ils devraient peut-être se cacher : faire comme s'il n'y avait personne, même si Betsey les trahit avec ses pleurs.

— Chut, Betsey, lui dit-il.

Sa lèvre inférieure se met à trembler et elle vagit encore plus fort. Il n'arrive pas à la calmer.

« Je prends mon portable. » C'est aussi ce qu'elle a dit, au cas où il voudrait l'appeler. Il se jette sur le téléphone fixe et presse la touche *bis*. Ça sonne : une trille, plusieurs fois de suite, puis la voix de sa maman qui demande à ce qu'on lui laisse un message. Il voudrait lui parler de la personne à la porte, mais il a trop peur que celle-ci l'entende. Il soulève Betsey, la cale sur sa hanche. Elle est plus lourde qu'il n'y paraît, et elle gigote beaucoup. « Tu n'ouvres à personne. Tu n'essaies pas de la prendre dans tes bras. Je n'en ai pas pour plus de cinq minutes... Je prends mon portable. »

Betsey hurle maintenant. Elle est très en colère, et Frankie voudrait bien l'imiter, reproduire ce son qui l'excite, s'époumoner encore plus fort, néanmoins il a trop peur des coups à la porte.

— Chut, Betsey ! Arrête de pleurer !

Il la secoue légèrement, puis tente de la faire rire avec son lapin en peluche, mais celui-ci retombe mollement dans sa main. Il s'y prend mal.

Les coups reprennent. Un son désagréable et intrusif : cette personne veut vraiment entrer. *Toc-toc-toc. Toc-toc-toc.* Un bruit métallique survient lorsque la personne soulève le volet de la boîte aux lettres qui s'ouvre comme la gueule d'un monstre avant de se refermer avec un son cruel.

Alors, il entend une voix, et il est tellement soulagé. Parce qu'il connaît cette voix, et il connaît cette dame, même s'il ne l'aime pas trop. C'est normal qu'elle soit là, elle raccompagne Kit aujourd'hui. Sa maman s'est organisée avec elle. Kit est de retour, il va pouvoir l'aider à changer Betsey, si cette autre maman ne sait pas comment faire. Ils la monteront dans la salle de bains à l'étage et s'en occuperont tous les deux. Tout va s'arranger maintenant que Kit est rentré.

Frankie se jette sur la porte, secoue Betsey en courant. Il se débat avec le loquet.

— Coucou ! chantonne-t-il, fou de joie de retrouver son grand frère si responsable, celui qui rend ses parents heureux.

Mais il n'y a qu'une seule personne derrière la porte, et ce n'est pas lui.

— Où est Kit ?

La nuit est très noire, et la femme devant lui a un air très grave, exactement le même que lorsqu'elle gronde George parce qu'il joue à la Xbox au lieu de travailler son violon.

— Encore au foot. Je suis passée voir ta maman.

Puis Charlotte se radoucit et lui sourit.

— Je peux entrer ?

46

CHARLOTTE

Vendredi 19 janvier 2018, 14 h 20

Ed se hâte de rejoindre la station de métro quand Charlotte l'aperçoit. Elle finit de bonne heure le vendredi, ce qui lui permet de conduire George au violon puis au foot. Ça représente trois heures de transport, mais le bonheur de son garçon en vaut la peine. Elle attend ce rendez-vous hebdomadaire comme une femme guette ses retrouvailles avec son amant après une séparation d'une semaine.

Elle n'imaginait pas tomber sur Ed. Cachée derrière l'étal d'un fleuriste, elle éprouve les vieilles sensations d'autrefois : un pincement au cœur et une vibration au creux du ventre. Vingt ans après, il n'a pas changé : il reste beau et conserve ce pouvoir sur elle, celui de déclencher des émotions puissantes. *L'homme qui lui a échappé. L'homme qui, pendant une nuit au moins, a presque été à elle.*

Non qu'il se soit passé quelque chose entre eux, bien sûr. Pas au sens physique du terme, pas d'une façon objective qu'il ne pourrait pas nier. Il n'a pas menti à Jess, même s'il ne lui a pas dit toute la vérité. Un baiser sous l'effet de l'alcool, après les examens, un petit tour dans le lit simple de Charlotte puis, avant d'avoir le temps de faire quoi que ce soit, il a perdu connaissance. Le lendemain matin, il était aussi charmant qu'à son habitude, jusqu'à ce qu'il lui demande : « On ne l'a pas fait, si ? » Elle a perçu son appréhension. Sa peur d'avoir couché avec elle, la colocataire de son ex – la fille avec laquelle on aimait traîner, drôle et intéressante, mais comme un copain. Trop grande, trop intelligente, trop sûre d'elle pour être désirable. Pas son genre en tout cas. Pas le genre avec lequel il aurait l'intention de coucher.

Comment Ed aurait-il pu savoir qu'elle ne s'était jamais sentie aussi proche d'aucun de ses petits amis ? Qu'elle rêvait de lui depuis deux ans ? Qu'elle avait passé la nuit à le regarder, à mémoriser son corps, la longueur de ses cils, la courbe de ses lèvres, parce que tout au fond d'elle-même elle redoutait que sa présence dans son lit ne soit qu'un coup de chance extraordinaire ? Qu'elle avait retenu son souffle chaque fois qu'il remuait dans son sommeil de peur de rompre le charme, de peur qu'il ne se réveille et qu'elle ne réussisse à le faire fuir.

« Ce serait si grave si on l'avait fait ? l'a-t-elle taquiné. Elle n'avait pas trouvé le bon ton malheureusement, et il a vu qu'il l'avait blessée. — Non, non, bien sûr que non, a-t-il bredouillé. Écoute, ce n'est pas toi, c'est moi. » Il a désigné son beau visage aux traits tirés par l'alcool. « Crois-moi, Charlotte, c'est toi qui l'aurais regretté. » Puis il lui a sorti un tel cliché qu'elle l'a trouvé méprisable une seconde. « Mais on reste amis, hein ? » Il a déposé un léger baiser sur son front : platonique, chaste. « Bien sûr », a-t-elle murmuré en cherchant à s'imprégner de son odeur, à la retenir. Elle lui avait trop facilité la tâche. Deux minutes plus tard, il était parti.

Elle n'allait pas rester *amie* avec un garçon dont elle était amoureuse et au sujet duquel elle continuait à imaginer toutes sortes de scénarios. *Et si*... Le rejet d'Ed avait attisé ses sentiments et, pendant une brève période, cela avait viré à l'obsession. Heureusement, ils avaient terminé leurs études, et elle n'était plus obligée de le voir. Elle avait fui les soirées et, plus tard, les mariages, auxquels elle savait qu'il assisterait. Le sentiment d'humiliation avait fini par disparaître. Le temps l'avait aidée, tout comme le fait de rencontrer un homme qui éprouvait du désir pour elle, qui l'appréciait, qui l'aimait même. Pas un homme qui suscitait la passion, mais solide, excentrique à sa façon et intelligent. Un de ses pairs.

Bien sûr, elle tapait régulièrement le nom d'Ed dans son moteur de recherche, consultait ses pages Facebook, LinkedIn et Twitter, savait où se trouvait son bureau. Elle avait envisagé de le chercher sur les listes électorales, mais avait réussi à se retenir. Elle s'était concentrée sur sa carrière, son mariage et sa grossesse, cette dernière se révélant plus difficile qu'elle ne l'avait anticipé, car Andrew, censément une valeur sûre, ne produisait qu'une faible quantité de spermatozoïdes. Et elle avait travaillé dur pour bannir Ed de son esprit.

Jusqu'à cette soirée venteuse d'automne où il était entré dans ce préau pour assister à ce cours de préparation à l'accouchement. La vieille humiliation – ainsi que oui, un sursaut de désir, amplifié par les hormones de grossesse – s'était réveillée. Elle l'avait observé pendant qu'il la reconnaissait, la honte familière lui montant aux joues. « Il faut qu'on prenne le temps de tout se raconter », avait-il dit. Puis au pub, après, il avait fait une allusion à cette fameuse nuit. « On ne s'est pas revus depuis... » Il avait eu l'élégance d'afficher un air gêné. « Depuis qu'il ne s'est rien passé, avait-elle complété, jouant la carte de la décontraction. — Oui, voilà, c'est ça, avait-il acquiescé trop rapidement. Je craignais de t'avoir blessée, au risque de passer pour arrogant. Tu as disparu après ça. Donne, je vais les apporter à table. Je voudrais te présenter Jess. »

Elle avait été fière d'elle ce jour-là. Fière aussi de la façon dont elle était devenue l'amie de son épouse, alors qu'elles étaient si différentes, n'avaient presque rien en commun à l'exception d'Ed et d'un enfant du même âge. Pourtant, Charlotte ne parvenait pas à oublier qu'il avait choisi une femme comme Jess : fébrile, compliquée, exigeante d'un point de vue émotionnel. Pas idiote, mais apparemment heureuse de ne pas poursuivre sa carrière. (Elle travaillait dans l'événementiel, non ?) Obsédée par son intérieur, par la nécessité d'être une mère parfaite. Et ça n'aurait aucune importance si Charlotte n'avait pas perçu qu'Ed, même s'il ne se plaignait jamais, avait besoin d'être stimulé intellectuellement. Elle le sentait un peu perdu.

Puis Jess avait annoncé qu'elle attendait un troisième enfant, et Charlotte avait éprouvé la plus irrationnelle des rages : non seulement parce que, contrairement à elle qui avait dû surmonter bien des obstacles pour avoir un bébé, Jess était naturellement fertile, pas seulement parce que cette dernière avait osé exprimer des doutes sur cette nouvelle grossesse, mais aussi parce que, à un niveau à peine conscient et totalement irréfléchi, elle avait compris qu'Ed ne serait plus jamais libre. Ce troisième enfant faisait définitivement pencher la balance : Jess le tenait dans ses filets.

Charlotte n'avait eu d'autre choix que de prendre ses distances à partir de ce moment-là. Elle continuait à s'organiser avec elle et d'autres mères pour accompagner ou récupérer les enfants au foot le vendredi, mais avait limité leurs interactions par ailleurs. Elle avait augmenté son volume d'heures au cabinet au cours de l'année écoulée et avait moins de temps libre. Voilà comment elle s'était justifiée lorsque Liz s'était inquiétée de son apparente prise de distance. George allait changer d'école à la fin du CM1, et elle pourrait passer à autre chose : elle n'avait plus l'impression d'avoir quoi que ce soit à dire à une femme qui retrouvait les couches, de toute façon. Elle n'avait pas ajouté qu'elle n'avait pas de temps à perdre avec quelqu'un d'aussi égocentrique, qui n'avait pas conscience de sa chance. Pour sa propre santé d'esprit, qu'elle prenait grand soin de préserver, elle évitait d'interagir avec Jess.

Sa stratégie avait fonctionné. Au barbecue, ça avait été un jeu d'enfant : Jess avait passé toute la journée enfermée dans la maison avec Betsey, et Ed avait été si chaleureux, montrant si peu d'intérêt pour sa petite fille. Puis en septembre les garçons avaient commencé à suivre un entraînement le mardi soir aussi. Andrew avait proposé d'accompagner George, mais elle avait argué qu'il était bien naturel qu'ils se répartissent cette corvée. Et ainsi, elle avait pu régulièrement retrouver Ed. Bien sûr, il y avait toujours d'autres pères, toutefois ils avaient renoué une relation amicale, parfaitement distincte de tout ce qu'elle pouvait partager avec Jess ou d'autres femmes. Charlotte n'avait alors eu aucun mal à transformer le « et si » en « un jour ».

Et aujourd'hui, il est là, seul, sous le crachin, devant la station de métro, et il semble on ne peut plus naturel à Charlotte d'aller lui dire bonjour.

— Ed ! lance-t-elle en lui effleurant le bras. Tout va bien ?

En temps normal, il lui aurait sans doute répondu que oui, évidemment, mais ce n'est pas le cas, pour une raison qu'elle ignore. Peut-être parce qu'il est clairement ébranlé. Ou peut-être parce qu'ils ont partagé à une époque une proximité physique (parce qu'avant de sombrer dans le sommeil, il avait enfoui son visage entre ses seins, se rappelle-t-elle). Quelle que soit la raison, il laisse tomber le masque avec un petit rire.

— Pas vraiment, non.

Et sans faire preuve de déloyauté – car il se plie en quatre pour ne pas être critique –, il en dit néanmoins assez en trois minutes, abrité sous l'immense parapluie de Charlotte, pour qu'elle réussisse à comprendre qu'il est rentré chez lui parce qu'il s'inquiète pour Jess.

— Je peux te poser une question ? Ça t'est arrivé de ressentir une forme d'indifférence, de détachement... après l'arrivée de George ?

Il la dévisage, brûlant d'être rassuré, espérant qu'elle aura la réponse, Charlotte, l'amie de Jess.

— Je n'ai pas l'impression qu'elle était pareille avec les garçons, mais Kit est né pendant la crise, alors je n'étais pas souvent là, et c'était encore très tendu au moment de l'arrivée de Frankie. Je n'arrive pas à me souvenir si elle a toujours été comme ça.

— Non, je n'ai jamais ressenti ça, dit Charlotte, sans souligner qu'elle a repris le travail aux trois mois de son fils, le droit des sociétés l'intéressant davantage que ce bébé qui la terrifiait.

Ah ! ces longues heures coincée à la maison avec lui, consciente qu'elle ne s'y prenait pas correctement, qu'elle n'était pas une assez bonne mère, ce sentiment de perte d'identité...

— On a peut-être perturbé l'équilibre avec ce troisième bébé. Je lui en ai peut-être trop demandé...

Il s'interrompt, mal à l'aise. Charlotte n'a jamais caché qu'elle voulait un second enfant et a dû renoncer après l'échec de la troisième FIV.

— Mais non, le rassure-t-elle. Je te connais, tu n'en demandes jamais trop.

Et elle le serre brièvement, maladroitement, là, dans la rue. Puis elle s'éloigne, à l'abri de son parapluie, alors que la pluie se met à tomber plus dru, tournant et retournant les remarques d'Ed, ses inquiétudes. « Détachement… Je lui en ai peut-être trop demandé… Je m'inquiète pour Jess. »

Jess, pauvre petite chose fragile qui a tout et qui ne peut pourtant pas s'en contenter. Eh oui, Charlotte sait qu'elle devrait compatir – Jess souffre peut-être de baby-blues, elle a bien le profil, non ? Enfin, est-ce que ça l'empêche de se ressaisir, bon sang, et de reconnaître enfin sa chance ?

Son téléphone sonne alors, c'est Jill, qui lui demande si elle verrait un inconvénient à ce qu'elles échangent leur tour – Jill aimerait aller chercher les garçons à l'entraînement ce soir plutôt que la semaine prochaine, ce qui lui permettrait d'assister à une soirée avec ses collègues. Charlotte se retrouve soudain avec une heure à tuer en fin d'après-midi.

Elle n'aurait rien fait sans ce coup de fil, se convaincra-t-elle plus tard, mais elle y voit soudain un coup du destin : ce créneau inattendu qui lui permet d'aller parler à Jess. Elle pourra lui expliquer qu'elle court le risque de dilapider tout ce qu'elle a : Ed, trois beaux enfants et même son physique, parce qu'à côté d'elle Charlotte, avec sa taille, son grand nez, ses yeux et sourcils foncés, se sent toujours mal à l'aise. « Une femme racée », voilà comment Andrew la décrit. Alors que Jess a une beauté délicate. Charlotte n'a jamais eu droit à ces qualificatifs.

Et oui, elle avouera même peut-être à Jess que c'est Ed qui est parti. Pas pour la blesser – elle ne se mettra pas en colère, elle a trop de sang-froid pour ça –, mais pour lui faire toucher du doigt la chance qu'elle a, bordel.

Car elle a la vie que Charlotte se dit parfois qu'elle aurait aimé avoir.

Voilà à quoi se résument ses intentions quand elle frappe à la porte quelques heures plus tard. Elle veut juste parler à Jess.

47

FRANKIE

Vendredi 19 janvier 2018, 18 h 22

— Ta maman est là ? lui demande Charlotte en pénétrant dans l'entrée. Bonjour, ma jolie, ajoute-t-elle en souriant à Betsey, qui tend les bras vers elle.

Frankie la confie à cette adulte qu'il connaît bien avant de prendre conscience de ce qu'il vient de faire.

— Où est Kit ?

Son soulagement d'avoir trouvé sur le perron une maman qui pourrait tout arranger est aussitôt contrarié par l'absence de son frère.

— Qu'est-ce que tu fais ici ? réussit-il à ajouter.

— Je suis venue voir ta maman et j'ai entendu Betsey pleurer. Comme ses cris ont duré un moment, je me suis un peu inquiétée, hein, ma belle ?

Elle prononce ces derniers mots d'une voix ridicule en secouant légèrement Betsey. Puis elle retrouve son ton normal, un ton qui n'a rien de froid mais qui est autoritaire – Frankie se souvient qu'elle a employé le même le jour où George a sorti tous ses Lego –, et elle lui pose la question à laquelle il n'a aucune envie de répondre.

— Où est ta maman, Frankie ?

Il ne dit rien. Il ne doit dire à personne qu'elle est sortie. Elle avait un air coupable quand elle les a laissés. « Je n'en ai pas pour plus de cinq minutes. Tu n'ouvres à personne. » Et il a bien suivi ses instructions. Jusqu'à maintenant, il a suivi les règles.

— Jess ? lance-t-elle en se rendant dans la cuisine. Jess ? répète-t-elle d'une voix chantante dans l'escalier. Est-ce que ta maman dort, Frank ? C'est ça ?

Ses yeux sont deux billes noires, comme ceux d'un merle qui déterre des vers. Il n'aime pas ça, et il n'aime pas qu'elle l'appelle Frank.

— Frank.

Elle se baisse pour se mettre à sa hauteur. Bets pleurniche contre son épaule. La dame a une voix si douce que c'est presque un murmure.

— Tu peux m'aider ? Est-ce que ta maman est malade ? Ou alors elle n'est pas là ? Elle vous a laissés tout seuls ?

Il ne hoche pas la tête, il est sûr de ne pas le faire, mais peut-être que le soulagement de pouvoir se reposer sur un adulte est si grand qu'il remue très légèrement la tête. Charlotte se redresse – elle est si grande pour une maman –, et elle a une expression soucieuse.

— Bien. Allez, on va essayer de calmer tes larmes, ma belle, dit-elle en souriant à Betsey. Tu as une couche bien pleine, non ?

Elle la chatouille sous le menton, mais la petite sœur de Frankie n'aime pas ça, et ses gémissements s'amplifient jusqu'à redevenir des hurlements.

— Tout va bien, maman va bientôt rentrer et tout arranger.

Elle la fait rebondir sur sa hanche, Bets se met à hoqueter. Le mouvement doit déplacer la couche, parce qu'une tache brune apparaît sur la cuisse de Bets.

— Oh ! dit Charlotte avec une drôle de grimace. Ça, alors ! C'est une couche vraiment très pleine.

Elle transfère Betsey de l'autre côté et arrête de la secouer. Elle abandonne sa voix spéciale bébés.

— Ouh, c'est vrai que tu empestes. Bon, je pense que maman ne va plus tarder et qu'on pourra te changer...

Mais Bets gesticule et crie. Frankie sait que si on lui retirait sa couche sale, elle se calmerait aussitôt.

— Je peux te montrer où la changer, bafouille-t-il à toute vitesse, dans son excitation. Je voulais le faire, parce que maman ne voudrait pas qu'elle reste avec une couche sale. Je pourrais t'aider, je sais où elle range la crème.

Il sourit parce que soudain tout paraît si simple : ils vont pouvoir arrêter les pleurs de Betsey, ce qui fera plaisir à sa maman. Elle sera soulagée de savoir que Charlotte l'a nettoyée. Et il pourra aider. Il pourra distraire sa sœur pendant l'opération du change.

Charlotte n'a pas l'air aussi enthousiaste.

— Je ne crois pas, Frank. Ta maman ne serait peut-être pas d'accord, et je pense qu'elle ne va plus tarder à rentrer s'en occuper elle-même, non ?

Le caca remonte dans le dos de Betsey maintenant, il forme une tache sur son body et son tee-shirt.

— Oh, là, là !

Charlotte tient Betsey à bout de bras, les jambes de Betsey pendent dans le vide. Elle n'a pas l'air très habituée à tenir les bébés, et Betsey, qui hurle plus fort, semble s'en rendre compte elle aussi.

— Si, elle serait d'accord, insiste Frankie. Et il faut qu'on arrête les cris de Betsey. Viens.

Il se précipite vers l'escalier, débordé par son exaltation.

— Viens !

Il court au premier, pendant qu'elle retire ses chaussures. Il finit par entendre des pas feutrés derrière lui. C'est un peu bizarre, d'un autre côté Charlotte est déjà venue plein de fois à la maison avant la naissance de Betsey. Frankie se souvient de George, toujours un peu sournois, qui a volé une petite voiture de Kit...

— Tu es sûr que ta maman sera d'accord ?

Une fois dans la salle de bains, elle paraît hésiter à toucher la couche, pourtant, lorsqu'elle dépose Betsey sur la table à langer, le caca déborde complètement et s'étale dans son dos.

— Oh, mon Dieu ! Merde...

Un instant, elle semble paralysée.

— Bon, eh bien, on ne va quand même pas la laisser dans cet état.

Les hurlements de Betsey redoublent.

— Occupons-nous de cette couche ! dit-elle d'une voix faussement joyeuse, en retirant l'attache d'un côté.

Et soudain, Frankie a l'impression que ça ne va pas du tout. Il le sent dans son ventre, et Betsey le sent elle aussi. Elle hurle plus fort que jamais, même si Charlotte utilise sa voix ridicule, de plus en plus désespérée.

— Mais dans quel état tu es, Betsey ! Heureusement, je vais tout arranger, comme ta maman...

Elle immobilise les chevilles de Betsey d'une main pour lui retirer sa couche pleine. La puanteur prend Frankie à la gorge et il a un haut-le-cœur. Charlotte, elle, a un léger mouvement de recul.

— Oh, c'est répugnant. Tu peux me donner un sac, Frank ? Un sac à couches ?

Son ton est brusque tout à coup, son air pincé.

— Allez, Frank, vite.

— Je sais pas.

Il est perdu. Il ignorait qu'elle aurait besoin d'autant d'aide, il pensait qu'elle s'occuperait de tout. Les sacs se trouvent habituellement sur l'étagère sous la table à langer, dans une boîte blanche spéciale. Il y a normalement un bout de plastique parfumé à la vanille qui dépasse, pour les attraper plus facilement, mais pas aujourd'hui.

— Allez, Frank ! Bouge-toi !

— Je les vois pas. Je sais pas !

— Bon, on ne va pas laisser ça sur la table.

Elle essaie de replier la couche sur elle-même, mais celle-ci est si pleine que ça déborde de partout.

— Tant pis, on nettoiera plus tard.

Elle la prend entre deux doigts et la jette sur le marbre. Frankie est hypnotisé par la couche. Elle n'aurait pas dû faire ça. On ne met pas la couche par terre mais dans un sac, puis directement dans la poubelle noire, dehors, pour éviter que les mauvaises odeurs et les bactéries ne s'installent dans la salle de bains. C'est ce que fait maman, et ça ne lui plaira pas du tout de trouver cette couche.

— Bon, et maintenant les lingettes ? Ah oui, là.

Elle récupère le paquet sur l'étagère et commence à essuyer Betsey. Frankie n'arrive pas à détourner le regard de la couche souillée abandonnée dans un coin tel un vilain crapaud grouillant d'insectes.

— Où est allée ta maman, Frank ? lui demande Charlotte en sortant les lingettes les unes après les autres, ses questions semblant entrer en compétition avec les pleurs de Betsey. Elle est un peu bécasse, cette maman, hein ? dit-elle à sa sœur, d'une voix un peu crispée, comme si elle cherchait à détendre l'atmosphère sans y arriver. Bécasse et vilaine.

Betsey hoquette, on dirait un gloussement de rire.

— C'est une vilaine maman, hein ? répète Charlotte.

Mais c'est faux. C'est parfaitement faux. Ce n'est pas une vilaine maman, et Frankie ne dirait jamais d'elle qu'elle est une bécasse. Triste, peut-être. Elle est souvent triste ces derniers temps.

Il déteste ce mot, « vilain » : un mot qui n'a l'air de rien, qui semble presque léger, et qui pourtant peut blesser. Sa maîtresse le traite de vilain. Parce qu'il est difficile. Maman est la seule à ne pas penser ça. Ça fait douze minutes et trente secondes qu'elle est partie maintenant, et il a terriblement besoin d'elle. C'est peut-être ça qui le convainc de répondre : le fait qu'il s'inquiète pour sa maman, sa peine d'entendre qu'on se moque d'elle.

— Pas du tout, réussit-il à articuler en serrant les poings.

— Comment ça ?

Charlotte se retourne, une main sur le ventre de Betsey.

— Elle n'est pas vilaine. Et ce n'est pas une bécasse. Elle n'est pas bête !

Il hurle brusquement.

— Elle n'est pas vilaine. C'est pas gentil de dire ça !

— Et ce n'est pas gentil de laisser ses enfants seuls, rétorque Charlotte tout bas.

— Elle est gentille. Très gentille. Elle nous aime !

Il se met à geindre, désemparé, troublé par la puanteur de la couche abandonnée, là, sur le marbre. Betsey se remet aussitôt à hurler.

— Où est-ce que je peux trouver une couche propre ?

Charlotte hausse le ton pour couvrir les cris de Betsey.

— Sur l'étagère, crie-t-il à son tour.

Il la déteste maintenant. Elle lui jette un regard noir.

— Sur l'étagère… là !

Il commence à fureter sous la table à langer, furieux contre elle de ne pas avoir mis la couche dans un sac. Pourquoi elle n'arrive pas à en trouver un ? C'est elle, l'adulte. Elle devrait savoir tout faire. Il veut qu'elle rentre chez elle maintenant. Il veut qu'elle parte. Alors, il lui donne un violent coup dans les jambes pour la repousser.

Elle s'écarte de la table à langer, lâche sa sœur et lève les mains.

— Qu'est-ce qui t'a pris ?

Elle a l'air contrariée, ne comprend vraiment pas ce qui arrive. Il est si embarrassé, si paniqué qu'il l'ignore pour fouiller sous la table à langer, se cacher dessous.

— Qu'est-ce qui t'a pris ? répète-t-elle en s'accroupissant pour le regarder dans les yeux.

Le bruit sourd et le vagissement surgissent presque aussitôt : un hurlement bien plus terrifiant que tous ceux que Betsey a pu pousser un jour. Frankie se pétrifie. Betsey est étendue sur le dos entre la table et la baignoire, sa bouche forme un O parfait alors que le son jaillit d'elle. Son visage exprime de l'incompréhension.

Charlotte s'accroupit à côté d'elle, l'air coupable et épouvantée.

Frankie ne comprend pas. Comment Betsey s'est-elle retrouvée par terre ?

— Mais comment…

— Pourvu que tu ailles bien, pourvu que tu ailles bien.

Charlotte berce la petite sœur de Frankie contre elle.

— Regarde ce que tu as fait ! lui hurle-t-elle soudain.

— Je n'ai rien…

— Si ! Tu m'as distraite et elle est tombée de la table. Tu m'as bousculée. Tu m'as surprise avec ton attitude de vilain petit garçon difficile, et regarde ce qui est arrivé à ton adorable petite sœur.

— Je voulais pas…

— Peu importe, dit-elle tout en essayant de calmer Betsey.

Charlotte a l'air d'avoir très, très peur, et c'est ce qui effraie le plus Frankie. Il va se tapir dans un coin de la pièce, se roule en boule pour se faire le plus petit possible, la tête entre les genoux qu'il enlace. Peut-être que s'il réussit à disparaître, alors elle disparaîtra aussi. Peut-être que c'est un cauchemar, qu'il va se réveiller et découvrir que sa maman n'est jamais partie. Il commence à se basculer d'avant en arrière, cherchant à se couper de la détresse de Charlotte, et ça a l'air de marcher, parce qu'elle abandonne sa voix cruelle pour bercer sa sœur.

— Chut, Betsey, chut, ma jolie. Allez, Betsey, chut. S'il te plaît, arrête de pleurer.

Soudain, elle se tourne vers Frankie et lui colle sa petite sœur en larmes dans les bras.

— Je dois être à la maison pour le retour de George.

Charlotte a l'air complètement paniquée.

— Elle va bien, ta petite sœur n'a rien. Elle est juste sous le choc. C'est pour ça qu'elle pleure. Maman ne va pas tarder, mais écoute-moi bien…

Frankie n'a jamais vu d'adulte avec un air aussi terrifié.

— … quand elle va rentrer, tu ne dois surtout pas lui dire que tu m'as vue.

— Mais tu es venue, gémit-il.

— Non, pas du tout, insiste-t-elle. C'est très important. Tu as voulu lui rendre service. Tu as voulu changer la couche de ta petite sœur et elle est tombée de la table à langer. Tu n'as pas vu ce qui s'était passé exactement. Répète après moi.

— Je voulais rendre service. J'ai voulu changer la couche de ma petite sœur et elle est tombée. Je n'ai pas vu ce qui s'était passé exactement.

— Parfait ! Tu es un bon garçon.

Elle sourit, et ce compliment inattendu fait plaisir à Frankie.

— Écoute-moi bien, ta maman sera inquiète si elle apprend que je suis venue, parce qu'elle comprendra que je suis au courant qu'elle était sortie.

Il hoche la tête, même s'il ne saisit pas un seul mot.

— Les mamans ne doivent pas laisser leurs enfants seuls, si ?

— Non.

— Et elle pourrait avoir de gros ennuis si quelqu'un d'autre, ton papa, ou la police par exemple, découvrait qu'elle vous a laissés tous les deux.

— La police ?

La peur l'étreint.

— La police la mettra en prison, murmure-t-elle avec tristesse.

— Je ne veux pas qu'elle aille en prison.

— Je le sais bien. Et c'est pour cette raison que tu ne dois pas lui parler de choses qui pourraient l'inquiéter. Tu n'as pas envie que la police apprenne qu'elle n'était pas là, si ?

Le visage de Charlotte, avec ses yeux noirs et son grand nez, lui évoque subitement celui d'une sorcière.

— Alors, c'est notre secret ?

Il hoche la tête avec solennité.

— C'est très important, Frank. Souviens-toi : tu as voulu changer la couche de ta petite sœur pour rendre service et elle est tombée. Tu n'as pas vu exactement ce qui est arrivé. Compris ?

Il hoche la tête avec davantage de détermination.

— Parfait. C'est tout ce que tu as à dire.

Elle s'en va aussitôt. L'abandonne dans cette salle de bains qui empeste, seul avec Bets et ses pires peurs – que sa maman les ait laissés pour toujours, qu'elle leur soit enlevée. Ça fait seize minutes qu'elle est partie. Il fixe les chiffres sur son poignet alors que les pleurs de Betsey se poursuivent. Seize minutes et trente secondes, dix-sept minutes, et elle n'est toujours pas rentrée…

Des larmes coulent sur son visage humide, tandis qu'il répète les mots de Charlotte tel un mantra. *J'ai voulu changer sa couche pour rendre service. Elle est tombée. Je n'ai pas vu exactement comment c'est arrivé…* Betsey suce frénétiquement ses doigts, il l'allonge sur une serviette, lui caresse le ventre, tente de sécher ses larmes.

À la dix-neuvième minute, il identifie le bruit d'une clé dans la serrure, puis des pas qui courent dans l'escalier. Il hurle. C'est plus fort que lui : et si c'était Charlotte et pas sa maman ? C'est un hurlement sombre et guttural. Le genre de hurlement qu'il pousse quand il a peur de se faire gronder, sauf que là il est empreint de terreur. Sa mère surgit dans la salle de bains.

— Qu'est-ce qui se passe ? Qu'est-ce que tu as fait ?

Elle sait qu'il est coupable, pour elle ça ne fait pas l'ombre d'un doute.

— J'ai voulu changer sa couche, répond-il à toute allure, en plongeant la tête dans les cheveux de sa mère et en respirant sa peau, rassuré par sa présence.

Elle les enlace tous les deux, Betsey et lui, elle les attire contre elle, il se sent en sécurité.

— Elle est tombée de la table. Je n'ai pas vu exactement ce qui s'est passé.

Les mots qu'il s'est entraîné à prononcer jaillissent d'un coup, puis, aussitôt, il est débordé par la culpabilité.

— C'est ma faute, maman, mais je n'ai pas fait exprès. Je n'ai pas fait exprès, maman.

48

LIZ

Samedi 9 juin 2018

— On devrait les rejoindre peut-être ?

J'ai du mal à flâner tranquillement au soleil alors que Frankie est en panique. Je repère les boucles de Jess au milieu de la marée de parents, distingue tout juste les cheveux noirs et soyeux de son fils cadet.

Nous pressons le pas, j'entraîne Sam ; Kit et Ed trottinent à côté de nous.

— Papa ! s'exclame Betsey, secouée sur ses épaules.

Il lève une main pour agripper son tee-shirt, ralentit délibérément.

Je suis, pour ma part, attirée par Frankie. Pas seulement à cause de son cri perçant. Je continue à me sentir proche de lui, cet enfant chargé de veiller sur sa petite sœur – moi, c'était sur mon petit frère –, quand un accident grave est survenu. Qui se sent coupable parce qu'il était présent. Et quoi qu'on lui dise pour tenter de le convaincre qu'il n'y est pour rien, il reste persuadé au contraire qu'il est responsable.

Frankie, à cause de qui Betsey a eu une fracture crânienne. Comme Lizzie, qui n'a pas voulu s'occuper de son petit frère, lequel s'est ébouillanté en voulant lui préparer une tasse de thé.

Mon cœur tambourine violemment. Il n'est pas question de moi, mais d'un petit garçon qui reste profondément perturbé. Je les ai perdus, Jess et lui, même si je continue à entendre ses cris intermittents.

— C'est de la folie de courir avec cette chaleur. Pourquoi vous ne passez pas à la maison ? Vous avez le temps ?

Ed vient d'arriver à ma hauteur et il ralentit.

— Avec plaisir, bonne idée.

Sans m'arrêter, j'envoie un texto à Nick pour le prévenir. Je n'arrive pourtant pas à me détendre, mon cœur joue un staccato, Frankie a disparu.

— Je n'arrive pas à les voir. Ils ont dû remonter par là, non ?

Nous avons atteint l'angle de St Albans' Avenue, une artère en courbe bordée de belles demeures mitoyennes de l'époque édouardienne qui constitue un raccourci. Charlotte et Andrew y vivent.

— Non, Frankie refuse toujours de passer par ici. Ils sont restés sur la rue principale. Regarde ! Ils sont là !

Ed désigne une petite silhouette nerveuse qui continue à entraîner sa mère. Ils avancent à un sacré rythme. Nous prenons le raccourci, longeons les élégantes maisons aux briques rouges fraîchement rejointoyées, aux belles peintures, aux lauriers en pots, et je me demande pourquoi Frankie cherche à l'éviter. Puis je me souviens que je m'inventais des règles, petite : si j'atteignais l'extrémité de telle rue sans avoir marché sur une seule ligne, ma mère ne se mettrait pas en colère, si j'arrivais au bout de la jetée en posant bien les pieds au milieu des planches, alors Mattie guérirait. Comme la plupart des enfants, en grandissant, j'ai fini par cesser de croire que certains rituels me permettaient de contrôler les choses – dans mon cas, je peux même dater le moment précis où ça s'est produit, à l'issue de la période de stress aigu causé par l'accident de Mattie et son interminable hospitalisation. Frankie est encore visiblement affecté par ce qui s'est passé. Ce n'est sans doute pas la peine de chercher une explication ailleurs.

Grâce au raccourci, nous arrivons juste après Jess et Frankie. Dès qu'Ed enfonce la clé dans la serrure, celui-ci court se cacher dans la cuisine.

— Frankie, c'est seulement moi, lui crie Ed, dérouté.

— Je n'arrive pas à lui parler, dit Jess. Il est complètement paniqué.

Elle se tord les doigts (elle ne porte plus ses bagues) et s'interrompt brusquement quand elle s'en rend compte.

— Frankie, mon chéri, dit-elle en s'éloignant vers la cuisine pour tenter d'enlacer son fils en larmes. Chut, tout va bien, chut. Tu es rentré, maintenant. Tout va bien.

Mais Frankie est inconsolable : à présent qu'il est rentré, il peut laisser libre cours à son affolement. Je retrouve les pleurs quasi hystériques du jour où Jess était interrogée par la police.

— Tout va bien, Frankie, il faut que tu respires. Tu peux me montrer comment tu respires ? Inspire sur trois… expire sur cinq…

J'essaie de le calmer comme je l'ai fait à cette époque, mais ses sanglots enflent pour se transformer en hoquets intermittents. Des larmes coulent sur ses joues rouges.

— Tu… ne vas pas…

Il halète tant qu'il a du mal à prononcer une phrase.

— Je ne vais pas quoi, mon chéri ?

Jess réussit à l'enlacer sans qu'il proteste.

— Tu ne vas pas aller en prison, hein ?

Il réussit à expulser les mots entre deux sanglots.

— Mais non !

— Et personne t'emmènera loin de nous ?

— Mais non, Frankie, non !

L'incrédulité et la tristesse étranglent Jess.

— C'est à cause de Lucy ? demande-t-elle d'une toute petite voix. Bientôt, on n'aura plus besoin de son aide. Avec un peu de chance, le mois prochain. Parce que je vais mieux, tu ne trouves pas ? Et je n'ai pas l'intention d'aller où que ce soit.

Les épaules de Frankie frémissent, de peur ou de soulagement, et ses pleurs trahissent la pression qu'il subit depuis cinq mois. Puis il se remet à s'affoler d'un coup, comme si quelqu'un avait réglé le volume à fond.

— Elle était là… à la kermesse… et elle m'a regardée. On aurait dit une sorcière.

— Qui ça, mon chéri ?

Frankie serre les lèvres et secoue la tête, il semble chasser une pensée.

— Elle… a dit… que j'étais… vilain. Elle… a dit… que… j'étais… difficile, finit-il par réussir à articuler.

— Qui a dit ça, Frankie ? demandé-je en lui touchant la main.

— La maman de George, gémit-il, comme si c'était évident.

— Mais enfin ! s'exclame Jess. Bien sûr que tu n'es ni vilain ni difficile.

Jess me considère avec stupéfaction.

— Qu'est-ce que c'est méchant de dire ça ! Ed… Tu étais au courant ?

Je perçois l'accusation tacite dans son ton : *tu as vu ce que ton amie a dit de notre enfant ?*

— Je ne suis au courant de rien, non. Je ne vois vraiment pas pourquoi elle dirait une chose pareille. Nous avons clairement établi que Frankie n'était pas responsable. Qu'il ne devait en aucun cas être accusé.

— Si, elle l'a dit ! proteste Frankie en relevant les yeux vers son père. Je ne mens pas !

— Eh bien, elle se trompe, lui répond Ed. Tu es un gentil garçon, et nous le savons tous. Maman, moi, Liz aussi, ajoute-t-il, faisant appel à mon soutien.

— Absolument.

— Tu as peut-être mal compris ? Je ne vois pas pourquoi elle t'aurait dit une chose pareille.

— Ed !

Jess est au bord des larmes. Il hausse les épaules.

— Quand est-ce qu'elle t'aurait dit ça, Frankie ? Je suis sûr qu'il s'agit d'un malentendu. Écoute, je vais lui passer un coup de fil pour démêler cette histoire. J'ai du mal à imaginer qu'elle aurait pu chercher à le mettre dans cet état.

Il prend son téléphone et quitte la cuisine, où les pleurs de Frankie sont en train de s'apaiser.

— Tout va bien, lui dit Jess. Papa te croit. Nous te croyons tous, et Charlotte se trompe.

Elle le serre contre son sein. Ed a soulevé un point pertinent. *À quelle occasion Charlotte aurait-elle pu lui dire une chose pareille ?* Les Curtis et les Mason ne se voient plus, Charlotte ayant complètement rompu avec Jess après l'implication de la police. Avec Andrew, ils ont embauché une jeune fille au pair espagnole pour George, si bien que depuis février Charlotte ne vient plus l'attendre à la sortie de l'école. Kit, qui a suivi toute la scène avec Sam, tous deux les yeux écarquillés, lâche :

— Il ne l'aime pas. Et il a peur de George. Il ne veut pas jouer avec nous dans la cour si George est là. Il m'a même dit qu'il le détestait.

— Est-ce que George t'embête, Frankie ? lui demandé-je. Il est méchant avec toi ?

Il secoue la tête.

— Pourquoi vous n'allez pas jouer, les garçons ? suggéré-je à Sam et Kit, consciente que Frankie a peu de chances de se confier en leur présence.

Ils ne protestent pas, effrayés par son état. Jess continue à le bercer ; je m'accroupis devant lui, tentant de saisir la raison de son état d'affolement.

Je le revois jeter un coup d'œil par-dessus son épaule, alors que nous quittions l'école, observer la foule derrière lui. Et parmi la centaine de parents, c'est l'un d'eux en particulier qui l'a terrifié. Je songe alors à son refus de passer devant la maison de Charlotte, à sa haine subite de George, qui résonne avec une remarque récente de Rosa.

Puis je songe à l'attitude de Charlotte : sa prise de distance évidente avec notre groupe, sa décision de mettre George dans le privé un an plus tôt. Son comportement à la kermesse, où elle s'est résolument tenue à l'écart, refusant de participer à une photo de groupe. « S'il te plaît, Liz, n'en rajoutons pas. » Sa requête était parfaitement légitime, mais ça n'explique pas pourquoi elle était aussi fuyante, se cachant dans l'ombre du sycomore, comme pour ne pas être vue.

Il y a aussi sa légère dureté, que j'ai toujours attribuée à son malaise en société et qui me rappelle ma mère en un sens. Son agressivité. Sa certitude d'avoir toujours raison. Et je n'oublie pas sa relation avec Ed. Aurait-elle suggéré, au moment où j'ai surpris leur échange, qu'ils deviennent plus que des amis ? En tout cas, j'ai eu l'impression qu'il la repoussait. Enfin, ce qui n'est peut-être pas sans rapport avec Ed, sa propension à imaginer le pire de Jess : sa jubilation à peine déguisée quand elle m'a suggéré que celle-ci avait pu laisser ses deux enfants sans surveillance le soir de l'accident de Betsey. « Elle s'était peut-être absentée. » Et elle avait vu juste.

Pourtant, elle n'a pas été trouver la police, si ? Elle s'en est ouverte à moi – peut-être pour se couvrir si un voisin ou une voisine venait à mentionner sa présence ce jour-là. Je trouve néanmoins étrange qu'elle ait conservé le silence malgré son hostilité évidente envers Jess. Quelle en est la raison ? Pourquoi n'a-t-elle pas contacté les enquêteurs ? Se pourrait-il qu'elle n'ait pas voulu les mettre au courant de sa présence ? Que m'a-t-elle raconté exactement ? « J'ai sonné à la porte et personne ne m'a ouvert. J'ai tenté d'appeler sur le fixe, mais ça sonnait dans le vide… j'ai entendu Betsey pleurer. » Elle a ajouté qu'elle était allée faire le plein à la station-service, et… Et si elle n'était pas partie ? Et si quelqu'un, un petit garçon en plein désarroi par exemple, avait fini par lui ouvrir la porte ?

L'évidence surgit soudain, limpide, aussi violente qu'un coup de poing en plein plexus solaire. Bon sang, si j'ai raison, Frankie sera enfin absous de toute responsabilité.

— Frankie…

Il a un sourire d'enfant qui peine à contenir les émotions qui le débordent. Je lui rends son sourire, puis lui demande :

— Quand est-ce que Charlotte t'a dit ça ?

49

LIZ

Vendredi 13 juillet 2018

Il traverse la cour de l'école à toute allure en faisant des moulinets avec ses bras, une expression d'intense concentration sur le visage. Il a une bonne longueur d'avance sur les autres coureurs de son âge, mais il ne s'économise pas pour autant.

— Vas-y, Frankie, vas-y ! lui crie Jess. Tu vas y arriver, tu vas gagner ! hurle-t-elle au moment où son fils franchit la ligne d'arrivée.

Sam le suit de près, torse bombé, bras en avant.

— Bien joué, chéri ! lui crié-je au moment où il passe en trombe devant nous.

Je suis secrètement soulagée que Frankie ait gagné.

— Désolée, me souffle Jess, penaude. On aurait dit une horrible tigresse, non ?

— À peine, rétorque sèchement Mel, alors que Connor finit bon dernier.

— Je trouve, moi, que tu as le droit, dis-je pour l'encourager en remarquant ses joues rouges et son excitation palpable.

Je repense à la femme au visage craintif et fermé, qui est arrivée aux urgences il y a six mois. Betsey gigote dans ses bras. Jess pose sa fille et la suit lorsque celle-ci s'élance à toute allure malgré sa couche qui doit la gêner.

— Je n'en reviens pas… commence Mel.

— Je sais, l'interrompt Jess, pour devancer ce qui va suivre. On a eu beaucoup de chance. J'ai eu beaucoup de chance.

Son expression s'assombrit à l'idée de ce qui aurait pu arriver.

— Allez, on va voir les filles ? proposé-je alors que Jess attache Betsey dans sa poussette. Leur course de relais débute dans dix minutes.

Nous traversons la cour en flânant, échangeons les nouvelles de la semaine écoulée. Avec Mel, nous avons pris la décision concertée d'être plus présentes : d'envoyer régulièrement des textos à Jess, de l'appeler plus souvent. Au début, nous avions même mis au point un roulement, sonnées par ce que Jess avait vécu, honteuses de n'avoir rien vu. Mais l'habitude s'est installée et nous avons retrouvé la proximité que nous avions bien failli perdre – oubliant combien nous en avions besoin.

J'ai été de garde de nuit toute cette semaine et n'ai donc pas eu l'occasion de partager les derniers cancans avec elles.

— Neil prend sa retraite en septembre. L'hôpital va le remplacer temporairement, et je pense que s'ils attendent au moins six mois pour proposer son poste, il pourrait être à moi !

Elles semblent toutes folles de joie. Je leur raconte donc que Fousia a déposé une plainte officielle après que Neil a proféré un chapelet d'injures devant un patient. L'administration de l'hôpital, déjà alertée par ses tendances à harceler ses collègues, lui a offert le choix entre conseil de discipline et retraite anticipée.

— Bien sûr, il y aura une annonce officielle, et le conseil d'administration ne voudra peut-être pas de moi. Il recevra sans doute la candidature de médecins bien plus chevronnés.

Je fais marche arrière, de peur de me porter malchance.

— N'importe quoi, rétorque Mel, tu es un excellent médecin qui a amplement fait ses preuves.

Jess hoche la tête avec emphase. Je relègue mes échecs au fin fond de ma mémoire – entre autres mon incapacité à diagnostiquer la maladie de ma mère ou à repérer les difficultés de Jess – pour me concentrer sur les patients qui s'en sont bien sortis grâce à ma rapidité de jugement et de traitement. Et puis, alors que nous approchons d'un groupe d'enfants incluant nos cadets, je songe à Frankie.

Il délaisse ses camarades pour courir vers nous.

— Maman !

Sa voix résonne, haute et forte.

— Qu'est-ce qu'il y a encore ?

Il est évident à son ton et à sa course désordonnée qu'il est paniqué.

— Ma-maaan ! répète-t-il.

Son ton atteint une note particulièrement aiguë au moment où il se jette contre Jess avant de se cacher derrière la poussette.

— Que se passe-t-il ? lui demande Jess alors qu'Andrew approche d'un pas vif.

— Je suis désolé, vraiment désolé. Je lui ai juste souri et il a pris peur. On a essayé de vous éviter, George et moi, mais j'ai vu Frankie surgir tout à coup.

Il essuie la sueur sur son front.

— Je ne voulais pas le terrifier.

— Ce n'est pas grave, réussit à lui répondre Jess. Je sais que tes intentions étaient bonnes.

Nous n'avons pas revu Charlotte depuis la kermesse. La police l'a interrogée dans l'idée d'éventuelles poursuites pour manquement au devoir de protection, mais le ministère public n'a pas encore pris sa décision. Quoi qu'il en soit, Andrew accuse clairement le coup. Il a perdu son expression de clown gentil et semble détruit : ses joues se sont creusées, et sa bedaine légèrement proéminente a fondu.

— Je suis vraiment désolé, répète-t-il. On va y aller de toute façon. George n'assistera pas à la dernière semaine de cours, nous ne voulons surtout pas causer de problèmes supplémentaires.

— Ce n'est pas utile, je t'assure, lui dit Jess.

Pourtant, le mari de Charlotte insiste.

— Si. J'ai même hésité à venir aujourd'hui, mais je ne pouvais pas laisser tomber George. Je vous demande pardon. Frank n'aurait pas dû vivre ce qu'il a vécu. Crois-moi, c'est mieux ainsi.

Il tourne les talons et s'éloigne d'un pas pesant. Quand il rejoint George, il le prend par les épaules d'un geste plus tendre, plus instinctif que jamais.

— Le pauvre, observe Mel. Partager sa vie avec quelqu'un qui cache un tel secret…

— Pauvre Charlotte aussi.

Je suis surprise par la réaction de Jess.

— Tu imagines, garder une chose pareille pour soi… J'ai tenu six jours, et c'était déjà un supplice. Nous avons dit à la police que nous ne nous constituerions pas partie civile s'il y avait un procès. J'ai retiré ma plainte. Soyons honnêtes : j'ai manqué à mes devoirs envers les enfants, moi aussi, et Frankie n'a vraiment pas besoin de ça.

Nous atteignons l'extrémité de la piste d'athlétisme des plus grands. Frankie s'est calmé maintenant qu'Andrew est parti, et Jess réussit à le convaincre de rejoindre ses camarades pour participer à sa course de relais. Jess ralentit, n'ayant visiblement pas envie de se mêler aux autres parents. Ni qu'ils entendent ce qu'elle veut nous dire.

— Ed m'a raconté ce qui s'était passé entre Charlotte et lui, finit-elle par lâcher.

— À l'époque de la fac ?

— Plus récemment.

Elle baisse la voix.

— Il a eu le sentiment qu'elle s'impliquait trop « émotionnellement ». Il avait l'impression qu'elle vivait leur relation comme une liaison platonique. Elle a suggéré que celle-ci pourrait devenir physique. Il savait qu'il n'en avait aucune envie et s'est rendu compte combien il m'aimait. Il lui a demandé de prendre ses distances.

— Et c'était quand ? s'enquiert Mel.

— À la kermesse, en juin. J'ai cru comprendre qu'il n'avait pas été tendre.

Je repense à l'expression blessée de Charlotte. Pas étonnant qu'elle ait fait une tête pareille.

— Peut-être que ce nouveau départ leur fera du bien, à Andrew et à elle. Une nouvelle école, un nouveau départ… J'espère qu'elle arrivera à être plus heureuse, dis-je un peu maladroitement.

Je trouve si étrange que Charlotte ait pu paniquer de la sorte, je la juge si irresponsable d'avoir abandonné Betsey et Frankie, j'ai été furieuse d'apprendre qu'elle l'avait manipulé – le forçant à endosser la responsabilité de cette chute pendant cinq mois, sans aucune intention de mettre un terme à son calvaire. Et je suis bien placée pour savoir combien la culpabilité peut être un sentiment pernicieux et destructeur. Je sais qu'Ed a été fou de rage lui aussi – entre autres parce que Charlotte l'a encouragé à soupçonner Jess. Et pourtant, cette colère est vaine, elle n'aidera pas Jess et sa famille. C'était un accident, voilà ce que je me répète sans arrêt, et les accidents poussent les gens à se conduire de façon irrationnelle.

— À vos marques…

Nous sommes interrompues par une annonce au haut-parleur et nous nous concentrons sur quelque chose de plus léger : la course de relais des filles de CM1. Rosa est la première de son équipe : tout son poids est sur son pied avant, elle a les deux bras levés. Le signal du départ retentit et les concurrentes s'élancent, rafale de petits corps légers sur la piste.

— Allez, Rosa !

— Regardez ! s'écrie Mel au moment où Rosa effectue son passage de relais. Vas-y, Mollie ! Vas-yyyy !

Jess et moi joignons nos voix à la sienne, encourageant nos filles avec beaucoup trop de vigueur pour une simple compétition scolaire, mais c'est un remontant si puissant. Leur équipe gagne la course et elles s'effondrent dans les bras les unes des autres comme si elles avaient remporté la médaille d'or aux Jeux olympiques.

— Venez là, s'esclaffe Mel en nous serrant Jess et moi contre elle.

Dans sa poussette, Betsey remue les jambes.

— Oh, tu veux un câlin toi aussi ? demande Jess en la prenant dans ses bras.

Betsey est aux anges. Elle a cet air radieux de l'enfant qui est aimé et qui le sent, qui se sait au centre de l'attention. Elle touche nos visages avec ses doigts potelés avant de les glisser dans les cheveux de sa mère. Un sourire lui fend le visage et son rire s'élève, aussi rond et irisé que de grosses bulles de savon. Un rire contagieux, et nous nous retrouvons bientôt toutes trois à l'imiter sans réelle raison.

À moins que… Le soleil brille, nos enfants font la course et, l'espace d'un instant, je ne ressens rien d'autre qu'un bonheur d'une grande netteté. Voilà à quoi ça ressemble. À ÇA. Puis je pense à ma mère, seule avec un bébé inconsolable, et je regrette pour elle qu'elle n'ait eu personne vers qui se tourner, une amie à qui confier les « bas » de la maternité qui l'accablaient tant qu'elle n'a jamais connu cette légèreté, cette joie avec Clare.

— Ça va ? me demande Jess, qui croise mon regard par-dessus la tête de Betsey.

Dernièrement, elle est particulièrement réceptive aux fragilités des autres. Et je veux que nous nous rappelions, toutes, de chérir ces instants. Ce sont eux les « hauts » qui nous portent en tant que mères, auxquels nous nous raccrochons quand nous sommes éreintées, inquiètes, ou que tout cela nous paraît un peu difficile. Ces instants bénis indispensables.

Mais, bien sûr, aucune de nous n'a besoin qu'on le lui rappelle.

— Oui, dis-je. Parfaitement bien.

REMERCIEMENTS

J'ai écrit *Autopsie d'un drame* alors que j'attendais la publication d'*Anatomie d'un scandale*, puis pendant la période qui a suivi la sortie de mon précédent roman. Je ne saurais décrire ma reconnaissance pour Jo Dickinson, de chez Simon & Schuster, pour son attention, sa perspicacité et sa patience, pour avoir veillé sur ce roman, et sur moi.

Toute l'équipe de S&S a été merveilleuse : Jess Barratt, Hayley McMullan, Sara-Jade Virtue, Laura Hough, Dom Brendon, Joe Roche, Gill Richardson, Louise Davies, Clare Hey et Alice Rodgers. Saxon Bullock s'est révélé un relecteur scientifique, et Tamsin Shelton une correctrice aussi prévenante que pour *Anatomie d'un scandale*. Du côté de l'équipe américaine, je me dois d'adresser d'immenses remerciements à mes éditrices Emily Bestler, de Emily Bestler Books, ainsi qu'à Lara Jones et Ariele Fredman.

Comme toujours, j'ai une dette envers mon agent, Lizzy Kremer, qui me pousse systématiquement à creuser davantage, et envers Maddalena Cavaciuti. L'une des immenses joies d'être publiée, c'est que j'ai vu mes romans paraître dans des pays étrangers, et j'ai une grande reconnaissance pour l'équipe des droits – Alice Howe, Emma Jamison, Margaux Vialleron, Lucy Talbot, Emma Schouten et Johanna Clarke. Elles ont veillé à ce que *Autopsie d'un drame* ne soit pas seulement lu aux États-Unis et en Angleterre.

Contrairement à Michael Gove, je suis une grande fan des experts, et ce roman n'aurait pas vu le jour sans deux d'entre eux en particulier : Graham Bartlett, ancien commissaire de police, qui a bien voulu partager son savoir sur les procédures policières, et Keir Shiels, pédiatre au Royal London. Tous deux ont fait preuve d'une immense patience, répondant à mes questions souvent redondantes et à mes mails sans délai – détail crucial. Ils ont relu certains passages pour rectifier des faits ou des termes lorsque je m'étais trompée. Si les scènes d'interrogatoire et les scènes à l'hôpital sonnent juste, c'est en grande partie grâce à eux. Et les erreurs éventuelles sont purement de mon fait.

D'autres médecins m'ont apporté une aide immense, exerçant dans des domaines aussi divers que la pédiatrie, l'obstétrique, la psychiatrie et la gastro-entérologie. Je remercie le Dr Nancy Morris, le Dr Geoff Debelle, le Dr Georgina Bough, le Dr Manish Patel, le Dr Jo Cannon et le Dr Roger Marwood. Je vous suis si reconnaissante pour chacune de ces conversations téléphoniques, souvent longues, et les échanges de mails qui ont suivi. Merci aussi à vous, Suzanne Biers et Zoe Mead, deux amies médecins qui m'ont aidée à trouver des contacts, ainsi qu'aux attachés de presse du Royal College of Paediatrics and Child Health et du Royal College of Obstetricians and Gynaecologists.

Ma gratitude va aussi à Maria Bavetta, de l'association caritative Maternal OCD, sur les TOC liés à la maternité, pour m'avoir notamment mise en relation avec Maddelena Miele, psychiatre spécialiste du périnatal à l'hôpital St Mary : c'est un entretien avec elle au tout début de la rédaction de ce texte qui m'a confortée dans l'idée d'écrire sur ce thème.

J'ai eu du mal à trouver des assistantes sociales, et je remercie mon amie, l'auteure Claire Fuller, de m'avoir donné le contact de Paul Shawcross, Penny Sturt, que j'ai rencontrée via Twitter, et Josie Collier à qui, à la grande honte de ma fille, j'ai parlé dans un train sans la reconnaître. Lucy Stone est un personnage bien plus secondaire que je n'en avais l'intention au début, mais il m'importait de ne pas commettre d'erreurs pour tout ce qui touche à la protection des enfants.

Je me suis nourrie de plusieurs ouvrages documentaires lors de mes recherches, parmi lesquels : *Dropping the Baby and Other Scary Thoughts*, de Karen Kleiman et Amy Wenzel ; *Direct Red*, de Gabriel Weston, *Your Life in My Hands*, de Rachel Clarke, *This Is Going to Hurt*, d'Adam Kay[1], *Mad Girl*, de Bryony Gordon et *The Man Who Couldn't Stop*, de mon ancien collègue du *Guardian*, David Adam. Je ne saurais assez recommander son texte, ainsi que celui de Gordon, pour une meilleure compréhension des TOC.

L'écriture peut se révéler un métier très solitaire. Comme toujours, j'ai une dette envers les Prime Writers, mon groupe d'auteurs, qui ont supporté mes jérémiades et répondu à mes questions – ce qui a notamment donné lieu à un débat intense pour savoir si nous changerions la couche d'un bébé qui ne serait pas le nôtre. Rachael Lucas, merci pour cette conversation téléphonique. Twitter peut être chronophage, néanmoins l'enthousiasme d'autres auteurs, libraires et blogueurs rencontrés par ce biais m'ont encouragée à continuer. Je remercie tout particulièrement Ayo Onatade, contributrice du blog Shots, pour avoir répondu à une question, simple mais cruciale.

Loin de mon écran, le soutien est venu, comme toujours, de Laura Tennant, ma sœur, et de Bobby Hall, ma mère. Laura est ma première lectrice non professionnelle, et ses remarques se sont révélées bienveillantes, perspicaces et judicieuses. Un immense merci, avec tout mon amour, à toutes les deux.

Autopsie d'un drame est né d'une conversation avec mon mari, médecin hospitalier que j'ai rencontré il y a vingt ans – six semaines après qu'il fut devenu interne. Nous ne pourrions pas faire le métier de l'autre, et je reste fascinée de voir ce qu'avec ses collègues du NHS ils réussissent à accomplir

---

1. Traduit en français sous le titre *Ça risque de faire mal* et publié aux éditions City.

malgré leurs conditions de travail parfois désastreuses. Je lui réitère mon amour, ainsi qu'à nos enfants, qui m'ont appris tout ce que je sais sur la maternité.

Un dernier mot pour les pères avec lesquels je discute sur la ligne de touche lors des matchs de foot et de rugby : je vous promets qu'aucun des personnages de ce roman n'est inspiré de vous.

UN ROMAN INTENSE ET LUMINEUX SUR LA MATERNITÉ

UN BÉBÉ D'OR PUR

MARGARET DRABBLE

N° 33855

Londres, années 1960. Étudiante en anthropologie, revenue depuis peu d'un voyage en Afrique, Jessica Speight accouche d'une petite fille. Sourire aux lèvres permanent, caractère angélique, Anna n'est pas une enfant comme les autres : elle souffre d'une déficience mentale. Dès lors, la vie de Jess bascule, ses responsabilités de mère ne connaîtront pas de limite, mais la jeune femme ne renoncera jamais à sa carrière d'anthropologue ni à sa vie amoureuse. Margaret Drabble trace le parcours de Jess et de son groupe d'amies soudées, évoluant dans les milieux intellectuels du *swinging London*. Une plume alerte et d'une rare lucidité pour le portrait d'une génération qui fut aussi celle de l'auteure.

ÊTRE MÈRE : UN TEXTE MAJEUR QUI MET EN LUMIÈRE DES QUESTIONS ESSENTIELLES

LE CONFLIT

LA FEMME ET LA MÈRE

ÉLISABETH BADINTER

N° 32062

Trente ans après *L'Amour en plus*, le naturalisme – qui remet à l'honneur le concept bien usé d'instinct maternel – revient à la charge. À force d'entendre répéter qu'une mère doit tout à son enfant, son lait, son temps et son énergie, il est inévitable que de plus en plus de femmes reculent devant l'obstacle. Si plus d'un quart des Allemandes restent sans enfant, c'est qu'elles trouvent à se réaliser ailleurs que dans la maternité telle qu'on la leur impose. Pour l'heure, les Françaises ont échappé à ce dilemme du tout ou rien. Tiendront-elles tête aux injonctions des « maternalistes » soutenus par les plus respectables institutions ? Jusqu'à quand sauront-elles imposer leurs désirs et leur volonté contre le discours rampant de la culpabilité ?

PAPIER À BASE DE FIBRES CERTIFIÉES

Le Livre de Poche s'engage pour l'environnement en réduisant l'empreinte carbone de ses livres. Celle de cet exemplaire est de :
1,2 kg éq. CO_2
Rendez-vous sur www.livredepoche-durable.fr

Composition réalisée par PCA

Achevé d'imprimer en février 2021 en Espagne par
Rodesa - 31132 Villatuerta-Estella
Dépôt légal 1re publication : mars 2021
LIBRAIRIE GÉNÉRALE FRANÇAISE
21, rue du Montparnasse – 75298 Paris Cedex 06

48/4487/0